本书受国家社会科学基金资助

表现主义诗学

徐行言等 著

图书在版编目（CIP）数据

表现主义诗学/徐行言等著.—北京：北京大学出版社，2023.3
ISBN 978-7-301-33736-3

Ⅰ.①表… Ⅱ.①徐… Ⅲ.①表现主义–文学研究 Ⅳ.①I109.9

中国国家版本馆 CIP 数据核字（2023）第 025268 号

书　　　名	表现主义诗学 BIAOXIANZHUYI SHIXUE
著作责任者	徐行言等　著
责任编辑	闵艳芸　李　澍
标准书号	ISBN 978-7-301-33736-3
出版发行	北京大学出版社
地　　　址	北京市海淀区成府路 205 号　100871
网　　　址	http://www.pup.cn　新浪微博：@北京大学出版社
电子信箱	minyanyun@163.com
电　　　话	邮购部 010-62752015　发行部 010-62750672　编辑部 010-62752824
印 刷 者	天津中印联印务有限公司
经 销 者	新华书店
	650 毫米×980 毫米　16 开本　20.5 印张　346 千字 2023 年 3 月第 1 版　2023 年 3 月第 1 次印刷
定　　　价	59.00 元

未经许可，不得以任何方式复制或抄袭本书之部分或全部内容。
版权所有，侵权必究
举报电话：010-62752024　电子信箱：fd@pup.pku.edu.cn
图书如有印装质量问题，请与出版部联系，电话：010-62756370

序

当徐行言教授将他及其团队的新著《表现主义诗学》发给我、邀我写个序时,我欣然应允了。一是感谢行言教授对我的信任;二是我觉得这部新著有新意和创意,对我很有启发,拜读之后感到有话可说。

我与行言教授相识二十余年,深知他钻研表现主义行之有年。记得十余年前,行言教授邀请我去西南交大讲课时就告诉我,他正在研究表现主义诗学,我当时就觉得很有意义,但没想到他把这项研究一直坚持下来,并且取得了突破性的进展,真使我感到由衷的欣喜和敬佩。

表现主义是 20 世纪上半叶西方现代主义文艺思潮的重要分支,同时也是以意大利美学家克罗齐和英国哲学家科林伍德为代表的现代美学流派的命名。虽然我国学界对克罗齐、科林伍德及其后继者卡里特、斯宾加恩等学者的美学思想都有不少的译介和研究,但是长期以来,我们对克罗齐美学与表现主义思潮的关系缺乏深入的探究,对作为现代文艺运动的表现主义的文艺观和创作思维更缺乏系统的认知和理解。由此所及,我们对整个现代主义思潮的理论基础和艺术理念也都知之甚浅。

本书以徐行言教授主持的国家社科基金优秀结项成果"表现主义诗学研究"为基础,结合行言教授及其团队近十年的后续研究,对表现主义作家和批评家的思想传承、创作理念和艺术风格进行了全面的梳理;凭借大量的第一手文献资料,整理出表现主义的知识谱系和理论基础,并建构起表现主义诗学的理论框架,使我们对 20 世纪前期作为现代主义运动核心的表现主义思潮有了更加深刻、全面的认识。

纵观西方 20 世纪文论,可谓流派纷呈,新见迭出,你方唱罢我登场,令人应接不暇。大体地看,20世纪上半叶的诸种理论,诸如象征主义、表现主义、精神分析,以及形式主义、结构主义等,大多以作家的艺术创作为出发点,探究作者创作的动机和作品形式构成的规律,意在回答"为何写"和"如何写"的问题。而20世纪后半叶的众多理论流派,诸如法兰克福学派、新阐释学、接受理论、解构主义、后现代主义、后殖民主义等,则重在作品意义的揭示与阐发,旨在解决"怎样读",如何重新厘定文学艺术价值等命题。现在看来,无论理论怎样发展,我们究竟为何而写和写什么,仍然是文学理论首先要面对的课题。因此,表现主义者所提出的问题永远也不会过时,不会失去意义。

表现主义思潮的出现,首先是针对将客观世界奉为圭臬的写实主义传统的反向运动,其次也指向开始游离传统但尚未彻底背弃模仿自然的印象主义。它最初用于指代与印象派有别的现代绘画风格,但是在以后的使用过程中,范围却逐渐扩展至文学、音乐、电影等领域,成为一个"综合性的观念"。而且即使是在文学领域,它的涵盖面也并不局限于一个流派,而是触及或包容了其他广为人知的范畴,并同它们发生重叠或包覆的关系,比如未来主义、立体主义、超现实主义都曾被视为表现主义的变体。这种综合化的运用,一方面表明"表现主义"并不是一个明确的、统一的流派或风格,而是一种泛文化的思想形态;另一方面,这种泛文化的思想形态也指示了表面上看似彼此区隔的各种现代主义流派,其实内含一套共通的话语模式。这种话语模式或许正是行言教授所探究的表现主义诗学。

20世纪初叶,面对社会的动荡和腐化,以及物质现代化和自然理性压倒一切的怪状,如何重新面对自我、表达情感、塑造精神,甚至于在种种纷纭的乱象之下用"心眼"发现生命的本然和历史的真相,成为世纪之交的文化人所共同关切的命题,乃至需要背负的时代重责。表现主义者从尼采处汲取灵感,发展"超人"哲学,缔结"心灵革命"。超人直面人生,突入虚无和荒诞。他不满于用幻象和伪饰麻痹自我,寻求慰藉;相反,本着抗争的精神,他强烈地传递和突显自己的主人意识和生命意志。虽然卡夫卡看起来消极避世、离群索居,但是,他直视人间光怪,以克制冷峻的笔调复写现实的诡谲,揭示出一种"心灵的现实",因而成为"超人"最有力的代表。正如卡夫卡是现代主义的缩影,表现主义也构成了现代主义思潮的"基本语法"。自我、精神、心灵、本质、变形、怪诞、寓言、陌生……这些流行于20世纪中外文艺界的关键词,恰是表现主义的核心语汇。

从这个层面来说,表现主义不仅存在语义上的广狭之分,更有现象层面和诗学层面的差异。对作为文艺现象的表现主义,学界历来有所关心。它或者隶属于思潮研究,或者隶属于影响研究,重在说明作为一个在德国兴起的文艺潮流,它如何扩充演绎,在接受各类理念和文化滋养的同时,也成为一个具有世界性影响力的文艺思潮。比如,表现主义在中国,或是表现主义里的中国元素,涉及的正是狭义层面上的表现主义。而广义的表现主义,则在乎各种并发或继发的文艺现象背后遥相呼应的隐秘关联,强调不同领域、主张或地区之间的文化思潮,存在着不谋而合、有志一同的探索。并且由此发生引譬连类的关联,甚至形成了一套可以理解现代主义的基本逻辑构造,形成一种实际上隐秘存在的"表现主义诗学"。换句话说,广义的表现主义,不仅仅是观察面的铺展,更是对这些看似各自为政的先锋文艺现象做了"灵魂"的探索。

行言教授和他的团队历经十多年的殚精竭虑,剔抉爬梳,既遍览了表现主义时代的各种理论宣言、文艺刊物,又检视了以德语世界为中心的各国表现主义研究的最新成果,在此基础上,提炼出涵盖了本体论、功能论、思维论、形式论、文体论诸层面的表现主义诗学的逻辑框架,为我们全面认识表现主义乃至现代主义的文艺思想,更深入地理解和阐发20世纪现代主义与后现代主义的先锋艺术实验都提供了系统的理论引导。这一成果不仅是国内现代西方文论和现代文艺思潮研究的一项全新成果,也无疑是对国际表现主义研究事业的具有开拓性的推进。

表现主义诗学体系的提出,在现代文论研究的语境里至少引出两个关键问题。第一,我们每每奉写实为圭臬,但其实现实主义只是20世纪进入中国的诸多外国流派之一,在当时的西方已是强弩之末。不过由于它和彼时的中国社会的发展诉求高度契合,使得它一度成了压倒性的写作选择。饶是如此,我们也不应该回避其他书写方案与中国社会所能发生的有益关联和激荡。本书的研究告诉我们,表现主义作家亦有强烈的社会意识,关注文艺的载道功能,只是他们选择了另一种面对世界的方式,从心灵出发,叩问了另一种看不见的现实。晚近有学者重提张灏"幽暗意识"的看法,指陈种种可见的历史表象之下,仍有心灵深不可测的黑暗面,戒慎恐惧之余,我们应当努力整顿,方有人间秩序的维护。这样的看法,其实和表现主义追求心灵之真的意见多有契合,他们所勉力处理的不只是社会乱象,更是心灵的失序。鲁迅所说的"于天上看见深渊""于一切眼中看见无所有",正是表现主义社会认知的基本思路。表现主义诗学为作家带来强大的主体自觉,为文艺创造拓展了无限的空间。以表现主义视角重新解读现代文学经典,无疑将打开另一个现实世界。而本书显然将为此提供切入的可能。

第二,现代文艺思潮多以创作的实验与探索为中心,其理论宣言多为作家、批评家们有感而发,往往专注于一点,未及其余。以表现主义思潮为例,作家、艺术家们或批判传统、针砭时弊,或大声疾呼、宣告新识,其间虽不乏精辟睿智的真知灼见,但多为片段化、零散化的应时之论,无论中外,迄今未见完整的诗学或文论体系问世。及至后现代语境下,解构成为常态。人们有意解散体系,消弭对本质性、普遍性的思考,强调枝节和偶然的价值,引出的是众声喧哗的主张。但是,解构之后、喧声之外,我们又必须承认自说自话终究无助于推动对世界和时代的理解,对话依然是一种重要的文化伦理。虽然它未必承诺和谐、民主的共处,但一定引导我们注意聆听彼此,在努力强调分歧和个别的"历史的意识"之外,继续致力于发现代表整体趋势的"历史意识"。表现主义诗学的价值,或许正在于从零星、散乱和咳唾之中重建一种整体关联。它依旧关心文学的本体、文学的风格、文学的形式、文学的意蕴等等看起来似乎已经时过境迁的内容和事项。后现代的大纛下,人们倦于凝练趋势、专注结构,转而强调自身标新立异、独出机杼的表现。长此以往,也就有意无意地在各种流派、各个学科,以及各种思想间画下一条条相对主义的边界线。然而,有心人如行言教授,披沙拣金,终究还是提纲挈领地抓出关键,意在将现代主义文艺家们各自为政的理论探索凝结为共识,尝试为审美现代性旗帜下的文艺实践总结出规律,最终为表现主义的现代性思考建立了一个旨在回答文艺创作所面对的诸多基本问题的认识之基。其中既有表现主义大师们思想的结晶,也蕴含了行言教授及其团队多年浸润其间获得的体验与升华。他们的工作表明,碎片之下仍有学人们心气相通、同气相求的呼应。表现主义诗学虽无意于将自身塑造为一种新的普适原则,但它的确务实地提出了如何跨越地、联系地处理各类碎片、关系的问题,它避免只在表面做形式上的区隔,而力图深入内部,探求本相之间的互通。

行言教授研究表现主义有深厚的积累。上世纪末,他与程金城教授合著的《表现主义与二十世纪中国文学》系统阐明了何谓表现主义,以及表现主义与中国现代文学的姻缘。更关键的是,该著作以表现主义视角重读现代文学经典,对鲁迅、郭沫若等现代经典作家的艺术风格及其美学渊源作出了与众不同的阐发,以"再解读"的方式为当代的文学阐释打开了新局面。近几年,他转而研究表现主义文学的中国想象与中国动机,通过考察表现主义作家对中国古典诗词小说的改写与再创作,思考中国文学如何影响、启发表现主义的创作,关心这些中国元素怎样在特定的语境里,助推了一场世界性文艺思潮的诞生。某种意义上,行言教授已经将中国与表现主义的关联研究做到了极致,正反两面皆有兼顾,而且也借由这两面的论述有力地表明:各种跨文化关系的确立,并不是一个直来直去的过程,而是宛如风之来回吹拂,是你来我往的交互。不过,诚如上述,无论这样的处置如何精细,毕竟它只落足在具体的历史事实之上,有其时空的局限和视野的限制。行言教授的抱负当然不满足于重回历史现场而已,他更在乎表现主义作为一个具体的历史进程或事件,如何打开更广泛的思想对话议程,展示一种具有超越性的启示。概言之,他也关心表现主义作为方法论如何发挥其历史和文化效应的问题。

行言教授是我的老朋友、好朋友。有感行言教授及其团队15年来潜心屏息,深入对象,发掘、翻译了许多珍贵的一手材料,精细地搭建起一个完整的论述框架,使得学界有机会综观博览表现主义的全貌,我在此聊进数言,权作引题。如果说表现主义的理想是建立一种总体艺术,那么,行言教授的新作也可谓施行了一项总体的文论研究工作。他调动材料、跨越边界、关心互动、通观全局,写出了他自己对于一个时代精神与心智的认识,也为我们打开了一番新的天地。希望此书能引起回响,并为当代文艺学的理论建构开启新的可能!

是为序。

朱立元
2022 年 7 月

目　　录

绪论 ……………………………………………………………………（1）
第一章　表现主义思潮与 20 世纪的文艺革命 ……………………（13）
　　第一节　表现主义艺术运动的兴起 ………………………………（14）
　　第二节　表现主义文学的艺术探索 ………………………………（23）
　　第三节　表现主义与 20 世纪艺坛的革命性变革 ………………（34）
第二章　表现主义思潮的理论探索 ………………………………（43）
　　第一节　表现主义思潮的哲学基础 ………………………………（44）
　　第二节　表现主义思潮的美学渊源 ………………………………（50）
　　第三节　表现主义运动的理论探索 ………………………………（59）
　　第四节　表现主义诗学的逻辑起点 ………………………………（68）
第三章　表现主义的艺术本体观 …………………………………（80）
　　第一节　表现精神而非再现自然 …………………………………（80）
　　第二节　表现激情而非歌颂理想 …………………………………（89）
　　第三节　揭示本质而非描摹现象 …………………………………（102）
　　第四节　作为艺术本体的形式和语言 ……………………………（112）
第四章　艺术与社会——表现主义诗学的文艺功能论 …………（124）
　　第一节　表现主义运动的政治目标 ………………………………（124）
　　第二节　表现主义诗学的艺术功能论 ……………………………（149）
第五章　表现主义的艺术思维论 …………………………………（163）
　　第一节　陌生化：艺术思维的逻辑前提 …………………………（163）
　　第二节　抽象化：现代艺术的形式表征 …………………………（186）
　　第三节　寓言化：表现主义作品的观念演绎 ……………………（197）
第六章　表现主义的形式观 ………………………………………（209）
　　第一节　形式与表现 ………………………………………………（209）
　　第二节　开启现代艺术的造型手段 ………………………………（218）
　　第三节　搭建通往本真世界的桥梁 ………………………………（232）

第七章 文类诗学——表现主义的文体论 …………（243）
  第一节 总体艺术作品：消除艺术边界的探索 …………（244）
  第二节 表现主义的戏剧理论 …………………………（256）
  第三节 表现主义的诗歌理论 …………………………（264）
  第四节 表现主义的小说诗学 …………………………（274）
  第五节 表现主义的电影诗学 …………………………（282）
结语 ………………………………………………………（296）
参考文献 …………………………………………………（301）
后记 ………………………………………………………（316）

绪论

自 19 世纪后半叶以降,以欧洲文坛为中心兴起了一场波澜壮阔的文艺革新浪潮,这场被后人命名为现代主义的文艺潮流又是由众多以反传统为宗旨的艺术流派和新兴风格汇聚而成的。这些思潮和流派尽管口号不同,名头各异,却无不以其波诡云谲、惊世骇俗的艺术表现形态挑战着西方传统的美学观念和艺术标准,进而孕育出 20 世纪世界文艺舞台令人耳目一新的各类先锋文学与实验艺术。这些充满反叛性的艺术创作实践无论在艺术观念、表现形式,还是风格技巧上都迥然异趣于从古希腊以来西方文学艺术形成的以模仿现实为中心的经典范式,也与文艺复兴以来建立在人道主义和科学精神基础上的理性主义加理想主义的启蒙现代性模式大相径庭。然而,正是这些富有探索性和反思性的艺术实践推动了审美现代性在 20 世纪的发生。对此,美国建筑师理查德·韦斯顿(Richard Weston)指出:"现代意味着与时代同步,而现代主义者则意味着忠实于创新的传统,这个传统成为 20 世纪早期进步艺术家所创造的一个坚定信念。"[1]他进而引用意象派诗人埃兹拉·庞德(Ezra Pound)的名言来证实这一点——

> 现代艺术有其独特的使命——前瞻的眼光或者说前卫的责任,它总是走在其所处时代的最前沿,并且改变着这个时代。[2]

---

[1] 理查德·韦斯顿:《现代主义》,海鹰、杨晓宾译,北京:中国水利水电出版社,2006,第 7 页。

[2] 同上书,第 59 页。

作为20世纪初发端于欧洲并波及世界文坛的现代文艺运动，表现主义是20世纪现代主义浪潮中一个持续时间较长，波及领域广泛，其影响也不断发酵的思潮。其影响所及，在美术、戏剧、诗歌、小说、音乐、电影等艺术领域均创造了诸多奇观。在20世纪异彩纷呈、此消彼长的众多文艺浪潮中，表现主义无疑是具有重要影响力和广泛代表性的一个。这不仅因为这个运动涉猎到广阔的艺术领域，涵盖了不少艺术派别，更由于它所提出的理论和创造的风格远远超越了这个运动发生的特定时空，它跨越了地域、语言、国界，也跨越了历史，从而为我们深入理解现代主义运动的宗旨与内涵提供了契机。

一、寻找现代主义运动之魂

关于现代主义的内涵，理查德·韦斯顿做过如下描述：

> 现代主义是对一大批令人迷惑的运动和思想的概括性的称谓，包括立体主义、表现主义、未来主义、达达主义、系列主义、后现代主义等运动，以及抽象、功能主义、无调主义、自由诗等思想，这些运动和思想大多出现在第一次世界大战前后。现代主义的影响波及所有的艺术领域，诗人、画家、作曲家、作家、建筑师、舞蹈设计师、导演以及电影制片人竭尽全力在他们所处的"新时代"中寻找自己的位置。[①]

虽然中西学界对于上文提到的后现代主义运动的归属尚存有分歧，但用现代主义来概括20世纪上半叶的各种先锋思潮和流派是达成了基本共识的。问题是这些流派有没有共同的理论基础和艺术主张？在他们各执一隅的艺术实验背后有没有大致相近的内在逻辑和表现技巧？如果有，是什么？毕竟现代主义这个概念只是后世的研究者和学界对这些运动的赋名，并非源自那一代身体力行的艺术实践者们内心的共同主张。因此，我们还需要为现代主义运动赋魂，去发掘这场运动的参与者们创作的初衷和他们的艺术理想。而这个隐藏在艺术活动背后的创作动机之魂在笔者看来便应当是表现主义诗学。

我们为什么要将目光聚焦到表现主义诗学呢？我想有两个最基本的

---

① 韦斯顿：《现代主义》，第7页。

动力。

首先是表现主义的艺术探索和创作风格在20世纪现代主义运动中具有特殊的代表性和普适意义。德国马堡大学表现主义研究中心的前主任托马斯·安茨(Thomas Anz)教授指出：

> "表现主义"这一概念用来标识一种文化艺术革命运动并不是事后的发明，它几乎与这一运动本身相伴而生。表现主义的概念史富有启发与教益，因为概念的新颖性迎合了运动的创新要求，在它的最初阶段就对这一运动的发起，成功以及永久的自我标榜产生了重要的影响。①

历史地看，在美术领域，表现主义一开始就是作为那些相互角逐的艺术家和团体的总称出现的，表现主义术语产生之初，就是用于描述后印象派以及法国的野兽派和立体主义画家的展览的。人们已经在1911年4月举办的"22届柏林分离派展览"的目录中找到了最早使用这一概念的书面证据。那上面写道："我们还要展出一批更年轻的法国画家的作品，一批表现主义画家的作品。我们认为，不应该对公众，尤其不应该对艺术家隐瞒它们。"②这里提到的画家包括梵高、高更、马蒂斯和毕加索，他们此前分别被归入后印象派、野兽派和立体主义。之后这个名单里又出现了来自法国以外的画家如康定斯基(Wassily Kandinsky)、席勒(Egon Schiele)、克利(Paul Klee)，还有自称未来主义或达达主义的艺术家们，无不被聚集到表现主义的旗帜下。奥地利的艺术批评家赫尔曼·巴尔(Hermann Bahr)在1916年出版的《表现主义》一书中，更是将除印象主义之外的所有新兴的运动都纳入表现主义的麾下。他写道：

> 表现主义者要探寻的都是前所未有的。它意味着：一种新的艺术形式将脱颖而出。凡是看了一幅表现主义绘画的人，无论他看的是一幅马蒂斯的，或是毕加索的，一幅佩希斯泰因的，或是一幅柯柯希卡的，一幅康定斯基的，或是马克的，一幅意大利的，或是波西米亚未来派的；他们都会一致表示：这确实是前所未有的。所有这些人在前所未有这一点上是相同的。最新形式的绘画产生了各小帮派团

---

① Thomas Anz, *Literatur des Expressionismus*(《表现主义文学》), Stuttgart: J. B. Metzler, 2002, S. 2.

② Ibid., S. 3.

体,这些小帮派团体之间都相互执一种不满的态度。他们的共同点在于:他们完全脱离了印象主义,朝着与之相反的方向发展(因而我在这里也就将他们统称为表现主义。尽管这一名字在最初是属于某个团体,而与团体是大相径庭的)。①

其后,表现主义理论家埃德施密特在1918年提出,表现主义是源于人类共有的基本精神。因此,"任何时代都有表现主义,没有没有表现主义的区域,没有不是以火热的感情来创造它的地带。没有哪一个部落不是以表现主义来赞颂和塑造那麻木不仁的神祇的"。他进而指出亚述人、波斯人、哥特艺术、埃及人、原始人、中国童话乃至德国古代的画家都有过这样的风格②。此外,表现主义的批评家们还时常提到荷尔德林、诺瓦利斯、但丁、拉伯雷、薄伽丘、毕希纳、惠特曼,甚至歌德。瑞士著名德语作家,诺贝尔文学奖获得者赫尔曼·黑塞在评述埃德施密特的观点时写道:

> 我也到处看到"表现主义",并听到艺术在四处深深呼唤着我。在我自己私人的宗教体系和神话中,我把表现主义称为宇宙的声音、原始家园的记忆、永恒的世界情感、个人对世界诗意的倾述,以及某个寓言当中的自我认知和自我体验。③

除了绘画之外,表现主义在其他现代艺术形式中的影响也是无处不在的。关于戏剧,我们可以想起更多的名字——从斯特林堡到魏德金,从科柯施卡到哈森克勒维尔,从凯泽、托勒尔到布莱希特,从捷克的恰佩克到美国的奥尼尔,从日本的武者小路实笃到中国的洪深,再到后来的残酷戏剧、荒诞派戏剧,无不留下表现派戏剧的影子。关于诗歌,从许勒、贝恩、海姆、韦尔弗、特拉克尔、贝歇尔,一直到郭沫若……我们也可以开出一个长长的单子。小说家从德布林、埃德施密特到卡夫卡、恰佩克,此外还有电影、音乐……总之,不同的艺术领域,不同的时期,似乎各不相同的

---

① 赫尔曼·巴尔:《表现主义》,徐菲译,北京:生活·读书·新知三联书店,1989,第40页。

② 埃德施密特:《论文学创作中的表现主义》,袁志英译,袁可嘉等编选:《现代主义文学研究》上册,北京:中国社会科学出版社,1989,第441页。

③ Hermann Hesse," Zu 'Expressionismus in der Dichtung'"(《浅谈〈论文学创作中的表现主义〉》), In Thomas Anz u. Michael Stark (Hg.), *Expressionismus*:*Manifeste und Dokumente zur deutschen Literatur 1910—1920*(《表现主义——1910—1920德语文学宣言与文献》),Stuttgart:J. B. Metzler,1982,S. 86—90.

艺术面貌,表现主义者靠什么汇聚在一起?

德国著名的表现主义诗人哥特弗里德·贝恩敏锐地看到了这一点。他指出:"这个流派——它在其他国家被称为未来派、立体派,后来又被称为超现实主义,在德国保留着表现主义的名称,它在经验性的变化方面具有多样性,在其以粉碎现实、不顾一切地寻根究底为其内在的基本态度方面具有统一性……"①这一观点得到很多研究者的认同,应当说在诗学和艺术方法的意义上,我们完全有理由将这些流派的创作特色视为同一艺术思维范式与创作模型在不同时期和不同文化语境中的风格变体——在德语国家和北欧是表现主义,在法国是立体主义与超现实主义,在意大利和俄国是未来主义,在二战之后是荒诞派文学……

事实上,这并非只是表现主义作家自作多情的看法,其他学者和艺术家也有不少赞同此观点。例如著名超现实主义画家马松(Andie Masson)直到1960年代中期,仍坚持认为超现实主义只是表现主义的一个特殊的支脉。

美国威斯康星大学的朋特(Bender)等四位教授共同撰写的《文学中的现代主义》②一书,将现实主义、表现主义和印象主义作为现代主义的三种主要创作方法。而书中所说的表现主义即包括了我们通常所说的现代主义运动中各种先锋性思潮流派的艺术方法。作者指出:

> 虽然从历史上看,"表现主义"指二十世纪初起源于德国的一场运动,但这一术语通常会被用来指某些艺术家,他们力求表现的是感知者这方面的自然,而不是被感知的对象。在这个意义上说,有多少表现主义的艺术家,几乎就有多少表现的样式。不管他们称自己为象征主义者、意象主义者、超现实主义者,还是荒诞派,他们都寻求表现独特的人心,而不是它所观察的物质世界。③

他们认为表现主义艺术家的基本立场可以如此加以概括:这一运动形成于世纪末,旨在反对文学上的现实主义原则。这一表述显然过于笼统,于是他们引用英国批评家沃尔特·佩特的话说:我们只是按照我们

---

① 哥特弗里德·贝恩:《〈表现主义十年抒情诗选〉序》,张荣昌译,《现代主义文学研究》上册,第454页。
② 该书由加拿大霍尔特·莱因哈特·温斯顿公司于1977年出版。
③ 朋特等:《现代主义中的现实主义、表现主义、印象主义》,胡苏晓译,《文艺理论研究》1987(2)。

在心中重建的那个世界来理解世界。既然每一个人都生活在自己构造的世界中,艺术家在其艺术作品中就只能模仿自己的个性。① 应当说,正是这种坚持反写实反传统的立场使表现主义运动从一开始就站在精神革命的高度引领着不同流派的先锋性艺术实验探索前行。因此,把它称之为现代主义运动的核心和灵魂也是毫不夸张的。

发展地看,1910年代以德国为中心的表现主义运动,到1930年代已经式微。但从1940—1950年代美国纽约画派的抽象表现主义到1980年代德国的新表现主义,表现主义的艺术思想和风格在不同的名义下持续发展和延伸。表现主义就像一个幽灵始终"阴魂不散"地游荡在20世纪人类文化艺术的疆域里。它也使表现主义的理论与创作能超越其历史阶段保持长久的活力。而当代批评家们又开始探讨表现主义思潮与后现代先锋派文学的种种联系。

作为20世纪兴起的重要文艺思潮,表现主义运动不仅在当时的文学艺术创作中产生了世界范围的影响,并且在美学和诗学领域引起了一场革命性的变革。其中以克罗齐(Benedetto Croce)、科林伍德(Robin George Collingwood)为代表的表现主义美学已被公认为20世纪美学的重要里程碑之一。英国美学家埃德加·卡里特(Edgar Carritt)进而坚定地宣称:"在美学的历史中,我们可以发现人们日益共同地强调认为,所有的美都是对一般可以被称之为情感的东西的表现,而且所有这样的表现都是美的。"②

而在诗学层面上,表现主义的文艺观及其所开创的艺术风格对20世纪现代主义文艺运动中的大多数思潮、流派乃至后现代主义时期的某些流派(如荒诞派戏剧、黑色幽默文学乃至美术思潮中的抽象表现主义、新表现主义等)都产生了十分深刻的影响。因此有学者将它视为历史先锋派,因为后现代先锋派的诸多艺术观念、艺术形态和表达方式都早已在这个流派的创作中显露端倪或埋下伏笔。对此,英国学者理查德·墨菲(Richard Murphy)写道:

>在这方面,两种文化形态(表现主义先锋派与后现代)显然是有联系的:二者都对一切总体化的理论建构持有戒心,并都借它们相

---

① 朋特等:《现代主义中的现实主义、表现主义、印象主义》。
② 埃德加·卡里特:《走向表现主义的美学》,苏晓离等译,北京:光明日报出版社,1990,第238页。

应的需要向总体开战。

……

表现主义先锋派与后现代主义之间尼采式的联系,在于他们有着解构传统西方思想中一些指导原则的共同目标。[1]

很显然,在墨菲那里,表现主义是作为现代主义运动的代表与后现代文化思潮发生交集的。然而,与后现代文化不同的是,表现主义是一个以艺术创作为主要形态的文艺潮流,在理论上的建树远远无法与后现代思潮相提并论。为此,就需要将表现主义者们的理论思考与文艺观念凝练为系统化的诗学理论,方可与后现代的理论进行对话,也才可能与现代主义之前的各种思潮,如现实主义、自然主义、浪漫主义等进行对话。

从上述种种不同流派的艺术实验里,我们看到了现代主义运动对以再现模仿为中心的西方美学传统和艺术思维的集体反叛,也看到了对细节真实、理性尺度、逻辑化等基本的形式规范与标准的全面挑战。这使我们更想探究此中的奥秘——这些在思想观念和表现形态上千差万别的流派和作家,靠什么汇聚在一起?是对传统的颠覆,对自我的表现,还是对新形式的探索?或因为理想的共鸣、艺术观念的相通?或由于艺术语言的相似、风格的一致?也许正是诗学观念和艺术风格上的共鸣带来了这种现象。试想,倘若我们试图在一个新的视点上用一个比"现代主义"更具表征性和概括力的命名来统摄上述诸流派在艺术形态上的相似性和诗学背景上的"统一性","表现主义"也许恰是一个更为适合的名称。

因为,真正可以作为20世纪现代艺术的理论基础,对20世纪文艺转型做出直接贡献的正是表现主义运动在文学观念和艺术方法上的探索与创新。然而,由于缺乏完整的总结和系统的理论建构,表现主义作家与理论家们的诗学思考与风格探索往往被肢解或忽略,未能形成独树一帜的诗学体系。因此,本书试图通过建构表现主义诗学,为20世纪的现代主义运动找到某种共同的精神内核和理论支点。

二、建构表现主义诗学的条件

那么,我们是在何种意义上,基于哪些材料来讨论表现主义诗学问

---

[1] 理查德·墨菲:《先锋派散论——现代主义、表现主义和后现代性问题》,朱进东译,南京:南京大学出版社,2007,第208页。

题呢?

　　需要说明的是,我们研究的重心不是克罗齐、科林伍德建立的有时也被称为诗学的表现主义美学理论,而是作为20世纪现代艺术运动的理论基础的表现主义理论。我们之所以将其称之为诗学,是因为它包含了大量的关于艺术思维、艺术风格、艺术符号运用的手段和技巧的探索,而不像克罗齐和科林伍德的著作那样,仅仅停留在哲学层面或艺术本体层面的思考。

　　还需要说明的是,我们这里所说的诗学是广义诗学。首先,它融合了文学理论和艺术理论。因为表现主义是一个跨界的艺术运动,表现主义的理论家和艺术家们的艺术思考往往也都是跨界的,他们提出的最高艺术理想就是创造一种综合运用美术、音乐、表演、影像和文学等不同艺术门类的多种手段的"总体艺术作品"(Gesamtkunstwerk)。他们试图打破不同艺术体裁的界限,创造一种融会多种艺术语言的全新表现形态;因而在探讨艺术规律的时候并不单纯以文学或美术等某一特定的艺术门类为参照系。基于这一特殊背景,本书的理论出发点和运用的材料有时也会针对文学与艺术的共同问题。其次,我们整理的表现主义诗学并不局限于德国表现主义运动中直接提出的理论宣言,也包括现代主义思潮中不同流派(如未来主义、立体主义、超现实主义等)的艺术家和批评家们所提出的与表现主义艺术观念相通的理论思考与总结。此外,一些并未直接参与表现主义运动,却对表现主义诗学的理论建设作出了实质性贡献的作家和理论家如布莱希特、本雅明等提出的关于陌生化、寓言化的理论同样可以成为表现主义诗学的理论资源。

　　所幸的是,我们发现参与这个运动的艺术家和理论家们在投身艺术创造实践探索的同时,也就关系到现代文学艺术的基本问题提出了大量富有挑战性和建设性的诗学理念,尤其是对现代艺术思维和风格的形成提供了具有启示性和合理性的观点,使我们能够沿着他们提供的思路去理解那个时代艺术家们所面对的课题。从托马斯·安茨和米夏埃尔·史塔克合编的《表现主义——1910—1920德语文学宣言与文献》中我们看到近200位作家和批评家对表现主义的艺术观念作出了自己的阐发或批评。

　　我们注意到,自沃林格尔(Wilhelm Worringer)、康定斯基、赫尔曼·巴尔、品图斯(Kurt Pinthus)、贝恩、埃德施密特、布莱希特等表现主义艺术的实践者和理论阐发者的理论探究与思考发表以来,西方作家和学者对于表现主义文学艺术的理论阐释和总结就从未中断过。而我们在研究过程中更接触到一批新世纪以来的最新成果,说明在世界范围内对表现主义运动的研究仍方兴未艾。近些年来,欧美学界有不少学者开始重新"关注表现主义",审视其艺术观念和表现风格所呈现的先锋性,研究其在从现代主义到后现代主义的历史进程中所具有的历史地位和所发挥的作用。

2010年10月24日至2011年2月13日,在德国的达姆施塔特尔举办了一次"表现主义总体艺术作品展",展览不仅展出了众多不常见的表现主义油画、雕塑、蚀刻画等,还展出了表现主义时期代表性的建筑模型、舞台布景线稿、招贴画以及珍贵的老照片,策展方更与德国国家电影博物馆合作,以多媒体的形式动态呈现了多部表现主义电影,此次活动的代表性展品和数十篇由德国相关领域权威学者执笔的论文收录在2010年出版的《表现主义总体艺术作品:1905—1925艺术、电影、文学、戏剧、舞蹈与建筑》中,总篇幅逾百万字。在研究方面,1972年德国出版的保尔·拉贝整理的表现主义研究资料集《表现主义文献索引:1910年至1925年间表现主义文学杂志和年鉴书目》篇幅达18卷之巨。1985年再版的保尔·拉贝主编的《表现主义文学作家和著作词典》列举了347位作家和大约2300种关于表现主义的出版物。迪特玛·埃尔格编著的《表现主义——一场德国艺术的革命》系统整理并阐发了德国和奥地利表现主义绘画领域的多个流派的艺术成就,并为其中20多位代表人物立传;该书继1998年在欧美亚多地推出德文版之后,2007年又出版了英文版,在2018年的再版中,作者新加了前言,其中历数了近几十年表现主义作品在博物馆和艺术品市场的抢眼表现。新世纪以来,尚有托马斯·安茨的《表现主义文学》、库尔特·温克勒的《博物馆与现代派:路德维希·约斯蒂斯的杂志〈当代博物馆〉与表现主义的博物馆化》、玛里昂·撒克瑟和尤利亚·克洛特主编的《各类艺术中的表现主义》等新著不断问世。

不仅德语世界的表现主义研究经久不衰,英语世界的研究也出现了新的成果。1978年美国查特韦尔出版公司出版的林内尔·理查德主编的《表现主义百科全书》,这部由多位学者执笔的著作分别从绘画、雕塑、建筑、文学、戏剧、电影、音乐等多个领域全方位地梳理了表现主义运动的艺术成就和代表人物。1999年剑桥大学出版社出版的加利福尼亚大学理查德·墨菲教授的著作《先锋派散论——现代主义、表现主义和后现代性问题》将表现主义的诗学与艺术实践与20世纪后期后现代主义的先锋派运动联系起来,发现了二者之间的内在联系与共通性。此外还有唐纳德·高尔顿教授编著的《表现主义的艺术与观念》、东安格利亚大学理查德·谢帕德教授主编的论文集《关注表现主义:第一届 UEA 德国研究研讨会》、尼尔·H·多纳休主编的《德国表现主义文学指南》、丽萨·玛丽·安德尔森著的《德国表现主义与一代人的弥赛亚主义》(2011)、伯恩哈德·福尔达与阿雅·索依卡合著的《马克斯·佩希斯泰因:表现主义的崛起与衰落》(2012)。这些著作除了关注表现主义的创作成果和历史贡献外,更注重对表现主义的艺术思想和诗学理论的考察和分析。相比之下,中国学界在这一领域的研究尚显得十分薄弱。近年来出版的各种西方文论史著作大多以克罗齐和科林伍德的表现主义美学代替表现主义文论。然而事实上,克罗齐和科林伍德的美学不仅未讨论诗学层面的诸多基本命题,也与表现主义文学运动及其创作风格的形成没有直接关联。从内容上看,表现主义美学可以作为近代以来各种以作者的主观表现为创作出发点的文艺潮流(如浪漫主义、象征主义、表现主义等)的共同的理论基础,但却并不能涵盖表现主义运动提出的诸多艺术主张和艺术实践,有的甚至与之相抵牾。迄今为止,国内尚无一部系统研究表现主义诗学理论和艺术范式的专著,专题讨论也仅有张黎编译的《表现主义的论争》和曹卫东主编的《审美政治化——德国表现主义问题》等屈指可数的几种。这不能不被认为是中国现代文论建设中的一大缺憾。为此,我们不揣谫陋,试图填补这一理论研究上的空白区域。这正是本书作者们选择这一研究课题的初衷。

上述成果的研究对象除表现主义作家作品及思潮流变之外,也涉及从文艺观、形式论到风格技巧等诸多领域。这些研究表明,在涉及文学艺术的价值与规律的诸多问题上,表现主义思潮及其与之相关联的其他现代主义流派已经形成了自己基本的理论主张和诗学思考。诚然,更多的文学家、艺术家还是通过自己的创作呈现自己的诗学立场和艺术表现风格。不仅如此,一些西方表现主义作家和批评家还提出了探讨表现主义诗学与中国传统艺术及诗学联系的命题。不过迄今为止,就我们所涉猎的资料看,西方批评家亦未建立起一套较为成熟和完整的表现主义诗学理论框架。可见,对表现主义诗学的全面研究已成为当代中外文艺理论研究中一个亟待填补的空白。

接下来的问题是,怎样去建构表现主义的诗学理论框架?在当下这样一个反本质主义盛行的时代,任何建立理论体系的企图都难免遭到质疑和嘲笑,何况我们面对的是100年前提出的思想。但我们仍然相信,表现主义艺术家们所进行的艺术实验到100年后的今天仍能激起人们广泛的兴趣,并对当下的艺术活动带来启示和借鉴,这就值得我们去探究它的奥秘。

这里我们所谓的建构,主要是指对历史上那些松散凌乱的思想碰撞和智慧之光加以发掘、清理和定位,以发现在那样一个轰轰烈烈的历史聚焦点上,人们都提出和回答了哪些文学理论的基本问题,而他们对这些问题的答案又与现代主义之前的那些经典理论和实践有什么样的根本性差异。我们还想探索:现代主义艺术家们的探索和创造,在后来的岁月里对人类的艺术活动带来了什么样的影响和推动?而经过时间的检验之后,这些影响哪些成为昙花一现的过眼烟云,哪些又在人类的艺术思想宝库中增添了财富?为此,我们试图以历史上文艺思想家探讨文艺问题的基本视角(如文艺的本体观、功能效用观、思维特征、形式观、技巧规范等)为切入点,将表现主义倡导者关于这些基本问题的回答乃至实践探索都纳入上述框架内加以清理和阐发,找到它们之中的内在逻辑,总结出它们与西方传统诗学的异同,最后提炼出表现主义诗学的基本范畴与逻辑架构。

尽管我们对表现主义前辈挑战传统和革故鼎新的勇气充满了崇敬,但限于资料和能力,我们并不期待能将他们的遗产整理成严整的逻辑化体系。至于我们的努力是否获得预期的收获,有待同仁指教、方家评判。

三、本书的研究过程、未解决难题及理论框架

本书源自国家社科基金项目"表现主义诗学研究",项目自2006年开始启动,其间因各种缘由,多有延搁,而国内外广泛搜集文献资料,也耗费了大量精力。2013年正式通过结项鉴定,但我们并未就此停步,此后又经数年的新资料搜集和修改、补充,方成此稿。

在阅读和翻译文献资料的过程中,我们逐渐体会到问题的错综复杂。如何理解表现主义运动的多元背景?如何看待它与社会革命及法西斯主义之间的关系?怎样把握表现主义运动与其他现代思潮流派的关系以及它在整个现代主义运动中的位置?面对浩如烟海的文献,我们时常倍感纠结。更令人难以把握的是表现主义思想家们自身的矛盾。他们都是在现实中的人,受到各种环境因素的制约,这会使他们的思考和理论都变得

不那么单纯。像康定斯基,既倡导内在需要的主观表现,又有功利主义的社会动机。布莱希特在表现主义和社会主义现实主义之间游移的脚步究竟停在哪一方?他说的话哪些是真心,哪些又是违心的?再如表现主义诗学本身,既有反叛理性的激情,又有探究本质的渴望,既主张形式至上,又有真理追问……总之,你会发现每一个答案背后,都可能包含悖论和反证,着实让我们难以判断和下笔。我们这才明了此前的研究为什么一直困难重重。

当然,课题终究是要交卷的,找不到明确答案的难题,就只有交给读者去思考和判断了。

本书采用的是纵横互证的理论框架,前两章对表现主义运动的背景、历程、主要成果和相关的理论资源进行历时性的清理和扼要的介绍,三至七章按照笔者所提炼的表现主义诗学的理论构架对表现主义文艺观以及它在艺术实践中对传统艺术思维和艺术形式的颠覆和对新范畴、新形式的探索与创造加以全面的总结,以便读者既能够了解在当时的语境下表现主义思潮产生的背景,又能从深度的观念和形式上理解表现主义诗学的理论价值,和它所创造的具有普适意义的审美风格和艺术方法对20世纪文学艺术发展的独特贡献。这就是我们的初衷和期望。

第一章　表现主义思潮与20世纪的文艺革命

　　19世纪后期到20世纪初的欧洲,西方传统的哲学、美学理论和经典的艺术表现方式不断受到质疑和挑战,一种全新的诗学观念和艺术表达方式开始悄然兴起。以唯美主义、象征主义为前驱的反传统思潮到20世纪初开始发展为席卷整个欧洲的声势浩大的现代艺术运动,这一运动在不同的地区被冠以不同的旗号,诸如法国的后印象派、野兽派、立体主义,意大利、俄罗斯的未来主义,德国、奥地利的表现主义,从瑞士席卷欧洲的达达主义,以及后来居上的超现实主义……这些新兴的艺术派别分别在绘画、雕塑、文学、戏剧、音乐、电影等多个领域展开了形形色色颠覆传统的实验。它们遥相呼应,相互渗透,步调一致地向西方世界沿袭千年的经典艺术标准和传统表达方式发起进攻,不断创造出惊世骇俗的奇观,成为令当时的文坛和公众都不得不加以正视的新兴力量。于是,能否给这一富有革命性的文艺运动冠以统一的命名,一度成为艺术家和评论家们关注的焦点。

　　毋庸置疑,德国的艺术家们打出表现主义大旗时,正是希望将它作为统摄整个现代艺术运动的共同标志。如前所述,表现主义诗人贝恩、理论家埃德斯米特等都曾论述过这一立场。应当说,在现代主义这一概念流行之前,这一主张是得到较广泛社会认同的。表现主义思潮之所以能产生如此巨大的能量,是由于表现主义运动提出的艺术观念概括了诸多现代流派的共性,正是它旗帜鲜明的反写实反传统的立场使表现主义运动从一开始就站在精神革命的高度引领着不同流派的先锋性艺术实验探索前行,也使表现主义的理论与创作能超越其历史阶段保持长久的活力。

第一节　表现主义艺术运动的兴起

尽管表现主义的艺术和文学直到1910年代才高扬起自己的旗帜,成为得到广泛认同和响应的自觉艺术运动,但作为一种艺术思想和艺术创作倾向,它的孕育和萌芽却可以追溯到19世纪晚期的欧洲艺苑。而表现主义作为一个批评术语出现的时间则还可以往前推。

西方学术界的研究表明,表现主义这一术语首先产生于绘画领域。1850年7月,在英国一份名为"泰特的爱丁堡杂志"的刊物上,一篇未署名的文章第一次提及一个"现代绘画的表现主义流派",尽管这个流派与我们今天所熟知的表现主义画家们并无直接关系。此后,1880年在曼彻斯特,批评家查尔斯·霍力(Charles Holby)在一次演讲中用"表现主义者"这个术语来描述那些力图表现他们的感情和情欲的现代画家。与此相伴随,1878年,在美国作家查尔斯·凯(Charles Kay)的小说《波希米亚人》中,出现了一群自称为表现主义者的豪放不羁的作家。而在法国,一位不太知名的画家于连·奥古斯特·哈尔韦(Julien Auguste Javier)1901年在"独立沙龙"(Salon des Independants)以表现主义为标题展出了自己的8幅作品。[①] 这些作品被描述为具有学院写实主义风格的自然风景习作。此后他几乎每年春季都在独立沙龙以"表现主义派"的名义展出作品,直到1914年。这些例证表明,这一阶段人们对表现主义这一术语的运用是以分散的、自发的方式进行的,由一些不愿走复制自然老路的艺术家作为对抗印象主义的新观念来提出的,人们尚未将它作为具有明确定义的风格或特定的艺术趋势来看待,因此在当时它还未能产生很大的震动和影响。

另一方面,在未经命名的情况下,一批艺术家却在他们自己艺术创作的实践中不约而同地探索着一条新的艺术道路,并逐渐汇聚为一股巨大的潮流。这当中首开风气之先的是被称为后印象派的三位大师塞尚、高更和梵高,其中梵高和高更被普遍看作是表现主义美术运动的先驱。这

[①] 参见 Lionel Richard, *The Concise Encyclopedia of Expressionism*(《简明表现主义百科全书》), New Jersey: Chartwell Books, INC., 1978, pp. 7—8.

第一章　表现主义思潮与20世纪的文艺革命

些从印象派中分离出来的画家不再满足于全神贯注地捕捉和描绘自然界中纷繁变幻、转瞬即逝的光和色,同时也不愿回到追求精确客观摹写自然的学院派老路,他们把目光转向了自己的精神世界,转向了描绘灵魂的风景画。梵高说:"我试图用红色和绿色为手段,来表现人类可怕的激情。我要用星星表示希望,用落日的光辉表现一个灵魂的渴望。无疑,其中并没有什么立体镜式的写实主义的东西,但是难道它不是实际存在的东西吗?"①保罗·高更则认为:"艺术已经经历了一个漫长的被物理学、化学、机械学和自然研究引入迷途的时期。艺术家们正在失去他们全部的原始天性,已经不再有直觉,甚至可以说不再有想象,在每一方面都误入歧途。"②而在他们自己的绘画作品中,直接平涂的非描绘性的强烈色彩代替了自然和谐的光色关系,对比鲜明甚至相互冲突的色块组合代替了色调柔和、层次分明的明暗转换和过渡,违背透视关系的平面感、夸张变形的形象和强有力向上旋转的笔触取代了深度透视、稳定的构图和优雅的姿态。在梵高的《星空》《向日葵》,高更的《雅各与天使搏斗》《敬神节》等名作中,观者再也找不到欣赏传统绘画时那种一见如故的真实感,然而我们却分明可以感受到画面中洋溢的艺术家火一样的激情、动荡的灵魂和对生命的挚爱。另一位表现主义艺术的先驱者是挪威画家蒙克(Edvard Munch)。他心中充斥的痛苦、忧郁和恐惧成为他创作一贯的主题。他说:"我要描绘的是那些触动我心灵眼睛的线条和色彩,我不是画我所见到的东西,而是画我所经历的东西。"③因此,蒙克作品中常常显现出暗淡的色彩和扭曲的形象。他在1885年和1893年分别以版画和油画的形式创作的《呐喊》,描绘了一个猛然觉悟到自己置身于恐怖境地的人,面对荒原般的世界发出惊恐呼号的骸骨般的神态,被认为是对表现主义艺术风格及其精神品质的最好诠释。

进入20世纪之初,以马蒂斯(Henri Matisse)为首的年轻的法国野兽派艺术家和立体主义的创立者毕加索等人,继承和发展了上述先驱者们的艺术探索,其中,前者在对色彩的抽象上更加大胆和激进。在马蒂斯的作品中,未经调配的色彩的大面积平涂、对比强烈的色彩组合,加上线条

---

① 转引自巴尔:《表现主义》,第18页。
② Donald E. Gordon, *Expressionist: Art and Idea*(《表现主义的艺术与观念》), Newhaven and London: Yale University Press, 1987, p.1.
③ 转引自巴尔:《表现主义》,第18页。

简单稚拙的扭曲形体,都成了艺术家对抗自然摹写的武器。同时,马蒂斯还利用雕塑、石版画和剪纸等不同的艺术形式对形体的抽象和变形进行了广泛的尝试。而毕加索和他的追随者们则在对形体的抽象和几何化上继续向前推进。他们打破了传统绘画的时空格局,分割对象的各个部分,再以独特的方式将这些被分解的部分组合在画面上,形成了令习惯传统艺术标准的人们瞠目结舌的独特的艺术语言。所有这些表现主义先驱者的共同点在于:他们放弃了写实主义和印象主义以自然的客观属性为模仿对象的艺术前提,不再将对作品视觉外观真实感的要求作为衡量艺术品优劣的基础。相反,他们把由内向外地表现个人的情感或个人对于生命的观念作为艺术的目标与内容,因而最早为表现主义艺术提供阵地和摇旗呐喊的艺术批评家赫尔瓦特·瓦尔登、沃林格尔、赫尔曼·巴尔等人,都将他们以及稍后兴起的意大利未来派统统归到了表现主义的旗帜下。

与之并行的,是19世纪最后10年兴起的新艺术运动中奥地利的维也纳分离派(1897),其代表人物是克里姆特(Gustav Klimt)和埃贡·席勒等。克里姆特以其具有鲜明装饰风格的非描绘性的绘画和壁画作品,及其象征性的主题拉开了艺术与现实的距离。英年早逝的席勒则以极度痛苦和扭曲的形象表现了自己内心的挣扎与激情,成为继科柯施卡之后奥地利表现主义绘画的杰出代表。

自1911年始,表现主义这一术语开始被反复使用。它最初被1911年4月"柏林分离派第22届画展"的组织者用来描述包括毕加索、勃拉克(Georges Braque)和德兰(André Derain)、杜飞(Raoul Dufy)在内的早期立体派与法国野兽派画家的风格。紧接着,著名批评家沃林格尔也在《风暴》杂志上撰文谈论年轻的巴黎"表现主义者",而他把这一名称赋予了包括梵高、高更、塞尚在内的后印象派画家。此后,德国批评家保尔·费迪南德·施密特又在题为《论表现主义者》的文章中将塞尚、高更、梵高和蒙克、霍德勒尔(Hodler)、马蒂斯等人所创造的风格与德国本土画家佩希斯泰因(Pechstein)、普艾(Puy)、弗拉芒克(de Vlaminck)、赫尔宾(Herbin)、诺尔德(Nolde)联系到一起。他指出:尽管对"表现主义者"无规律的创作人们无法用任一模式来套用,"完全个人化的观点从画作的其他元素中脱颖而出",他们中"一位采用鲜明对比的色块作画,而另一人让颜色的焰火密密麻麻地落在画布上,第三个人则将模糊的色调轻薄重叠或让明暗色块形成鲜明对比";但是"摆脱准确性的束缚使他们联合在一起","它们共同的名字是困境的产物,因为它几乎不说什么"①。

德国具有表现主义艺术倾向的第一个团体是 1905 年成立于德累斯顿的"桥社"(Die Brucke)。它团结了凯尔希纳(Ernst Ludwig Kirchner)、赫克尔(Erich Heckel)、施米特-罗特鲁夫(Karl Schmidt-Rottluff)、布列依尔(Fritz Bleyl)、诺尔德(Emil Nolde)、佩希斯泰因、奥托·牟勒(Otto Mueller)等一大批追随者,其中不少是建筑系的学生。他们在艺术思想上反对模仿自然,主张传达精神的内在力量和内在需要,要求艺术作品表现出更强烈的主观性。在表现技法上,他们直接承袭了梵高、蒙克和法国野兽派画家所开创的风格,又从中世纪艺术和非洲原始艺术中吸取营养,并特别对版画这一富有表现意味的艺术形式进行了有意识的挖掘与探索。他们不断举办展览,出版作品,发表宣言,使德国的表现主义运动一开始便显示了更大的声势和影响。紧接着,一个影响更为深远的表现主义团体在慕尼黑诞生了。在这个全欧洲最活跃的艺术探索中心,来自俄罗斯的康定斯基在 1909 年领导了一场反对慕尼黑分离派的革命,建立了新艺术家协会,这个协会中不仅有画家,也有诗人、音乐家、戏剧家和批评家,这些艺术家都试图通过艺术表现人的心灵,但对艺术表达方式的选择并不一致。因此两年以后,康定斯基又与马尔克(Franc Marc)、麦克(August Macke)、雅夫林斯基(Alexej von Jawlensky)等艺术家一起建立了一个具有更鲜明表现主义特征的团体——"青骑士"(Der Blaue Reiter)。自 1912 年起,他们在先锋派批评家瓦尔登于柏林建立的"狂飙画廊"中举办了一系列展览,先后展出了"青骑士""桥社"、意大利未来主义、法国野兽派和立体主义艺术家的作品。而表现主义这一术语也不断出现在这些展览中,其所指的对象主要是前述的法国、挪威和意大利艺术家,以及后印象派的梵高、高更和塞尚等人的作品。直到 1913 年夏季,在波恩的科恩艺术沙龙上,德国的艺术家才终于以"莱茵表现主义艺术家"的名义展出了自己的作品。而保尔·费希特尔(Paul Fechter)的著作《表现主义》(1914)则进一步为这个泛欧洲的现代艺术潮流打上了德国的烙印。

与在德国悄然兴起的表现主义浪潮遥相呼应的,是在意大利出现的声势浩大的未来主义运动。这个运动与表现主义思潮最明显的区别在于,它是以旗帜鲜明的宣言而不是以分散进行的探索性实践登上文化舞

---

① Paul Ferdinand Schmidt, "Über die Expressionisten"(《论表现主义者》), In *Expressionismus: Manifeste und Dokumente zur deutschen Literatur 1910—1920*, S. 24—25.

台的。1909年,意大利作家马里内蒂发表《未来主义的创立和宣言》,宣告未来主义诞生。1910年,波丘尼、巴拉等艺术家发表了《未来主义画家宣言》,1912年发表《未来主义雕塑技巧宣言》和《未来主义文学技巧宣言》,此后还有一系列其他领域的宣言接踵而至。这是一个以彻底的反传统主张著称的运动,他们的艺术观虽然与表现主义有一定差异,但在绘画和雕塑中采用的艺术语言却与表现主义和立体主义并无二致——打破传统的写实模式,用夸张、抽象、变形的形象去表现未来主义者所推崇的象征现代工业文明的机械、速度和力量等先验主题。因此,它也往往被批评家们纳入表现主义的研究视野。马里内蒂则被认为是对德国表现主义文学产生过重要影响的先驱者之一。

概而言之,在1910年前后,在德国和欧洲的其他地区陆续展开了一场反传统的艺术创新运动。虽然参与这场运动的艺术家们并没有统一的组织和纲领,甚至最初还缺少一个明确的命名,但他们目标一致,艺术观念相近,并且相互支持、呼应,初步形成了一套较为明晰的美学原则、创作理论和一系列风格独特的艺术实验。这不仅意味着一种新的艺术思潮的形成,也意味着一代新人的崛起。这一代新人以叛逆者的姿态登上文坛,把对现存社会的批判和对传统艺术形式的革命作为自己的使命。他们开始学习用灵魂去生活,开始去认识自我,开始用心灵去感觉周围的世界。他们意识到以往那种沉溺在自己感官中的生活是黑暗的、没有光亮的,转而用自己的精神去感悟现实,以求揭示人的命运与生活的真谛,并将其通过自己的作品传达出来。由此产生了一批具有表现主义风格的新一代艺术家。除前述野兽派、"桥社"和"青骑士"的画家外,还有奥地利维也纳分离派的克里姆特、席勒、科柯施卡,荷兰的蒙德里安和凡·杜斯堡,比利时的恩索,来自美国的费宁格,瑞士人克利,意大利人莫迪利阿尼,俄罗斯人苏丁,法国人德劳内、郁特里罗等等,从而使表现主义真正成为一个国际性的艺术浪潮。

在1912年出版的汇集早期表现主义艺术观念和成果的《青骑士年鉴》中,不仅收入了梵高、马蒂斯、毕加索、亨利·卢梭和"桥社""青骑士"艺术家们的作品,还包括文艺复兴时期的西班牙画家格列柯的绘画,中世纪的木刻、雕刻,以及来自拉丁美洲、非洲、日本等不同区域的艺术家的作品;甚至还包括挂毯、玻璃画、皮影等民间工艺品和儿童画。

表现主义运动的真正中心最终出现在德国。自1911年起,德国的艺术家和批评家以《风暴》和《行动》《燃烧器》《新激情》《白页》《新艺术》《新舞台》等杂志为阵地,发表各种宣传表现主义的文章和各种实验性的作品,例如《风暴》热心于推介立体主义和未来主义的创作,它将意大利和法国进步画家的木版画和油毡版画介绍给德国公众。在杂志位于柏林波茨坦大街的常设展览和销售处还可以找到诸如波丘尼、塞韦里尼(Gino Severini)、波菲利艾维奇(Porfirievich)、夏加尔(Marc Chagall)、克利、格罗茨以及费宁格等艺术家最具特色的原创作品。《行动》《白页》等刊物则多发表理论性和政治性的文章,为这个运动提供思想武器,从而使表现主义形成了一个有明确内涵、有共同的艺术纲领和鲜明的风格特征的文艺运动。

就在这一时期,来自俄国的画家康定斯基发表了一部意义深远的理论著作《论艺术里的精神》(1912)。它与另一位德国批评家沃林格尔之前发表的论著《抽象与移情》(1908)一起成为表现主义运动的理论武器。康定斯基提出:艺术作品应当是内在需要的外在表现。内在需要即对表现的内在渴望,是一种内心的冲动。艺术不应当完全遵循物质规律,而应当遵循内在需要的规律,这样的规律也就是精神的规律。内在需要是绘画里各大小问题的基础,我们今天正在寻求一条使我们从外部转向内在基础的路子。新艺术的因素应从内部而不是自然的外部去找。艺术家感情驰骋的领域就是我们改变自然形式与色彩的天地。①

文学家库尔特·希勒则在文章中直接宣称"我们是表现主义者"。于是这个术语逐步取得了合法性,被广泛采用来概括当时在欧洲流行的各种反叛自然主义和印象主义传统的新的艺术倾向,并被激进的先锋艺术家们认同为一个新思潮的命名。1916年,奥地利艺术批评家赫尔曼·巴尔出版了一本题为《表现主义》的小册子,重点对表现主义美术运动的精神特质和意义作了较深刻的剖析和评价。这也是较早的一部直接使用表现主义这一概念来全面描述和分析这一现代文艺思潮的论著。作者在书中写道:

表现主义是指:人类想重新找到自己。

从未有任何时候像现在这样为惊惧、死亡所动摇,世界还从未有过这样墓穴般的寂静,人类从没有过这样的担忧,欢乐从未这样疏远,自由从未呈现出这般死寂。这时困境高声吼叫起来,人类呼叫着

---

① 参见康定斯基:《论艺术里的精神》,吕澎译,成都:四川美术出版社,1985,第76—77、94—97页。

要回到他的灵魂中去,整个时代都化为困境的呼叫。艺术也在深沉的黑暗处发出吼声,它在呼救,它在向精神呼救:这就是表现主义。①

美术家和作家们所倡导的审美原则和他们在艺术创作上的实验,在整个艺术领域激起了强烈的震动和广泛的回应。不仅在美术、戏剧界表现主义的声势日益壮大,在电影、音乐、建筑等领域也都兴起了表现主义探索的潮流。同一时代的艺术批评家弗里德里希·马尔库斯·许布纳曾在其著作《欧洲的新艺术和诗歌》中描述过当时盛况:

> 绘画的确开了个头,但自绘画与表现主义结缘以来,作家们也纷纷创作表现主义诗歌、小说、戏剧,音乐家创作表现主义歌剧,思想家提炼表现主义哲学,政治家也开始呼喊出表现主义的社会改革口号。这么多作品或活动与表现主义相结合,并非随意而为或是一窝蜂地追逐时髦,但当中确实含有某种勉强和强制的意味,因为很少会像这样,所有的精神创造同时指向同一个方向,聚集到一个全新的领域。
> ……
> 报纸的宣传使得人们更好地理解了,基于目前表现主义在德国的情况,有哪些事是可做的。到处都能看到表现主义这个新事物,到处是它的萌芽。它形成了一道横亘在过去与未来之间的分水岭,作为意志和感觉的中间层,它将自己推向公众的精神生活,可能在其他任何国家都难以见到表现主义在德国这样的广泛深入并令人信服的扩张。②

不仅如此,表现主义艺术家还提出了创造将众多艺术领域的表现形态熔为一炉的总体艺术作品的理想,并致力于跨媒介融合的艺术探索与实践。作为表现主义和达达主义艺术家的库尔特·施维特斯(Kurt Schwitters)曾宣称:"我的目标是创造默茨③总体艺术作品(Merzgesamt-

---

① 巴尔:《表现主义》,第 89 页。
② Friedrich Markus Huebner(许布纳),*Europas neue Kunst und Dichtung*(《欧洲的新艺术和诗歌》),Berlin: E. Rowohlt,1920,S. 80—95.
③ 默茨(Merz)是一个出现在施维特斯拼贴画中报纸片上的无意义单词,它实际上是德文单词"Kommerz"的第二个音节。它被用作施维特斯所有创作的名称,有时也指他本人。……施维特斯在谈到"默茨"时说:"'默茨'代表摆脱所有羁绊的自由,代表艺术创造。"转引自李黎阳:《德国现代美术史》,北京:人民美术出版社,2013,第 172 页。

kunstwerk），将一切艺术种类统摄为一个艺术的整体。……我把诗歌的语句拼贴成呈现节奏的图画。再将图画粘贴为可供人阅读的句子。我在图画上钉钉子，除了原本绘画的平面效果外，立体的浮雕效果也随之诞生。此类手法旨在模糊各类艺术间的界限。"[1]他在1919年还曾呼吁"世界上所有的剧院彻底综合一切艺术力量创作总体艺术作品"[2]。曾经风靡一时的集音乐、舞蹈、表演和文学于一体的卡巴莱式的音乐剧正是在此基础上产生的，现代电影也是他们全力探索的总体艺术形式之一，而类似的跨媒介新兴综合艺术的探索至今仍在各种不同的传播平台上呈现。

在音乐上的表现主义潮流被认为是19世纪浪漫主义所特有的高度主观性的风格的合理延续，但它更强调尽可能强烈、真实、直接地表现作曲家的内心冲动，由此带来了对传统形式的突破和创新，这种新的突破的标志便是调性的解体和无调性音乐作品的出现。创造这一新形式的是奥地利作曲家勋伯格，他后来又创造了独树一帜的12音体系。以勋伯格和他的学生贝尔格、威伯恩为代表的新维也纳乐派正是表现主义音乐的开创者。他们从1908年始直到1920年，创作了一批典型的自由无调性的表现主义器乐曲和歌剧，其中有的作品直接改编自表现主义戏剧，如贝尔格创作的歌剧《沃伊采克》《露露》以及小提琴协奏曲《露露》，即分别取材于毕希纳和魏德金的作品。而勋伯格同时还是一位表现主义绘画的实践者。

表现主义思潮与音乐的联系还来自对音乐表现原则的借鉴。康定斯基在《论艺术里的精神》一书中即谈到其他艺术"在音乐那里寻找最好的老师"，因为音乐不是复制自然现象的艺术，它可以以最没有物质性的抽象语言直接表现艺术家的心灵。因此，造型艺术的音乐化成为众多表现主义艺术家的理想。

表现主义电影出现在稍晚阶段。最早的电影实验发生在丹麦，在戏剧运动的影响下，该国的电影集中表现了苦闷、疯狂、巫术等主题，以神秘的故事加上强烈的灯光和简化的背景，体现出表现主义绘画和实验戏剧中被广泛采用的艺术语言。在此类电影中，摄影发挥了至关重要的作用。

---

[1] Kurt Schwitters, "Merz". In Paul Pörtner, *Literatur-Revolutcon 1910—1925*, Darmstadt: Luchterhand, 1961.

[2] Thomas Anz u. Michael Stark (Hg.), *Expressionismus Manifeste und Dokumente zur deutschen Literatur 1910—1920*, S. 556.

表现主义诗学

　　来自莱因哈特公司的著名演员保罗·威格讷(Paul Wegener)在丹麦电影美学追求和莱因哈特戏剧风格的影响下,投身电影摄影的工作,1913年担任电影《布拉格的大学生》摄影,该片利用真实的背景——一个旧的公墓——在一个怪异的乡村里的犹太人聚居区的弯曲的道路——强化了自然的陌生感,或多或少地表现出象征的意味。影片的一些布景像丹麦电影一样利用灯光和黑暗的功能,通过渲染黄昏的气氛来创造一种心理氛围。此后,他又拍摄了《格莱姆》①《桤木国王的女儿》《哈梅林的杂色吹笛人》《失去影子的人》等②。

　　由卡尔·梅耶(Carl Mayer)和汉斯·雅诺维茨(Hans Janowitz)编剧,罗伯特·维内(Robert Wiene)导演的《卡里加利博士的密室》(1920)是表现主义电影的典范作品。影片从一个疯子的视点叙述了精神病院院长卡里加利利用催眠术控制病人,让他们去杀人,并将其作为玩物供人观看的故事。影片以卡里加利作为权威和专制暴君的象征,表现了反抗的主题。为了描绘一个疯子眼中的变态世界,影片从布景、灯光到化妆、表演都显示出倾斜、变形、怪诞和夸张的特点。因此电影史家曾指出,这部影片的真正导演也许是负责布景的赫尔曼·伐尔姆等三位表现派画家,由此产生了被称为"卡里加利主义"的电影风格。此后,卡尔·梅耶又创作了不少表现主义电影剧本如《盖努茵》(维内导演)、《诺斯费拉图》(茂瑙导演)、《凡尼娜》等。维内还拍摄了《拉斯科尔尼科夫》《基督的一生》等表现派风格的影片。此外,弗里茨·朗(Fritz Lang)的《三生记》(1921)、《尼伯龙根》(1924)、《大都会》(1927),茂瑙的《浮士德》,威格纳的《泥人哥连》,鲁滨逊的《演皮影戏的人》,莱尼的《蜡像馆》等都是有代表性的表现主义影片。

　　与此同时,一些表现主义戏剧作品也被搬上银幕,如《从清晨到午夜》、莱因哈特执导的话剧《爱妃苏母隆》等。20年代,品图斯编辑了一本《电影集》,其中收入了哈森克勒维尔、埃尔斯·拉斯克·许勒、布罗德、埃伦斯泰因、鲁宾纳和保罗·泽赫等人的作品。

　　表现主义由此成为默片时代德国电影最有代表性的风格之一,并对电影的发展产生了深远的影响。斯登堡的《蓝天使》、爱森斯坦的《亚历山大·涅夫斯基》《伊凡雷帝》,卓别林的《摩登时代》,福特的《告密者》《关山

---

① 16世纪希伯来传说中有生命的假人。
② 参见 Lionel Richard, *The Concise Encyclopedia of Expressionism*, p.215.

飞渡》等都不同程度地体现出表现主义的原则和风格。

建筑也是表现主义产生过较大影响的艺术领域之一。现代建筑的第一代大师德国建筑师格罗皮乌斯（Walter Gropius）曾是这一趋向的主要代表。他创办的包豪斯学院一度成为表现主义运动的重要堡垒。康定斯基、马尔克等艺术家都曾是这个学院的成员，具有表现主义倾向的建筑师则有贝伦斯、保尔基格、贝尔格、门德尔松、豪格等。表现主义建筑通常采用奇特、夸张的建筑造型和不同质地的材料来表现特定的观念、情绪或力量，而不仅仅考虑建筑的实用功能。但这种趋向后来被现代建筑中流行的功能主义思潮所取代。

第二节　表现主义文学的艺术探索

显然，在美术以外的各种表现主义艺术成果中，文学，尤其是戏剧文学和戏剧舞台表现是最为引人注目的。1925 年，阿尔伯特·索尔格编写的综合的德国文学史的第 2 卷出版，它的标题便是《表现主义的魅力》。在这部书中，作者用了超过 900 页的篇幅和 340 条注释对表现主义文学进行了系统的总结。

在表现主义文学涉足的诸多领域中，戏剧文学的成果无疑是最为辉煌的。表现主义戏剧的先驱常常被追溯到乔治·毕希纳。这位 19 世纪上半叶的德国戏剧家仅仅活了 23 岁。他的剧作在其活着时没能上演，直到 20 世纪初才引起艺术家们的关注，并被不断地搬上舞台。毕希纳的两部著名剧作《丹东之死》和《沃伊采克》，以辩论剧的形式、富有象征性的人物和事件、嘲讽的基调、开放性的结构和蒙太奇式的场景转换，创造出非幻觉化的间离效果，从而成为表现主义戏剧家仿效的典范。

表现主义戏剧的另一位先驱是魏德金，他的创作一开始便受到毕希纳的影响。魏德金的第一部作品《青春觉醒》(1891)中便部分采用了非现实的表现手法。此剧以抨击资产阶级的道德和学校的沉闷气氛为主题。最后一幕主人公站在因试图堕胎而死去的女友墓前时，一个因考试不及格而自杀的校友的无头鬼魂引诱他自杀，另一个象征生命力的假面人却劝说他选择生命。这种人鬼交流的场面在后来的表现派剧作中随处可见。此外，剧中代表专制力量的教师们符咒般的名字和木偶般的机械表演,也有别于传统戏剧。该剧1906年首次公演便创纪录地连演了321场,同时也引来了一片愤怒的声讨。而魏德金以风骚女人露露为主人公的系列剧作《地精》(1895)和《潘多拉的盒子》(1902),则以近乎荒诞的讽刺手法表现性的力量和对原始生命力的崇敬,攻击社会的伪善、荒谬、愚蠢。作品中大量运用了变形和漫画手法来拒斥自然主义。

对表现主义戏剧文学的发展影响更大的是瑞典的斯特林堡。有学者统计,仅在1913—1915年间,即有24部斯特林堡的戏剧在德国舞台上上演,有力地将德国的表现主义运动推向了高潮,因而他被誉为表现主义之父。斯氏本来是一位声誉卓著的自然主义的剧作家。他的第一部完整的表现主义剧作是三部曲《通往大马士革之路》(1898)。在这部剧中,写实主义的种种戏剧法则都受到了挑战。作品将主人公的个性分裂成几个人物,以表现人的内心冲突,以及人与命运、与异性、与教会和自我的搏斗。在结构上采用了首尾完全对称的场景序列,使时间、空间、现实、梦境交织在一起,制造出扑朔迷离的神秘感和特殊的象征意味。此后他又创作了《梦的戏剧》(1902)和《鬼魂奏鸣曲》(1907)。前者是直接描写噩梦的剧本,它从天神英德拉的女儿的视角,发现人类现实的可悲和前景的虚无,意在表现现代理性的虚妄。后者则让死尸、亡魂、活人同时登场,互相攻讦,以暴露资本主义社会人与人互相倾轧、欺骗的关系。

在上述三位先驱者的影响下,1910年前后,一个声势颇大的表现主义运动出现在德国的舞台上,逐步形成了一个创作高潮。这一时期表现主义戏剧发展可分为两个阶段。一次大战前为第一阶段,主要的作家有德国的卡尔·施特恩海姆、莱因哈德·佐尔格、哈森克勒维尔、贝恩,俄国的保罗·科恩菲尔德等,两位奥地利艺术家科柯施卡和巴拉赫也是这一运动的中坚力量。这时的作家大多从个人的角度表现对社会的反抗,因此性的问题和两代人的冲突是这一时期表现主义作品中关注的焦点。如科柯施卡的《谋杀者,妇女的希望》(1907)和《燃烧的荆棘》(1911),表现两性之间的激烈冲突达到了热病和梦魇的程度。勋伯格的歌剧《幸运之手》也是写两性之间的鸿沟。两代人的主题实质是反叛传统的寓言,通常以父子冲突、师生对抗的题材来表现。如《乞丐》(佐尔格)、《儿子》(哈森克勒维尔)、《杀父》(阿若特·布罗南)、《最后审判日》(维尔法甘斯)、《家》(温鲁)、《依塔克》(贝恩)、《诱奸》(科恩菲尔德)等。剧中的父亲或教师其实只是旧的权威、秩序和传统势力的象征。作家们以紧张和激烈的剧情描绘两代人之间的冲突,其中乱伦和谋杀是常见的情节。年轻的作家常描绘孤立的个人努力挣扎,以使自身内部的生命力量得以表现,从中不难看出尼采哲学的影响。

在世界大战爆发之后,这种个人的反叛转变为直接针对威廉二世统治的批判和对社会革命的渴望,政治色彩日益浓郁,而反暴力的主题和表现新人的题材显示了表现主义的另一倾向。这一阶段出现了一批左翼的戏剧作家和导演,其代表人物是托勒尔和凯泽。托勒尔的《转变》(1918)、《群众与人》(1920)、《机器破坏者》(1922),主要描写人性与暴力,个人与群众的冲突,主张不流血的革命。作品抗议社会不公,抨击帝国主义战争的残酷,向往社会革命,同时主张人道主义、和平主义。凯泽的名作《从清晨到午夜》(1912)、《加莱的公民们》(1913)、《珊瑚》(1917)、《煤气》(1920)等则着眼于抗议资本主义剥削,揭露金钱的罪恶和工业技术对人性的异化,并尝试塑造了体现作者理想的新人。其他作家的创作如戈林的《海战》,温鲁的《小儿子》《血族》,鲁宾纳的《非暴力的人们》等,则带有鲜明的反战倾向和理想破灭的幻灭感。

从艺术形式看,这一时期的表现主义戏剧主要对强调幻觉主义的西方写实话剧传统提出了挑战。为了表现作者对生活的独特理解,向观众揭示生活本质,剧本不仅在情节上突破了戏剧化的要求,结构上也突破了传统的时空局限,情节常常被一系列的插曲、偶发事件所割裂,并大量采用梦境或制造噩梦似的气氛。剧中人物类型化,人物的内心冲突被以特殊外显方式展现在观众面前,人物的身份可随意转换,语言则是电报短句式的对话,加上呓语式的独白、旁白。在舞台表现上,则尽可能采用各种假定性表现手段,如富有象征意味的假定性场景,大色块的背景,重心倾斜的舞台装置,平面悬挂的景布,精心设计的灯光处理,怪异的服装、假面具,风格化的表演,演员与台下观众直接交流等。总之,千方百计打破观众渴望真实感的期待和幻觉。这其实便是后来由布莱希特总结出的陌生化技巧。

表现主义戏剧在德国繁荣发展之际,它的影响也迅速扩展到其他欧美国家。美国的奥尼尔也许是英语国家中最重要的表现主义戏剧大师。他一生创作了五十多部剧本,包含了多种风格,其中在20世纪20—30年代创作的《琼斯皇帝》(1920)、《毛猿》(1922)、《大神布朗》(1926)、《奇异的插曲》(1927)、《发电机》(1929)、《悲悼》三部曲(1931)等剧作均具有鲜明的表现主义特色。奥尼尔的剧作题材广泛,但大多具有悲剧气氛。主题或表现美国梦的幻灭,或揭示深植于人们心中的物质主义对精神的异化。

他还表现人在支离破碎没有信仰的时代的悲剧性——孤独、精神找不到归属的失落感等等。在表现技巧上,他借鉴了斯特林堡和德国先行者们的探索。在奥尼尔的影响下,美国出现了一批表现主义的剧作家,如埃尔默·赖斯、桑顿·怀尔德、田纳西·威廉斯等。另一些以写实为主的艺术家也尝试写一些具有表现主义风格的作品,如欧文·肖的《埋葬死者》、米勒的《推销员之死》等。因此美国的表现主义戏剧创作一直延续到1950年代。

另一位用英语写作的著名表现主义作家是爱尔兰的奥凯西。他既是一位自然主义戏剧的大师,又是爱尔兰表现主义实验剧的首创者。自1928年创作《银奖杯》始,直到50年代,他不顾保守的爱尔兰剧院的拒绝,坚持不懈地创作了《大门之内》《大公鸡》等多部具有表现主义风格的剧本,并始终不渝地捍卫着表现主义的艺术原则。

俄罗斯不仅是一片古老的艺术沃土,也是滋生现代艺术的温床。象征主义、未来主义、表现主义等思潮在这里都有众多的知音。俄罗斯的表现主义戏剧可以追溯到安德列耶夫。他的早期剧作《人的一生》(1907)、《黑假面人》和小说《红笑》等已经蕴涵了丰富的表现主义元素,但由于当时表现主义这一概念尚未流行,故他自己命名为"新现实主义",后世一些学者则给他戴上了象征派的桂冠。安德列耶夫之后,理论家兼作家的埃夫雷诺夫创作了《灵魂的戏剧》(1912)和《要事》(1919)等剧作。他在《生活中的戏剧》中提出的戏剧观也与表现主义思潮遥相呼应。俄罗斯表现主义运动中最重要的人物,是比布莱希特更早的表现派导演梅耶荷德。他不仅通过舞台把魏德金、凯泽等人的作品介绍给俄国观众,还将诸如果戈里的《钦差大臣》之类的经典剧目加以表现主义式的改造后搬上舞台,使人们重新发现这些作品的意义。他还为表现主义的舞台创造了构成主义的布景。

在捷克,恰佩克兄弟创作了《万能机器人》(1921)和《昆虫的生活》(1922)等作品。前者以科幻的形式提出了技术对人性的异化问题,后者则以寓言剧的形式针砭时弊。

表现主义文学另一个影响较大的领域是诗歌。表现主义诗歌虽然流行的时间不长,仍产生了一批重要的诗人和作品。表现主义诗人的创作开始于1910年前后。有学者认为是马里内蒂所开创的未来主义文学运动以及他在1910年以后在德国进行的一系列演讲直接推动了德国表现主义诗歌的兴起。诗人们最初主要依靠表现主义的刊物《风暴》《行动》,

以及稍后出现的《革命》等聚集在一起,大战开始后又在瑞士创办了《白页》期刊。也有人围绕在库尔特·希勒创办的"新俱乐部"周围,并定期举办以公开诵读散文和诗歌作品为内容的"新激情卡巴莱"。但他们并未像其他流派一样发表正式的宣言,相反其中不少人并不愿承认与表现主义运动的联系。1912年库尔特·希勒编辑出版了一本题为《神鹰》的表现主义作品选集。1915年库尔特·品图斯发表了《论近期诗歌》,对表现主义的诗人们的创作作了较全面的描述。1919年他又编选出版了著名的表现主义诗集《人类的曙光》。1955年诗人贝恩重新编辑了《表现主义十年抒情诗选》,这使我们能找到这些诗人之间的联系。从这些作品中可以看出,对表现主义诗歌主题和风格影响最大的是尼采和惠特曼。此外,未来主义者马里内蒂在《未来主义文学技巧宣言》中提出的解放语言的一系列主张和他身体力行的创作,也成为部分表现主义诗人的典范。

德国女诗人埃尔斯·拉斯克·许勒的诗集《冥河》(1902)被视为表现主义诗歌的先声,品图斯称她"用圣经的官能画给现代现实加了一个穹盖"。发表在《行动》杂志上的霍迪斯(Jakob van Hoddis)的《末世》和利希滕斯坦(Alfred Lichtenstein)的《黄昏》(1911),是最早产生影响的表现主义诗作。作品将取自现代生活的种种奇异古怪意象任意联结,使人感到一种末日来临的恐慌和纷乱的不适感。以《末世》为例:

> 帽子从市民突出的头上飞落,
> 天空处处似乎充满可怕的叫喊,
> 砖瓦匠从屋顶坠落摔成两半,
> 在海岸——我们读报后得知——大浪滔天。
> 暴风雨在这里,野性的海洋起伏跃动,
> 奔向大地,要击溃坚固的堤岸。
> 大多数人都患了感冒。
> 条条铁轨从座座桥梁上落散。①

破碎的意象加上反逻辑的组合,造成了噩梦般的紧张态势和启示录的效果。正像人们后来在超现实主义诗歌中时常看到的那样。

在早期的表现主义诗作中,对存在的恐惧、对现实的忧思和对人生的异化感是最常见的基调和主题,因此幽暗的色彩和阴森的意象在这些作

---

① 转引自R.S.弗内斯:《表现主义》,艾晓明译,北京:昆仑出版社,1989,第43—44页。

品中随处可见。例如格奥尔格·海姆的《城市之神》《城市的恶魔》《人生的影子》《停尸室》《战争》等作品,不仅描述了技术对社会的毁坏,还预言式地宣告了战争的爆发。诗中写道:

> 沉睡了很久,他抬起身,/他伫立于黄昏,巨大、陌生,/漆黑的手中攥着被碾碎的月亮。//陌生的黑暗将寒冷和阴影/降至傍晚喧嚣的城市。集市的喧闹冻结成冰/鸦雀无声。人们四处张望,无人知情。……
>
> ——海姆《战争》①

诗中创造的神秘而又阴森的气氛、梦幻式的形象既令人恐惧,又显示出超乎寻常的想象力和震撼力。品图斯这样评价海姆的创作:海姆全身激荡着力量,他用强大的拳头把这个现实一下子打得稀烂,吞了下去,后来又吐了出来,于是它就成了一座色调阴暗的尖顶纪念碑,耸立在坟场上。②

类似的作品还有贝恩的《伊卡鲁斯》、韦尔弗的《我们都是世界上的陌生人》、施特拉姆(August Stramm)的《欲求》《忧郁》,以及哈德柯普、威廉·洛茨(Ernst Wilhelm Lotz)等人的作品。而奥地利诗人特拉克尔的《死亡七唱》《安息和沉默》《深度》等作品,除了沉重、忧郁和梦幻感之外,还常常包含着表现主义者所追求的激情和启示录的语调。正如下面一段诗句:

> 我歌唱你,疯狂的毁灭,
> 夜的风暴里
> 高高堆积的群山;
> 灰蒙蒙的塔楼
> 充塞着地狱的鬼脸,
> 愤怒的野兽
> 粗糙的蕨类,杉树,
> 结晶的花朵。
> 无穷无尽的苦难

---

① 库尔特·品图斯选编:《人类的曙光——德国表现主义经典诗集》,姜爱红译,北京:人民文学出版社,2012,第54页。
② 库尔特·品图斯:《论近期诗歌》,韩耀成译,《现代主义文学研究》上册,第418页。

> 或使你，温柔的亡灵，
> 猎获了上帝，
> 呻吟在跌落的波涛里，
> 在翻涌的赤松林里。
>
> 各民族的怒火
> 在周遭金光闪烁
> 冰川的
> 蓝色浪潮，
> 灼热的旋风
> 卷过黑沉沉的礁石，
> 隆隆钟声
> 在山谷震荡：
> 烈焰，诅咒
> 和淫欲的阴暗的游戏，
> 一颗石化的头颅
> 冲向夜空。
>
> ——《黑夜》①

不幸的是在1914年战争爆发之后，这些前期表现主义诗人有的被杀害，有的自杀或阵亡，大多都英年早逝了，这也许是导致表现主义诗歌浪潮过早结束的重要因素之一。

战争后期及战后，表现主义诗歌创作呈现出一些新倾向。它呼唤新的幻想，新的现实和新人，表现出更多反抗的勇气和膨胀的激情。韦尔弗的《致读者》《扬眉吐气前进》《来吧，精神创造者》，贝歇尔的《人啊，站起来》和诗集《衰落与胜利》以及哈森克勒维尔、沃尔芬斯坦等人的诗作是这一倾向的代表作品。这些作品在形式上更加自由、奔放，并形成了一种狂热、夸张的慷慨陈词或呐喊式的语调。请看诗人多伊布勒（Theodor Däubler）写下的诗句：

> 我自己是一朵自由的火花，
> 不能忍受平衡！
> 闪烁地发着光

---

① 特拉克尔：《梦中的塞巴斯蒂安》，林克译，成都：四川文艺出版社，2010，第112页。

> 我离开了墓冢。
> 原初炙热的水中浸满上帝的慈悲，
> 溢入末日法庭。
> 而我要同我的影子一起
> 呆在梦里，梦见你们——爆发的大地之力！
>
> 我的坟墓不是金字塔，
> 我的坟墓是火山！
> 我的大脑是锻造车间，
> 那里要做的是颠覆的事业！
> 我的歌中没有和平，
> 我想要风暴在世界横行。
> 我的呼吸将划出一天天的界限，
> 几乎不被觉察地斩断那座亚拉腊山！
>
> ——《我的坟墓不是金字塔》[①]

诗人贝恩在《表现主义十年抒情诗选》的序言中对这一代诗人的精神气质作了一个形象的描绘，他写道：

> 那是一场充满爆发力、兴奋、仇恨以及对新人类渴望的暴动，它用破碎的语言击碎世界……他们（表现主义诗人）浓缩、过滤、实验着，试图用这种侧重表现的方法将他们自己、他们的精神、他们的时代那衰败、痛苦、错乱的存在提升到一个臆造的空间，在那里，在堕落的大都会和崩塌的帝国之上，艺术家自己祭奠着他的时代以及他那不朽的民族……它还在那里：1910—1920，我们的一代！绝对的想象在坚硬抽象的形式上敲击：图画、诗行、笛曲……那是负重的一代：受到嘲笑、讥讽，政治上因被视为堕落而被排除在外——那是突现、闪耀、陨落的一代，遭受各种事故和战争的摧残，生命短暂……这就是表现主义的十年：……他们骑上战马，杀遍所有的卡塔洛尼战场，而后衰亡。将它的旗帜插在巴士底狱、克里姆林宫、各各他山上，只是还没有到达奥林匹斯，或者其他的古典圣地。[②]

小说也许是表现主义文学波及范围较小的一个领域。欧美作家中以

[①] 品图斯选编：《人类的曙光》，第252页。
[②] 同上书，第3页。

创作表现主义小说著称者屈指可数。然而这又是表现主义取得重大成就的领域之一,因为这里走出了一位20世纪最伟大的作家——卡夫卡。

亨利希·曼是一位对表现主义小说的发展作出过贡献的作家,但评论家对他能否算作表现主义的先驱却持有疑问,尽管他支持对权威和传统的反叛并自认为是新一代作家的导师。亨利希·曼的小说《垃圾教授》(另名《暴君的沉沦》,1905)、《小镇》(1909)、《稻草人》(1914)及短篇《三分钟小说》《在门道里散步》等作品均显现出一定的表现因素。他往往将现实揉碎后抛到读者面前,并赋予它某种精神价值。作品的语言尽可能简洁,并且常常打破传统的语言规范。他的技术手法得到了青年作家们的仿效。奥地利作家阿尔贝特·埃伦斯泰因的《杜布西》被称为德语文学中第一部表现主义小说,而埃德施密特则被认为是德国最早的表现主义散文家。他的小说《六个出口》(1915)一发表就被贴上了表现主义的标签,以后他又发表了长篇小说《玛瑙》(1920)和一系列宣传表现主义艺术观的论文。此外卡尔·施特恩海姆也被认为是典范的表现主义作家。他的作品既不考虑情节的真实性,也不注重人物的个性。他塑造了一批在现实环境力量的奴役下精神和道德都已萎缩的市民阶层人物,却毫无现实色彩,所有人都只是作者的代言人,借以传达出作者对小市民精神状态的厌恶。

德布林是德国表现主义小说的代表人物之一,他的创作将德国表现主义小说的艺术探索提高到新的高度,被誉为"表现主义叙事艺术的经典"。它的早期作品《谋杀蒲公英》(*Die Ermordung einer Butterblume*,1913)通过塑造心理畸形的主人公米歇尔·费舍尔的形象,揭示出19世纪西方社会城市化与工业化过程中人性的异化、人格的分裂与精神的荒芜。1915年他因发表以中国清朝为背景的长篇小说《王伦三跳》(*Die drei Sprünge des Wang-lun*,1915)而声誉鹊起,小说以贫民出身被"逼上梁山"的强盗首领王伦为主人公,表现其由"无为"到抗争,再回归"无为"的三次跳跃的经历,形象诠释老子《道德经》中"将欲取天下而为之,吾见其不得已。天下神器,不可为也,不可执也。为者败之,执者失之"的思想。作品表现出很强的观念性,也显示了德布林对中国文化的浓郁兴趣和深厚的汉学修养。此后他又陆续创作了《华德莱克与汽轮机的斗争》(1918)、《瓦伦斯坦》(1920)、《山、海和巨人》(1924)、《柏林亚历山大广场》(1929)、《哈姆雷特或漫漫长夜有尽头》(1956)等作品。其中《柏林亚历山大广场》是给作者带来世界声誉的一部长篇小说,作者在书中表现了现代都市生活中小人物的精神困窘,被看作是对社会学家齐美尔所著《大城市与精神生活》的观点的生动形象的展示。总之,德布林的作品始终表现出强烈的政治关怀和对现代资本主义社会的尖锐的批判立场。

德布林也是最先将电影、广播等新媒介引入文学创作与批评的作家之一。作品中,德布林大量采用了蒙太奇技巧,在语言的技巧上刻意创新,把方言、俚语、黑话、报章术语、广告用语、官方布告等交织起来,制造出一种时代氛围和地方特色,为揭示大都市下层社会人物的精神状态创造了新的表现形式,对德国小说艺术的发展产生了广泛的影响。他提出的史诗文学理论认为,在现代社会,一部优秀的小说应当像一条蚯蚓一样,即便被分割成数段,每一段也能各自独立运动,因而,蒙太奇手法在他的作品中被广泛运用。

其他如弗兰茨·荣格的《蠢人之书》(1912)、《跳出世界》,卡尔·爱因斯坦(Karl Einstein)的《贝布克文》,奥滕(Karl Otten)的《从窗口掉下》,勒内·席克勒(René Schickele)的《莱茵河的遗产》三部曲、《我的女友罗》,弗兰克的《强盗帮》《牛津男声四重唱》,奥地利作家韦尔弗的《威尔第》,海姆的《小偷》等也都是表现主义小说的重要作品。

奥地利作家卡夫卡是表现主义小说家中较晚成名的一位,但他的成就和影响却远在其他作家之上。卡夫卡留下的作品不多,包括由《审判》(1925)、《城堡》(1926)、《美国》(1927)组成的孤独三部曲以及短篇《变形记》(1915)、《在流放地》(1919)、《地洞》等,都被公认为20世纪世界文学的压卷之作。英国诗人奥登(Wystan Hugh Auden)曾说道:"如果要举出一位作家,他与我们时代的关系,最近似但丁、莎士比亚、歌德与他们时代的关系,那么卡夫卡是首先会提到的名字。"卡夫卡的作品多表现被各种社会压力和环境因素挤压得一筹莫展的小人物的悲剧命运,主题总是无法解脱的痛苦,因此他被誉为"弱的天才"。有一部不太引人注目的卡夫卡的传记中有这样一段话:"以痛苦走进世界,以绝望拥抱爱人,以惊恐去触摸真相,以毁灭为自己加冕……从而,他完成了自己,使自己成为一个终身从事业余创作的'现代主义文学之父',一个苦行的圣徒,一个可怜的单身汉,一个犹疑不定的徘徊者,一个有无数缺陷的、微不足道的好人。这就是弗朗茨·卡夫卡。"[①]

卡夫卡的笔调完全不同于一般表现主义作家的激扬和夸张,而是以

[①] 斯默言编著:《卡夫卡传》,长春:东北师范大学出版社,1996,第2页。

一种朴实、严谨的语言,冷峻而又平静地讲述一个个荒诞离奇的故事。作品尽管情节扑朔迷离,背景和人物不可理喻,读之若进入梦魇世界,但却意蕴深远,有着敏锐而一针见血的批判锋芒,矛头直指资本主义的社会现实,因而能创造出令人惊心骇目的艺术效果。

捷克作家恰佩克是表现主义小说的另一个重要代表。他常采用一种科幻式的寓言题材,揭示现代文明造成的人的异化和法西斯主义的阴影。除了前面已提到的戏剧作品之外,他还创作了不少表现同类主题的表现主义小说,如《原子狂想》《专制工厂》《鲸鱼之乱》等。他对人类所面临的技术灾难的深切忧虑,反映了20世纪人文知识分子对技术中心主义的不满,这也是其他许多表现主义作家关注的焦点之一。

还有两位必须提到的非德国籍作家。一个是爱尔兰作家乔伊斯(James Joyce),他的代表作《尤利西斯》被认为是既体现了表现主义精神又运用了表现主义技巧,因此,不少学者倾向于将乔伊斯归入表现主义的队伍,而不是像通常那样把他仅看作意识流作家。另一位定居瑞士的德裔作家赫尔曼·黑塞(Hermann Hesse)的小说《荒原狼》(1927),则被认为是广泛地运用了表现主义技巧。

"一次大战"期间,为了躲避出版检查、征兵和物质的短缺,一大批表现主义者到瑞士的苏黎世寻求庇护,其中包括埃伦斯泰因、弗兰克、鲁宾纳、席克勒等行动派的作家,而另一批人则以雨果·鲍尔(Hugo Ball)、许尔森贝克(Richard Hülsenbeck)、阿尔普(Jean Arp)和罗马尼亚人查拉(Tristan Tzara)、彦科(Marcel Janco)等为代表。他们虽然都曾是表现主义运动的参与者,但这时却与表现主义分道扬镳,建立了具有更加激烈的反叛色彩的达达主义团体。尽管他们在反对战争这一点上与表现主义者建立了联合阵线,但仍从内部掀起了对表现主义的尖锐批判。

1925年以后,德国的表现主义运动开始衰落,此中重要的原因之一是一大批表现主义艺术家和作家都在"一次大战"中或战后因各种缘由去世了,包括画家马尔克、麦克,剧作家魏德金、佐尔格、特拉克尔与众多的诗人,以及卡夫卡。对此,"二战"后硕果仅存的表现主义诗人贝恩在50年代曾指出:"假如不是战争以及后来的历史的逆转中断了整个欧洲的进程,这场运动会有什么结果呢?如果人们不把这一点考虑进去,那是无法对这场运动进行判断的。"[①]

[①] 贝恩:《〈表现主义十年抒情诗选〉序》,《现代主义文学研究》上册,第450页。

1933年希特勒上台后,表现主义文学和艺术在德国被作为颓废艺术遭到禁止,几乎所有作家的作品都遭到查禁或焚毁,表现主义画家的作品被作为反面教材送到"堕落艺术展"示众。许多艺术家和作家流亡国外,表现主义运动从此终结。与此同时,这一思潮在东方阵营也遭到质疑。就在1937—1938年间,流亡苏联的左翼理论家中爆发了一场以卢卡契、库莱拉(Alfred Kurella)为代表的现实主义派与以布洛赫、瓦尔登为代表的表现主义维护者之间的论战,当时避居在丹麦的布莱希特以私人笔记的方式参与这场论争。二次大战之后,由于表现主义的反叛色彩和左翼倾向,他们的作品在东西德均遭到抵制,直到60年代之后才重新受到关注。

综上所述,我们所说的表现主义首先是一个源于欧洲的广泛的艺术运动,1910年到1930年期间,这个思潮是整个现代主义文艺运动的中心和旗帜,它的影响所及,不仅覆盖了各个不同的艺术种类,伸展到世界的各个地区,而且它在那个时代曾经被作为整个欧洲先锋派艺术实验的泛称和代表,成为各种小的组织、流派艺术展览的总标签。这就使我们不能不关注在这些流派错综复杂的艺术观念与风格后面那些共通性的因素和它们的理论基础。

第三节 表现主义与20世纪艺坛的革命性变革

在对不同文体的表现主义创作进行粗略的考察之后,我们对表现主义文学主要特点的认识,也逐步清晰起来。

这是一种高度主观性的文学潮流,它对表现人类精神世界的重视大大超过了准确反映客观世界的愿望。而在人的主观世界中,情感和理智似乎是两个同等重要,却并不完全交融的领域。因此,在表现主义作家中,也存在两种不尽相同的趋向。一种是呐喊式的激情抒发,另一种则是以象征和抽象的手段揭示作者对事物本质的洞见。

这是一群有着强烈的社会关怀的作家。他们不满现实,希望通过自己的创作干预社会。他们当中一部分人甚至有着直接参与政治的热忱和行动。因此,他们的作品表现出强烈的批判意识,锋芒所向,直指资产阶级的统治集团,乃至整个旧的上层建筑。他们"为冲破把他们与群众分隔开来的紧箍,而作了激烈顽强的斗争。他们不是走向资产阶级,而是走向无产阶级"①。当然,他们反对的也包括造就现代工业文明的新的生产方式和技术进步——这是带来人性异化的根源。他们呼唤社会革命,但反对战争。许多作家抱有和平主义和人道主义的信念。

这是一群理想主义者。他们的目标是消除人身上的精神痼疾,改造整个人类,塑造一种自由的充满献身精神和人道理想的新人。为此,他们不惜大声疾呼,试图唤醒人们的良知,但却收效甚微,甚至被人们嘲笑为乌托邦主义。这又给他们带来了幻灭的迷惘和孤独。因此,在表现主义作家的作品中,乐观主义和悲观主义的情绪往往是并存的。

诚然,这诸多的倾向往往体现在不同作家的创作中或同一作者不同时期的作品中。那么其中的共性究竟在哪里呢?马尔科姆·帕斯利(Malcolm Pasley)在《德意志,德国研究指南》一书中曾经作了如下概括:

> 是否把这一标签(即"表现主义")系于某一个别作家和作品,取决于我们所注重的下列特性:一、采用各种反自然主义的或"抽象"手段,如句法的压缩或象征的连续画面;二、站在左翼国际主义者的立场上,对威廉二世时代资产阶级的神圣不可侵犯之物开展攻击;三、选择精神上的新生或复活为主题;四、采取热烈、雄辩的调子。②

不难看出,上述概括有着鲜明的德国特征,甚至难以将卡夫卡或恰佩克这样的德语作家的创作完全纳入其中。然而,表现主义思潮真正的波及范围和涵盖的风格都要远大于此概括。对此,品图斯做出了全然不同的判断。他指出:

> 后来的对表现主义的总体研究证明:不仅仅是在德国或者欧洲的某些地方有这样的一群艺术家和文学家,他们被称为表现主义者,或者他们冠以自己这样或类似的称呼,而是在世界范围内存在着这样的一个意识明确的共同体:从最初的阿波里耐和科克托到法国的超现实主义者,从未来主义者到意大利的翁加雷蒂和蒙塔莱,从使用德语写作的表现主义者到俄国的马雅可夫斯基和杰森宁,从庞德、艾略特到奥登、斯彭德,从基梅内、基延到卡尔希亚·罗尔卡,最后到年

---

① 库尔特·克尔斯滕:《表现主义时期的潮流》,张黎编选:《表现主义论争》,上海:华东师范大学出版社,1992,第61页。

② 弗内斯:《表现主义》,第1页。

轻的美国作家(当然表现主义后来也逐渐分裂出许多不同的,甚至经常是相互对立的支流)。①

当然,品图斯也承认:德国的表现主义者是这个共同体中第一批的成员。他们在1920年左右的数量和表现力已经远远超过了同时代其他国家表现主义的创作。

事实上,从艺术表现看,表现主义作家们采用的手段和呈现的风格并不完全统一,甚至有的还互相冲突。但有两条原则是共同的,也是不可或缺的。其一是重塑一个主观的世界图像,而描绘这个图像的根本目的仅仅是为了借以传达作者喷发的情绪或心灵的感受,或是为了更直接地揭示事物的本质,而不是复制一个表面逼真的世界。其二是尽可能地突破已有的艺术程式或传统的表现技巧,包括叙述方式、形象呈现、逻辑结构、语言规则等。总之,要造成令读者震惊的陌生感。

上述特征使表现主义运动与欧洲传统的主流艺术形态拉开了很大的距离,也与19世纪以来出现的浪漫主义、自然主义、印象主义、象征主义等新兴文艺思潮有着十分明显的区别。一方面,它彻底打破了统治西方数百年的种种学院派的艺术陈规,这些陈规包括对以自然第一性为出发点的对"真"的绝对肯定,对美与和谐的艺术标准的追求,对科学的膜拜,以及将理性与逻辑作为确立艺术表达形式规范前提的秩序。另一方面。它拉开了20世纪先锋派艺术实验的大幕。这些实验包括对自然的抽象与扭曲,对怪诞和丑的表现,对话语秩序的破坏,对各种反理性、反逻辑表现形态的迷恋。所有这些,显然都意味着对西方艺术传统的挑战和对学院派艺术原则的颠覆。而这些挑战所带来的与西方美学传统截然不同的艺术观念与表现风格,毫无疑问都具有20世纪艺术革命的性质。也许正由于此,理查德·墨菲在他的《先锋派散论》中,坚持将表现主义纳入历史先锋派,并认为它已经为后现代主义的先锋派实验提供了开拓性的经验。

当然,我们所说的表现主义并非孤立的运动,如前所述,它其实涵盖了20世纪前半叶在欧洲兴起的众多拥有不同命名的现代艺术思潮,也为"二次大战"之后出现的一系列新兴思潮和流派提供了直接的启示和借鉴。因此我们又不能不正视一个同样重要的事实——在某些现代艺术流派看似互相抵触的艺术宣言后面,却隐藏着从审美原则、艺术思维到表现

---

① 品图斯选编:《人类的曙光》,第6页。

手段上广泛的共同点。正如雷尼尔·理查德(Reinier Richard)在《表现主义简明百科全书》中指出的:

> 倘若人们仅仅就形式方向考虑,在这些特殊的例证中区别是非常暧昧和接近的,同样的审美创造在其他国家会被给予不同的命名。这就是为什么从一个国家到另一个国家,当论及同样的绘画作品,以及某些当下的德国画家或与德国联系密切的画家(汉斯·阿尔普、利奥奈尔、费宁格、奥托·弗龙德里赫、埃里希·赫克尔等,不一而足)时,竟被分别归类到表现主义、立体主义、立体表现主义、有时还会被视为达达主义或超现实主义。①

应当说,这种竞相在招牌名目上标新立异的现象在20世纪的艺术运动中正愈演愈烈,而实际上确有部分现代主义流派在艺术表现上的差异比人们想象的要小。例如表现主义思潮在思想观念上倾向于反对现代文明对人性的异化,而未来主义者则无保留地鼓吹用机械文明的"速度"和"力"去摧毁传统,然而它们在美学原则上都强调以主观为艺术表现的出发点,主张通过艺术去揭示事物的本质,而且都选择了打破现实幻觉的变形和抽象作为艺术表达的基本手段,足见它们在艺术方法上有着深刻的一致性。难怪作为前苏联第一任教育部长和德国文学研究权威的卢那察尔斯基(Lunacharsky)曾在20年代向俄国未来主义运动的旗手马雅可夫斯基授予"最典范的表现主义诗人"的称号。无独有偶,卢那察尔斯基本人所追求的"观察生活的显示,而表现其脉搏或是本质,把生活自由地变成戏剧的形式"②,以及他所推崇的"作为广义上的非常哲学底而又象征底诗的黄金时代"③的艺术理想,在当时即被命名为"写实底表现主义"。他创作的剧本《浮士德与城》和《解放了的堂吉诃德》也都呈现出鲜明的表现主义风格。同样,超现实主义对于表现梦幻的偏好与立体主义对用几何图式解构现实的热衷看上去似乎相去甚远,但达利笔下的《内战的预感》与毕加索的名作《格尔尼卡》却如此异曲同工。我们这才注意到,在对艺术表现精神的追求和夸张、变形、怪诞、抽象等表达手段的运用上,这两位艺术家原来何其相似。

---

① Lionel Richard, *The Concise Encyclopedia of Expressionism*, p. 12.
② 转引自 Huntly Carter:《卢那卡尔斯基的剧场》,蒲哲、如琳译,《戏剧》1931年第二卷第五期。
③ 转引自尾濑敬止:《浮士德与城·作者小传》,鲁迅译,神州国光社,1930。

倘若我们从前面论及的艺术风格的基本层面出发作一个系统的考察，就会发现韦勒克（René Wellek）所提出的"后象征主义时期"中的不少流派，诸如在文学艺术各分支中都产生过广泛影响的表现主义、未来主义、超现实主义，较早出现在美术领域的后印象派、野兽派和立体主义，以及今天被一些学者划归至后现代主义文艺的荒诞派戏剧与黑色幽默小说等，在许多方面都显示出密切的精神联系和内在的共通性。应当说在艺术方法的意义上，我们完全有理由将这些流派的创作特色视为同一艺术范式在不同时期和不同文化语境中的风格变体——在德语国家和北欧是表现主义，法国是后印象派、野兽派、立体主义与超现实主义，意大利和俄国是未来主义……如果我们试图在一个新的视点上用一个比"现代主义"更为具体和恰切的命名来概括上述诸流派在诗学上的"统一性"，"表现主义"无疑是一个最适合的术语。质言之，正是"表现主义诗学与方法"构成了上述诸流派在艺术思维和审美风格上的共同背景。

人们还发现，这些所谓现代的艺术方法，同样可以在各民族的艺术传统和优秀艺术作品中找到它们的源头和踪迹。正如我们从古代神话，屈原、白居易、李商隐的某些作品中找到象征主义的因素一样，西方的学者们也从非洲的原始艺术、埃及艺术、中国传统文学及戏曲艺术、中世纪哥特艺术、巴洛克、狂飙突进运动乃至诸多近代文学家、艺术家的创作中都找到了表现主义的源头。为此，埃德施密特在《论文学创作中的表现主义》一文中指出：

> （表现主义）整体的风格完成于感情强烈的伟大时代，它从和谐向上的生活的深层提取食物，从一种广泛蒸蒸日上、在和谐中形成的传统中吸收养料：亚述人、波斯人、哥特艺术、埃及人、原始人，德国古代的画家都有过这样的风格……对于那些其心灵极其丰富的大师们来说，表现主义则以最自然的流露附着于他们的作品之中。它存在于格律恩瓦尔德的极富戏剧性的亢奋之中，它抒情般地飘荡于修女的耶稣颂歌中，它活跃于莎士比亚的作品里，它顽强地挣扎在中国童话的柔情中，包含于斯特林堡的倔强之中。而今抓住了整整一代人。[①]

在同一篇文章中，埃德施密特还提到了荷尔德林、考斯特、歌德、果戈

---

① 袁可嘉等编选：《现代主义文学研究》上册，第441页。

里、福楼拜、拉伯雷、薄伽丘、毕希纳等一大批重要作家的名字。他认为尽管表现主义风格在这些作家的作品中体现得也许还不充分,但已在具有重要意义的这一方面或那一方面有所表现。

上述对表现主义概念的广义理解和运用在西方批评界已形成广泛认同。请看《表现主义简明百科全书》对表现主义绘画风格的阐释:

> 这里引出了一个术语的问题,尤其是关于造型艺术,我们可以认为,事实上,存在着一种普遍的、永恒的表现主义风格,它绝非仅德语国家在特定历史时期的特质。仅从通过富有表现力的特征投射出心灵世界来看,表现主义风格甚至在史前的、黑人的、印第安人的和阿兹特克人的雕刻中,在像格吕内瓦尔德、格列柯、杜米埃一类画家的作品中都鲜明地呈现出来。①

《牛津艺术指南》则更明确地指出:"从那时以来,表现主义作为一个与'浪漫主义'和'巴洛克'等术语相类似的批评和美学概念在更普遍的涵义上获得了通用。"②这表明表现主义作为艺术概念在西方批评中的运用早已突破了作为特定文艺思潮和流派指称的界线,而成为一个涵盖面极广的风格术语。

我们知道,表现主义艺术在20世纪现代主义运动中的独特地位使它具有了艺术革命先驱的历史地位。那么,表现主义究竟怎样产生独特的示范效应,为20世纪艺坛带来了什么样的革命性变革呢?我们不妨先做一个简要的分析。

首先是以我为主的艺术观念。无论是西方古典艺术,还是文艺复兴以来的文学艺术,西方文艺思想始终都是以模仿自然为第一要义。艺术上为了达到模仿的逼真效果,还建立了透视学、解剖学等科学化的分析和表达的工具,文学也确立了一套精确描绘的细节刻画手段。即便近代以来产生的浪漫主义和象征主义潮流,虽然更加注重想象和情感表现,但都仍把人与自然的相通感应和逻辑化地表达作者的体验作为基本的出发点。表现主义却主张完全从主观出发,摆脱自然的束缚,描绘艺术家心目中的世界图像,借以表现艺术家内心的情感和他对事物本质的思考。表

---

① Lionel Richard, *The Concise Encyclopedia of Expressionism*, p. 12.
② Harold Osborne, *The Oxford Companion to Art*(《牛津艺术指南》), Oxford: Oxford Univ. Pr., 1983, p. 369.

现主义强调唯意志论的本质，认为表现不是对外部环境的映现，而是对内部世界本质的表达。埃德施密特明确提出："要创造一个崭新的世界图像。这种图像和那种靠经验而能把握住的自然主义的图像毫无共同之处，和印象派那种割裂的狭小范围也毫无共同之处。"为此，他们在作品中自由地释放作者的激情，创造出一幅幅主观色彩浓郁的灵魂的风景画。

其次是作为先锋艺术的激烈的反叛立场。表现主义艺术将反传统作为旗帜，既致力于反抗政治权力的专制统治，批判资本主义的金钱至上和物质主义带来的人的精神的异化，也反对民族主义的战争，进而提倡彻底反叛传统的价值观和理性秩序。因此，我们看到表现主义作品中常常将父亲、教师、校长等形象作为保守力量的代表和世俗权力的象征加以批判和攻击。在表现主义的作品中，父子冲突、师生间的对抗、工人与资本家之间的斗争都是常见的主题。有学者指出：一切表现主义者对资产阶级社会的这种强烈的共同仇恨，来源于他们的信念，即工业资本主义制度由于一味发展为物质生产服务的智力和意志，而忽视精神、感情和想象，正在戕害和歪曲人的本性。他们声称，当代社会明显的目的性和工业技术秩序，掩盖了日益加剧的心理混乱。[①] 这里谈到了更具共性的问题，但它所涉及的主要是思想背景。

再次是色彩斑斓的怪诞世界。以表现主义作家、艺术家为代表的现代艺术创作，在艺术形象的塑造上也显示出与传统艺术截然不同的处理方式。他们告别了优雅、和谐、平衡、完整等传统的审美标准，代之以强力的、混乱的、夸张的、简约的和怪异的艺术形象。表现主义文学激化了早期现代派的反古典主义趋势，与 1900 年左右唯美主义对美的狂热崇拜也是对立的，它是一种以非和谐、丑陋、怪诞和病态为特征的文学，是对分裂的外在和内心世界及陈腐的语言秩序的描绘。早期的表现主义绘画即以色彩运用的大胆狂放和形象的扭曲变形著称；接下来的表现主义戏剧和电影更是将倾斜的舞台，色彩强烈、形式抽象的布景，恐怖、丑陋的形象和支离破碎的故事纷纷搬上舞台和银幕；表现主义的诗歌和小说则将爆发的情绪、反常的意象组合、离奇的情节和反逻辑的叙述作为自己的标签。所有这一切，无不在重新诠释着"怪诞"这个美学范畴。通过"合理的怪诞描写"，作家表明了他超越现实的自我意识。从此以后，怪诞便作为 20 世

---

① 参见理查德·谢帕德：《德国表现主义》，马·布雷德伯里、詹·麦克法兰编：《现代主义》，胡家峦等译，上海：上海外语教育出版社，1992，第 249 页。

纪文学艺术的重要风格表征,盛行于从超现实主义文学到荒诞派戏剧,从黑色幽默到魔幻现实主义的众多现代文学流派作品中,成为从现代主义到后现代主义一以贯之的富有特征性的艺术符号。

与此同时,表现主义者在艺术表达手段方面也展开了种种反传统的实验,以彰显其先锋派的艺术特质。这便是后来被称为"反话语"的形式革命。理查德·墨菲指出:

> 对于作为先锋派文学运动的表现主义更为重要的是:一种"革命"冲击铭刻在它的表现诗学中,该诗学关于现实建构的前提,是保证它建立在对一切意识形态和认识论的基础,所有那些继承而来的现实模式,以及全部既定的感觉和经验结构的不断质疑之上的:简而言之,作为先锋派,它对社会的那些由艺术体制所支撑的主流话语提出异议,并在相应的位置上创造出一套反话语。所以这些文本的真正革命的要素是它们对传承而来的世界及其影像的不断颠覆。其最终目的似乎正在于作为不断进行中的革命行动过程本身。[1]

这种文本首先把混乱的开始说成是宗教和哲学思想的决定性断裂,予以肯定。其策略一是去升华、去审美化的有机形式扭曲;二是用蒙太奇和碎片化、拼接等不完整的非有机形式揭示作品被建构和加工的本质;三是歇斯底里诗学,包括诗歌、戏剧中的号叫、胡言乱语;四是重写,以幽默、调侃的笔调有意对历史事件和经典作品加以寓言式的改写。

正是上述几个方面的变革改变了20世纪西方文学艺术的基本面貌,也带来了表现主义思潮的世界性影响。在表现主义作为文艺思潮和运动都已成为历史之后,我们仍不断地从不同地区、不同民族继起的创作倾向中发现表现主义的踪迹。20年代以后,表现主义艺术以其强大的生命力在美国及欧洲其他地区传播开来。除了奥尼尔、奥凯西这样的表现主义作家外,一些具有明显表现主义倾向的艺术流派,如北欧的"哥布阿"(即哥本哈根、布鲁塞尔、阿姆斯特丹)艺术家群体,以布莱希特和皮斯卡托为代表的叙事剧、杜伦马特的讽刺剧、皮兰德娄的怪诞剧、英国的残酷戏剧等仍此起彼伏地兴起,在日本、中国等东方国家中也出现了广泛的响应

---

[1] Richard Murphy, *Theorizing the Avant-garde: Modernism, Expressionism and the Problem of Postmodernity*(《先锋派散论——现代主义、表现主义和后现代性问题》), Cambridge: Cambridge Univ. Press, 1999, p.51.

者。日本文学中1910年代白桦派的武者小路实笃、有岛武郎,1920年代以横光利一、川端康成为代表的新感觉派;1920年代中国的鲁迅、郭沫若与创造社作家的诗歌和小说实验,洪深的戏剧;1930年代的林语堂、曹禺的某些作品,直至1980年代的王蒙、余华等作家的荒诞小说都在不同程度上打下了表现主义的印记。

  我们还看到,20世纪后半叶出现的许多文艺思潮和流派,都不同程度地受到表现主义的影响。如法国的荒诞派戏剧,美国的黑色幽默小说和拉美的魔幻现实主义作品都在不同程度上渗透了表现主义的艺术原则和方法。美术领域50年代美国的抽象表现主义,80年代德国的新表现主义,乃至80年代以来的中国当代艺术……总之,我们不能不承认,在今天,表现主义不只是一个早已终结的文艺运动,而已成为一种影响整个20世纪文艺走向和面貌的新的艺术方法的坐标、艺术风格的尺度。

第二章　表现主义思潮的理论探索

经验告诉我们，一种重要的影响广泛的文艺思潮，不仅能孕育出一批伟大的作家和里程碑式的作品，发展出一些新的艺术思想或理论，往往还能使人们建立起一种新的艺术眼光和艺术评价尺度。一种获得命名的文学思潮一旦进入文学家和批评家的审美视域，常常会促使他们以新的目光去观照当代文学乃至整个文学史，并从中发掘出与新方法相对应的审美范式或艺术技巧的原型和要素，甚至可能使一些长期难以定位或曾被勉强纳入某一范式的呈现出特殊风格的作家作品一下子获得圆满的阐释。文艺学和文学史研究中对"现实主义""浪漫主义"等术语的应用即属此类范例。由此，我们对文艺创造规律的认识也会向前跨进一步。这时，一种本属于特定时期、特定地域范围的文学或艺术思潮就可能上升为具有更大的普泛性、更强的概括力和更持久生命力的艺术形式规范和创作风格范型，并以此为基础，总结出具有更强普适价值的美学思想与诗学理论。由此我们联想到艾略特的一段精辟概括——

　　现存的艺术经典本身就构成一个理想的秩序，这个秩序由于新的（真正新的）作品被介绍进来而发生变化。这个已成的秩序在新作品出现以前是完整的，加入新花样以后要继续保持完整，整个的秩序就必须改变一下，即使改得很小；因此每件艺术作品对于整体的关系、比例和价值就重新调整了；这就是新与旧的适应。……谁听到说过去因现在而改变正如现在为过去所指引,就不至于认为荒谬。①

事实上,这种秩序的改变不仅是作品历史地位的变化,也完全可能带来对传统的新认识或新发现。因为当我们拥有了某种新的眼光和尺度,再去审视那些早已耳熟能详的传统作品时,也许会发现这些新思潮、新风格所包含的诸多因素,其实也可以从人类古老的艺术长河中找到它的身影,甚至它将迫使我们去改写整个文学史。

第一节　表现主义思潮的哲学基础

如果说表现主义的美术运动更多地表现为一种新艺术观的挑战和反印象主义的形式革命的话,表现主义文学给我们带来的却首先是文化精神和思想观念上的冲击。毫无疑问,文学较之美术、音乐和建筑应当蕴含更丰富更直接的精神价值追问和现实生活关怀,因此我们不得不对表现主义运动的思想文化背景再做一番考察。表现主义文学潮流的思想理论基础究竟是什么呢?

一、表现主义运动的精神先驱

在这里应当首先提到的一位思想家是叔本华(Arthur Schopenhauer)和他那段我们耳熟能详的论断——"'世界是我的表象':这是一个真理,是对于任何一个生活着和认识着的生物都有效的真理;不过只有人能够将它纳入反省的,抽象的意识罢了。"②表现主义的批评家许布纳曾总结道:"这种人生观念并非战争的结果,它在1914年就已经清晰可见地存在了。它源于叔本华的悲观主义,源于其超验的洞见。'世界即是我的意志'的想法成为它的一部分。"③当然,更直接的引导者是意志哲学的继承者尼采。许布纳接着说:

---

① 艾略特:《传统与个人才能》,戴维·洛奇:《二十世纪文学评论》上册,上海:上海译文出版社,1987,第130页。
② 叔本华:《作为意志和表象的世界》,石冲白译,北京:商务印书馆,2004,第25页。
③ Friedrich Markus Huebner, *Europas neue Kunst und Dichtung*, S. 80—95.

此外它还嫁接了尼采的悲剧乐观主义：尼采的学说为人生唱赞歌，因为人的生命中不断创造着丰富多彩的幻想。这种在尼采影响下的人生态度曾一度陷入危险，它被强行加以世俗化的注解，其创造性的传达，其强烈的个性被粗暴地解释为是帝国主义的……①

表现主义作家常常毫不讳言地把尼采作为自己的精神先驱，有人甚至骄傲地宣称"表现主义是尼采的遗嘱的实际执行人"②。的确，大多数表现主义作品中都不难找到尼采思想的痕迹，不论是对传统价值及其社会基础的彻底反叛还是对新人的呼唤，不论是看破红尘的悲观主义，还是着眼改造现实、创造理想未来的乐观主义，都可以从尼采那里找到根源。不仅如此，尼采作品的表达方式也是表现主义者所向往的——从《查拉图斯特拉如是说》等作品启示录般的寓言情境，到尼采诗歌中宣泄的激情、雄辩的语调，无不给表现主义文学提供了重要的范本。正如表现主义诗人贝恩所称：

> 就我们自己而言，我们的身后站着尼采：他内在的本质乃是撕破词语，去表现欲望，言说欲望，使之炫目，令之闪耀，无惧危险，不顾后果，为了表现宁可消灭内容——这确实道出了尼采的真谛。③

作为尼采遗嘱的执行人，表现主义者从他们的精神导师尼采那里究竟继承了什么呢？

我们以为，表现主义至少在三个方面受到尼采影响。一是批判精神与危机体验，包括尼采式的对抗传统，悲观主义，道德体系的崩溃。二是强力意志，关于超人的理想主义与改造时代；三是狄奥尼索斯式的醉境，对非理性的激情的推崇。

首先，尼采对于现代文明及其意识形态的怀疑和批判导致了历史虚无主义，也带来了表现主义艺术家们对当下社会及其现代性背景的质疑和批判的立场。德国学者西尔维奥·维塔（Silvio Vietta）和汉斯－格奥尔格·肯帕指出：

> 尼采的形而上学批判，他对最终的真、善，对于宏大的"理想"

---

① Friedrich Markus Huebner, *Europas neue Kunst und Dichtung*, S. 80—95.
② 贝恩：《〈表现主义十年抒情诗选〉序》，《现代主义文学研究》上册，第453页。
③ 曹卫东：《审美政治化：德国表现主义问题》，上海：上海人民出版社，2015，第191页。

……的根本性怀疑,是为一代人而作,这一代人在经济与社会心理方面都一概无所凭依,他们所遭遇的是一个"超验性丧失"的时代。①

这正是大量的表现主义文本试图揭示的社会状况。具体表现在一系列借助文学语言表现虚无主义经验以及超验性的丧失的主题,以及"在有关传统价值、理想与宗教象征的讽刺诗中,作者以虚无主义分析方式,将这些对象体会为非价值、空洞与刻板"②,正如我们在卡夫卡小说中看到的那样。贝恩作品中对于丑陋的挑衅式描述,对于主体的病态的还原,及其早期抒情诗中的衰落症候,这些表达方式本身都是对于形而上学的全面否定,让矛盾性修辞的功能发挥得淋漓尽致。而在格奥尔格·凯泽、恰佩克等表现主义者的作品中,所谓的现代技术、科学与工作进程则被表现为一个意义沦丧、自我毁灭的过程。

其次,尼采视为生命驱动力的权力意志观与超人的理想直接地启示了表现主义作品中关于创造"新人"的乌托邦式的理想和对于"新人"的呼唤与塑造。当然,表现主义者从达尔文那里也得到关于人可能改变自己和获得进化的思想。"表现主义者认为他自己应该是一个改革者,一个救世主,他想要把人类从昏睡中摇醒,震动他,使他知道目前和将来的危险。他想为人类拯救这个世界。"③我们从凯泽的剧作和德布林、弗兰克的小说中都不难发现"新人"的形象,例如德布林小说中的王伦、沃伦斯坦,以及《山、海和巨人》中的巨人。在哈森克勒维尔、韦尔弗和贝歇尔的诗中,我们也听见了对于新人的热切呼唤。遗憾的是,尽管表现主义作品中这些查拉图斯特拉式的人物期待把握自己的命运,并唤醒众生,但他们似乎并不具备拯时济世的能力,所以他们的结局往往是惨淡或悲壮的。难怪有学者总结说:"表现主义者做得更成功的是在他们的作品中打倒'旧人',诸如文学作品中流行的谋杀父亲、教师和资本家,而不是创造一个令人信服的'新人'。"④

最后,尼采美学思想中对酒神精神的总结和推崇,和他对反理性的激

---

① Silvio Vietta u. Hans-Georg Kemper(西尔维奥·维塔与汉斯—格奥尔格·肯帕),*Expressionismus*(《表现主义》),München:Wilhelm Fink Verlag,1975,S. 142.
② Ibid.,S. 144.
③ Lionel Richard: *The Concise Encyclopedia of Expressionism*,p. 132.
④ Ibid.,p. 131.

情的肯定,都为表现主义诗学观念和艺术风格的形成提供了强有力的理论基石。尼采写道:

> 在狄奥尼索斯式之陶醉的情态下,一种神秘的自我溶解,从沉醉的人群里游离,沉落在地底之上,然后,展现给他的是他自己的情态——在一种似梦的境界中,一种完全的"唯一",和宇宙之本质融为一体。①

在表现主义的文本中,既有由尼采式的醉境激发的狂欢化的激情,也不乏疯子式的非理性冲动与狂暴。由此产生出高亢的呐喊,有时也会导致艺术形式上的反话语和反逻辑的碎片。

二、来自其他方向的思想资源

我们同时注意到,表现主义又是一个松散的、有着复杂的甚至矛盾的政治背景和思想倾向的思潮。有学者指出,表现主义的思想来源于5个精神引导者:除尼采外,还包括基督、马克思、达尔文和弗洛伊德。纵观表现主义文学的发展历程和代表作品,我们不得不承认这种观点有它的基本依据。也就是说,在表现主义的创作中,不仅有反传统的倾向,自我表现的欲望,还包含着宗教精神、社会革命思想、进化论的观点和性意识、梦幻倾向。此外还有人把柏格森、陀思妥耶夫斯基、克尔凯郭尔和海德格尔也列为表现主义的思想先驱。

由于表现主义思潮中多数作家和艺术家都有鲜明的左翼政治立场,因而马克思主义对这一运动的影响十分突出。在各类表现主义的作品中,对资本主义的批判,对社会问题的反思,对革命的期待,对工人阶级乃至劳苦大众处境的同情的主题都是随处可见的。其中德国艺术家对威廉二世统治的批判,对一次世界大战的抵制更是旗帜鲜明。战后一些作家、艺术家积极投身到工人运动和创建民主共和国的斗争之中,魏玛共和国时期表现主义思潮更是深入人心,几乎成了群众运动。因此有人将表现主义称为共产主义运动,划为第四阶级即无产阶级的艺术。

但实际的情况要复杂得多,一个生动的例子是,德国表现主义运动阵

---

① 尼采:《悲剧的诞生》,李长俊译,长沙:湖南人民出版社,1986,第26页。

表现主义诗学

地《风暴》的主持人瓦尔登在战后曾经在刊物上撰文宣传马克思主义,在学术上与俄国的共产主义者结盟,后来还加入了共产党,但他坚持要维护先锋派运动的精英性质,反对将表现主义艺术大众化,使之成为大众宣传和娱乐的工具。他不无讽刺地写道:

> 艺术的业余爱好者们以经济运动为基础,发动了薪酬运动,而思想工人们则让艺术运动衍生出文学运动这一分支。他们组成了合作社,进而实现梦想。他们首先想要成为一个新社会的领导,在这个社会中他们甚至无法为虎作伥。他们彼此传递错误的材料。其他的材料还不是艺术。材料从不具备创造性,即使一些人在玻璃下能比在铁下做更好的梦。但梦也不能算是艺术。即使有一个好的点子,借助一个激进的主意,创造性依然无可替代。①

还有人试图将马克思主义与基督教精神都结合在表现主义创作中,把基督教和共产主义或社会主义统一起来。这种人为的嫁接也许并非表现主义拥趸的本意,但无论如何,宗教仍是众多表现主义艺术家灵魂的最后归宿和对抗现实中压抑力量的精神依托。不过,令表现主义者景仰的也许并非耶稣基督本身,而只是一种追寻神性和永恒的宗教精神,一种对理想和超越的向往。恰如埃德施密特所描述的:"在愈发的渴念中找寻着神,创造力穿透过世界,超出自身。艺术品……成为时代对无限之向往的动人表达。"②同时代另一位表现主义批评家艾卡特·冯·赛多对此作了进一步阐发:

> 在德语、德语—俄语的说明中,我们到处听得到那种出于对永恒的领会、出于意志而(主要)向永恒喷薄而出的激情。但在语言的运用上——仿古式地用到了上帝的名字——却比我们最初以为的更表面。因为现代艺术从基督神话中汲取的最重要的东西,不是关于超验、人格化的上帝观念——这一观念与人类的世俗世界之间隔着一

---

① Richard sheppard ed., *Expressionism in Focus*(《关注表现主义》),Lochee Publications Ltd.,1987,p.101.

② Eckart von Sydow,"Das religiöse Bewusstsein des Expressionismus"(《表现主义的宗教意识》),In *Expressionismus: Manifeste und Dokumente zur deutschen Literatur 1910—1920*,S. 244.

道鸿沟———,而是大天使的概念。①

紧接着,他又对天使的意义加以说明:

> 天使的象征意义就在于:与永恒的上帝不同,他只是上帝的工具;他与瞬息万变的人性不具备同一性,他只是其理想化的相似形象。由此他便是彼岸世界来到我们当中的孜孜不倦的信使,人与上帝之间的(最字面本身意义上的)中介,真正的人类之上与上帝之下。②

由此不难看出,表现主义者笔下的上帝更多的只是一个他们借以摆脱现实困境和灵魂虚空的符号,这样才能解释他们在呼唤上帝的同时又沉湎于追捧被称为"上帝谋杀者"的偶像尼采的矛盾现象。事实上也几乎没有诗人在作品中直接称呼耶和华之名。

表现主义的宗教意识的另一表征便是对神秘主义的肯定,他们或倡导神秘主义的内在结构,或追求神秘主义的象征意蕴,但这种神秘主义与中世纪的宗教神秘主义却有着本质的不同,前者是源于人类的精神世界和世俗生活的,而后者是与真实世界完全无关的。所以艾卡特·冯·赛多认为:"如果是耶和华之名成为我们宗教性的结晶点,那我们宗教性的部分就不是神秘主义而是狂喜(Ekstatik);但现在我们为之醉心的,却是神秘主义。"③

值得注意的是,表现主义者对宗教式超越和永恒价值的追寻与他们反传统的现实批判和世俗立场之间始终存在悖论。因此,赛多认为,表现主义艺术是一种包含着问题的混合式表达,一方面是对神性和抽象的追求,另一方面则是聚力于易逝的日常事物的意志。④ 而我们不得不承认,正是这二者的奇妙组合,使他们的创作呈现出思辨的张力。

弗洛伊德主义也是表现主义的思想资源之一。弗洛伊德和柏格森对于心理过程合法性的发现,从根本上改变了人对自身的理解,揭示了人自身的复杂性和矛盾性。弗洛伊德对人的性压抑心理的揭示和对无意识及俄狄浦斯情结的阐发都对表现主义的创作产生了很大的影响。

---

① Eckart von Sydow,"Das religiöse Bewusstsein des Expressionismus", In *Expressionismus*: *Manifeste und Dokumente zur deutschen Literatur 1910—1920*, S. 244.
② Ibid.
③ Ibid.
④ Ibid., S. 245.

按照弗洛伊德的观点,人的无意识通过满足理智所能允许的其他动机引发的感知而与现实达到契合。在某些表现主义者看来,也许正是不讲道理的无意识和性压抑带来了人们对权力的贪婪、占有欲,彼此之间的憎恶和嫉妒,甚至是产生战争、资本主义和贫穷的根源。因为主体并不能主宰自身,也全然不是其历史的富于理性的指导者,相反却可能成为历史中横冲直撞的盲目力量,正如弗洛伊德所发现的死本能那样。这些是诸多表现主义者们的体验——这种体验又特别在第一次世界大战的爆发中得到验证,因而成为表现主义创作的重要主题。

此外,部分表现主义作家如魏德金、科柯施卡、格罗斯等都对两性题材的创作倾注了热情。此外,父子冲突作为德国表现主义戏剧前期的重要主题,虽然有寓言式的影射内涵,但其出发点也许仍来自弗洛伊德理论的影响。

第二节 表现主义思潮的美学渊源

尽管表现主义思潮的兴起是在20世纪现代文化的土壤中孕育的,但它也有历史的根基,原始艺术、东方艺术都是它汲取灵感的源泉,而西方传统文论中那些处在边缘的崇尚主观和情感表现的理论主张则为它探索了道路。对此,克罗齐在《作为表现的科学和一般语言学的美学》一书中曾进行过梳理。

一、历史上的表现理论

最早的表现理论可以追溯到罗马时代的朗吉弩斯(Longinus),在大家熟知的《论崇高》中,他将"强烈而激动的情感"作为崇高的五个来源之一,从而为艺术表现情感提供了依据。

接下来,普罗提诺(Plotinus)在《九章集》中指出:"由于理性的缘故,灵魂是美的,其他的事物则因为灵魂赋予它们以形式而是美的。"他还说:"是灵魂给予物体以被称为美的权利。"[①]这一描述显然已经将灵魂的表现作为美的条件。这种新柏拉图主义的理论似乎为中世纪艺术超越对自

---

① 伍蠡甫主编:《西方文论选》上卷,上海:上海译文出版社,1979,第139页。

然的模仿提供了理论的支点。

到18世纪初,英国批评家约翰·丹尼斯(John Dennis)在《诗歌批评的基础》一书中进一步提出了诗人的激情在文学创作中的主导作用。他指出:"诗歌是诗人借以焕发激情的一种艺术,从而使精神满足、提高、愉悦、革新,从而使人类更快乐、更美好。""诗歌通过焕发激情而达到终极目的,即改造人的精神。"他继而据此前提把诗歌区分为伟大的和渺小的——"1.伟大的诗歌是诗人用以正确地和合理地激发伟大激情的一种艺术,可以用来愉悦和教育,并理解史诗、悲剧和更伟大的抒情诗。2.渺小的诗歌是诗人为上述目的激发较小的激情的一种艺术,其中包括喜剧和讽刺、小颂歌和田园诗。"①可以看出,丹尼斯在这里更注重的是文学的教育功能。

在德国古典美学家席勒那里,表现理论得到了发展。席勒在《论素朴的诗和感伤的诗》中提出了诗的天才的两种表现方式,即模仿现实和表现理想。他指出:"在文明的状态中,由于人的天性的和谐活动仅仅是一个观念,所以诗人的作用就必然是把现实提高到理想,或者换句话说,就是表现或显示理想。"他认为在以完美地模仿现实为目标的"古代诗人那里,打动我们的是自然,是感性的真实,是活生生的现实;在近代诗人那里,打动我们的是观念"②。在《谈美书简》中,席勒又借助康德的话进一步阐发了这一思想。他写道:

艺术的美分为两种:

1. 选择或自然的美——自然美的模仿。

2. 表现或形式的美——自然的模仿。若没有后者也就不存在艺术家了。前者和后者的结合产生了伟大的艺术家。

形式或表现的美仅仅是艺术所特有的。康德正确地指出:"自然的美是一个美的事物,艺术的美是一个事物美的表现。"我们可以再加上一句,理想美是一个美的事物的美的表现。③

在席勒的论述中,我们发现表现理论的内容已经从表现情感拓展到

---

① 拉曼·塞尔登编:《文学批评理论——从柏拉图到现在》,刘象愚等译,北京:北京大学出版社,2000,第178—180页。
② 伍蠡甫、胡经之主编:《西方文艺理论名著选编》上卷,北京:北京大学出版社,1985,第474页。
③ 同上书,第497页。

表现理想,乃至"真理的自由表现"。

浪漫主义运动是表现理论真正得以建立和明确的阶段。在这里我们不能不提到浪漫派诗人华兹华斯(William Wordsworth)的著名论断:"一切好诗都是强烈情感的自然流露。"他认为:"凡有价值的诗,不论题材如何不同,都是由于作者具有非常的感受性,而且又深思了很久。因为我们的思想改变着和指导着我们的情感不断流注,我们的思想事实上是我们以往一切情感的代表。"①与华兹华斯同属湖畔派诗人,但在艺术观点上与之存有争议的柯尔律治(Samuel Taylor Coleridge)则采用了另一种表述。他在《论诗或艺术》(1818)中说,美术的共同定义是"像诗一样,它们都是为了表达智力的企图、思想、概念、感想,而且都是导源于人的心灵……"②柯尔律治还提出,美是"精神对物质的征服,以致物质被转变为象征,在它之中并借助于它,精神揭示其自身"③。二人之间的分歧似乎在情感是否自然流露上。另一位浪漫派诗人雪莱(Percy Bysshe Shelley)则认为:"一般说来,诗可以解作'想象的表现'。"④

稍后的一位重要批评家、牛津大学讲座教授基布尔(John Keble)牧师在1930年代对此问题提供了更为旗帜鲜明而透彻的答案。他说:

> 大家知道,亚里士多德认为诗歌的要旨在于"模仿"……但我们却认为是表现,而非模仿;以模仿来表示作者的意思,使人觉得冷漠、不达意……

接下来基布尔又对此观点作出更为深入地阐发,提出了自己关于诗歌的定义。

> 诗是人在产生某种不可抗拒的激情,或具有某种支配他的行动的趣味或情感时,想直接发泄却又受到压抑,因而用语词,最合适的是有韵的语词,作出的间接表现。⑤

---

① 华兹华斯:《抒情歌谣集1800年版序言》,伍蠡甫、胡经之主编:《西方文艺理论名著选编》中卷,北京:北京大学出版社,1986,第43页。
② 转引自艾布拉姆斯:《镜与灯——浪漫主义文论及批评传统》,郦稚牛等译,北京:北京大学出版社,1989,第70页。
③ 转引自埃德加·卡里特:《走向表现主义的美学》,第100页。
④ 雪莱:《为诗辩护》,《西方文艺理论名著选编》中卷,第67页。
⑤ 以上两段引文均出自基布尔1938年评论洛克哈特的《司各特生平传略》的文字,收入《应景的论文与书评》(1877),转引自艾布拉姆斯:《镜与灯——浪漫主义文论及批评传统》,第70、222页。

来自德国的浪漫派诗人诺瓦利斯（Novalis）说："诗是对感情,对整个内心世界的表现。它的媒介物即文字就暗示了这一点,因为这些文字就是那种内在力量的外在表露。"他还提出："以一种令人愉快的方式把一个对象陌生化,同时使之为人熟悉并引人入胜,这就是浪漫主义诗学。"①

到此为止,我们看到,理想、情感或激情、想象、趣味,以及陌生化的文字表现,也许还要加上令人愉快,所有这些元素便构成了前表现主义时期表现理论的核心范畴。

在此之后,法国美学家欧仁·维隆（Eugene Véron）在其著作《美学》（1878）中系统地总结了关于艺术本质的表现理论。他在"什么是艺术"的标题下以自己的方式给出了如下答案：

> 作为艺术的一般定义,人们可以这样说：艺术是某种激情的表现,这一激情或者是通过线条、外形和色彩的种种组合,或者是通过一系列具有特定节奏的动作、声音和话语而表现出来。
>
> 一件艺术品(不管是什么样的艺术品)的价值能够而且应该首先用表现和表达激情的能力来衡量,因为这种激情是产生艺术的决定性原因,并且因此构成了艺术内在的和高度的统一性。
>
> 表现艺术是真正的现代艺术,它在很大程度上是建立在感染力的基础上的。……这种艺术的目的在人本身,在于研究人的偶然出现的或者持久的感情,研究他的德行或是罪恶。②

应当说,欧仁·维隆的《美学》已经形成了较为完整的表现理论,它考察和讨论了舞蹈、音乐、雕塑、绘画、诗歌等不同艺术门类的起源和历史,认为艺术是为了满足人类的精神需要而产生的,它的出现标志着文明的萌芽,因此贯穿于不同艺术门类之中的是人类的激情和感受。

二、表现主义美学——从克罗齐到科林伍德

如果说浪漫主义诗人的表现理论是基于他们的创作体验,维隆的表现美学是基于对各种艺术起源的考察,那么克罗齐则是从心灵哲学的高

---

① 诺瓦利斯：《断片》,高中甫等译,第24、第19,刘小枫主编：《德语诗学文选》上卷,上海：华东师范大学出版社,2006,第284—285页。

② 转引自朱立元主编：《西方美学范畴史》第三卷,太原：山西教育出版社,2006,第42页。

度提出了表现美学,并且将直觉作为其美学的出发点。这个理论之所以被冠之以"表现主义"或许正是基于其理论的完整性和体系性吧。其实我们在他的著述中并未见到过"表现主义"这个概念。

克罗齐是20世纪第一位重要的美学家,同时也是一位杰出的哲学家和历史学家。因此,他的理论并非单纯讨论美学问题,而是将艺术和审美现象纳入人类心灵活动的大框架下予以定位。在其最早的美学代表作《作为表现的科学和一般语言学的美学》(1902)①中,克罗齐用他的心灵哲学对人类活动的形式加以分类。他把心灵活动分为认识和实践两种,而每一种活动又各有两度或两阶段。其中认识活动(或知识)的第一度和第二度分别为直觉和理智两种形式。他指出:

> 知识有两种形式:不是直觉的,就是逻辑的;不是从想象得来的,就是从理智得来的;不是关于个体的,就是关于共相的;不是关于诸个别事物的,就是关于它们中间关系的;总之,知识所产生的不是意象,就是概念。②

而实践的活动也有两个阶段,第一度是有用的或经济的活动,第二度是道德的活动。那么人类的艺术活动处在四度当中的什么位置呢?克罗齐告诉我们:

> 艺术是什么——我愿意立即用最简单的方式来说,艺术是幻象或直觉。艺术家造了一个意象或幻影,而喜欢艺术的人则把他的目光凝聚在艺术家所指示的那一点上,从他打开的裂口朝里看,并在自己身上再现这个意象。③

为此,他要求"用艺术作品做直觉知识的实例,把直觉的特性都付与艺术作品,也把艺术作品的特性都付与直觉"。那么,什么是表现呢?克罗齐回答说:

> 每一个真直觉或表象同时也是表现,没有在表现中对象化了的东西就不是直觉或表象,就还只是感受和自然的事实。心灵只有借

---

① 该著作包含原理和历史两部分,在中国被分别译为《美学原理》(1947,朱光潜译)和《作为表现的科学和一般语言学的美学的历史》(1984,王天清译)。
② 克罗齐:《美学原理》,朱光潜译,北京:外国文学出版社,1983,第7页。
③ 克罗齐:《美学纲要》,韩邦凯、罗芃译,北京:外国文学出版社,1983,第209页。

造作、赋形、表现才能直觉。①

直觉的知识就是表现的知识。直觉是离理智作用而独立自主的;它不管后起的经验上的各种分别,不管实在与非实在,不管空间时间的形成和察觉,这些都是后起的。直觉或表象,就其为形式而言,有别于凡是感触和忍受的东西,有别于感受的流转,有别于心理的素材;这个形式,这个掌握,就是表现。直觉是表现,而且只是表现(没有多于表现的,却也没有少于表现的)。②

接着,他又讨论了表现与美的关系。他把美定义为"成功的表现",并据此推论"丑就是不成功的表现"。他明确指出:"我们既然认为美纯是心灵的表现,就不能想象到有哪一种美比这更高,更不能想象到美可以没有表现,美可以脱离它本身。"③进而,他把美学定义为"表现的科学"。

当然,还有情感,这也是题中应有之意。克罗齐认为,艺术的直觉总是抒情的直觉。直觉只能来自情感,基于情感。因为是情感给了直觉以连贯性和完整性。直觉充满个性,洋溢着情感。因此,艺术永远是抒情的——也就是饱含着情感的叙事诗和戏剧。④

除上述基本观点之外,克罗齐的表现主义美学还提出了几个重要的思想。其一,审美的事实就是形式。这是因为"在审美的事实中,表现的活动并非外加到印象的事实上面去,而是诸印象借表现的活动得到形式和阐发。"⑤因此,他明确指出:

诗人和画家缺乏了形式,就缺乏了一切,因为他缺乏了他自己。诗的素材可以存在于一切人的心灵,只有表现,这就是说,只有形式,才使诗人成为诗人。⑥

在克罗齐看来,在艺术活动中,内容的确可以转变为形式。而且只有在它转变之后,它才成为审美的内容。

其二,美不是物理的事实,而属于心灵的力量。克罗齐提出:"审美的事实在对诸印象作表现的加工之中就已完成了。我们在心中作成了文

---

① 克罗齐:《美学原理》,第14页。
② 同上书,第18页。
③ 同上书,第96页。
④ 参见克罗齐:《美学纲要》,第227、229页。
⑤ 克罗齐:《美学原理》,第23页。
⑥ 同上书,第33页。

表现主义诗学

章,明确地构思了一个形状或雕像,或是找到一个乐曲的时候,表现品就已产生而且完成了,此外并不需要什么。"①至于我们是不是要把我们已经向自己说过或唱过的东西表达出来,记录下来,或者再大规模地发作一次,这都是后来附加的工作。克罗齐把这后续的工作称为"外射的活动"。但他认为:"我们其实并不把在心中造就的许多表现品或直觉品全部都表现出来;我们并不把心中每个思想都大声说出,写下,印起,画起,拿它向大众展示。"②基于这样的观点,克罗齐对审美活动的过程做了如下的归纳:

> 审美活动的全程可以分为四个阶段:一、诸印象;二、表现,即心灵的审美的综合作用;三、快感的陪伴,即美的快感,或审美的快感;四、由审美事实到物理现象的翻译(声音、音调、运动、线条与颜色的组合之类)。

克罗齐认为真正可以算得审美的、实在的,最重要的是第二阶段。而第四个阶段似乎并不是根本性的。在《美学》出版之后的30多年间,克罗齐又陆续发表了《艺术表现的直觉和艺术的抒情性》(1908)、《美学纲要》(1912)、《艺术表现的整体性》(1917)、《诗与非诗》(1923)、《诗论》(1936)等,不断丰富自己的理论。

科林伍德作为克罗齐的最有成就的后继者对克罗齐所开创的表现理论进行了深入的阐发并加以推进。这位来自英国的哲学家、历史学家、考古学家和美学家,没有重复克罗齐已论述了很多的直觉问题,而是将讨论的焦点集中在情感和想象两大范畴上。在1938年出版的《艺术原理》中,他以缜密的思维和透彻的说理,为我们分析了艺术与非艺术的界限。他细致而令人信服地说明了艺术与技艺、艺术与再现、艺术与巫术、艺术与娱乐之间的基本差异。在首先论述了艺术与技艺以及再现的区别之后,科林伍德深入阐明了艺术与再现的关系。他说道:

> 真正的艺术不可能是任何一种技艺。因此,它也就不能是一种再现。因为再现是技巧问题,是一种专门技艺。
> 我们这里主张真正的艺术不是再现,这并不意味着艺术和再现是不相容的。正如艺术和技艺的情况一样,艺术与再现是彼此叠合

---

① 克罗齐:《美学原理》,第55页。
② 同上书,第127页。

的。……一个再现物可以是艺术品,但使它成为再现物的是一种原因,而使它成为艺术品的却是另一种原因。①

继而,他探讨了刻板再现与情感再现的区别,提出了再现的三个等级:1. 几乎无所取舍的再现,力求达到完全逼真;2. 大胆选择重要的或是具有特色的特征并抑制其余的一切,这种再现有时被称为原物的"符号"。3. 完全抛弃刻板再现,专心致力于情感再现。

科林伍德还对艺术中的情感活动做了仔细的划分,指出重新唤起情感如果是为了它们的实用价值,再现就称为巫术;如果是为了它们自身,再现就称为娱乐。

> 巫术艺术是一种再现艺术,因而属于激发情感的艺术,它出于预定的目的唤起某些情感而不唤起另一些情感,为的是把唤起的情感释放到实际生活中去。②

> 如果一件制造品的设计意在激起一种情感,并且不想使这种情感释放在日常生活的事物中,而要作为本身有价值的某种东西加以享受,那么,这种制造品的功能就在于娱乐或消遣。③

最后,科林伍德指出,所有这些都是基于技艺的名不符实的艺术。真正的艺术不同于娱乐艺术或巫术艺术,第一,它是表现性的;第二,它是想象性的。他为艺术做出的定义是:

> 通过为自己创造一种想象性经验或想象性活动以表现自己的情感,这就是我们所说的艺术。④

此公式当中包含两个要素,一是艺术表现情感,这无疑是对克罗齐理论的继承。科林伍德对此命题的阐发包括如下要素:

1. 真正的艺术表现情感而非唤起情感。

2. 情感的表现,但就表现而言,并不是对任何具体观众而发的;它首先指向表现者自己,其次才指向听得懂的人。

3. 表现是一种不可能有技巧的活动。

4. 充分表现情感就意味着充分表现它的全部独特性。

---

① 科林伍德:《艺术原理》,王至元、陈华中译,北京:中国社会科学出版社,1985,第44页。
② 同上书,第70页。
③ 同上书,第80页。
④ 同上书,第156页。

第二个要素是充分肯定想象在艺术创造中的核心作用。作者在著作中花了大量的篇幅讨论想象的心理过程、特点与作用,研究了感受、意识和语言与想象的关系。这是克罗齐的理论中较少涉猎的内容。科林伍德在这里解释了创造的含义。他认为,创造某种东西意指不用技巧但仍然自觉而有意识地制作某种东西。

> 只要是真正艺术的作品,它们就并不是为了达到某种目的的手段而制作的,它们并不是按照任何预想的计划而制作的,而且它们也不是把某种新形式赋予特定材料而制作的。然而它们是由知道自己在做什么的人抱着认真而负责的态度制作的,即使他们事先并不知道会制造出一个什么东西来。①

接着他又探讨了想象与作品的关系。他指出,想象不在乎真实与不真实的区别。一件艺术品我们不必把它称为真实的事物,而可以把它称为想象的事物。以下他似乎沿用了克罗齐的思想:

> 一件艺术作品作为被创造的事物,只要它在艺术家头脑里占有了位置,就可以说完全被创造出来了。

> 真正艺术家的任务并不是在观众身上产生一种情感效果,而是比如说编写一首乐曲,当这首乐曲还仅仅存在于他的头脑中时,也就是说,还是一首想象的乐曲时,它就已经是完成和完美的了。

> 音乐、艺术品并不是音响的集合,它是作曲家头脑中的那首乐曲。

此外,科林伍德还论证了作为想象的真正艺术为我们提供的"作为想象物的艺术作品"。他坚持:"真正的艺术作品不是看见的,也不是听到的,而是想象中的某种东西。"②那么,人们能从这想象物中获得什么呢?他认为,从一件艺术品中获得的东西可以有两部分,一是存在一种特殊化的感官经验,二是还有一种非特殊化的想象性经验,他称之为"总体活动的想象性经验"。结论是,"一件真正的艺术的作品,是欣赏他的人运用他的想象力所领会、意识到的总体活动"③。

综上所述,克罗齐和科林伍德所代表的表现主义美学,挑战了模仿再

---

① 科林伍德:《艺术原理》,第133页。
② 同上书,第146页。
③ 同上书,第155页。

现原则在西方美学中的宗主地位,充分发掘了直觉在艺术活动中的意义,确立了情感和想象在艺术活动中的主导作用,为自浪漫主义思潮兴起以来的各种富有现代精神的艺术实验提供了强有力的理论支撑。除了科林伍德之外,克罗齐的表现美学还影响了很多学者,包括英国的埃德加·卡里特、美国的斯宾加恩,乃至中国的朱光潜、林语堂等,他们对表现美学的阐发和修正,使这一理论产生了更广泛的影响。

需要说明的是,以克罗齐与科林伍德为代表的表现主义美学与表现主义文艺思潮中的艺术家和理论家们所提出的理论主张确有一些共同的基本点,例如对写实再现风格的批判,对创作活动具有由内向外的主观表现性的肯定,对精神和情感在艺术创造中的地位的确立等等。然而,二者之间也有不容忽视的差异。并且,没有迹象表明表现主义运动的代表人物在创作之初直接受到克罗齐理论的影响。当然,科林伍德对表现主义美学的发展更是后来的事。

第三节　表现主义运动的理论探索

表现主义运动虽然没有自己严格意义上的宣言和纲领,也未能建构起完整的理论体系,但表现主义的理论家和艺术家仍坚持不懈地进行理论思考和总结,以便为自己的艺术探索提供更坚实的基础。

一、沃林格尔与康定斯基的美学思考

尽管表现主义运动并没有统一的理论宣言或艺术纲领,但沃林格尔和康定斯基的理论建树无疑为刚刚悄然兴起的表现主义思潮提供了最强有力的理论支撑。如果说前述的浪漫主义运动以来的美学思想探索已经为表现主义的艺术实验扫平了障碍,那么沃林格尔和康定斯基的理论才真正为表现主义文艺运动竖起了理论的大旗。正是这两位来自艺术第一线的批评家和艺术家结合艺术实践所开展的理论探索为表现主义的理论建构奠定了坚实的基础,为此,英国著名的艺术批评家里德曾将沃林格尔的《抽象与移情》与康定斯基的《论艺术里的精神》并称为20世纪现代艺术运动中的两个决定性文件。

德国艺术史家威廉·沃林格尔完成于1907年的博士论文《抽象与移情——对艺术风格的心理学研究》拉开了表现主义理论建设的帷幕,次年,这部著作在德国慕尼黑正式出版,3年后,沃林格尔又出版了它的姊妹篇《哥特艺术的形式》(1911)一书。两部著作一经面世,就在当时的先锋派艺术家尤其是表现主义艺术家圈子中引起强烈反响,此后短短十几年内,两书多次再版,影响范围超出德国,波及整个欧洲及世界,被学术界誉为表现主义时代最杰出的艺术学文献和理论指南。

年轻的沃林格尔不满于当代美学在从审美客观论向审美主观论转型过程中移情说独步天下的局面,提出了从人的抽象冲动出发的美学。他以艺术形式和风格的讨论为主题,以古代东方民族和晚期罗马创造的不同于古希腊罗马艺术的抽象风格为原始材料,借用了里格尔在《风格问题》(1893)中提出的"艺术意志"的理念,发起了对模仿理论的批判。

沃林格尔认为:"真正的艺术在任何时候都满足了一种深层的心理需要,而不是满足了那种纯粹的模仿本能,即对仿造自然原型的游戏式的愉悦。"然而,他也不满意当时正在流行的里普斯的移情说提出的"审美享受是一种客观化的自我享受"的观点,认为这种移情冲动只能导致自然主义,只能在有机的美中获得满足,并不能解释艺术史上大量存在的无机的美,即抽象的美。

沃林格尔认为,制约艺术现象的最根本和最内在的要素就是人所具有的"艺术意志"。"艺术意志"是所有艺术现象中最深层、最内在的本质。"每部艺术作品就其最内在的本质来看,都只是艺术意志的客观化。"一个人具有怎样的"艺术意志",他就会去从事怎样的艺术活动。

艺术意志源于"世界感",这是里格尔[①]提出的一个反映人面对世界的精神态度和心理状态的概念。"这种世界感的各种内容就像在民族的神谱上被发现一样,同样也在艺术风格的发展中被见出。"[②]这种世界感又与特定民族的"一般精神状态"有密切联系,并且决定该民族的艺术意志。

沃林格尔认为,艺术意志的实质就表现为形式意志,因此,最终决定艺术现象的是人内心产生的对形式的需要。为此,沃林格尔系统考察了古代东方艺术、晚期罗马至中世纪的艺术、拜占庭艺术、北方民族的哥特

---

① 里格尔:奥地利艺术史家,维也纳艺术史学派创始人,著有《风格问题》(1893)等。
② 沃林格尔:《抽象与移情》,王才勇译,沈阳:辽宁人民出版社,1987,第14页。

艺术,以及古希腊的装饰艺术。他得到的结论是:

> 艺术并不开始于自然主义的创造物,而是开始于具有抽象装饰的创造物。最初的审美需要拒斥了任何一种移情,从而指向了线形的无机物体。①

沃林格尔认为,无论原始民族的艺术意志,还是经历了特定发展的东方民族的艺术意志,最终都展现出了抽象的趋势,这种抽象冲动在特定的、具有发达文化的民族那里依然占据主导地位。但在希腊人和其他西方民族那里却在逐渐减弱,西方人总是为移情冲动寻找地盘。沃林格尔进而指出:

> 移情冲动是以人与外在世界的那种圆满的具有泛神论色彩的密切关联为条件的,而抽象冲动则是人由外在世界引起的巨大内心不安的产物,而且,抽象冲动还具有宗教色彩地表现出对一切表象世界的明显的超验倾向,我们把这种情形称为对空间的一种极大的心理恐惧。……这种对空间的恐惧感本身也就被视为艺术创造的根源所在。②

沃林格尔最终认为,正是以抽象需要为前提条件的风格化和以移情需要为前提条件的自然主义的两极运动构成的对立和互补,共同满足了人类对艺术的心理需求。不过他显然更钟情于作为纯粹的直觉创造的几何抽象。认为就其合规律性来看是最完满的风格、最高级的抽象。他终究在对古代希腊的装饰艺术的考察中,发现了"完美的几何风格达到了抽象和移情这两种要素奇迹般的均衡"③。

与沃林格尔相反,康定斯基是从探讨艺术本质入手,再切入形式问题。在《论艺术里的精神》一书中我们看到,作者一开篇就把目光投向人类的精神生活,他指出,艺术属于精神生活,并且是其最强有力的因素之一。但是,在这样的时代里,艺术只满足于低级的需要,被用于追求物质的目的。"什么"这个问题从艺术中消失了,只剩下"怎样"这一问题,即是说用什么方法来复制这些物质的对象,使艺术丧失了它的灵魂④。这里

---

① 沃林格尔:《抽象与移情》,王才勇译,沈阳:辽宁人民出版社,1987,第56页。
② 同上书,第16页。
③ 同上书,第66页。
④ 参见康定斯基:《论艺术里的精神》,第32、37页。

所说的"什么"无疑即是对艺术本质的追问。康定斯基的回答是：

> 如果艺术家的情感力量能冲破"怎样",并给他的美好的感情以自由奔放的范围,那么艺术家就会走向正路,以后他就不难发现他曾失去的那个"什么",即是将显示新觉醒的精神生活的精神食粮的那个"什么"。这个什么不再是物质的……而是艺术的内在真实,是一种灵魂,没有它,身体绝不可能健康,无论就个人或是全人类来说都是如此。
>
> 这个"什么"是只有艺术才能预言的内在真实,唯独艺术能够通过只有它才具有的表现手段表现出来。①

康定斯基的研究对象涉及新兴的美术、音乐和文学现象,他指出,今天的运动包含了两个过程。这两个过程是"1. 19世纪纯物质生活的破坏,即过去被认为是唯一坚固的物质支柱的倒塌,物质生活各个构成部分的颓败和瓦解。2. 20世纪心理精神生活的建立,这种生活我们正在经历,它现在以强有力的、富有表现的和明确的形式显现和体现出来。"康定斯基由此提出了他著名的命题——**艺术是内在需要的外在表现**。他明确指出：凡是内在需要产生的,发源于内心的就是美的。②

他进而提出确立内在需要的三个神秘因素,即：

(1) 每个作为创造者的艺术家的心中都拥有呼唤着表现的东西(这就是个性因素)。(2) 每个作者作为时代的孩子都不得不表现他那个时代的精神(这是风格因素)——受命于他所属的时代和特定的国家。(3) 每一个作为艺术的仆人的艺术家都必须协助艺术事业(这是纯艺术性的因素,这在所有时代和所有国家里都是永恒不变的)。③

与沃林格尔相比,康定斯基似乎对艺术的精神作用和社会价值更为看重,而对形式独立的审美和表意功能的关注却没有沃林格尔那么强烈。他认为,艺术家必须有话可说,因为对形式的掌握并不是他的目的,而将形式服务于内在意蕴才是他的任务④。"艺术家可以利用他的表现所需要的任何外在形式,因为他的内心冲动必须找到适合的外在形式。"⑤在

---

① 参见康定斯基：《论艺术里的精神》,第39页。
② 同上书,第105页。
③ 同上书,第73页。
④ 同上书,第104页。
⑤ 同上书,第76页。

《论艺术里的精神》第二部分关于绘画的讨论中,作者详细阐发了内在需要的三个指导原则:

原则之一:色彩的和谐必须依赖于人的心灵相应的振动。

原则之二:形式和谐必须依赖于人的心灵相应的颤动。

原则之三:对象的选择只能由人的心灵相应的颤动来决定。

这三条原则的共同点在于只要是符合内在需要呼唤的,任何色彩和形式的手段都是神圣的,艺术家可以利用他的表现所需要的任何形式。然而,我们不难看出,作为一个画家的康定斯基更钟情于超越自然和物质的不受解剖学和其他科学限制的抽象形式,他指出:

> 向抽象和非物质努力的种子几乎存在于每一种具体的表现形式里。
>
> 艺术家感情驰骋的领域就是我们改变自然形式与色彩的天地。
>
> 新艺术的因素应从内部而不是从自然的外部特征去寻找。
>
> 我们必须找到一种包含着寓言而不会以任何方式限制色彩自由作用的表现形式。①

由此可见,康定斯基仍十分看重形式尤其是色彩和形式语言,他的理想是创造色彩的音乐,以及自由自觉的构图,这也许正是他后来走向抽象主义的思想源泉。

> 一个画家如果不满意于再现(不管是否有艺术性),而渴望表达内心生活的话,他不会不羡慕在今天的艺术里最无物质性的音乐在完成其目的时所具有的轻松感。他自然要将音乐的方法用于自己的艺术。结果便产生了对绘画韵律、数学的与抽象的结构、色彩的复调,使色彩运动的现代愿望。
>
> 在我看来,我们正迅速接近有理性和有意识的构图的时代,到了那时,画家将自豪地宣称他的作品是构成的。②

到此为止,我们完全可以指认出,在沃林格尔和康定斯基为表现主义奠基的两部美学著作里,几个最重要的关键词应当是——意志、精神、内心需要、抽象、形式、色彩。尽管当时表现主义运动尚未被命名,但他们的理论思考和总结无疑已直指表现主义艺术理论的核心。

---

① 康定斯基:《论艺术里的精神》,第 55、94、97、98 页。

② 同上书,第 56、108 页。

二、表现主义作家与批评家的理论思考

当库尔特·希勒1911年在《风暴》上宣称"我们是表现主义者"之后，德国文学中除原有的戏剧创作外，诗歌领域也掀起了创作的浪潮，一批年轻的诗人开始以全新的诗风崭露头角。1915年，作家兼批评家品图斯发表了《论近期诗歌》，对表现主义诗歌的创作倾向进行了总结，他重点讨论了近期诗歌对艺术与现实关系的新态度，以及处理现实的方法。

> 使现实从其现象的轮廓中解放出来，使我们自己从现实中解放出来，战胜现实，不是用现实本身的办法，不是通过逃避现实的办法，而是更加热切地把握住现实，用精神的钻透力，灵活性，解释的渴望，用感情的强烈性和爆炸力去战胜和控制现实……这些就是近期诗歌的共同愿望。

他指出斗争、憧憬和激情，以及政治性是近期诗歌的特点，作品不再追求细节，而是追求总体；不再追求现象与装饰，而是努力把握事物的本质、心脏和神经。在小说和散文中则是精神取消了现实，由于精神的渗透，现实轻而易举地变成了艺术的现实。

接下来，赫尔曼·巴尔于1916年发表了题为《表现主义》的小册子。该书中明确宣告，表现主义是指人类想重新找到自己。他分析道：

> 自从人服务于机器以来，他便不再具有感觉。机器夺走了人的灵魂。现在灵魂想重新回归于人之中。它是指：我们所经历的一切都是这种围绕着人的可怕的斗争，都是灵魂与机器的斗争。我们不再生活着了，而是仅仅被生活着。我们不再有自由，我们不再能决定自己，而是被决定。人被剥夺了灵魂，自然被剥夺了人性。最初我们还在为是自然的主人和大师而感到自豪，而此时自然之口已将我们吞噬。假若不出现奇迹！表现主义是指：是否能通过一次奇迹，使得丧失灵魂的、堕落的、被埋葬的人类重新复活。[①]

巴尔在此书中将马蒂斯、毕加索、科柯施卡和意大利的未来主义者都视为表现主义的组成部分，他认为这种表现主义的共同点正在于他们要

[①] 巴尔：《表现主义》，第88页。

探寻的都是前所未有的。它意味着,一种新的艺术形式将脱颖而出。而这种新的艺术恰好是那些观察家们认为不能算作艺术的不以自然为真实或故意与自然作对的东西。巴尔以歌德的艺术思想作为分析表现主义的工具,指出这些年轻的艺术家把外在的生活抛得远远的,返回到自己的内在中去,倾听自己隐秘的声音。他们试图用歌德所说的精神之眼去看世界,用一种新的方式理解绘画艺术。他们认为艺术属于精神的特权,它的义务不是追随外部现实,而是追随精神生活中的既复杂又明确,既容易解释又难以表达的运动。它以不同的形式紧紧把握着内在的思想和意念。他把这些画家们所寻求的新的方向,称之为视力音乐。这使我们看到巴尔与康定斯基的共鸣。

紧接着,1917年12月,德国著名表现主义作家和理论家埃德施密特对德国学者艺术家联和德意志协会发表了一次题为《论文学创作中的表现主义》的演讲,对表现主义艺术的渊源、思想基础和艺术法则进行了多方面的阐述,成为表现主义文艺思潮的一篇旗帜鲜明的理论宣言和艺术纲领。在这篇演讲中,埃德施密特比较分析了表现主义与自然主义、印象主义乃至未来主义的区别,提出"要创造一个崭新的世界图像。这种图像和那种靠经验而能把握住的自然主义的图像毫无共同之处,和印象派那种割裂的狭小范围也毫无共同之处"。他论及的表现主义艺术的主要美学原则可以归纳为如下诸方面:

首先,要改变关于现实的观念。他认为,只有当艺术家的手透过事实抓取到事实背后的东西,事实才有意义。因此,要反对印象主义者那种原子分析式的琐细的手法,不要满足于人们所信奉的、臆断的、标示出来的事实。真的现实一定要由我们去创造,事物的意义一定要加以挖掘。

其次,要表现经久不衰的激情。地球立足于这种感情之中,存在是一种巨大的幻象,幻象之中既有感情,也有人。因此幻觉成为表现主义艺术家的整个用武之地。

再次,创造艺术形象要以呈现本质和表达主题为前提。现代的艺术形象,其表面以简练的笔触勾勒,皱纹被展平,只是重要之处才加以塑造,所有次要的东西没有了。最重要的东西表达一个主旨:不再是一个思考者,而是思考;不再是两个拥抱者,而是拥抱本身。

此外,形式上的法则也要打破。结构通通打碎,句子直接指向精神的目标和意义。字词也不用于描写、修饰了,字变为箭,射中事物的内里,并由它赋予灵魂。①

在这篇演讲词中,埃德施密特还对20多位具有表现主义倾向的作家的创作风格一一加以评述,使表现主义的阵营变得较为清晰。此次演讲之后,表现主义成为更加自觉的反传统的精神运动。

这里还需要提到的一个人物是哥特弗里德·贝恩,作为40年后硕果仅存的表现主义诗歌运动的亲历者,这位曾经备受争议的表现主义诗人在1955年为新出版的《表现主义十年抒情诗选》作序时,重新对"什么是表现主义"发出了追问。他对《诗选》的编辑者将表现主义的标签随意贴在各类风格不同的诗人和作品(包括他自己的作品)上的做法表示不解。他认为表现主义的出发点是对于"现实"这个欧洲恶魔般的概念、这个资本主义概念的质疑。因为这个现实就是一切可以标出价格的货物。而"精神没有现实。精神转向它内在的现实,转向它的存在,转向它的生物学,转向它的结构,转向它的生理和心理上的交错,转向它的创造,转向它的光明。……这是精神创造力的提高,有点儿印度佛教色彩,是亢奋、是某种内心的陶醉"②。

贝恩认为这个运动的核心是由五六个画家和雕塑家,五六个诗人和小说家以及两三位音乐家组成的,他们致力于探究"艺术创造是怎样进行的"这个秘密。他们最终突破了分析的康采恩气氛并走上了那条昏暗、向内的道路,那条通向创造,通向理想,通向神话的道路,并在这现实崩溃和价值逆转的令人恐惧的一片混乱之中情不自禁地、合法而认真地为创造人的新形象而搏斗着。③

起义开始了。一场气势磅礴的,蕴含着亢奋、憎恨、新的对人类渴念的,打烂语言以砸碎世界的起义。……他们将其生命注入煤气蒸馏器,而为了使其发光,他们斜握着那蒸馏器。他们进行冷凝、过滤、实验,以便用这个富有表现力的方法提高他们自己,提高他们的精神,提高他们在那十年中被解体的、充满痛苦的、被扰乱了的存在,使其达到那种形式的境界,在这种境界里,艺术家,唯独艺术家越过沉沦的都市,沦丧的帝国,赋予他的时代和他的人民以人类的不朽的

---

① 参见袁可嘉等编选:《现代主义文学研究》上册,第433—434页,第438—439页。
② 贝恩:《〈表现主义十年抒情诗选〉序》,《现代主义文学研究》上册,第456页。
③ 参见上书,第458页。

精神。①

为达此目标,他们把绝对的事物锤炼成抽象、坚硬的形式:图画、诗、笛歌。最后,贝恩把自己作为一个努力还这一代人本来面目的幸存者,坚守着内心的信念"直至生命的最后一刻,除了他内心现实的准则之外,一概不能予以承认"。他借用约瑟夫·康拉德的名言来结尾:"依从梦幻,依从梦幻,再依从梦幻,直到永远——直到最后。"

表现主义理论家的最后一个重量级人物是布莱希特。作为20世纪最伟大的剧作家和戏剧导演之一,他与表现主义思潮有着较为复杂的关系。他早期的剧作(如《巴尔》《夜半鼓声》等)显然具有表现主义式的寓言情境,但他却刻意采用了与当时流行的表现主义戏剧不同的通俗的台词风格,似乎在有意与表现主义唱对台戏。他说自己从来不是一个表现主义者,许多德国的表现主义运动的研究者也拒绝将他纳入表现主义的阵营,而把他视为具有马克思主义立场的左派艺术家。尽管如此,布莱希特仍在自己的学术笔记中反驳卢卡契等人对表现主义的批判,不遗余力地为表现主义的艺术实验做辩护。而他自己创作和导演的剧目,也是以反模仿为前提的,很少能看到现实主义的踪影。他所创造的叙事剧(或称史诗剧)的形式,也以反亚里士多德戏剧著称。因此,仍有不少的批评家和艺术史家津津乐道于他的艺术观念与表现主义的联系。

布莱希特在艺术理论上最大的贡献无疑是他所总结的陌生化理论,这一理论既包含戏剧舞台表演中对间离效果的追求,也可指戏剧或其他艺术创作中反写实的情节、人物和舞台处理。而这些正是表现主义戏剧和文学的主要特征。

然而,布莱希特是在现实主义创作方法多样性的旗帜下建构起这一理论,并不断推进自己的艺术实验的。但他对现实主义的理解完全是政治化的,明显受到苏联模式的现实主义理论的影响,即把现实主义看作是意识形态的标志,而非一种以模仿论为诗学基础的特定的艺术风格与方法。因此,他的立场也许更接近后来法国的左翼批评家加洛蒂提出的"无边的现实主义"。

---

① 贝恩:《〈表现主义十年抒情诗选〉序》,《现代主义文学研究》上册,第459页。

毋庸置疑，陌生化理论恰恰对表现主义在艺术形式上的实验和探索做了最好的诠释，也为50年代后荒诞派的戏剧实验提供了理论依据。因为正是这一理论，道出了表现主义文学和艺术采用的反自然、反逻辑、破碎化的艺术表现形态的真正动因和艺术奥秘。因此我们认为陌生化理论应当作为表现主义理论的重要组成部分。可以说，这一理论为现代先锋艺术各种反话语的艺术实践提供了强有力的理论支持。

上述所有这些关于艺术本质和表现方式的理论思考都表明表现主义潮流中的艺术家和理论家们不仅致力于用激进的先锋性艺术实践颠覆西方美学中根深蒂固的写实传统，也在不断进行美学和诗学的思考，试图建构起自己的理论支点。从他们热烈而富有探索精神的议论中，我们不难发现大量富有见地的敏锐思考和思想的闪光点，这就为我们探讨表现主义诗学的建构提供了宝贵的思想资源。

需要说明的是，除了上述的几位代表人物之外，表现主义的艺术家和诗人、评论家进行的理论探讨还很丰富，包括表现主义刊物《风暴》的创始人瓦尔登等都有不少的论著。而后来的学者和批评家对这个运动的清理和分析更是汗牛充栋，对此我们将会在后文讨论到相应主题时再加以梳理。

第四节　表现主义诗学的逻辑起点

我们已经了解了表现主义运动的文艺家和批评家对美学和诗学问题的思考与探索，但我们迄今尚未见到一部像科林伍德的《艺术原理》那样的关于表现主义诗学问题的完整论著①。为此，我们只能尝试在对表现主义作家、艺术家对于诗学问题的探讨论述以及他们对这些理论的实践加以归类厘清的基础上，对表现主义的诗学理论的逻辑框架和主要理论贡献加以整理和归纳，以利于后来的研究者能够对这一影响20世纪文艺面貌的理论资源有一个较为清晰的把握和深入的理解。

---

① 理查德·墨菲的《先锋派散论》是较为集中讨论表现主义诗学问题的一部论著，但它讨论的范围和主题似乎更宽泛。

第二章　表现主义思潮的理论探索

表现主义运动对西方文艺的模仿再现传统进行了全面批判和颠覆,并在理论和实践上另辟蹊径。提出了一系列富有建设性的观点和创造性的手段。值得注意的是,这些诗学观点在逻辑上采用了与历史上各种艺术理论全然不同的着眼点和思考向度,因而我们不得不首先对它的逻辑起点加以考察。通过分析我们得到两点基本认识,一是表现主义的作家、批评家主要是在批判传统的过程中阐发自己的主张的,他们最初的出发点也许并非建构,而是颠覆;二是他们的理论出发点是反二元论的,他们把西方传统美学和文论在精神与自然、心与物的矛盾运动中徘徊选择的复杂过程变成了单极的定向投射,因而变得简单明了,当然也就难免被视为偏激和极端。

一、一种对抗和反叛的诗学

诚如英国学者,美国加利福尼亚大学墨菲教授所总结的:

> 表现派的"革命"冲力铭刻在它的表现诗学中,这种诗学确保它关于现实建构的最初前提是对一切意识形态的认识论的基础,全部得到了继承的现实模式,以及全部设定的感知和经验结构的不断质问;简而言之,身为先锋派,它对社会的那些由艺术体制所支撑的主导话语提出异议,并在相应的位置上创造出一套反话语。所以这些文本的真正革命的要素是它们对得到继承的世界及其影像的不断颠覆。最终目的似乎正在于作为在不断进行中的革命行动过程本身。①

我们以为,这种对抗和颠覆的冲动正是表现主义诗学的出发点和动力源泉。在埃德施密特最初发表的《论文学创作中的表现主义》这份纲领性的宣言中,我们可以清晰地感受到,他的主张都是在强力地批判唯美主义、印象主义和自然主义的过程中作为对抗的策略和斗争的手段提出来的。在文体方面也是如此。库尔特·希勒在他1911年发行的小册子《反诗歌》中发出了"别再谈论诗歌了!"的呼唤。卡尔·爱因斯坦1912年在他的评论《关于小说》中建议"进一步放弃小说的名称";而1917年一份

---

① Richard Murphy, *Theorizing the Avant-Grade: Modernism Expressionism and the Problem of Postmodernity*, p.51.

关于"戏剧"的宣言开篇即故作惊人语,"戏剧死了"①。可见以反传统作为出发点正是表现主义作家的理论策略。

概括地说,表现主义诗学对西方诗学传统的反叛可以总结为4个方面:

反模仿。前面已经提到,表现主义的术语产生于对抗印象主义的美术风格。康定斯基说:竭力跟随希腊雕塑方法的人,只能完成一种形式的类似,一种永远无生命的作品。这样的模仿仅仅是鹦鹉学舌。② 文学中的表现主义也是以反自然主义为旗帜的。他们也反对在传统理论中常常充当自然的同义语的"现实",品图斯说:"现实和艺术不是互相依存、相互制约,而是相互排斥的。"③贝恩更是咬牙切齿地诅咒道:现实——这个欧洲的恶魔般的概念。为什么呢?埃德施密特告诉我们:"世界存在着,再去重复它是毫无意义的。在最近一次的震颤中,在最真实的核心中去探寻世界并重新创造世界,乃是艺术的最伟大的任务。"④

而表现主义的立场便是渴望以主观视象来描绘外部世界,反对写实主义和自然主义那样用照相式的眼睛将焦点聚于外部细节上。

反物质主义。贝恩之所以把现实称为恶魔,就是因为这个现实已被物质所充斥,变成了地皮、工业产品、抵押品注册簿、一切可标出价格的货物,乃至国际障碍赛马以及其他一切特许的事物。在这个破烂堆里进行着一个自在的过程,连国家和社会这样最具体的权力也根本不能再从本质上把握。一切都成为功利主义的,兜里装着20个马克就可以让人丧失对神圣事物的敬畏和对理想精神的认同。⑤ 总之,人让自己所创造的现实成为自己生活的唯一主宰,它从外面隆隆而来,响声盖过了人自己的声音,压倒了存在的苦和乐,吹散了人的相互联系的生活……

于是表现主义作为一种具有革命性的理论,发挥着对意识形态的批判功能,用抗议来反对资产阶级,用革命和建设的乐观精神来对待政治和社会。表现主义先锋派纲领性文本,对威廉二世时期的德国资产阶级社会,及其维护现实文化的意识形态和体制进行了有力批判。

反理性。保罗·高更说:"艺术已经经历了一个漫长的被物理学、化

---

① Thomas Anz, *Literatur der Expressionismus*, S. 152.
② 康定斯基:《论艺术里的精神》,第27页。
③ 品图斯:《论近期诗歌》,《现代主义文学研究》上册,第415页。
④ 埃德施密特:《论文学创作中的表现主义》,《现代主义文学研究》上册,第435页。
⑤ 参见贝恩:《〈表现主义十年抒情诗选〉序》,《现代主义文学研究》上册,第456—457页。

学、机械学和自然研究引入迷途的时期。艺术家们正在失去他们全部的原始天性,已经不再有直觉,甚至可以说不再有想象,在每一方面都误入了歧途。"[①]表现主义者认为可观察到的当代物质和机械的社会不代表真正的世界,这个社会歪曲了人性,使人沦为机器似的动物,使世界充满了痛苦和绝望。于是贝恩追问道:谁还来认真过问一下人呢?难道是科学,是这畸形的科学,是这尽是模糊不清的概念,人造的抽象公式,在歌德看来整个儿是一个完全无意义的虚构世界的科学吗?答案显然是否定的。

于是表现主义者转而向人类原始的天性求助,向古老的、边缘的、东方的、野蛮人的艺术汲取养分,把目光投向已经被现代哲学打开的人类心灵中非理性的黑暗世界。他们宣称:表现主义代表了人类内部的眼睛,要对世界作出全新的完全独特的解释。

反话语。这里所说的话语可以覆盖文学艺术把握和描绘世界的全部逻辑叙述体系,包括它讲述的故事、塑造的形象或描绘的图像,运用的各种技巧、材料和语言表述形态。而所谓反话语则是建立在对这些基本方式的质疑、解构和颠覆的基础之上。它向以经典现实主义为基础的艺术体制挑战,与传统的诗学原则与表达方法决裂。

从实践上看,表现主义艺术家是从不做什么开始的。如未来主义者所宣称的毁弃句法、消灭形容词、消灭副词、不用修饰、消灭标点符号,亦如德布林所总结的:"我们不要修饰,不要装潢,不要风格,不要一切外在之物,而要的是坚硬、寒冷、火……不要包装纸……我们不是自然主义者。"[②]有一位先锋派戏剧导演这样说:我们的前辈告诉我们不能这样、不能那样做,我想我就按照他们所说的不能做的方式去做一下,也许"错"就变成了"对"。这就是首先寻求在基本问题上重新发言,逐渐代之以抽象、变形、怪诞、反逻辑的结构、碎片化的叙述、呼号、语无伦次乃至沉默等富有标志性的反话语形式。

---

① 转引自 Donald E. Gordon, *Expressionist: Art and Idea*, p.1.
② 转引自 Richard Murphy, *Theorizing the Avant-garde: Modernism Expressionism and the Problem of Postmodernity*, p.77.

二、以一元的逻辑取代二元对立的思维

从柏拉图到黑格尔，无论是现实主义者、浪漫主义者还是象征主义者，心与物、主体与自然分离的二元论一直是西方美学的基础和逻辑起点。但表现主义的理论家们却空前一致地选择了一元的理论出发点，这一元就是人和他的心灵，就是具有自足性的精神。对此观念，表现主义批评家洛塔尔·施赖耶作了这样的表述：

> 我们将艺术的形态纳入体内，艺术的形态即我们，我们即艺术的形态。能带给我们愉悦的不再是外在之物。作品的节奏在我们内心回荡，与我们个体的节奏彼此融会。我们也在我们之外。在体验之中的人，是创造者，是迷狂的人。我们和宇宙浑然一体。万物即一。①

这一观念，无疑体现了表现主义理论至关重要的思想方法，它又具体表现为两个侧面。

人本位。首先，表现主义者将一切艺术的出发点定位于作为主体的人。奥地利诗人韦尔弗说：对我们来说，最重要的是人，而不是世界，"世界始于人"。埃德施密特也说道："诗人的伟大乐章就是他所表现的人。对诗人来说，人的环境伟大，人也伟大。不是历史的规模导致人的伟大，历史的规模只能成为布景。人之所以伟大，是因为人的存在和经历属于天和地这个伟大存在的一部分。人的心和一切事变紧密相连，人的心和世界在相同的节拍中跳动。"②

埃德施密特继而对这个大写的"人"作了进一步的阐发：

> 每个人不再是一个个体，而是和义务、道德、社会、家庭相关联的。在这种艺术中，人变成最高尚的又是最渺小的：人变成为人。
>
> 他不再是一个形象，他真的是人。他和宇宙有着错综复杂的联系，不过他靠的是宇宙的感觉。他不靠投机取巧度日，他是直接通过

---

① Lothar Schreyer(洛塔尔·施赖耶)，"Expressionistishce Dichtung"(《表现主义诗歌》)，In *Expressionismus: Manifeste und Dokumente zur deutschen Literatur 1910—1920*, S. 623—629.

② 埃德施密特：《论文学创作中的表现主义》，《现代主义文学研究》上册，第433页。

生活。他不考虑自己,他体验自己;他不悄悄地绕过事物,他触及到事物的中心;他既不是非人,也不是超人,而只是人。懦怯而又坚强,善良、可卑而庄严,就如上帝将他创造出来的那般。因而,所有如下的事物他都感到切近:他惯于观察其核心,其真正的本质的那些事物。①

通过上述论证,我们意外地发现,表现主义的诗人作家们在这里讨论的人,似乎是一个抽象的符号,而非富有生命的个体。事实正是如此。在表现主义者那里,人只是精神的载体,他所关注的不是个体的命运,而是人类的境遇、精神的危机与出路。

从精神出发。表现主义者始终把外在的物质生活和自然图像都视为精神的障碍物和陷阱,因此他们坚持要由内向外,把精神作为艺术创造的出发点,一切色彩和形式都必须依赖于人类心灵的相应的振动。因此,表现主义艺术不去反映物质世界,而去表现精神世界。他们不容分辩地说:一切现实都是错误的,心灵着迷才能显现真理。不是现实,而是精神。是表现,不是再现。"句子只认识精神的道路,精神的目标,精神的意义……它们之间的联系不再通过逻辑过渡的缓冲,不再通过具有弹性的心理学表面的油灰。……它不用于描写、修饰了……字变为箭,射中事物的内里,并由它赋予灵魂。"②

因此从某种意义上讲,我们从表现主义作品中看到的一切内容,都不过是表现精神过程的符号。

对此墨菲指出,表现主义主要被看作赋予人性概念和使理念具体化的一种概念艺术。品图斯的话似乎可以作为他的证词。品图斯说:

那艺术,那完全是从我们自己身上流出来的,完全存在于观念里、存在于我们所给以的形式里的艺术,它完全是,而且永远是我们的感情、精神和意志的创造和作品。③

而另一位表现主义批评家保尔·哈特瓦尼表达得更为透彻:

表现主义恢复了意识的先验性。艺术家说:我即意识,世界是我的表达。那么艺术便是在意识与世界间斡旋;或者说,艺术兴起于

---

① 埃德施密特:《论文学创作中的表现主义》,《现代主义文学研究》上册,第435、436页。
② 同上书,第439页。
③ 品图斯:《论近期诗歌》,《现代主义文学研究》上册,第413页。

意识的形成过程中。这便是表现主义伟大的逆转：艺术品令意识成为**前提**，令世界变成结果；这一点当比印象主义艺术品更具创造性。艺术品"把"世界"引入意识"；**表现主义让世界觉醒**。它统摄整个宇宙的意识，并将其领入精神的王国。①

由此我们可以判断，在表现主义那里，不再有主体与客体、人与自然孰轻孰重的纠结，不再有艺术能否正确反映现实的困惑，它所固守的只有一个宇宙，那就是我的精神。

三、表现主义与浪漫主义、象征主义诗学的同与异

在相当长的一段时间里，人们曾普遍相信，艺术史上只有两种基本的创作方法，即现实主义和浪漫主义。于是，我们将一切以模仿自然为美学基础，注重细节真实的作品都归之为现实主义的，而把凡是包含超自然的想象因素、抒情色彩和非逻辑的素材处理的作品统统称为浪漫主义。正由于此，自20世纪末以来，许多新兴艺术思潮和风格不断涌现之际，人们才产生了命名的苦恼。不少人只好将它们归之为新浪漫主义或新现实主义。或干脆一概斥之为颓废派，意欲一举埋葬之而后快。当人们终于在"现代主义"这一命名上达成共识的时候，似乎总算找到了一种解决的办法。但细心的批评家们很快发现，若用它来概括在这一运动中涌现的各种新的艺术范式和复杂纷纭的表现手段却显得过分笼统和简单化了。因为除了反传统这一共性外，现代主义诸流派在美学基础、艺术原则和表现技巧上仍存在着显而易见的差异。正如韦勒克所指出的："用'现代主义'泛指所有的先锋派文艺，模糊了象征主义时期和后象征主义时期（即未来主义、超现实主义、存在主义等）的分界。"②

正是在此意义上，我们有必要来区分表现主义同浪漫主义、象征主义之间的异同关系，尤其是其差异。因为恰是这一点塑造了它们各自不同的美学取向和艺术风格。当然，我们必须看到同样是作为对现实艺术的

---

① Paul Hatvani（保尔·哈特瓦尼），"Versuch über den Expressionismus"（《试论表现主义》），In *Expressionismus: Manifeste und Dokumente zur deutschen Literatur 1910—1920*, S. 38—42.

② R.韦勒克：《文学思潮与文学运动的概念》，刘象愚选编，北京：中国社会科学出版社，1989，第253页。

反叛,对一板一眼的模仿思维的疏离,表现主义、浪漫主义、象征主义之间无疑存在某些共通之处。这些共通之处,使得人们在命名它们的时候采纳了"后"或"新"这些具有承续性意味的概念,比如象征主义被视为后浪漫主义的重要部分,表现主义又被当作后象征主义的典型。这些命名无疑提醒我们注意,表现主义并不是空穴来风,它的发展和缘起有着坚实的艺术传统,换句话说,表现主义的反传统,是有所针对的,并不是毫无章法的全盘否定。浪漫主义和象征主义也同样如此,它们都是在批判中继承了各种资源,并将之为我所用。然而,这些艺术观念上的相通甚至一定程度的承继性并不能掩盖它们在更深层次上的分歧。我们可以从一些基本理念上发现它们之间的不同立足点。鉴于在后面的章节里针对很多诗学基本问题和范畴还将展开具体探讨,这里仅举若干特征做一简要的比较,以说明表现主义诗学的独立价值。

(一)自然的救赎与压抑

浪漫主义将机械文明视为万恶之源,主张要大力推翻,而与此相应,他们认为自然是救赎的场所,灵魂的归属。优美、恬静的景致能够净化心灵,抚慰创伤,而壮阔、激昂的风景则能够重新引起个人的情感涌动,激发无限的斗志,而不是如同机械、建筑那般冰冷、麻木,令人无动于衷。在此意义上,浪漫主义赋予了自然以无限的正能量,它考验人、激励人、安抚人。而象征主义作家眼里的自然则是与精神世界和人的情感相契合的符号。但是,表现主义对自然并没有带着如此大的幻想。在他们看来,同个体的生活一样,自然也同样在高度发展的工业文明中异化。所以,他们笔下的自然往往也是阴森鬼魅、潜藏危机重重,甚至在某种意义上,成了一个灵魂的刑场。《琼斯皇帝》中逃到森林中去的琼斯,看到的非但不是自然的美丽,恰恰相反,是草木皆兵、风声鹤唳。表现主义之所以会呈现如此灰暗和压抑的自然,很显然是同他们所强调的主观投射有直接关系。换言之,表现主义看到的自然不是自然,而是他们备受折磨的心灵与思想的投影。

(二)美的呈现和扭曲

同对自然的观念一样,浪漫主义对理想、美好及愉悦总是持一种积极的肯定态度。因为在他们的观念中,恰恰是这一部分东西可以抵御来自工业文明的侵袭,可以克服被金钱异化的人际关系。甚至,他们将这部分内容当做行事的动力与源泉,拜伦投身希腊战争,很大一部分原因正是为这种理想主义所驱使。尽管说表现主义并不是完全与浪漫、美好和理想绝缘,甚至也有拜伦一样的革命冲动,但是,第一次世界大战的惨状显然深深地摧毁了这种曾经的幻想,令表现主义者不得不一再地去正视那无法回避的末世景象和人间惨剧。在此意义上,表现主义将理想和美好搁置到一个更加隐晦的背景中去,而着力表现在寻求这种美好过程中人的彷徨、无奈、孤独与痛苦,就好像《城堡》中那个一直试图进入,却一次又一次被拒绝的土地丈量员。城堡可以看成是理想和美的化身,而表现主义者们只是在它脚下徘徊,仰视它、眺望它,却无从进入。

(三)表现与象征

表现主义和象征主义在起点上是一致的,它们都是对印象主义的反拨,它们都反对那种自外而内的视觉投射,而强调人的精神表达和观念的外化。在具体的艺术形式上,它们都偏好象征的手法,但两者建立象征的通道却各自不同,无法混淆。在艺术风格上,表现主义直接而明快,线条粗放,刚强有力,但象征主义却以神秘著称,讲求精细、唯美,颓废感十足。造就这些差异的关键,主要在于两者所秉持的截然相反的世界观。

1. 两个世界与一个世界

象征主义所谓的象征,其源头可以上溯到古希腊时期,意指把一块木板分成两半,双方各执其一,以示友爱。在这个最朴素的定义中,我们看到,象征意味着分裂又彼此联系的两个世界。具体到象征主义本身,这两个世界一个是感性的现象世界,是人人可以看得到、摸得着的世界;而另一个世界则是虚无缥缈的情绪和观念的世界。这两个世界,在象征主义者看来,冥冥之中存在着一种彼此的契合关系,所以象征主义要做的就是在这两个分裂的世界中建立起一种联系。梁宗岱说:"所谓象征是藉有形寓无形,藉有限表无限,藉刹那抓住永恒,使我们只在梦中或出神底瞬间瞥见的遥遥的宇宙变成近在咫尺的现实世界,正如一个蓓蕾蕴蓄着炫燡芳菲的春信,一张落叶预奏那弥天漫地的秋声一样。所以它所赋形的,蕴藏的,不是兴味索然的抽象观念,而是丰富,复杂,深邃,真实的灵境。"[①]从严格意义上讲,象征不是简单地将抽象的观念具体化,将一个一言难尽的概念形象化。这种简单化的认识,显然是在将象征降格成比喻,即强调事物、观念之间短暂的、偶然的联系,而不是象征主义所谓的隐秘

---

① 梁宗岱:《诗与真·诗与真二集》,北京:外国文学出版社,1984,第70页。

的、永恒的关联。所以,在某种意义上,象征主义是对关系的发现,而不是发明,马拉美谓之谜语,波德莱尔谓之魔术。在他们看来,诗人的职责恰恰不在于创造性地发明新的物我对应关系,而是使用种种暗示、隐喻的方法,使读者注意到谜面背后的谜底,魔术幻象背后的物质现实。

同象征主义的两个世界不同,表现主义的世界统一于人这个唯一的主体,所有内在的、外化的存在都是人的意志和观念的表现,而不是其他。保尔·哈特瓦尼说:"表现主义新近发现了**我**:如果将其理解为过度但又合理地不断将部分凌驾于整体之上,单单这一认识便是革命的自白。印象主义中世界和我,内部与外部和谐共存。而**表现主义里的我淹没了世界**。那么也就不再有外部:表现主义者以一种迄今为止意想不到的方式呈现了艺术。"①洛塔尔·施赖耶则写道:

> 我们不再有世界观,我们不再凝望这个世界,我们观察。在观察里,在内部景致中我们与世界合二为一。与自然松绑使我们解脱,与生活脱离使我们成为富于生气的精神。②

表现主义者对创造充满热情,而不是同象征主义那样只是去捕捉和发现。他们说:现实一定要由我们去创造,事物的意义一定要由我们去把握。在此意义上,他们强调介入、改造,而不是如象征主义那样做文字的猜谜和暗示的魔术,他们不断地行动,为的是去主动抓住事物的本质和真实。

2. 感性经验与观念世界

象征主义讲求的是由此及彼,所以,它的落脚点总是我们真实可感的外部世界和现实生活。由这一点出发,它在艺术观念上十分注重对一般的感性经验的应用。正是借着这些为大多数人所熟知的色、声、味、形的感觉,它可以引领我们去揣想那个神秘的、不可感知的世界的状态和形象。它启用联觉,以意象化、知觉化、主观性的方式,赋予形象以独特的意义,使万物皆应于我。

同象征主义不同,表现主义的出发点是情感和观念。在它的认识中,

---

① Paul Hatvani, "Versuch über den Expressionismus", In *Expressionismus: Manifeste und Dokumente zur deutschen Literatur 1910—1920*, S. 39.

② Lothar Schreyer, "Expressionistishce Dichtung", In *Expressionismus: Manifeste und Dokumente zur deutschen Literatur 1910—1920*, S. 623—629.

经验是具有蒙蔽性的、自动化的,所以它非但不予利用,反而大加破坏。它用各种扭曲变形的手段、简化抽象的方式,将世界符号化、陌生化,以引起读者的震惊与思索,而不是沉浸在神秘的氛围中做无限的猜谜和联想。表现主义是在用一种强烈的观念来破坏现实经验所能产生的朦胧美感和宗教式的情愫。它破坏了经验本身的那种连贯和有机,并从这种断裂和撕扯之中,让我们看到世界的实相,也因此,它追求的是明晰的暗示和寓意,而不是象征主义浮想联翩的契合与对应。

3. 象征与寓言

"有人把象征主义看成是可以计算的、服从个人意志的某种东西,是把观念转变为图解式的、教育的、可感知的术语的一种深深的心理活动。"[①]歌德就是持这种观念的代表,他认为"象征"在现象、观念和审美意象之间构成一种转换关系,但歌德还强调指出,这种表现无法用其他表现形式替代。柯尔律治却认为用形象表达观念只不过是寓言,真正的"象征"应是个性与类性、特殊和一般、短暂与永恒之间的反映关系的体现。他说,寓言只是"把抽象的概念转变成图画式的语言,它本身不过是感觉对象的一种抽象……",而象征的特征"是在个性中半透明式地反映着特殊种类的特性,或者在特殊种类的特性中反映着一般种类的特性……最后,通过短暂,并在短暂中半透明式地反映着永恒"[②]。

换言之,寓言的效果是在抽象与具象之间建立了一种直接的关联,其中的图像是依照抽象图解出来供人们理解的一个视觉形象。这两者间的关系可以用等号或者说约等于号来表示。言外,寓言所追求的效果是明快的、稳定的,是表现主义所谓的本质,即寓言揭示的是"一"。但象征主义追求的是"多"和"变",因此它不能仅仅用一个等号来解释。按照柯尔律治的意思,这个等号应该用大于号,一个象征主义的意象代表的概念是多元的,在这其中包含着一般性、特殊性以及这种特殊与一般的结合体。我们不能直接将其与某一个特殊的观念联系起来,它总是要超越这种单一的约定,向着更为广阔的范畴开进。就此而言,象征主义是揭示世界的神秘变数,而表现主义则是要挖开世界唯一的实存,所以前者是以一喻多的象征,后者是寓多于一的寓言。

---

① 韦勒克、沃伦:《文学理论》,刘象愚等译,北京:生活·读书·新知三联书店,1984,第204页。

② 同上。

正如我们已经指出的,表现主义同浪漫主义和象征主义间的异同关系,一方面塑造了它们各具特色的艺术风格,另一方面也暗暗传递出艺术之间的互通和承续关系,当然更点明表现主义虽然立意反叛,但是却未必是不加选择的全盘否定。也许我们换句话说,表现主义的整体观,不仅是对它自己形象和风格的定位,同时也是对它在艺术史上独特而又兼具共性的历史定位,是和其他艺术观念进行对话的一种全局意识。

第三章　表现主义的艺术本体观

　　什么是文学艺术的本质,抑或文学艺术究竟有没有所谓的本质,这是历来的西方文论家们关注的焦点之一。19世纪以前,西方文艺思想家大都探究过人类文学艺术活动的起源、性质特征和价值意义,试图借此确立文学艺术的本质并给它下一个完满的定义。20世纪以降,许多新兴的批评理论不再关注文学艺术的本质问题,而是将目光转向文学艺术的形式动因和影响文学表达的社会文化元素的探究;更有众多的后现代批评家,高举反本质主义的大旗,断言文学艺术并不存在超历史的、放之四海而皆准的普遍规律和本质,而只能是随着时空的变迁在不断建构着自己的属性和特质,因此,关于文学本质的答案必然是多元的,不确定的。

　　然而,作为20世纪先锋派运动前驱的表现主义者却坚持追问并回答文艺是"什么"的问题。康定斯基认为,如果听任"怎样"代替了"什么",艺术便将失去灵魂。所以,表现主义者仍然勇于面对并首先回答这个本体论的问题。

第一节　表现精神而非再现自然

　　物理世界与精神世界,客观世界与主观世界的二元结构是西方思想展开哲学思考的逻辑起点,关于二者之间关系的讨论和分歧从古至今从未停歇。延伸到文艺世界,就产生了对文学与现实、文学与自然关系的不同思考和答案。

同为主张艺术是生活的模仿,柏拉图关注的是现实背后的理念和模仿者的动机,他既肯定理念世界的第一性,又强调艺术在物质世界面前的被动性和盲目性。亚里士多德却强调人的模仿天性和诗的再现事物的功能。他认为"诗人的职责不在于描述已发生的事,而在于描述可能发生的事,即按照可然律或必然律可能发生的事。"①普罗提诺则认为灵魂中有一种特别针对美的禀赋,是艺术将理念赋予了对象,"物体就是这样通过与神分溢出来的思想进行交流而变成美",因而"艺术作品并非简单地复制看得见的东西,而是自然所由产生的那些理念",并且艺术作品还因为自身很大一部分"是美的所在,补充自然的不足"②,这就在精神与自然之间搭起了桥梁。不过,在以后的1600多年里,西方文论的主流还是把模仿自然或再现现实作为文艺的根本属性。达·芬奇说:"画家的心应该像一面镜子,永远把它所反映事物的色彩摄进来,前面摆着多少事物,摄取多少形象。"③丹纳说:"好像这个特征便是三种艺术的本质,它的目的便是尽量正确地模仿。"④别林斯基说:"现实诗歌的任务,就是从生活的散文中抽出生活的诗,用这生活的忠实描绘来震撼灵魂。"⑤而自然主义者左拉则致力于用科学方法来确定文学,通过小说对人物的实验来追求真理。其"整个做法只在于从自然中取得事实,然后研究这些事实的机理,以环境与场合的变化来影响事实,永远不脱离自然的法则",借此达到"对于他个人的行为以及他的社会活动"的"科学的认识"。在他看来,一部实验小说"只不过是小说家在读者的眼睛底下重现一遍的实验记录而已"⑥,自诩要超越模仿自然的经验的现实主义理论家卢卡契同样钟情于提供有关现实的图画这一终极目标,他提出:

> 一切伟大艺术的目标,都是提供一幅有关现实的图画,在这幅图画中表象与现实、特殊与一般、直观与概念之间的矛盾得到解决,使

---

① 亚里斯多德:《诗学》,罗念生译,《罗念生全集》第一卷,上海:上海人民出版社,2004,第45页。
② 普罗提诺:《九章集》,《文学批评理论》,第14页。
③ 伍蠡甫、胡经之主编:《西方文艺理论名著选编》上卷,第161页。
④ 伍蠡甫、胡经之主编:《西方文艺理论名著选编》中卷,第155页。这里所说的三种艺术是指文学、雕塑和绘画。
⑤ 同上书,第275页。
⑥ 同上书,第229页。

得矛盾双方在作品所产生的直接印象中达到趋同，从而给人一种不可分割的整体感。①

比自然主义更接近现代的是印象主义者，他已经放弃了通过理性和科学的分析去把握客体，而是按照自己在特定时空的瞬间感受去描绘世界。但在他们的作品里，感受自然仍是艺术的主要任务。

然而，表现主义批评家却义无反顾地抛弃了这些前代的思想家和艺术家们所总结的艺术本质，提出了通过直觉体验表现充满幻象的精神生活的主张。

一、由内而外的精神王国

首先，表现主义的理论家旗帜鲜明地提出了以人的精神为本体的全新艺术观。他们超越了关于自然与精神谁第一谁第二的烦琐争辩，否定了在艺术活动中客观与主观对立统一的二元结构，直接把精神生活推上了艺术王国的圣坛中心。洛塔尔·施赖耶在他的宣言式的论文《表现主义诗歌》中写道：

> 我们在艺术里昭告精神王国。精神生活并不是充斥着科学的生活，而是充满了幻象（Visionen）的生活。直觉的认知体验走到了自然经验所构成的外部生活旁。数个世纪以来的欧洲艺术都在摹写自然的经验。而当代艺术则致力于呈现直觉的体验。自然现象再也不会导向圆满与和谐。今天的艺术家不再只是通过艺术品呈现他目之所及的自然现象，或是试图将自然现象转化为一种他所希望的完美现象。如今的艺术家塑造他用直觉认知世界而来的内在景致。而内在的景致并不依赖于外部的观看。它是幻象，是启示。是表现主义的本质。②

为彰显这一富有颠覆性的艺术本体观，他不容置疑地宣告：

> 表现主义是一场精神运动，它属于一个将内在体验置于外在生活之上的时代。

---

① 乔治·卢卡契：《艺术与客观真理》，《文学批评理论》，第57页。
② Lothar Schreyer, "Expressionistishce Dichtung", In *Expressionismus: Manifeste und Dokumente zur deutschen Literatur 1910—1920*, S. 623.

> 表现主义在艺术中创造出人类得以彰显自己内在体验的形态。
> 这个时代建立起一座精神的王国。
> 表现主义者则是这个时代的艺术家和诗人。①

从这些宣言中我们不难看出,表现主义理论家首先强调艺术创作应该是作家主观精神世界的表现,他们认为艺术属于精神的特权,它的义务不是追随外部现实,而是追随精神生活中的既复杂又明确,既容易解释又难以表达的运动。它以不同的形式紧紧把握着内在的思想和意念。② 而要表现精神生活,自然离不开拥有精神世界的主体,这就是"我"。

前面的章节曾经引述,艺术家康定斯基在更早的时候便将20世纪的新兴运动归纳为两个过程。一个是19世纪物质生活各个构成部分的颓败和瓦解,另一个是20世纪心理精神生活的建立,与上述宣言的观点应当是一脉相传、遥相呼应的。

显而易见,表现主义者把外在的物质生活和自然图像都视为精神的对立面,因此他们坚持要由内向外,把精神作为一切艺术创造的出发点。对此,埃德施密特提出:

> 凡是在精神的光焰熊熊爆燃的地方,在软体动物化为灰尸而形成无限的地方,似乎都应回到创造主之手。所有玄秘而伟大的精神革命都引发出创造的同一个图像。
>
> 他们都在寻找结局,寻找绝对。除了内心的力量而外,没有任何法令来命令他们,没有任何历史来局限他们,没有任何情景来限制他们。道德附丽于被吸引的感情之上。他们使外部世界听命于他们活跃的精神的永恒节奏。他们努力追求最后的东西,他们以此使自己带上宗教色彩,他们满怀着模糊不清的、没有觉悟到的对伦理的渴求,他们以此使自己怀有伦理观念。③

这样的理论主张固然具有振聋发聩、令人耳目一新的效果,然而问题是怎么才能在人类艺术创造的实践活动中运用它呢?表现主义的艺术家们通过大量的艺术探索,总结了一条让意志自由生长的创造之路,这便是

---

① Lothar Schreyer,"Expressionistishce Dichtung",In *Expressionismus:Manifeste und Dokumente zur deutschen Literatur 1910—1920*,S. 623.
② 巴尔:《表现主义》,第21页。
③ 埃德施密特:《论文学创作中的表现主义》,《现代主义文学研究》上册,第440、445页。

让一切的艺术对象和表现手段都服从意志的自由想象。

在批评家许布纳 1920 年出版的《欧洲的新艺术和诗歌》中,有一章关于德国新艺术的概述,其中对表现主义的艺术思想作了重点阐发①:

> 它将人再次置于创造的中心位置,以便人能按照自己的意志和愿望,拿线条、颜色与声音,用动物、植物和神祇,借空间、时间和自我来填充虚空。它让人们再次从数百万年前开始的地方开始。它像刚出生的孩子一样自由自在、无拘无束地幸福生长,不会遭受对它的遗传和生存条件的质疑。个人自由问题是思想和意志的核心问题,但它不试图去深究,也不打算回答或将问题系统化,它走的是捷径:用创造性的行动解决问题。②

毋庸置疑,表现主义的作家正是凭借这一理论前提的指引,为我们展开了一幅幅来自精神王国的不同凡响的艺术画卷。在这里,意识统率了一切,传统文论中视为第一性的自然和世界都成为它的表达工具,不过是展现精神王国的语言而已。应当说,上述论断正是表现主义艺术本体观的理论出发点。用人的主观意志和精神去统摄自然,让大千世界随着人的意识去自由地展开和收卷,激荡与变幻,这便是表现主义者为之迷狂的艺术理想。

二、反自然主义的艺术真实观

基于上述原则,表现主义明确要求打破对事物外在形象的自然主义或印象主义式的逼真描摹,直接面对人的精神世界。于是,他们不再关注现象世界在艺术中的真实性,也对古典艺术家和批评家们顶礼膜拜的生活与自然不屑一顾。相反,他们始终把自然主义看作自己要挑战的对手。他们认为,正是自然主义扭曲了人与自然的关系,导致了人的自由意识和主体精神的丧失。

> 自然主义塑造了 19 世纪人民的生活感受,在艺术活动转向生活与自然的陌生道路时,它也决定了此时人们的思考与意愿。自然是

---

① 参见 Friedrich Markus Huebner, *Europas neue Kunst und Dichtung*, S. 80—95.
② Friedrich Markus Huebner, "Der Expressionismus in Deutschland"(《德国的表现主义》), In *Expressionismus: Manifeste und Dokumente zur deutschen Literatur 1910—1920*, S. 5.

现实,自然是力量,自然也是管理法则,在 1820 年代如此,在 1850 年代、1880 年代同样如此……自然的背后有着可怕的力量,借助科技、化学、医学和物理学领域等诸多方面的发现可以看到这样的力量。自然绝对禁止人们的反抗,人为了避免不堪重负就必须遵从自然法则,以维护自身存在的安全。也因如此,人们一步一步地失去了对个人自由的感受,而这失去的却恰恰是 18 世纪的启蒙运动想要争取的。达尔文关于物种进化的发现、马克思关于生产过程的分析,以及剧作家们如易卜生等展示在舞台上的合乎生物学的或合乎道德的传承,所有的这些对"自然真理"亦步亦趋的遵照恰恰缠绕、挤压并扼杀了人的个体意识。①

正是由于人在自然面前采取了被动的姿态,使人成为大自然的奴隶,被大自然当作牛马拖着走。"甚至连艺术家都停止了作为神话创造者和生活幻想家的工作,而将其后续的精力投放到对自然的细致观察和忠实模仿上去"②。然而,由于他们的创作只是通过模仿大自然得来的,根本不能算作自己的创造,因此,"人们所创造的大自然更不会顺从他们。这些创造物从人的羁绊中解脱出来,反而征服人",致使"这个世界已经变成了可怕的断壁残垣"③。基于这样的反思,表现主义者选择了与以模仿自然为宗旨的艺术标准对抗的道路。许布纳紧接着从破除对科学的迷信入手,更深入地阐发了表现主义者的自然观,他指出:

> 表现主义对自然采取的是敌对态度。它取消了自然的优势并怀疑自然的"真相"。因为科学仅仅是尝试作解释,并非颠破不灭的真理,它提供的假设也有可能受到质疑或反对。人们发明工具,试图借此掌控人生,掌握真理。发明出来的很多工具,也将自己引向黑暗。自然不是客观不变的,也不会比人更重要,它将自己奉献给每一种艺术想象,它是虚无,由人赋予它形状和形象、赋予它意义与灵魂。它是那么柔软可塑,蕴含着无限的可能。④

从这样一种否定性的自然观出发,表现主义者采取了以我为中心的

---

① Friedrich Markus Huebner, "Der Expressionismus in Deutschland", In *Expressionismus: Manifeste und Dokumente zur deutschen Literatur 1910—1920*, S. 3.
② Ibid., S. 4.
③ Ibid.
④ Ibid., S. 5.

主动出击的姿态，让外部世界成为表达内在生命的工具和媒介。洛塔尔·施赖耶对此作了进一步的解说：

> 艺术针对生活的观点以及在生活中的处境都已转变。因为我们人类也在持续地变化着。从外部世界里我们重新找到了走向内心世界的自己。支配我们外部生活的强力意志将我们导向我们的内在生命。外部生活给我们的强力意志设立的边界坠入我们的内在生命。我们强烈渴求把握漫无边际之物。我们不仅仅为自然王国而奋斗。我们也在为赢得无边无际的精神王国而奋斗。只有置身于漫无边际之中我们才能感知到强力何在。
>
> 每一种拥有启示知识的文化都会借助艺术手段来宣扬相关的知识。每一个精神生活凌驾于自然生活之上的时代，不会将精神视为自然的仆人，而是把自然当作精神的介质，这样的时代便会拥有艺术。①

赫尔曼·巴尔的《表现主义》一书中有一章题为"精神之眼"，在其中他介绍并发展了英国人类学家高尔顿（Francis Galton）在其著作《人类的能力及其发展初探》(1883)中提出的"内在的看"的观点。高尔顿通过对不同年龄、性别和身份、职业的人群大量的田野调查和测试发现，有一部分人具有对他们的已知对象随意看到的能力，尽管这些对象不在眼前，也可以闭着眼睛感受到。这种看不依赖于某个外部刺激，而是通过思想本身的意志力。巴尔由此提出：

> 人们对待现象的态度有这么几种：一是拒斥它，二是顺从它，三是借助现象来证实人自己的存在。根据这些不同态度，人们采用的看也就不相同，也就是说，要么用躯体的眼睛，要么用精神的眼睛去视看，或者用精神的眼睛和躯体的眼睛一起去视看。②

巴尔进而分析道，精神之眼比单纯的记忆包容的东西多得多，也比感官所看到的内容丰富得多。这是因为："精神的眼睛是一种本己的创造，它具有一种创造力，这种创造力根据另一种不同于感官视看的准则创造出一个世界。如果我们用精神的眼睛来观察我们用肉眼所看到的东西，

---

① Lothar Schreyer, "Expressionistishce Dichtung", In *Expressionismus: Manifeste und Dokumente zur deutschen Literatur 1910—1920*, S. 623—629.
② 巴尔：《表现主义》，第62页。

我们就会发现另一个世界,如果参照肉眼世界,我们会感到这是一个变了形的世界,它背弃了这一个肉眼世界。"①按照巴尔的逻辑,自然主义者所谓的现实世界不过只是肉眼世界而已。巴尔还指出,一个人用精神之眼看到的东西也不同于其他人用这种眼睛所看到的东西,这是因为"一个人与另一个人精神之看上的差别,远比他们肉眼视看的差别大得多。精神的看远比感官的看更具有个人特色"。②

脱离了对以自然的神圣性为准则的所谓客观世界的依附,表现主义者恢复了艺术家的主体意识,并以此为前提获得了重新塑造世界的自信。诗人贝恩在梳理了人类的世界观从万物有灵论、多神论到神与灵的分离,再到一神论观念的出现的历程之后,意识到"世界由一种意志、一种法则所支配,由一种生命的原则所引导,人的生命情感并行发展,自我本身逐渐发展形成了主观主义的观念,整个外部世界则被当成一种内在体验的投射"③。在他们看来,正是确立了人在艺术活动中的主导地位和自由创造的权力,使表现主义的创作挣脱了层层枷锁,展示出全新的气象——

> 此时,表现主义,这种对生活的感触,向人们展示了一种希望,一种创建一个新时代、构建一种新文化和创造一种新福祉的新希望。就像自然主义背后的真实性操纵准则是自然那样,在表现主义背后起作用的正是意识。④

有了新的前提,表现主义者不再把追求文学艺术作品的真实性奉为圭臬,对于艺术的审美价值也有了完全不同的标准。对此,洛塔尔·施赖耶写道:

> 当代捣毁了过去。相较过去的艺术,我们的艺术拥有另一种真实。相较过去的艺术,我们的艺术是另一种美。我们的真实不再是生活的真实。因为生活的真实并不存在。我们活得同样不真实。事实上,不存在所谓的生活。我们的美不等于愉悦。使人愉悦的美也许会引人堕落。我们的生活便是已堕落的美。但我们的美与我们的

---

① 巴尔:《表现主义》,第68页。
② 同上。
③ Gottfried Benn(哥特弗里德·贝恩),"Das moderne Ich"(《现代的自我》),In *Expressionismus: Manifeste und Dokumente zur deutschen Literatur 1910—1920*,S.214.
④ Friedrich Markus Huebner,*Europas neue Kunst und Dichtung*,S.80—95.

真是荒谬体验里的阿兰小镇。①

我们知道戏剧是表现主义文学中最早的表现形式,剧作家们研究了作为西方戏剧源头的古希腊戏剧的表现形态,他们从中发现了"戏剧意味着极大地提升现实,意味着坠入最深沉、最黑暗、玄妙而极致的激情,意味着浸入侵蚀人心的痛苦;戏剧给万物着上超现实的色彩"②。他们从希腊戏剧的独特表达方式(例如合唱和歌舞队的介入、面具的运用等)中看到了并非自然呈现和模仿的因素,看到了抽象的因素和放大镜的效果,并由此意识到在五种感官的世界之外尚存在着超感官的世界以及面具的法则。诗人伊万·戈尔总结道:

> 面具里有一项法则,而它也是戏剧的法则。不真实即真相。这一点仅需一刻便可证实,最陈腐的一套也可以是不真实且"玄妙的",其中恰恰栖居着最宏大的真实。真实不存在于理性中,作家发现真实,而非哲学家。③

在此基础上,表现主义者提出:"我们要最不真实的真实。我们在接近超戏剧。"④这样的审美观对于以模仿自然为宗旨的西方传统美学的艺术原则无疑构成了严峻的挑战。日本文论家山岸光宣对此评论道:"表现派的诗人,是终至于要再成为理想家,不,简直是空想家,非官能而是精神,非观察而是思索,非演绎而是归纳,非从特殊而从普遍来出发了。那精神,即事物本身,便成了艺术的对象。所以表现主义,和印象主义似的以外界的观察为主者,是极端地相对立的。表现主义因为将精神作为标语,那结果,则惟以精神为真是现实底东西,加以尊崇,而于外界的事物,却任意对付,毫不介意。从而尊重空想,神秘,幻觉,也正是自然之势。"⑤

由此我们可以看到,以表现内在精神为宗旨,打破文学艺术对于物质

---

① Lothar Schreyer, "Expressionistishce Dichtung", In *Expressionismus: Manifeste und Dokumente zur deutschen Literatur 1910—1920*, S. 623—629.

② Iwan Goll(伊万·戈尔), "Überdrama"(《超戏剧》), In *Expressionismus: Manifeste und Dokumente zur deutschen Literatur 1910—1920*, S. 692—693.

③ Ibid.

④ Ibid., S. 692—693.

⑤ 山岸光宣:《表现主义的诸相》,鲁迅译,《鲁迅著译编年全集》第十一卷,北京:人民出版社,2009,第29—30页。

世界及客观生活的依存关系和模仿模式,通过直觉和体验去把握事物的内在景致与幻象,超越表面相似的所谓生活的真实,致力于发现自然背后的真相,是表现主义艺术本体观的第一条法则。

第二节　表现激情而非歌颂理想

与表现精神的主旨息息相关的是情感世界的表现。"表现主义"常被通俗地理解为"表现强烈情感的艺术",这一理解恰恰体现了其概念含义的一个重要侧面。20世纪最初的10年表现主义作家们将自己称为"新激情主义者"(*Neopathetiker*)。1910年,表现主义作家库尔特·希勒在柏林为开展表现主义艺术活动建立的基地就被命名为"新激情卡巴莱酒店"。库尔特·希勒解释说:"一种催生崭新情感形式的风格被命名为表现主义,它注重精神世界的本质性。"① 这种热情奔放的情感表达方式很容易让我们联想到浪漫派的艺术主张和实践,例如上一章已经讨论到的华兹华斯、柯尔律治、诺瓦利斯和基布尔等人对诗歌本质的界定都指向激情。勒内·席克勒曾在《白页》上撰文说:"我们如今称作表现主义的东西,以前则隶属浪漫主义,因此说表现主义那强力的表达必定源自法国作品,是不正确的。"② 无怪在表现主义风格兴起之初,有人会冠之以"新浪漫主义"。不过,如果深究下去,就会发现二者对情感内涵的理解和表达仍存在诸多根本性的分歧。

一、激情与呐喊

表现主义美学家克罗齐早就指出,艺术的直觉总是抒情的直觉。而表现主义的诗人们则更倾向于一种较为夸张的情绪宣泄,支撑他们情感表现的是尼采式的强力。埃德施密特把这一点描述得更为真切:

随着他的内心感情的爆发,他对一切都怀着感激之情。他理解

---

① Thomas Anz u. Michael Stark (Hg.), *Expressionismus: Manifeste und Dokumente zur deutschen Literatur 1910—1920*, S. 37.

② Ibid., S. 38.

世界，大地就在他的心中。他双腿挺立在大地之上，成长起来；他的激情拥抱着可见的和观察到的东西，于是人重又控制了伟大而直接的感情。他站立在那里，他的心洞若观火，他的血顺畅而自然地在他周身涌流，以至于他带着他胸中的那颗心，从外看来，明亮坦荡，犹如图画一般。……他不再受到压迫，他爱，他直接斗争。仅只是他那伟大的感情，而不是假冒的思维在统率他，在引导他。惟其如此，他才可以升腾，并达到兴奋的境地；才可以使那发自他心灵的巨大狂喜飞升。他一直来到上帝那儿，上帝就是那只有异乎寻常的精神狂喜才能达到的感情的顶峰。①

我们知道，浪漫主义诗人的情感表达至少包含着激情和感伤两种状态，前者彰显着理想主义的革命想象与憧憬，后者包含着对逝去时代的温情缅怀与追忆。表现主义者的激情则更多表现出对现实抗争的愤懑控诉、对革命与破坏的狂喜召唤和灵魂挣扎的悲怆呐喊，其强烈程度和爆发力都远超过浪漫主义。他们在绘画中无声地呐喊，在诗歌中狂放地呼号，在舞台上更是声嘶力竭地嚎叫。表现主义作家德布林曾经这样介绍这个运动："它的传播者和追随者们始终经受着日益增长的生命情感的折磨，无论是在形式上还是在内在的表达上都带着一种狂暴的坚决，并伴随着强烈的想要不受阻挡地进行表达的渴望。"②亦如德国当代的表现主义文学研究者托马斯·安茨教授所总结的："如果要描述1910年后那段时期最先锋的艺术，几乎都少不了提及激情、情感，并将刺耳呐喊的自然声响认定为情感表现的外化。"③而身处那个时代漩涡中的表现主义诗人库尔特·品图斯则是这样描述的：

它再次苏醒，长期被轻视，伟大情感骤然地爆发，激情，它奏响溢出的绝望之呐喊，孤独者忧郁的呻吟所拼凑而成的歌谣，但最为重要的是热切的期盼，那对最普世的人类美德及情感的先知般的昭告：

---

① 埃德施密特：《论文学创作中的表现主义》，《现代主义文学研究》上册，第436页。
② Alfred Döblin（德布林），"Von der Freiheit eines Dichtermenschen"（《论一位文学创作者的自由》），In *Expressionismus: Manifeste und Dokumente zur deutschen Literatur 1910—1920*, S. 69.
③ Thomas Anz, "Künste der Emotionalisierung. Expressionismus und Gefühlsforschung"（《情感化的艺术——表现主义与情感研究》），In Marion Saxer u. Julia Cloot（Hg.）: *Expressionismus in den Künsten*（《各类艺术中的表现主义》），Hildesheim: Georg Olms, 2012, S. 324.

善、欢乐、友爱、人性、罪孽与责任。①

1918年，诗人及散文作家玛格丽特·萨斯曼(Margarete Susman)在杜塞尔多夫的戏剧杂志《面具》(Die Masken)上撰文，严格地将表现主义的呐喊从其他针对痛苦的美学化表现形式中抽离出来：

这朝向天空的尖锐呐喊，再不愿自己仅仅是史蒂芬·格奥尔格"滑过金色竖琴"(durch güldne Harfe sausen)般孤独而渴望的呐喊，没人会再吹响放在嘴边的笛子，呐喊唯愿自己能被听见，作为人所作出的有效决定被人听见，为此它甘愿付出一切代价——它仅仅是清醒的灵魂对我们时代可怕困境的应答。

这种呐喊再不会孕育纯艺术。"表现主义拥有一项使命，而它不知美为何物"。②

然而，在表现主义运动兴起之初，其激情宣泄的表现方式受到了来自各方的大量攻击，被斥为"空泛的""夸张的""过度的"等等，其理论依据多来自席勒关于激情与崇高的观点。直到20世纪后期才有学者出来为其正名。他们指出：

表现主义者的新激情要在重新审视激情概念的语境下才能被恰如其分地理解，重估激情仰仗了弗里德里希·尼采的艺术与生命哲学以及阿比·瓦尔堡(Aby Warburg)"激情形式"的艺术史理论。自此激情方才摆脱了此类刻板批评的纠缠，仅在美学与伦理学交互影响的空间中登场。③

毋庸置疑，尼采的意志哲学和关于强力意志的理念对表现主义思潮产生了直接的影响，因而表现主义的诗人和批评家都将强力灌注的呐喊作为不同于以往文学中激情表达的特征。洛塔尔·施赖耶总结道：

从外部世界里我们重新找到了走向内心世界的自己。支配我们外部生活的强力意志将我们导向我们的内在生命。外部生活给我们的强力意志设立的边界坠入我们的内在生命。我们强烈渴求把握漫

---

① 转引自 Paul Raabe (Hg.), *Expressionismus. Der Kampfum eine literarische Bewegung*(《表现主义——围绕一场文学运动的论争》), Zürich: Arche Verlag, 1987, S. 78.

② Ibid. S. 156—157.

③ Thomas Anz, "Künste der Emotionalisierung. Expressionismus und Gefühlsforschung", In *Expressionismus in den Künsten*, S. 324.

无边际之物。我们不仅仅为自然王国而奋斗。我们也在为赢得无边无际的精神王国而奋斗。只有置身于漫无边际之中我们才能感知到强力何在。强力的一部分沉入万物深处,为万物而存在。①

而史蒂芬·茨威格的论文《新激情》(1909)则从根源上梳理了这种激情的源头,他从对诗歌的原初形态的推论出发维护了这种激情表达的合法性。他写道:

> 早在文字和印刷产生之前的原始诗歌,不是别的,而是加上了调子、几乎不成言语的呼喊,这种呼喊出于喜悦或痛苦,悲哀或沮丧,回忆或召唤,但不变的是它总是充溢着某种情绪。它洋溢着激情,是因其产生于激情;它洋溢着激情,也是因其要激发激情。在那个首先于情感的惊喊中找到词句的伟大遥远时代,诗是对众人的言说,是警醒,是激励,是迷狂术,是情感直接对情感的放电。②

德国表现主义文学和艺术都体现出一种敏感、激荡的民族心理情绪,而茨威格的论述正好为表现主义的艺术实践提供了强有力的理论支撑,因而被表现主义的拥趸奉为圭臬:

> 只有大的感受才托得起诗句走向大众,那些只能在空气凝滞的寂静中扬起的小情小绪,只会跌进尘土。**新的激情所必须包含的意志,不是要内心的颤动,不是要美学上精巧的舒适感,而是要行动**。它必须去打动、去说服,将将诗人曾经溃散的力量再次积聚于自身,须将诗人再造为一时的民众领袖、音乐家、演员和演说家,须将诗句又从纸上撕扯下来扔进空气,须将感受甩到人群的脸上,而不是小心地将之作为一个秘密向单个人倾吐。带有这种新激情的诗,所创造出的不是虚弱被动、其情绪受着环境影响而每分每秒改变的人,而只会是斗争的生命,他被某个念头、被使命的想法控制,他要将自己的感受强加于人,将自己的激动升华为全世界的激动。③

---

① Lothar Schreyer, "Expressionistishce Dichtung", In *Expressionismus*: *Manifeste und Dokumente zur deutschen Literatur 1910—1920*, S. 623.

② Stefan Zweig, "Das neue Pathos"(《新激情》), In *Expressionismus*: *Manifeste und Dokumente zur deutschen Literatur 1910—1920*, S. 575.

③ Ibid., S. 577.

也是在这篇文章中,茨威格还对当代兴起的新激情的产生动因及其表现特征进行了生动的描述和透彻的分析。他指出:

> 谁要驱使大众,谁就得懂得他们躁动新生命的节奏;谁对大众吟唱,谁就得有新的激情。这种新的激情,这种尼采意义上"说是的绝顶激情"①,首先是制造迷狂的兴致、力量和意志。这样的诗不能是多愁善感和苦痛的,它不可以去表达个人的苦痛以博取别人的感同身受,它满是欢乐并感情充沛,在欢乐意志下又再去制造活力与激情。②

此文后来成为茨威格次年出版的研究著作《埃米勒·维尔哈伦》中的一章,说明他所讨论的激情并非直接针对表现主义运动,相反他在文中还表达了对感情的空洞、过度地加热,或持续地无停歇的兴奋、狂热等现象的批评。然而从时间上推测,也许正是茨威格的这套理论为继之兴起的表现主义运动的激情表达提供了最有力的思想武器和正面的推动力。因为1913年创刊的《新激情》杂志正是将该文的节录版作为其篇首论文,其后,此文又被多种宣传表现主义的文集收录。

二、激情的个人性与社会性

就表现主义思潮与浪漫主义运动的关系而言,两者最大的共同点显然是对诗歌创作中表现激情的努力予以高度肯定。然而,尽管这两种理论都强调抒情主体的自我表现,其所抒发的激情内涵却各有不同。浪漫主义尽管宣称人应当站定立法者的位置,但他们作品中的抒情主人公往往是英雄化的个人,是有着浓烈抒情能量的个体。浪漫主义中有所谓"拜伦式的英雄"一说。这些人孤傲、狂热,充满反抗精神,但同时又满腹苦闷和孤独,与群众格格不入,或至少是层级分明。在这个意义上,唐璜代表的只是一个另类的少数群体,而不是一种普遍的本质。而与此不同的是,表现主义寻求声嘶力竭的呐喊,希望以最强的音调捣毁世上万物的皮相,而直取其本质。这样的激情包含着极大的破坏力,同时也充满着建设一

---

① 此处"绝顶"原文为法语 par excellence。
② Stefan Zweig,"Das neue Pathos",In *Expressionismus:Manifeste und Dokumente zur deutschen Literatur 1910—1920*,S. 577.

个新的世界的无上热情。可以说,表现主义作品中的激情抒发虽然有时也是由个体发出的,但同时更是社会性的。他们虽然关怀个人的福祉、精神的健康,但是这些个人性的东西,在表现主义者看来恰恰是人的普遍本质,也因此,这种个人的东西并非真正要落实到某个具体的、特殊的人物身上,而是指向全社会、全人类。德布林曾经剖析了表现主义作为一个社会运动所产生的席卷众生的巨大能量。

> 他们把其他人搅入运动的洪流,不管其他人是有意识还是无意识,都被挟制进这一洪流当中,并随之而动。一些人不会被洪流冲走,另一些人则可能裹足其间,有些人可能奋力游泳试图抗衡,而有的人则被浪潮卷走,等到浪潮退去的时候却被拍打在沙滩上。在这样的运动中,许多人得到了净化,许多人变得更加强大,许多人找到了自己的方向。正如黑格尔曾经说过的那样,他们跟随着灵魂的向导,因为他们所面对的,所感受到的,正是自己内心不可抗拒的力量。
>
> ……这一场精神运动与人的个性的迷人遭遇,首先需要明确的是,它不是装装样子,也不是来自利益相关方的安排。更确切地说,最初是社会、政治和人性的诸多阴暗面哺育了它。它在这里爆发,在那里爆发,爆发出敏感的、富有洞察力和预见力的光芒,推动着这台机器第一次运转起来,它向前驱动着,似乎带有不确定性地嘎嘎作响。与其说这机器是自己在移动,不如说它是被迫由蒸汽所带动向前。它是一个面向所有人的事物,不受某些特定的人也不受某个人的掌控,我们大可以说它并非人们计划的产物。它从人们掌控之外的地方以宽广、紧张、有力的态势流动着。①

托马斯·安茨曾经借弗兰茨·韦尔弗 1910 年发表的诗作《致读者》来说明表现主义作品中激情的社会性。这首诗的第一节是这样的——

> 我唯一的愿望是,与你,啊,人,亲近!
> 无论你是黑人、杂技演员,还是仍安静地处在母亲深深的保护中,
> 无论你是庭院中唱着银铃般歌曲的女孩,还是夕阳下牵引木排的劳作者;

---

① Alfred Döblin,"Von der Freiheit eines Dichtermenschen", In *Expressionismus: Manifeste und Dokumente zur deutschen Literatur 1910—1920*, S. 83—85.

无论你是士兵,还是勇敢坚毅的飞行员。①

安茨认为"此诗的典型特征是具有一种欲与读者结为弟兄的宣讲式的激情",涉及了表现主义作品中激情的集体内涵。他据此分析道:

> 韦尔弗诗里的"啊——人——激情"②涉及艺术家与公众的预期关系,同时也是对一种集体情感的预先表现,表现主义永不会倦于唤起这份情感。
>
> 表现主义的集体激情借助高度社会化的凝聚力来表达情感,尝试调动情感并囊括了作者与其读者的关系,但它并不旨在回归广大的市民社会,而是期望融入一种新型的、"非市民的"、团结的人际关系形式中。③

事实上,表现主义作品中类似的通过泛化的、符号化的对象来唤起公众的觉醒的主题随处可见,像贝歇尔的名作《人啊,站起来》,鲁宾纳的《人》都属此列。贝歇尔在诗中写道:

> 告诉我,哦,兄弟,人,你是谁?!
> 是穷苦人期愿的、天空中略显俗气的星星。
> 是以清凉抚慰可怕烧伤的朋友。
> 是野生荆棘丛和老虎身上令人陶醉的甜美露珠。
> 是狂热的十字军心目中柔和的耶路撒冷。
> 从未泯灭的希望。
> 从未欺骗的指南针。上帝的标志。
> 是柔化苦涩的洋葱以及顽固疑虑的甘油。
> 你是那些远走他乡、迷失的儿子们热带的港口城市,
> 对于你无人陌生,
> 每个人都是你亲密的兄弟。④

不难看出,表现主义诗人们不是在这里抒发个人的喜怒哀乐,而是关注着人类共同的处境和未来的命运。这使他们的内在激情升华到一个宗

---

① 品图斯选编:《人类的曙光》,第329页。
② 此句"啊——人——激情"是对韦尔弗原诗"……啊,人,亲近!"的仿写。
③ Thomas Anz, "Künste der Emotionalisierung. Expressionismus und Gefühlsforschung", In *Expressionismus in den Künsten*, S. 326.
④ 贝歇尔:《人啊,站起来》,《人类的曙光》,第297页。

教式的全新的境界,就像施赖耶所描述的那样:

> 内部景致的眼神穿透未经启蒙光亮的生命之黑夜。所有人都是先知。迷狂窸窸窣窣地环绕在所有人身侧。迷狂的人,创造的人和体验的人是自然之民,是佛祖的信徒,是中世纪的德意志人。他们属于今日复生的那个王国。是这个时代的节奏将精神提升为强力,让我们成为富有节奏的人,于这批人而言个性的和谐一无是处,迷狂的节奏即人的实现。①

三、从个体的反抗到灵魂的冲突

由激情的分歧和重叠,我们可以看到表现主义同浪漫主义的第二个重要差异,即对待人的不同态度。虽然两者都试图标榜人的能量与活力,为那备受压抑的心灵松绑,但是,浪漫主义讲的人仅仅只是在机械文明中噤声的个体,他们并没有从根本上失去发声的能力,只要有着大胆浓烈的反叛力,有普罗米修斯式的果敢与英勇,他们照样能焕然一新。简单地说就是,浪漫主义所定义的人,是一个与外部世界抗争着的人。与此不同的是,表现主义更关注的是人与内部世界的抗争,是心灵的交战,因而他们所表现的情感常常是被压抑的,充满矛盾纠结的,或混合着挣扎与冲突的;他们随时都处在自我怀疑的彷徨之中:

> 对于物而言,我们变成了傻瓜,过错并不在物。过错在我们,我们将自己交给物从而丢失掉自己。现在我们不完整了,我们是拥有很多,但却在痛苦地寻找"一个",只是不记得,是寻找一个"什么"。我们团团转,假装是在生活,是在住所打转。而那可怕和荒谬的东西,譬如迫害的妄想正在蹲守,等待某一刻,出其不意地,从角落扑向我们。不,我们不在家具和日常之中,不在消费也没有扮演顾客。关于我们的一个骗局结束了,但它并非真正与我们有关。我们必须找回丢失的自我,否则我们将落入面目相似者之手,他们驱赶我们做他

---

① Lothar Schreyer, "Expressionistishce Dichtung", In *Expressionismus: Manifeste und Dokumente zur deutschen Literatur 1910—1920*, S. 627.

第三章　表现主义的艺术本体观

们的阴影,作为我们离弃他们的报复。①

为此他们偏好狂喜、痛苦、紧张、痴迷、绝望乃至恐惧这类感情的极端状态。在他们那里,感情得到无限的扩张,呐喊或呼号在表现主义艺术中如此常见,因此弗内斯说:对处在压榨、逼拶和无情的烈火焚烧中的灵魂全神贯注的人可称为表现主义者。② 我们看到,表现主义作家笔下的人是自我折磨同时也是受着外部折磨的人。卡夫卡笔下变形成大甲壳虫的格利高里,一方面为单调乏味的日常生活所折磨,另一方面更是为他内心摆脱不了的恐惧和责任所摧残。他的异化既是环境的异化所致,更是同内心的异化有关。而安茨则从精神病理学的角度解释了表现主义者笔下人的内在冲突。

> 而另一方面则是:激情意味着字面上的痛苦。除了狂喜的、心醉神迷的、赞美诗般的、幻想的、乌托邦的或者行动主义式的激情,突破与革命的激情,亲如兄弟的激情与啊——人——的激情,表现主义的激情至少和对苦难的表达及描写一样占据优势,就此而言表现主义堪称"文学的精神病理书写",并就其所呈示的苦难来说当足以归入精神病理学的范畴。③

正因为难以克服的内在矛盾与灵魂冲突,表现主义文学呼吁塑造新人,就是想让他们作品的主人公从内而外地焕然一新,脱胎换骨,而不仅仅是将外在的羁绊打破,把人的个性释放出来。由表现主义转向达达主义的艺术家胡森贝克这样描述了他想象中的新人的诞生:

> 啊呵,啊呵,鞭子与催马的喊叫,自亘古至今的战争以及人类啊,新人,仿佛从灰烬里复生,自最离奇世界的毒素中痊愈,亲历被放逐者、人性沦丧者的经历,带着污秽与被恶魔的杂质玷污的欧洲人、非洲人、波利尼西亚人一起,使每一个物种、每一代人满足、饱和、被填塞直到欲呕:看呐,新人。④

---

① Ernst Blass(恩斯特·布拉斯),"Geist der Utopie(《乌托邦精神》)", In *Expressionismus: Manifeste und Dokumente zur deutschen Literatur 1910—1920*, S. 238.

② 弗内斯:《表现主义》,第10页。

③ Thomas Anz, "Künste der Emotionalisierung. Expressionismus und Gefühlsforschung", In *Expressionismus in den Künsten*, S. 326.

④ Thomas Anz u. Michael Stark (Hg.), *Expressionismus: Manifeste und Dokumente zur deutschen Literatur 1910—1920*, S. 131.

这乌托邦式的幻觉显然不足以打败残酷的现实,所以我们看到的表现主义作品中仍然是充斥着负面的和矛盾的情绪。

四、理想的终结与逻辑的断裂

浪漫主义诗学虽然超越了写实,寻求内心情感的勃发和泉涌,但正如我们看到的,这种情感和想象并非毫无方向的,它依然激荡着对理想的憧憬,遵循着情感的逻辑。换句话说,浪漫主义依然沿袭着以理性为前提的思维规范,维护着传统的审美标准,还是希望借助常人可以理解的自然的情感和规范语言,创造出优美和谐的艺术境界,以此传递某种积极的情感。

表现主义却以非理性为出发点,刻意打碎了人们的审美期待。他们不再寻求完美、和谐、高雅或其他诸如此类的古典美学标准,而是发展出了以否定现实为前提的怪诞美学。伊万·戈尔提出:"首先要打碎外在的形式。理性的姿态、传统、道德、我们生活中琐碎的形式。人与物彼此尽可能坦诚相见,再利用放大镜达到更好的效果。"其次,他们继承了波德莱尔以丑为中心的写作方式,把丑陋、血腥、扭曲和肮脏都纳入表现的对象。我们从贝恩、海姆、贝歇尔等人的诗歌中随处可见"癌病房""停尸房""盲肠""衰败""绝望""毁灭"这样的标题;德布林、卡夫卡、库宾的小说中也不乏对"腐烂""垃圾""蛆虫""死尸"之类意象的精心描绘。在他们的笔下,恐怖、怪诞乃至各种惊世骇俗的形象和场景充斥着作品的画面,而作者的笔调和态度有时却似乎是麻木而不动声色的。如果要问他们为何用如此变态的方式来书写,激起读者恐惧和厌恶的情绪恰恰是他们想要达到的效果。托马斯·安茨总结道:

> 表现主义文学中激起恐惧与厌恶的因素摧毁了与古典美学紧密联系的人和艺术家的形象。"美丽"的人与创造或感知审美作品的人不再有外在和内在的必然关联。主体性与美在古典—理想主义美学范畴内紧密联系。现代的否定美学则宣告纯粹的外在修饰不再适用于艺术的美,和谐化也不再适用于和谐本身。应当用震惊及动人心魄的美学替代节制的审美情怀。[1]

---

[1] Thomas Anz, "Künste der Emotionalisierung. Expressionismus und Gefühlsforschung", In *Expressionismus in den Künsten*, S. 326.

第三章　表现主义的艺术本体观

在表现主义的文学作品中，从形象描绘到话语的逻辑关联，再到内在的叙事层次、意义结构，他们都统统打散。他们希望借此来说明世界本身的混乱，并试图在这种混乱中重新建立一种世界观。他们让时空模糊、人物变形、美丑拼凑、鬼魂登场、道具横冲直撞，无所不用其极地打破种种既有的范式和观念，给人以陌生感、战栗感。对此，安茨的解说是：

> 表现主义文学站在诸如美、和谐等价值的远处，把早期现代派的反经典趋势推向极端。表现主义文学也与1900年前后唯美主义狂热地崇拜美的姿态相反，它是不和谐、丑陋、怪诞与病态的文学，呈现内外部分裂的感官世界以及一种破碎的语言秩序。①

另一位表现主义文学的研究者克里斯托夫·艾克曼在认真分析了多位表现主义诗人作品中的丑陋元素之后作出了如下的小结：

> 较之此前现代派中的同类因素，表现主义现代性中令人憎恶或恐惧的因素并未发挥相同的效力。在将丑陋的因素也融入其中的审美全面化框架内，它们要履行的是文学已然改变的反审美的职能：从内容上表现以及从形式上模仿丑陋和不协调的因素是源于文化层面贬低"生命"的活力论之推动。此类形式和内容首先应被理解为对潜藏在美的表层下的真实性之内外部"本质"的揭示。②

表现主义文学艺术中另一个反理性的手段便是对于疯狂的书写和对疯人的赞颂，这也是它与未来主义、超现实主义等其他现代思潮的共同的主张与特性。在他们眼里，既然现存的道德价值观和社会制度体制都是专横、混乱、压抑和伪善的，那么作为与这些社会关系和价值标准天然对立面的疯癫自然就有了其合法性。

> 这便是早在浪漫派时期就已是文学主题的疯癫在表现主义运动中酝酿为前所未有的激进批判因子的社会史和文化史基础。在激烈对抗威廉二世晚期家长制社会陈旧文化的过程中，这批年轻艺术家

---

① Thomas Anz,"Künste der Emotionalisierung. Expressionismus und Gefühlsforschung", In *Expressionismus in den Künsten*, S. 334.

② Christoph Eykman, *Die Funktion des Hässlichen in der Lyrik Georg Heyms, Georg Trakls und Gottfried Benns: zur Krise der Wirklichkeitserfahrung im deutschen Expressionismus*, Bonn: Bouvier, 1965, S. 109.

必须提升疯癫的地位,更确切地说是重估疯癫,以期形象地展现他们挑战主流规范和主流价值观的挑衅姿态。①

威兰德·赫兹费尔德还提出了另一个理由——"为什么我们未能深入了解自由意志的世界跟想象力的世界？因为我们把'疯狂'摒弃在外面,因为我们用暴力压制精神病人,阻止他们按照自己的道德准则生活。"他认为：

> 精神病患者当然可以比我们所想象的更加快乐,因为他比我们更自然,更人性化。驱使他们行动的是感觉,而不是逻辑。他的行动是强大的、直接的。我将疯狂称作是"意志的宗教"：只有意志能将感觉转变为力量。②

从这样的认识出发,表现主义者不仅希望从疯人那里获取反叛的力量,还要学习他们独特的思维和想象力,以及超越世俗逻辑的语言表达方式。安茨对此总结道：

> 不断美化疯癫是凸显非市民之另类性的极端形式,除此之外在亢奋和绝望情绪里切换的激情则主要把社会边缘群体的他性与苦难作为主题,也就是：无家可归的生存经验、迷失方向、异化和恐惧。表现主义对此发展出一套系统的文学精神病理学。疯人的语汇和形象仅仅是其中的一小部分,但又是极其重要的部分。③

正是从疯人那里,表现主义者习得了打破常规的思维和语言,借以彰显他们与传统偏见和习俗的决裂。

> 他只接受与情绪波动相协调的东西,与自然无异。他保持着自己的语言：这语言是情感的表达,而书写规范、标点符号、词汇和习语,只要是与自己的情感无关,都会被摒弃。不是忘了怎样使用,只是不愿。疯子不等于健忘者。
>
> 在本质上,同时也显而易见的是,他的精神错乱在于他不能很好

---

① Thomas Anz, *Literatur des Expressionismus*, S. 2.
② Wieland Herzfelde, "Die Ethik des Geisteskranken"(《精神患者的伦理》), In *Expressionismus: Manifeste und Dokumente zur deutschen Literatur 1910—1920*, S. 183.
③ Thomas Anz, *Literatur des Expressionismus*, S. 84—90.

第三章　表现主义的艺术本体观

地使用语言，无论是说话还是书写都笨拙、没有个性。譬如他经常说的话：花、珍宝、尊严，我们的概念不能完整体现他的思想。他也会以不同于我们的方式发音，不是出于无能，而是出于艺术创新。这是一种随意的创造性的喜悦之情。我们称之为疯狂。正是因为这样的独特性，一些艺术家也习惯于被唤作是发疯。①

有学者认为，表现主义作家笔下的大部分文学形象都带有精神疾病的倾向，即使字里行间并未明确描写他们的疯狂。疯人的形象在这里不仅寄托着挑战传统价值的隐喻，还成为象征自由和激情的符号。正由于此，包括表现主义、未来主义、超现实主义在内的众多现代流派都在自己的艺术宣言中为疯子正名，把他们视为反文化的英雄，要将世俗偏见套在他们头上的荆冠变为桂冠，并为他们奉上了滔滔不绝的溢美之词：

> 除非有着不屈不挠的意志力，否则这种本能的驱动对人的行为影响不会那么大。而恰好是因为本能，疯子才能够将情感转化为力量，让他能一如他所感受，过如此艺术的生活。
>
> 精神病患者永远是英雄，永远是伟人，而不仅仅是在梦中如此。只要他愿意，他就是国王。如果他渴望，他就可以为自己的王国造个花园。
>
> 但是没有什么行为准则手册能够涵盖上帝的意志。人们只是在精疲力竭时才接受本能的驱动，与他们相比精神病患者才是永恒的探索者。②

综上所述，我们看到，表现主义的理论把表现激情作为文学艺术的本质特征之一。但他们眼里的激情不同于浪漫派或其他前现代诗学中倡导的健康情感的抒发，其中既充满着宣泄精神压抑的呐喊，也包含着自我灵魂挣扎的矛盾痛苦，同时还渗透着由强烈的社会关怀激发出的政治批判热忱，而所有这些带有负面和悲观特征的情感表达和情绪释放又是通过非理性、反逻辑、扭曲怪诞的反美学的表现方式来呈现的。

---

① Wieland Herzfelde, "Die Ethik des Geisteskranken", In *Expressionismus：Manifeste und Dokumente zur deutschen Literatur 1910—1920*, S. 185.

② Ibid., S. 184.

第三节　揭示本质而非描摹现象

毫无疑问,表现主义诗学是一种本质主义的理论。它相信事物的表象是虚假的,在它后面掩藏着事物的真正本性。在现象世界面前,表现主义者的态度是必须打破外在现实的假象,不受事物表象的迷惑,直接表现事物的内在本质。因为"世界存在着,再去重复它是毫无意义的……在最真实的核心中去探寻世界并重新创造世界,乃是艺术的最伟大的任务"[①]。他们相信存在一个唯一的本质的世界,所以,他们主张突破事物的表象直取本质,跨越对暂时的、个别的、印象的现实世界的抒写而展示抽象的品质和永恒的真理。在这一点上,我们看到了表现主义运动的诗学理念与克罗齐所阐发的表现主义美学之间的根本差异。

一、表现诗人个性与揭示普遍本质

克罗齐和他的后继者科林伍德所代表的表现主义美学,挑战了模仿再现理论在西方美学中的宗主地位,充分发掘了直觉在艺术活动中的意义,确立了情感和想象在艺术活动中的主导作用,为自浪漫主义思潮兴起以来的一系列富有主观精神的艺术实验提供了强有力的理论支撑,甚至有人认为它正是现代主义运动的理论基础。然而,这一理论在艺术本体观上却与表现主义运动中提出的理论主张和艺术实践有着不容忽视的矛盾。并且没有迹象表明表现主义运动的代表作家在创作和批评中受到过克罗齐理论的影响。当然,科林伍德对表现主义美学的发展更是后来的事。因此,在这里我们需要厘清表现主义诗学与克罗齐表现主义美学之间的基本差异,才能从实质上揭示现代主义文学艺术与前现代艺术在理论基础上的分歧。

首先,克罗齐所代表的表现主义美学认为,表现是一种个性化活动,表现情感就意味着充分表现它的全部独特性。科林伍德接着说:

[①]　埃德施密特:《论文学创作中的表现主义》,《现代主义文学研究》上册,第435页。

第三章 表现主义的艺术本体观

诗人越理解自己的任务,他就越有可能避免给他的种种情感贴上这种或那种一般种类实例的标签,而是呕心沥血地在表现中把它们个性化,并通过表现揭示它们与同类其他情感之间的差异。①

然而,表现主义运动的理论家们提倡普遍本质论和共性论。他们认为创造艺术形象要以呈现本质和表达主题为前提,因此强调写永恒的品质,探讨带哲理性的问题。创作常涉及重大题材和主题,希望表达包容宇内的大感情,而非仅仅抒发作者的个性。库尔特·品图斯在《论近期诗歌》中提出:

对于现实现象的拥抱、分解和重新创造,是为了把握事物本质、心脏和神经,为了同外壳一起同时抓住内核。这个内核是在成熟过程中显示出来的,但大多数是爆炸性的、在竭尽全力爆炸的情况下,有不少还是在突破了形式的情况下甩出来的。这种向最表面分野的发展是一些过渡时期艺术家自身的目的。它一方面是热烈把握总体的手段,另一方面又是加强表现力和爆发力的手段。②

为了实现上述目标,作家必须以一种新的态度去感受生活。"追求细节并不是、而追求总体才是更为深刻的艺术本质"于是,"幻觉成为表现主义艺术家的整个用武之地。他不看,他观察;他不描写,他经历;他不再现,他塑造;他不拾取,他探寻。于是不再有工厂、房舍、疾病、妓女、呻唤和饥饿这一连串的事实,有的只是它们的幻象"。于是,在他们眼里,

一座房子不再只是物体,不再只是石头,不再只是外部形态,不再只是有着许多美或丑的附加物的四角形。它凌驾于这一切之上。我们一直要探寻它真正的本质,直至它以更深刻的形式出现,直至这座房子站立起来……我们对每个角落都要加以剔除,筛去房子的外表,舍弃外表的相似性而使其最后的本质显露出来,直至房子漂浮于空,或倾圮于地;或伸展,或凝结,直至最后有可能躺卧于内的一切人将它塞满为止。③

西尔维奥·维塔和汉斯-格奥尔格·肯帕两位当代学者在分析了表

---

① 科林伍德:《艺术原理》,第 116 页。
② 品图斯:《论近期诗歌》,《现代主义文学研究》上册,第 422 页。
③ 埃德施密特:《论文学创作中的表现主义》,《现代主义文学研究》上册,第 434 页。

表现主义诗学

现主义者针对自然主义掀起的有关认识论和真理观的论辩,及其作为讨论首要主题的现代科学及主体认识形式的具体前提之后写道:

> 表现主义将现代连同以理性与理性诸概念为基础而认定的主体对于客观世界的关系作为主题,并探讨包含在这些概念中的、现代人之于现实的异化关系。表现主义并非从一个呆板、不辩证且教条化的有关现实的概念出发,它对作为文学素材的认识与现实、意识与存在、语言与世界之间的辩证关系极为重视。首先是在这一类认识论文章中展示出了一种哲学反思的强度,这种强度时至今日在文学中几乎无人能企及。①

的确,表现主义诗人热衷于探究世界的本质,也许他们都希望自己同时又成为哲学家。恩斯特·布拉斯在评介布洛赫的著作《乌托邦精神》时这样写道:

> 哲学家穿过宽广的世界深入内在,在各个领域刮起风暴,引起觉醒的变革,带领众人审视个体的遭遇,带着他们一路同行。他们通过这炽热旅程影响并哺育观念,赢取目标,实现召唤。自我发现之路让哲学家得以感触,是何物让炽热之心搏动。摆脱掉日常事物和作品——它们冰冷,并埋葬我们最美好的东西,如秘密的口号,如童话故事中小女孩的手指——开启大山大门的钥匙。②

由此可见,表现主义的艺术家们对世界根源的终极关怀远远超过对感性经验的关注。从揭示事物本质的目标出发,表现主义者在处理个别和一般的关系上,也强调抽象出所表现对象的共同特征,而不注重刻画单个人的特点与个性,他们往往把笔下的人物塑造为一种特定身份的代表,通过他们表现人性普遍的东西,或是服务于对现实的整体思考。于是,每一个角色都成为表达某种观念的标签和符号。因为"每个人不再是一个个体,而是和义务、道德、社会、家庭相关联的。在这种艺术中,人变成最高尚的又是最渺小的:人变成为人"③。

托马斯·安茨在剖析表现主义的否定美学时指出:

---

① Silvio Vietta u. Hans-Georg Kemper, *Expressionismus*, S. 154.
② Ernst Blass, "Geist der Utopie", In *Expressionismus: Manifeste und Dokumente zur deutschen Literatur 1910—1920*, S. 238.
③ 埃德施密特:《论文学创作中的表现主义》,《现代主义文学研究》上册,第435页。

丑陋的否定美学在不同的领域以发散的方式渗入了当时艺术、哲学、科学和技术所共同参与推动的尝试,即旨在揭示表象下的隐藏之物,并使不可见之物显现:意识(心理分析学)表层下潜意识的("肮脏的")真实,地表(考古学)下的被掩埋之物,纷繁现象后的"本质",外部皮肤下躯体的内部(内窥镜检查法和X射线技术)。①

从这段论述中我们了解到,表现主义作家之所以热衷于在作品中渲染丑陋和怪诞,是为了揭示作者所透视到的事物华丽外表下掩藏的肮脏的本质,其实质是他们对现实世界所持有的批判和否定的立场。亦如他在讨论怪诞的功能时指出的那样:

> 怪诞的类别与功能四散在表现主义文学之中,它们之间存在巨大的差异。……除了一贯夸张地强调本质之物,把某个文化的象征秩序渗入与之截然相反的符号系统的操作,也被认为是"怪诞的":人与动物,美与丑陋,健康与疾病,高尚与卑微,至关重要与微不足道,有机之物与无机之物,有棱有角与光滑圆润,庞大与微小……借助化整为零的方式,怪诞在"语言系统、行为系统、认知系统以及审美系统"领域消解了"文化系统结构在象征意义上的二分法构造,并通过多义性替代其对抗性"②。③

由此不难看出,表现主义者更关注的是隐藏在表象背后的抽象观念与符号,而非自然的本相或是有特征的个性。因而他们所追寻的本质亦非柏拉图式的理式世界,而只是人对世界的认知而已。

二、表现直觉与诉诸理性

前面的章节已经介绍过,克罗齐—科林伍德的表现美学的出发点是直觉。克罗齐把知识区分为两种形式,一种是从想象得来的直觉,另一种是通过理智得来的逻辑的知识,前者是关于个体的,后者是关于共相的,前者产生意象,后者产生概念。他继而推演出直觉的知识就是表现的知

---

① Thomas Anz, *Literatur des Expressionismus*, S. 165.
② Peter Fuß, *Das Groteske: Ein Medium des Kulturellen Wandels*, Köhn: Böhalau, 2001, S. 13.
③ Thomas Anz, *Literatur des Expressionismus*, S. 169.

识的论断。为此,他要求"用艺术作品做直觉知识的实例,把直觉的特性都付与艺术作品,也把艺术作品的特性都付与直觉"①。

克罗齐还认为:艺术的直觉总是抒情的直觉。直觉只能来自情感,基于情感。因为是情感给了直觉以连贯性和完整性。直觉充满个性,洋溢着情感。因此,艺术永远是抒情的——也就是饱含着情感的叙事诗和戏剧。②

反观表现主义运动的理论家们虽然也将直觉的体验作为认知精神的内在景观的来源,他们的作品也呈现出似乎无所不在的非理性的怪诞与混乱,然而就其创作的宗旨而言,却更注重从对现实的观念和理性思考出发去建构作品的立意。因此,表现主义作家并不依赖直觉在创作中的作用,相反,他们并未失去自己的哲学思考和现实关怀。正如剧作家卡尔·施特恩海姆所宣示的:

> 剧作家是时代躯体的医生。提炼完美人类纯粹及闪耀的特质是他不容推卸的义务。
>
> 为了达成他崇高的目标,他要像医师般采用对抗或顺势疗法。他会诊治人性的病变,并让主人公采取毕生斗争的姿态以对抗病变(悲剧的本质),或者他令垂死的特性沉入主人公体内,又让狂热的主角为狂热而疯狂(喜剧的本质)。③

库尔特·希勒则希望通过逻辑化的精心设计将非理性的混乱经验转化为可以被人们理解和接受的作品。他提出,

> 经验(包括"内在形式"的经验、风格的体验)是非理性的、神秘的、混乱的,要把它转化为艺术,必须将它合理化、客观化、有序化,要精心设计、锤炼、提纯,就像是从盲目和混沌中提炼出光明:这是一项很少有人知道其难度的工作,因为少有人承担。然而这又是一项满含爱意、辅助研究并从中收获完满解决方案的工作。④

---

① 克罗齐:《美学原理》,第19页。
② 参见克罗齐:《美学纲要》,第227、229页。
③ Thomas Anz u. Michael Stark (Hg.), *Expressionismus: Manifeste und Dokumente zur deutschen Literatur 1910—1920*, S. 683.
④ Kurt Hiller, "Die Jüngst-Berliner", In *Expressionismus: Manifeste und Dokumente zur deutschen Literatur 1910—1920*, S. 33.

第三章 表现主义的艺术本体观

伊万·戈尔却是这样来描述自己对艺术目标的理解的,他希望通过艺术的手段去吓唬那些庸俗的读者,使他们像孩子那样去接受教育:

> 艺术不是为了让肥胖的市民舒心,让他们摇头晃脑地说:对对,就是这样!让我们现在去茶点室!但凡艺术还想教育、改进或如往常般有效,它就必须击毙庸人,吓唬他,如面具之于孩童,如欧里庇得斯之于蹒跚前行才找到出路的雅典人。艺术应当让人重新成为孩子。①

我们都熟知布莱希特关于陌生化原则的论述,毋庸置疑,表现主义作家运用变形、怪诞和抽象等技巧制造陌生化效果的目的正是激起读者的震惊与思索。而大量表现主义文本背后所蕴含的寓言主题也彰显出表现主义者在非理性的表层下潜藏的理性立场。西尔维奥·维塔和汉斯—格奥尔格·肯帕在他们合著的《表现主义》一书中曾经深入地讨论了虚无主义等哲学观念在表现主义文学中的三种表达方式:一是直接借助文学语言表现虚无主义经验以及超验性的丧失等一系列主题;二是在有关传统价值、理想与宗教象征的讽刺诗中,作者以虚无主义分析方式,揭示这些对象的无价值、空洞和刻板;三是"表现主义的认识论反思性创作",作者指出:"最后这个概念表述的是一种文章类型,其主题正是这个时代的认识论难题。这类文章的主要代表是哥特弗里德·贝恩、格奥尔格·海姆、卡尔·爱因斯坦、雅各布·冯·霍迪斯、弗朗茨·卡夫卡。"②当然,这三种元素在具体的作品中常常会相互交织,紧密地联系在一起。他们继而用大量的篇幅详尽地分析了这几位作家是如何在认识论反思性创作中展开对绝对理性和主体的批判的。他们通过对上述作家多部作品的具体剖析,深刻地揭示这些作品是如何进行形而上学批判、文明批判、意识形态批判和科学技术批判的。尽管他们也指出,表现主义的形而上学批判仍然要借用形而上学的工具,但它仍能"以穷形尽相的讽刺将形而上学相当彻底地消解"。

对于形而上学思维方式及其实质的消解而言,正是表现主义,连同其尖锐性,能够在一方面揭示隐藏在现代技术和技术理性整体性

---

① Thomas Anz u. Michael Stark (Hg.), *Expressionismus: Manifeste und Dokumente zur deutschen Literatur 1910—1920*, S. 692—693.

② Silvio Vietta u. Hans-Georg Kemper, *Expressionismus*, S. 151.

要求中的形而上学的延续性，在另一方面也能揭示其在取而代之的世界观之中的隐匿的延续性。①

不仅如此，表现主义诗学还与未来主义的技术至上理论相互渗透和汲取，直接影响其文学观念。托马斯·安茨指出："表现主义对诸如大城市等问题均秉持矛盾或多样化态度，针对同时代科学和技术的理性化进程同样持对立观点。表现主义者不仅不赞同自然主义的科学崇拜，也和意大利未来主义对工业化技术的狂热保持距离。但如果因此便认定表现主义仇视科学或技术，那也是误判，因为表现主义的绝大部分作家都是理工科的教育背景，并且他们大多立志于通过科学阐释文学。"②安茨进而谈到了对此问题的最新研究进展：

> 对第一次世界大战前后意大利先锋派和德国先锋派亲缘关系与种种差异的重要研究和文献资料在20世纪90年代初相继出版。它们显示，表现主义对意大利未来主义的美学改革尤为感兴趣。发现速度和不同事物的同时性，将词语从句法规则枷锁的囚禁中解放出来，以及打破生活成规的无政府主义狂欢——这一切似乎都表明，革新艺术传统的时机已到。③

此中突出的例子如格奥尔格·凯泽借助"思想剧"令自己符合"工程师"的身份，而"思想剧"模仿的是"特定技术运算的结构"。表现主义的角色类型化与语言表达简练化显然受到了技术理性与经济理性原则的影响。因此维塔和肯帕说：

> 格奥尔格·凯泽以及其他表现主义者的文明批判就其总体而言指向一个正面的意义概念。现代的整体性真理的大都市生活空间和工作世界，所谓的现代技术、科学与工作进程被表现为一个意义沦丧、自我毁灭的过程，这样的表述自身，必须被作为一个视野性的扭曲加以批判，这一视野来自一个正面意义概念，但却不再能为人所正面把握。④

作家德布林则在针对现代小说的《柏林纲领》里提出："老帕卡索斯"

---

① Silvio Vietta u. Hans-Georg Kemper, *Expressionismus*, S. 153.
② Thomas Anz, *Literatur des Expressionismus*, S. 112.
③ Silvio Vietta u. Hans-Georg Kemper, *Expressionismus*, S. 153.
④ Ibid., S. 154.

被"技术超越了"。叙述的速度和精确性必定会被现代精准运行的机器的加速效应所同化。①

在此我们不难看出,表现主义作家其实常常利用理性的逻辑化思考方式和寓言化的表现手段推演出非理性的观念性主题。

三、自我陶醉的想象与唤醒大众的责任担当

科林伍德说:真正的艺术表现情感而非唤起情感。它首先指向表现者自己,其次才指向听得懂的人。这种情感表现是自然激发的,因而是一种不可能有技巧的活动。创造某种东西意指不用技巧但仍然自觉而有意识地制作某种东西。②

克罗齐—科林伍德美学认为作为情感表现的艺术创作是自发的,它的目的仅指向作者自身。科林伍德指出:真正艺术家的任务并不是在观众身上产生一种情感效果,而是情绪的自我表现。比如说编写一首乐曲,当这首乐曲还仅仅存在于他的头脑中时,也就是说,还是一首想象的乐曲时,它就已经是完成和完美的了。

那么,观众是如何获得审美体验的呢。科林伍德回答说,读者和作者同样处在艺术家的地位,当他听到艺术家表现自我并理解所听到的东西,激发出自身的情感反应,他便也成为一个表现者。诗人和读者之间的区别仅在于诗人能够自己解决如何表现的问题,而读者只有在诗人的示范下才能把感情表现出来。

显然,表现主义运动提出的艺术目标与此截然不同。他们所关注的是要从精神麻木中唤醒大众,因此他们期待与读者和观众的交流,重视对对象施加什么样的影响,以及如何施加影响。因此,他们特别关注艺术作品在读者心中激起的震惊效应。布莱希特提出:戏剧就要通过反映人类共同生活来激发这种很难形成的但又是创造性的目光。戏剧必须使观众吃惊。要做到这一点,就必须运用对熟悉的事物进行间离的技巧。③ 因

---

① Alfred Döblin,"Von der Freiheit eines Dichtermenschen", In *Expressionismus: Manifeste und Dokumente zur deutschen Literatur 1910—1920*, S. 70.
② 参见科林伍德:《艺术原理》,第 112—114 页。
③ 布莱希特:《戏剧小工具篇》,李健鸣译,伍蠡甫主编:《现代西方文论选》,上海:上海译文出版社,1983,第 157 页。

为只有打破读者在现实面前司空见惯、熟视无睹的思维惰性,才能激发他们对自己生存状态的质疑与思索。

卡夫卡也曾指出:"我认为,总的来说人应当只阅读那些刺痛人的书。如果我们读的书并不能一拳击醒我们,那又何必去读呢?……一本书必须是一把砍向我们内心冰冻之海的利斧。"① 正是从这样的目的出发,卡夫卡才能通过一系列看似荒诞的寓言故事,指引读者去看清在现代社会看似繁荣的表象背后掩藏的危机。正如维塔所说:

> 卡夫卡的小说、寓言以及故事显示出,一种与真理与事实相左的认识威胁着人的自我,让其成为一种毫无保障、在不安全感中充满恐惧并受到致命威胁的存在。主体与客体之间的异化展现出——在卡夫卡这里正是通过那些神秘、表面上非历史的寓言——一个历史哲学的情境,其中一切对于认识的确信、主体的独立、尚能体认的真理本身统统被摧毁,这种摧毁也冲击到了人的自我,让曾经似乎安全可靠、以其认知作为保障的主体遭到毁灭。②

在这里,需要特别说明的是,表现主义的艺术本体观并非一个完整自足的理论体系,其中并不乏相互冲突甚至自相矛盾之处,不同的作家、批评家对一些基本问题的看法和立场也并不统一,还有一些作家的观点随着时代而改变。就像在遵循非理性的直觉还是坚持理性的批判与自觉的反省这样的问题上,作家和批评家们也是各执一词的,甚至有时也是含混的。恩斯特·布拉斯在《乌托邦精神》一文中写道:

> 因此,哪怕需要横跨世界,我们也要找寻自我,找到自我,在现象当中获取自身的本质。这寻找仍未完成,但我们的本质——这美妙的乐声已经轻声抚慰并温暖了我们。当靠近终点,我们将完全成为自身,自我将不再暗淡无光。最后,我们将完全实现我们所梦想、预感及渴望的。正是为此,我们要等待弥赛亚,呼唤弥赛亚,为他的到来做准备。我们呼唤他,为他做好准备,如此方能不走弯路地接触到自我,让与自我相遇的这一趟列车打破与世界的区隔,驶往它的终极

---

① Hans-Gerd Koch(Hg.),*Franz Kafka Kritische Ausgabe:Briefe 1900—1912*,Frankfurt a. M.:Fischer,1999,S. 36.

② Silvio Vietta u. Hans-Georg Kemper,*Expressionismus*,S. 159.

第三章　表现主义的艺术本体观

之地。①

在这段话中,自我、本质、梦想、预感这些纠缠不清甚至不无矛盾的命题最终只能将人们的期待引向等待神的拯救。

此外,我们在表现主义作品中看到无处不在的运用非理性、怪诞和疯狂的武器去攻击和摧毁形而上学、理性及科学思维,然而,表现主义的研究者也不能不承认,他们仍然难以摆脱形而上学和理性为他们提供的思维逻辑:

> 表现主义者就像那个伟大的形而上学批判者尼采一样,自身就是受制于形而上学的思考形式的。一个灵活变通、多面多样的主体概念,这一主体正是在思考与经验形式的多样性中形成的,它指向的并非无所不包的形而上学意义建构,而是满足于这个世界的理性样态——就此而言,它自然还是属于理性的、无所不包的统治性要求的自我约束,这种满足对于表现主义的一代是不可想象的。表现主义颇具正面意义的乌托邦梦想同样具有清楚无误的形而上学印记,而这一印记也正是乌托邦将要生成之处。②

难怪某些表现主义的诗人也宣称自己具有古典主义的特质。他们认为:"表现主义近于古典文艺。它拥有智性多于感情,它的狂喜迷醉大于憧憬渴望。它不要求自己成为经典,它饱含古典主义的特质。"③

综上,我们看到,表现主义艺术家是一批痴迷于对事物的本质和人类的处境进行哲学化的辩证思考和追问的人,他们强烈地意识到现代社会出了问题,人类的前途遭遇到了危机,并且千方百计地试图把自己的发现传递给大众,唤醒他们的觉悟。于是他们不惜用令人惊悚的图像和寓言来传达自己对于人类命运的担忧。这正是他们坚持艺术要突破现象表现本质的初衷吧。

---

① Ernst Blass,"Geist der Utopie", In *Expressionismus*:*Manifeste und Dokumente zur deutschen Literatur 1910—1920*,S. 242.
② Silvio Vietta u. Hans-Georg Kemper,*Expressionismus*,S. 176.
③ Iwan Goll,"Vorwort zu dem Gedichtband 'Film'"(《诗集〈胶片〉前言》),In *Expressionismus*:*Manifeste und Dokumente zur deutschen Literatur 1910—1920*,S. 692—693.

第四节　作为艺术本体的形式和语言

形式和语言乃是表现主义者思考艺术本质的又一个重要视角。如前所述,克罗齐表现美学的一个重要观点便是:"审美的事实就是形式,而且只是形式。"①他对此解释说:

> 在直觉界限以下的是感受,或无形式的物质。这物质就其为单纯的物质而言,心灵永不能认识,心灵要认识它,只有赋予它以形式,把它纳入形式才行。②

在克罗齐看来,内容和形式,表现与印象其实是二而一的,因为内容只有转变为形式,才能成为审美的内容。

表现主义运动的理论家们则从另一个角度切入来阐发这种内容与形式相融合的关系。他们把形式纳入内容之中,认为艺术对事物本质的抽象便是它的内容。保尔·哈特瓦尼论述道:

> 通向本真之路即抽象。一切前后联系最为一致的抽象通往本真:超越被抽象摧毁的形式,直到抽象在内容的源头着陆。我们不认为,表现主义令内容先于形式。**而是使形式归于内容**。如此,外部的事物也会内在化,本真便得以击败先前的混乱。③

他继而用音乐来加以说明,认为音乐正是将内容形式化的典范。表现主义艺术正是运用音乐式的思考,来实现形式向内容的转换。

> 表现主义中的形式化为内容:它迈出了超越自己的重要一步。并不是与音乐相对立,而是与我称之为**"音乐的理念"**(叔本华意义上)的东西相对照:因为在音乐中内容变得形式化。但"溶解在形式中"。

这种形式融入内容的转换决定了表现主义非同寻常的集中。表

---

① 克罗齐:《美学原理》,第 23 页。
② 同上书,第 11 页。
③ Paul Hatvani, "Versuch über den Expressionismus", In *Expressionismus:Manifeste und Dokumente zur deutschen Literatur 1910—1920*, S. 39.

现主义的艺术作品是如此凝缩,以至于似乎已留不下时间和空间给形式。内容超越时间和空间生长;它充溢自己的世界并在追寻永恒的意志中证实自身。如此一来艺术品便以一种崭新的形式独立于时间和空间。

但它存在于自己的时间维度之中。①

本书第二章曾经引述康定斯基提出的艺术表现内在需要的三原则,也正是要求艺术中一切色彩、形式和对象都必须依赖于人类心灵的相应的振动。因此,无论是内容转化为形式还是形式融入内容都无异于将形式视为艺术的本体。

那么,对于文学而言,最核心的形式要素又是什么呢?

一、作为艺术品根本要素的节奏

表现主义的批评家认为,以古希腊文学为源头的西方人文主义文学传统是以韵律为中心的,包括诗歌和戏剧中的台词都离不开韵律。因此"韵律是古希腊及古典世界观所认定的语音的震动形态。古希腊的世界观引领和谐的形态站上胜利的殿堂"。"过去的人文主义诗歌没有节奏。它用韵律置换节奏。"②而这种韵律所体现的恰恰是古典的审美尺度和艺术规范。

> 韵律这一尺度是节制的。每一首恪守韵律的诗,每一首决意通过恪守韵律而设立尺度的诗都是节制的。但艺术性并非来自节制,而是源于不节制。一件能被尺度度量的作品,一件根据某一尺度制作的作品,是手工艺品而非艺术品。过去灾难性的错误是虔信能力的唯一正确性。过去的艺术是一种能力。而能力是可习得的。但习得之物只是他人之物。个人的特性是不可学的。特性存在于我们体内。在我们体内生长。我们在世界中生长。艺术传达的是有关生长的消息。③

---

① Paul Hatvani,"Versuch über den Expressionismus", In *Expressionismus：Manifeste und Dokumente zur deutschen Literatur 1910—1920* ,S. 39.

② Lothar Schreyer,"Expressionistishce Dichtung", In *Expressionismus：Manifeste und Dokumente zur deutschen Literatur 1910—1920* ,S. 624.

③ Ibid.,S. 625.

很显然,这种古典式的美学立场和技术标准都是表现主义艺术家们不屑一顾的。表现主义作为新时代艺术的代表,它的使命便是要打破传统的艺术标准和人文主义的优雅和谐的姿态,而它找到的最有力的形式武器便是节奏。他们理直气壮地宣称:

> 人文主义教育是精神的大敌。人文主义教育和它和谐的形态给德语套上枷锁。而枷锁已被敲碎。是节奏的力量,是当代非凡的强力形态之力量为被束缚的语言松绑。只有自由的语言才能创造精神。只有自由的语言才能创造词的艺术作品。只有无拘无束的节奏才能宣告精神的体验。
>
> 受人文主义教化的诗歌诗行是遵循诗韵学的碎句断章。属于我们的诗歌之诗行则是节奏单元,没有韵律,非和谐。仅且只有节奏方可触动表现主义诗歌的语音。①

为什么要用节奏来颠覆韵律?首先因为韵律是显性的,直接通过语音呈现的,标准清晰,规则分明。像中国古代的诗词歌赋一类的韵文,其押韵的规则是可以直接查阅韵书词典的,当然也就是可以通过学习来掌握的技巧。而节奏却是内在的、隐性的,存在着更多变化和可塑性,除了字句严整的古典格律诗之外,现代作品的节奏往往无一定之规,因而是更加自由的,适合于让精神获得解放的。洛塔尔·施赖耶指出:

> 塑造我们的当代、我们的艺术的原则是组织和节奏。
>
> 组织是有限之物的力量形态,节奏是无限之物的力量形态。二者相交于诗歌的语音之中,更确切地说节奏凌驾于组织之上。②
>
> 节奏是一条纽带,将一个个词语连接为一体。节奏的链条建构起词的艺术作品的单元,逻辑链条则赋予日常用语以整体性。逻辑链条对于词的艺术作品无关紧要。③

其次,节奏是与作品的内容密切相关的,它往往融入了作者思想情感的表达或是情绪的释放。它更符合表现主义者希望在作品中注入精神力量的初衷。因此,

---

① Lothar Schreyer, "Expressionistishce Dichtung", In *Expressionismus: Manifeste und Dokumente zur deutschen Literatur 1910—1920*, S. 624.

② Ibid., S. 626.

③ Ibid., S. 628.

节奏是当今塑造形态的原则。因为节奏是强力的表现。和谐渴求有限性和完全性。强力却要无限。永不能以完满形容强力。不完满的、无尽头的则是节奏。每一种尺度都消融其中。当代艺术品是非和谐的,是富于节奏的。①

保尔·哈特瓦尼对此进行了更为深入的阐发,他认为:

节奏是时代在艺术品上的反映。它是一种先验的肯定生命的内在周期,并且也是通过艺术品发生效力的力量的可见标志。艺术品也许是首要的存在——但**效果**也是:表现主义统一了艺术的这两种称谓。

表现主义艺术品中的存在与效果合二为一:那么节奏也就被置于作品的内部。耳朵和眼睛闭合了;但感知艺术的意识极大提升。节奏栖息在内容里,与形式再无瓜葛。

(这可能是表现主义最惹恼市侩的一点:"金灿灿的中间道路"彻底消失了,再也辨别不出乐声、韵诗、图案以及不断循环中易解的指称。但上述几项即市侩眼中艺术的本质;因此表现主义欺骗了他们!)

表现主义的节奏不再是效果,而是**事件**。它不复为死海似动非动的波涛,而是洋流永不停息的**运动**。②

最后,节奏在语言表达上创造了浓缩和运动的效果,这也是表现主义作家期望达成的目标。洛塔尔·施赖耶论述道:

节奏的构造形式是<u>浓缩(Konzentration)和去中心化(Dezentration)</u>。

作为单个词而存在的词的形态将概念浓缩进一个词语中。这一词的浓缩是内容和形式的浓缩。以尽可能少的音素组织概念,便是目标。<u>词的简化则是结果。</u>

节奏使语音构成动态。运动的方向则有一系列发展阶段。"词的艺术作品"在这个时代生效,它是语词接二连三生成的结果,而这

---

① Lothar Schreyer, "Expressionistishce Dichtung", In *Expressionismus: Manifeste und Dokumente zur deutschen Literatur 1910—1920*, S. 624.

② Paul Hatvani, "Versuch über den Expressionismus", In *Expressionismus: Manifeste und Dokumente zur deutschen Literatur 1910—1920*, S. 40.

些语词的生成唯有通过不断结成一体的运动才有可能。每一个词的艺术作品的运动和每一个艺术单元的运动都沿着特定的方向。要是能判定有多少情感方向在艺术品内交错，那么就能判定有多少种运动方向。词的艺术作品所引发的特定情感是源于运动方向之间的关系。每一种运动均分解在各个发展阶段之中。发展阶段的序列便是运动方向的节奏序列。每一个发展阶段是一个节奏单元。这一节奏单元便是诗行。①

作者在这里不仅揭示了节奏不同于其他形式主义理论所关注的艺术形式本质要素的特性，还提出了另一个重要的命题——运动。

二、运动作为本体

笔者现在还无法判断是未来主义者还是表现主义者更早把运动视为艺术的本质特性，但正如前面的章节中已经论证的，这两个运动虽然在艺术表现形态上各具特色，在诗学渊源和艺术观念上却并无二致。未来主义者不仅以响亮的宣言，而且以强有力的艺术手段鲜明、生动地描绘了无所不在的运动状态，表现主义者则旗帜鲜明地将运动纳入了艺术本质的讨论。保尔·哈特瓦尼指出：

> 运动：才是关键。表现主义发现了运动且知道，静止、平衡以及世界和命运庞然的惰性也不过只是运动而已。这便是认知最初形态的最后终点，那么当表现主义谈及它的世界时便会说：
> 太初有运动。因为言语也是运动，且太初有言！②
> ……并且，为了忠实于它相对主义的基础，表现主义必须放弃对它本质的每一种僵化的定义。一切谈及它的言词，都必经它证实。言语自我经历，它感到自己在运动着追随一个概念：意识的每一个表达皆为运动。
> 在这里我想简要提及最伟大的抽象，它成功触及了艺术之外的人类思想。相对论把每一件事物从静止的僵化里捞起，再让它消融

---

① Lothar Schreyer, "Expressionistishce Dichtung", In *Expressionismus：Manifeste und Dokumente zur deutschen Literatur 1910—1920*, S. 626.
② Paul Hatvani, "Versuch über den Expressionismus", In *Expressionismus：Manifeste und Dokumente zur deutschen Literatur 1910—1920*, S. 42.

在无所不在的动力之中。万事万物皆运动。①

既然运动是万事万物的本质,那么它也理所当然应当是艺术的源泉,同时也是艺术表现的对象。马里内蒂在《未来主义的创立和宣言》中宣告:

> 文学从古至今一直赞美停滞不前的思想、痴迷的感情和酣沉的睡梦。我们赞美进取性的运动、焦虑不安的失眠、奔跑的步伐、翻跟斗、打耳光和挥拳头。
>
> 我们认为,宏伟的世界获得了一种新的美——速度之美,从而变得丰富多姿。
>
> 时间和空间已于昨天死亡。我们已经生活在绝对之中,因为我们已经创造了无处不在的、永不停息的速度。②

同样,表现主义者也从艺术中感悟到了运动的力量,并且将未来主义者引为同志。他们指出:

> 印象主义里仍有一部分僵化的内容披裹着灵动的形式;而表现主义艺术品的内容如今已凭借这一形式获得流动性。因此,崭新的艺术已通过表现运动从而首次拥有庞然且超凡的喜悦。(未来主义绘画日前已通过激进地呈现空间爆发出无限的生机;每一件表现主义艺术品也在逐渐将早先艺术流派中自我矛盾的静态扭转为我们观念中更富深意的动态。运动已成为内容的标志,以及内容本身。)静态与动态:表现主义已意识到这一组矛盾。而这份意识将克服诸多垂死之物;我仿佛看到自然主义的丧钟敲响:表现主义将解除自然主义的僵化,并将其化为运动。③

其实在表现主义者那里,运动远不只是艺术的内容,一切的艺术表现形式、技巧乃至语言,无不打上了运动的印记。画家出身的康定斯基从新近发展的舞蹈中看到了"从时间和空间上表现运动真实的内在意蕴的唯

---

① Paul Hatvani,"Versuch über den Expressionismus", In *Expressionismus*:*Manifeste und Dokumente zur deutschen Literatur 1910—1920*,S. 41.

② 马里内蒂:《未来主义的创立和宣言》,吴正仪译,柳鸣九主编:《未来主义 超现实主义 魔幻现实主义》,北京:中国社会科学出版社,1987,第 46、47 页。

③ Paul Hatvani,"Versuch über den Expressionismus", In *Expressionismus*:*Manifeste und Dokumente zur deutschen Literatur 1910—1920*,S. 40.

一手段"①。他认为美国现代舞蹈家邓肯"走着一条与从原始人那里寻求灵感的画家相平行的路线",从而"在希腊舞蹈和未来舞蹈之间锻造了一根链环"②。既然这两项艺术还需要向音乐学习,于是康定斯基构想的一种新的真正的舞台构成——新戏剧诞生了。他描述道:

新戏剧的构成将有以下三个因素:

(1) 音乐运动

(2) 图画运动

(3) 身体运动

这三个因素有机地结合起来会产生精神运动,这就是内在和谐的作用。它们将像绘画的两大因素形式和色彩一样,和谐地或不和谐地交织在一起。③

三、语言的革命

为了更加强有力地表现运动的速度、力量和节奏,马里内蒂在《未来主义文学技巧宣言》中提出了一系列旨在打破现存的语言规范和艺术表达游戏规则的革命性手段。诸如"毁弃句法,将名词以不固定的方式任意罗列","使用动词不定式,使之灵活地与名词搭配","消灭形容词","消灭副词",在相互类比的两个名词之间不使用连接词,"消灭标点符号……为了强调某些运动和标明它们的方向,将采用数学符号 $+-\times\div><$,以及音乐符号"等等。同时,他还要求采用远取譬,打破形象的等级,通过一连串的相似形象来表现一个物体的连续运动等全新的修辞技巧,并且引用他自己的作品来举例说明。最后,他又提出了必须在文学中引入至今被忽视的三要素:

1. 声响(物体运动的表现)
2. 重量(物体飞动的能力)
3. 气味(物体分裂的能力)④

---

① 康定斯基:《论艺术里的精神》,第 98 页。
② 同上书,第 99 页。
③ 同上书,第 100 页。
④ 参见马里内蒂:《未来主义文学技巧宣言》,吴正仪译,《未来主义 超现实主义 魔幻现实主义》,第 51—55 页。

德国的表现主义者则致力于建立语言与精神之间的直接联系。埃德施密特提出:"句子只认识精神的道路,精神的目标,精神的意义……它们之间的联系不再通过逻辑过渡的缓冲,不再通过具有弹性的心理学表面的油灰。……它不用于描写、修饰了……字变为箭,射中事物的内里,并由它赋予灵魂。"①

另一些诗人提出回归到德语中诗歌和"文学"术语的原始含义,即"词的艺术作品",以此为出发点来重新认识语言形式在文学中的意义,并突破原有的语言规范,重新制定它的游戏规则。为此,他们首先反思了传统的格律体形式对表达艺术体验的限制和对自由言语的束缚。

> 过去迫使德语的"词的艺术作品"习惯于一类特定的固有形式。这类形式即六音部诗行、五音部抑扬格、抒情叙事诗、颂歌和商籁体。上述形式被内容填充,是诗人的作品。由此可见:不是内容创造形式,而是内容为形式服务。表面上看是从众多现有形式里选出最适合某一内容的形式,但实际上人们所探寻的是将无节制的艺术体验挤压进某一尺度内。而只有不荒谬的艺术体验才具有这一可能性。说得好听的话,过去的诗歌只是用"美好的形式承载美好的思想"。它传达思想和形态,缺乏体验和经历。过去确实既存在被束缚的言语也存在自由的言语。那些用被束缚的言语,也就是用韵律言谈的人被称为诗人。被束缚的言语被称为诗歌,自由的言语则是小说等叙事作品。但其实不存在诗歌和小说。在语言里也只有艺术和非艺术。②

要突破旧形式的束缚,就必须重新审视语言在文学活动中的作用。伊万·戈尔1921年在《新观察》杂志上发表了一篇论文《自在之词——新的诗学尝试》,他在文中探讨了表现主义运动走向衰落的原因,认为根源在于缺少内在与外在相吻合的适宜的表现形式。于是提出了从"词本身"出发的新的诗学。他提出:

> 诗歌,若要符合现代之要求,势必贴合这个美妙的公式:词本身。马里内蒂在其著作《言论自由》(*Les mots en liberte*)中将"词"和

---

① 埃德施密特:《论文学创作中的表现主义》,《现代主义文学研究》上册,第439页。

② Lothar Schreyer, "Expressionistishce Dichtung", In *Expressionismus:Manifeste und Dokumente zur deutschen Literatur 1910—1920*, S. 625.

诗歌理解为：我们所相信的对诗意的形而上学的传送。

"自在之词"是物质，是被冲压的地面，是即将被镂刻的钻石。词主要是名词。很实际的用法。"词本身"的诗歌不是表达，而是暗示（也许这是最好的表述）。它的反面是那种颓废的、非现实的、衍生的艺术，是疲惫的、感性的。诸如"我不知道这意味着什么"等等，这不是"词本身"。

词是在寂静的思想当中穿越风景的燃情骑手。灵魂之间穿插着交流的无线电信号。单单是词本身就能像火柴擦亮夜空。尝试去用一个分支，用句子来堆叠思想吧：不起作用了，硫磺不再能点燃了。所有的激昂的部分都需要从忧郁严肃的语法当中剔除出去，所有逻辑不自然的主从复合句都必须在诗句当中消失。必须遵从简单的原则！①

上述观点的核心是祛除语法烦琐的句子，而把最简单的词作为诗歌表现的基础。无独有偶，洛塔尔·施赖耶也将词的创造作为诗人的首要任务。他提出：

每一个词，每一个由词构成的句子都拥有内容。只有当形式和内容相匹配的时候，一个词才会宣告它的内容。概念所表现的是遭遇无法把握之物时的体验。每一个概念都是非确定性的，多义的。每一个概念都具有多层次的意义。为了多层次的意义去创造语音的形式，这便是造词。每一位诗人都是创造词语之人。每一位诗人都必须重新塑造每一个词。除了诗人，没人能表现遭遇宇宙不可把握之物时的体验。当人类准备好融入万物，那么具有必然性的形态也将出现。诗人从必然性中汲取形态之时，便是创造。②

显然，在洛塔尔·施赖耶看来，在作品中对含义丰富的原词的创造性运用，才是艺术创作的起点。不仅如此，他还提出了一整套的有关诗歌创作艺术技巧的原理。

于是，一套有关写诗的手法理论诞生了，完全偏离人文主义美学

---

① Iwan Goll, "Das Wort an sich"(《自在之词》), In *Expressionismus：Manifeste und Dokumente zur deutschen Literatur 1910—1920*, S. 613.

② Lothar Schreyer, "Expressionistishce Dichtung", In *Expressionismus：Manifeste und Dokumente zur deutschen Literatur 1910—1920*, S. 626.

的诸学说。原理如下：

1. 词的艺术作品不传达思想或情感,而是启示。词的艺术作品也许会触发思想和情感,但没有思想和情感会给予我们有关当下状况的启示。只有在不思考和不动情时,我们和艺术作品才合二为一。

2. 艺术的强力会创造出这合二为一的统一。艺术的强力是艺术手法的效果。

3. 词之艺术的艺术手法是音素和节奏。

4. 语音的形态,词语,是富于节奏的音素之形态。

5. 词的艺术作品是统一体和形态。节奏的统一体包含着针对形态的节奏之种种统一。

6. 每一个作为节奏统一体的语音形态都是一个概念的节奏音节的形态。

7. 概念是被建构的,也就是说概念不再是概念,而是艺术形态。

8. 词的艺术形态是一种现实,而非比喻。

9. 词的艺术作品的逻辑是节奏。日常用语的语法对于诗歌是无意义的。

10. 词的艺术作品即语音作品。①

他进而指出这些原理不是艺术规则,而是艺术的前提,没有它们便没有艺术作品。错认或不熟知这些前提,就不会拥有精神世界,只能创造出作为替代品的非艺术,甚至无艺术。

这种以词的创造为前提的艺术技巧还有一个最大的秘诀,这便是尽可能地简练。表现主义作家从日本和歌和东方诗歌中找到了共鸣,从中汲取了养料,提出了灵魂的电报这样极致的标准。有学者还在论文中对此种逐层提炼的不断简化的过程进行了细致的解剖。② 对此,伊万·戈尔总结道：

> 另一条道路：日本和歌的简洁。再次重申：亚洲的和原始的诗歌。
>
> 你无法绕过它。这种简朴的灵魂电报可以在电梯里、在跟女人

---

① Lothar Schreyer, "Expressionistishce Dichtung", In *Expressionismus*: *Manifeste und Dokumente zur deutschen Literatur 1910—1920*, S. 628.

② 洛塔尔·施赖耶在《表现主义诗歌》中曾用语句实例详尽演绎了逐层简化的过程。

表现主义诗学

说再见的时候或在股票市场交易期间进行阅读：

> 我们的话语也必须得这般料峭：陡峭，精瘦，石头般梆硬，像个方尖碑。像正午阳光一样竖直刺眼。坚硬。赤裸。最重要的是言无二意，要知道电报局是没时间连缀冗辞的：发报费太贵。是时候了，把最深刻的经历压缩进电报，哪怕这是速写的。
>
> 是时候了，将内容最大可能地带入最急迫同时又最简单的形式当中去。另外该拿唱歌怎么办呢？不完全是要唱歌，重要的是节奏。不要用长笛，要用班卓琴。①

还有另一种简单：单个句子。总是主句。每句话都处在自己的氛围中，像电报线一样，都是孤立的，每个都携带着自己的信息，而它们的总和则代表着城市紧张的生活。诗行都是孤立的——所以会没有韵，没有分节等等！

在他们看来，这种简练的语言中包含着某种原始的魅力，同时又能够体现新的时代带来的快节奏生活，因而代表着未来的文化方向。

> 我们这些表现主义者都察觉并知道这些需求，但并未解决它们。最大的问题是，语言简单明了的原则没有得到遵守。语言被强暴被侮辱，其单纯和贞洁并未得以颂扬。用以表达新感觉的是一种母语言（Ursprache），这是一种简单而清晰的艺术！
>
> 但是，对于我们来说，"自在之词"这个要求不是一个怪诞的推定吗？还是再说说原始性吧。我们是进步的人，代表着文化！那么，是谁给别人留下了深刻的印象，又是谁对着印加人耸耸肩？……但是，若是我们能适应由技术所带来的，通过快车、电话、飞艇所实现的快节奏生活以及由此带来的新法则，我们可以变得更好（相对于第四个千年）。我们还要掌握新的情感、新的创作方法，并且发展出一种新的语言，属于第四个千年的原始语言！②

综上所述，表现主义作家、批评家和他们的现代主义同仁一起，对文学艺术的本质和特性进行了全方位的探索，并得出了多侧面的认识。一方面，他们强调艺术是对由自我出发的精神王国的表现，以及这种表现具

---

① Iwan Goll, "Das Wort an sich", In *Expressionismus：Manifeste und Dokumente zur deutschen Literatur 1910—1920*, S. 616—617.

② Ibid., S. 615.

有的激情洋溢和强力呐喊的特征;另一方面,他们又肯定表现主义作品对事物本质的发掘和唤醒大众的努力;与此同时,他们还高度重视艺术语言与形式在文学表达与审美活动中的基础作用。所有这些,共同建构了表现主义者对艺术本质命题的深切关注和丰富思考,也为20世纪的现代文艺探索与实践提供了坚实的诗学背景。

第四章　艺术与社会——表现主义诗学的文艺功能论

　　文艺与社会生活的关系是一个老而又老的命题,其中文艺与政治革命的关系更是一个让人困惑难解的敏感话题。曾几何时,多少人为之热血沸腾,激情洋溢,一旦时过境迁,又有多少文化人闻之色变,避之犹恐不及。然而在崇尚自我中心的表现主义潮流中,却有一批充满社会责任感的艺术家,毫不掩饰自己对政治的热忱,甚至义无反顾地投身于社会革命的漩涡之中,把自己置身于政治斗争的风口浪尖,即便屡遭挫折,仍能够高擎精神革命的大旗,揭弊破痈,抗争资本主义的物欲横流与人性异化的现实,为实现人道主义的理想呐喊呼号。时至一个世纪后的当下,当我们切身感受到物欲横流、精神荒芜的困境时,不能不感佩于那一代文艺青年的信念与情怀。这或许便是这个运动能够不断唤起我们记忆与反思的动力。

第一节　表现主义运动的政治目标

　　表现主义是西方现代主义运动中一个有着鲜明的意识形态关怀和复杂的思想艺术倾向的文艺思潮,是一个持续时间不长但波及领域广泛,其影响也不断发酵的运动,库尔特·品图斯称之为"一代人为了重新塑造艺术、音乐、文学,还有它当初幻想的整个人类而进行的最后一场共同的、广

第四章 艺术与社会——表现主义诗学的文艺功能论

泛而有意识的运动"。① 在表现主义浪潮席卷德国之前,整个德国艺术界正被陈腐的、以历史题材和爱国说教为主的官方品位所统治。但随着当时保守主义思想革命的逐步兴起,表现主义运动成为时代精神在文学艺术领域的特殊表达,成为德国保守主义革命的精神前哨,并且在后期发展为激进的革命的艺术表现和思想表现。一方面,表现主义与左翼革命运动乃至德国十一月革命的关系一直是西方现代主义研究中关注的热点;另一方面,部分表现主义作家又被众多的政治观点裹挟,流露出自由主义、无政府主义或抽象社会主义的思想倾向,因此,他们的政治主张常常呈现出矛盾、分歧的立场。不过,从运动主要的倾向来看,表现主义作家关注社会、介入现实的文艺观念和创作实践仍使其成为20世纪初期德国社会发展中一个具有鲜明政治诉求的重要文艺潮流。与同属现代主义文艺运动的印象主义和象征主义相比,表现主义在政治上具有更强烈的进攻性,是幻想和噩梦、毁灭和希望、叫喊和反叛的文艺。

一、文学与革命:表现主义的行动与政治

关于第一次世界大战以前表现主义艺术和政治的关系,理查德·谢帕德在《德国表现主义》一文中认为似乎有三种观念可以加以概括。一种是社会向善论的观点,代表人物有弗兰茨·普法姆菲尔特和库尔特·希勒等人,对他们来说,艺术通过它的社会内容和人道理想主义跟政治相联系,它有助于"世界的救赎"和"上帝王国的建立"。另一种是以路德维希·鲁宾纳有影响的论文《诗人参与政治》为代表的"迷狂破坏主义",他在该文中认为,诗人必须造成"大灾难的意愿",并通过创作向日常世界释放强烈精神能量的意象,来打碎因袭的机构和幻想。第三种以赫尔瓦特·瓦尔登为代表,他认为艺术是有活力的组织活动,而不是思想宣传,全部幻想艺术的效用在于推倒人们给自己构筑的围墙,唤起他们心中构成"普遍人性"基础的"感觉和冲动"。艺术就这样在个人身上引起一场心理革命,而不是去设计将来某个未知时刻可能发生的理想革命。②

表现主义者认为,文学和艺术首先不应该强调深奥的特性,不应该强调自身的至高无上,它们应该是伦理的乃至政治性的行动。1912年路德

---

① 品图斯选编:《人类的曙光》,第10页。
② 参见马·布雷德伯里、詹·麦克法兰编:《现代主义》,第255—256页。

维希·鲁宾纳在《行动》杂志上发表宣言《诗人参与政治》,指出"政治是我们道德意图的出版物",文学应当拥有道德高尚的责任心,并积极探讨时代的政治意识形态,不再仅仅为艺术而艺术,而要以行动为导向去创作,应当务实地把文学活动理解成语言的行动,作家最要紧的任务是变革和改善世界,要积极地把自己的幻想变为现实,充当被侮辱、被损害的人群的代言人和保卫者,帮助他们克服灾难和痛苦。但在表现主义作家的早期作品中,大多数鼓吹革命的诗人对革命的内容,对如何摧毁旧世界、建立新世界都还不甚了解,他们的想法都还是模糊的乌托邦观念。革命往往被描写成扫荡旧世界、带来新世界的暴风雨,革命的过程完全停留在口头上,缺乏任何具体的政治设想。埃里希·米萨姆在慕尼黑杂志《革命》第一期的序言中写道:

> 革命是两类现状间的运动。在此设想的景象并非一个缓慢旋转的滚轴,而是一座突然爆发的火山、一颗爆裂的炸弹或者宽衣解带的修女。
> 一切革命均是主动的、独特的、突然的,无从追溯它们的起因。
> 当一种形势无法延续时,革命便兴起了:这种形势可能是一个国家的政治或社会关系的,精神或宗教文化的,或者是个体特性的稳定。
> 革命的推动力量是厌倦与渴望,它的表达则是摧毁与建立。
> 革命中的毁灭与建立是一致的。一切摧毁的兴致也是创造的乐趣(巴枯宁)。
> 革命的部分形式:谋杀暴君、废黜统治权、开宗立派、打破陈旧的招牌(就习俗及艺术而言),创作艺术品;性交。
> 一些革命的同义词:上帝、生命、发情、迷醉、混乱。
> 让我们混乱吧![1]

1914年7月的一声呼吁要求"政治化!"。它向这个年轻的时代证明了现实生活从乔治—贝尔克桑那代的浪漫、据美学原则来创造的陋室生活翻到了公有化和行动集体这一页。那些在各阶级与各政党间摇摆不定的知识分子对政治的理解,极少是建立在对伪君主立宪政体国家的社会

---

[1] Thomas Anz u. Michael Stark (Hg.), *Expressionismus: Manifeste und Dokumente zur deutschen Literatur 1910—1920*, S.130.

第四章 艺术与社会——表现主义诗学的文艺功能论

和政治力量对比分析的基础上,更多的是以他们共同的文化批评思考为基础。诚如约翰内斯·R.贝歇尔在1915年出版的《我的新诗集》序言中所说:"如今只能存在一种书写的形式:政治。最好的英才在点火。"①无独有偶,品图斯也在同年发表的《论近期诗歌》中写道:

> (近期诗歌)归根结底是一种政治诗,更高形式的政治诗——这一点将会越来越清楚地被意识到,因为它为之尽力的并不是某些政党和人物的失败与胜利,而是人类和人道的政治,经过艺术上和成立国家这件事上目前的混乱状态就会从这种人和人道政治中产生出必要的雏形来。②

可见,在表现主义作家看来,真正的政治并不是暴露在大众眼前的现实政治,也不是解决领土争端或者发明外交手段,而是直接面向个人的更高尚也更有效的政治。③ 基于此,库尔特·品图斯后来又指出,到1917年,年轻的作家们已果断地转向政治。他写道:

> 因而这种诗歌,正如一些他的纲领制定者所要求的(这种呼吁被怎样地误解了!)就转变成了政治诗歌,因为它的主题是他所控诉、诅咒、嘲讽和根除的同时代生存着的人的状况,它以可怕的爆发力,寻找未来变革的可能性。但是——也只有这样政治诗歌才能同时成为艺术——这种诗歌中最优秀最富有激情的并不是与人类外在的状况作斗争,而是反抗人的被扭曲、被折磨、被迷惑的自身状况。④

在这样的前提下,文学艺术的主题已不再是春光明媚的风景,也不是吟风咏月的浪漫。"审美的和纯艺术的原则从未如此地受到歧视。这个被称作'最年轻的'或'表现主义的'诗歌充满爆发力、爆炸力和强力,它必须如此,以便炸碎敌人的外壳。"⑤

表现主义文学的政治倾向,在"行动主义"这个口号中表现得最为明显。第一个提出"行动"宣言的是亨利希·曼。他在题为《精神与行动》⑥

---

① Thomas Anz u. Michael Stark(Hg.), *Expressionismus*: *Manifeste und Dokumente zur deutschen Literatur 1910—1920*, S. 647.
② 品图斯:《论近期诗歌》,《现代主义文学研究》上册,第423页。
③ 参见 Thomas Anz, *Literatur des Expressionismus*, S. 130。
④ 品图斯选编:《人类的曙光》,第22页。
⑤ 同上书,第23页。
⑥ 1910年11月发表在阿尔弗雷德·凯尔主编的《潘神》杂志第五期上。

的文章中，首次阐述了行动的要旨。他以法国大革命中思想与行动的统一为例论证了语言的力量、诗人的政治任务和文学家在人类文明中的意义。他认为，在德国现存的社会关系背景下精神和行动的统一与精神和权力的共谋互不相容："一个谄媚特权阶级的知识分子就是在背叛精神。"他提出文学家应该用精神与行动的统一、语言与行动的一致来反对唯美主义，充当革命的士兵。亨利希·曼批判德国人盲从"权威"的国民性，批判知识界远离大众和政治实践，一味安于现状并试图通过把玩纯粹理性和诗艺取得个人成功。诸如此类的犀利批评令亨利希·曼崭露头角，成为表现主义左翼知识分子的领军人物。对此，当时具有行动派倾向的作家库尔特·克尔斯滕在1937—1938间的表现主义论争中曾追述道："这篇文章成了被称之为表现主义者的一批作家的纲领。……谁要是无视曼的那篇论述或者想说它与表现主义作家的基本态度毫无共同之处，那他也就无法对表现主义进行评价。"①

库尔特·希勒在1916年出版的第一本《目标》年鉴中正式提出了"行动主义"的概念，因此他也被称为"行动主义"的奠基人。早在组织"新俱乐部"时，他就反对诗人写抒情诗，而主张用论战性和讽刺性文字作为战斗工具来影响公众舆论；反对诗人做唯美主义者，而主张诗人做伦理主义者；他甚至主张诗人要同那些回避政治倾向的"写诗的匠人"决裂。继亨利希·曼之后，《目标》年鉴所宣传的"行动主义"成为后期表现主义思潮中文学与政治关系的准则。库尔特·希勒在《目标的哲学》中提出："精神与行动——曾经的一对反命题；今天这组词却有了彼此从属的关系。精神设定目标，行动实现目标。……不树立'现实'目标的精神不过是意淫的胡闹；行动，不被精神推动，只是工作、偏执或运动。正如精神的变现需要行动，缺乏精神的行动也只会竹篮打水一场空。行动是精神的臂膀，精神是行动的大脑。行动：军队；精神：统帅。二者相辅相成，缺一不可。"②1917年他又在《行动》杂志上发表了《以人为中心》，告诫作家"单单是思想不能使人幸福，没有行动，你们不过是些幽灵。我们所需要的不是救世主"。他号召作家们应该成为"政治家"和"行动者"。在同一年发表的《时代呼声》一文中，他号召作家"不要为艺术而艺术，而要为人而人"。

---

① 克尔斯滕：《表现主义时期的潮流》，《表现主义论争》，第59—60页。
② Kurt Hiller, "Philosophie des Ziels", In *Das Ziel Jahrbuch*, München: Kurt Wolf, 1916, S. 109.

第四章 艺术与社会——表现主义诗学的文艺功能论

此外,这一阶段鼓动"行动主义"的文章较为著名还有米勒的《思想的政治家》(1917)、希勒的《行动,活跃的思想》(1918),以及均发表于1919年的哈森克勒维尔的《政治诗人》、瓦尔登的《艺术与生活》《艺术家、人物,艺术》《艺术社会化》等。

第一次世界大战爆发后,表现主义作家艺术家们也一度陷入战争的狂热,奥斯卡·科柯施卡、鲁道夫·莱昂哈德、弗兰茨·马尔克及恩斯特·托勒尔纷纷自愿参军。而其他人,如阿尔弗雷德·利希滕斯坦、恩斯特·威廉·洛茨和赖因哈德·J. 佐尔格,都郑重表示他们已经准备好迎接自己的命运。同年,文学名流们纷纷在《新周报》(Die Neue Rundschau)上发表他们为战争辩护的言论,其中包括与表现主义文学关系紧密的作家如阿尔弗雷德·科尔(Alfred Kerr)、弗兰茨·布莱(Franz Blei)、罗伯特·穆齐尔(Robert Musil)和阿尔弗雷德·德布林。就连之前完全无法忍受威廉二世治下的社会,被审查机关多次迫害并备受年青一代尊崇的弗兰茨·魏德金也在报刊上公开发表爱国主义文章。① 之所以如此,部分原因是表现主义者期盼通过强有力的行动去打破令人窒息的现存秩序。在战争爆发前,一些表现主义作家就曾预想战争可以摧毁单调、陈旧且掠夺一切活力的帝国秩序。

但是,仍有相当一批作家保持缄默,他们与主流的好战情绪谨慎地保持距离,以此拒绝同流合污,甚至进行公开的批评。一年之后,大多数表现主义文艺家都看清了战争的实质,开始加入反战的行列,"几乎再也没有一个亲表现主义的知识分子再公然发表支持战争的言论了"。② 他们转而主张通过社会革命推翻现行的统治者。以剧作家恩斯特·托勒尔为例,他曾怀着狂热的爱国热情奔赴战场,不久即感到幻灭,伤残后离开军队,1917在海德堡从事和平运动,创立"青年文化政治同盟"。1918年德国十一月革命中他协助领导了军火工人罢工斗争,被捕入狱。1919年当选为巴伐利亚苏维埃共和国中央委员会主席,在共和国被残酷镇压后,他因莫须有的"叛国罪"在监狱中度过了五年的时光并完成了《群众与人》等四部长篇剧作。即使身陷囹圄,托勒尔仍然坚信"无产阶级诗人的位置在工人阶级的行列中。无产阶级需要诗人去理解他们的语言,他们的语言

---

① 参见 Thomas Anz, *Literatur des Expressionismus*, S. 134—143.
② Ibid.

是普罗大众的、工厂的以及无法回避的大城市的沉重的脉搏"①。在剧本《转变》结尾处,托勒尔通过主人公弗里德里希的口发出革命的呼唤:

> 现在,兄弟们,我向你们呼吁:前进!在明朗的白天前进!现在去统治者那里,用怒吼的管风琴声向他们宣告,他们的强权是一个偶像。去士兵那里,他们应把他们的刀剑锻造成犁铧。去富人们那里,向他们展现他们那是一堆垃圾的心。不过对他们宽容些,因为他们也是可怜人,误入歧途的人。不过拆毁城堡,大笑地毁去那用炉渣,用晒干的炉渣建成的假城堡。前进——在明朗的白天前进!
> 兄弟们,伸出受磨受难的手,
> 发出激昂快活的声音!
> 迈步穿过我们自由的国土,
> 革命!革命!②

诚然,表现主义作家对于政治的态度并不是完全一致的,随着最著名的行动主义批判者托马斯·曼(Thomas Mann)1918 年发表《一个不问政治者的思考》,③发起对其胞兄亨利希·曼(Heinrich Mann)的《精神与行动》的批评,提出反对知识界的政治化,表现主义诗人弗兰茨·韦尔弗也在一封虚构的致外交家的信里写道"我完全不知道该如何说明诗歌和政治的泾渭分明!"继而,备受文学青年崇敬的韦尔弗在《新评论》杂志上公布了一封写给库尔特·希勒的公开信,信中他和托马斯·曼一样批判文明赞成文化,认为文明是"绝望的根源",是"人类患麻风病、人性扭曲的微型病灶"。韦尔弗援引基督教传统和无政府主义,提倡以个体及其意识更新来对抗政治方面社会和国家的积极革新。④

上述的分歧在德国 1918 年和 1919 年的社会动荡后特别是在德国首次社会主义革命中有了很大的改变。在后期,大多数表现主义作家已由第一次世界大战之前的笼统的反叛传统和不可阻挡的自负明确转向了公

---

① 转引自 Richard Sheppard ed., *Expressionism in Focus*, p.101.
② 恩斯特·托勒尔:《变形——一个人的奋斗》,卫茂平译,汪义群编:《西方现代戏剧流派作品选》第 3 卷,北京:中国戏剧出版社,1992,第 296 页。
③ 托马斯·曼在《一个不问政治者的思考》里直言"精神与政治之间的区别可以被归为文化与文明之间的差异、灵魂与社会之间的差异、自由与选举权之间的差异、艺术与文学之间的差异;文化、灵魂、自由、艺术——这就是德意志——而不是文明、社会、选举权和文学"。
④ 参见 Thomas Anz, *Literatur des Expressionismus*, S.129—133.

开的政治斗争,他们中的不少人亲自投身于轰轰烈烈的革命运动当中去,参加左翼团体,进行革命宣传,从事革命活动,积极投身德国第一个苏维埃共和国的建立工作。库尔特·希勒在1919年出版的第三本《目标》年鉴中宣布:"行动主义在德国设定的最初任务:精神的政治化,业已实现。"这一时期的《行动》杂志也随着革命的发展,果断地放弃了文学特色,几乎只刊登政治文章、呼吁、声明和文件材料。文学界并不仅仅在政治——道德舆论形成的意义上推动"文学政治",他们还尝试对实际的政治施加直接影响,根据俄国十月革命倡导的工人、农民和士兵参与执政的榜样,库尔特·希勒于1918年10月10日在国会上将行动主义的目标联盟改组成"思想工人(政治)委员会",要求介入政府的工作。仿照柏林的做法,相似的委员会在慕尼黑、莱比锡、德累斯顿、汉堡、达姆施塔特和其他城市相继建立。表现主义作家参与了慕尼黑革命发展时期的领导,在文学家库尔特·艾斯勒于1918年11月7号到8号的夜晚宣告德国首个革命国家临时苏维埃政府成立以后,作家们就以积极支持的姿态或深表同情的声援在革命进程中占据了富于影响力的地位,如格拉夫、瑞特·玛鲁、布鲁诺·弗拉克、理查德·胡赫、亨利希·曼、莱纳·玛丽亚·里尔克,特别是古斯塔夫·兰道尔、埃里希·米萨姆和恩斯特·托勒尔等都不同程度参与了组织和管理的工作。1919年4月6日即艾斯勒被谋杀的两周后,巴俄利亚苏维埃共和国正式宣告成立(官方宣言是由包括兰道尔和米萨姆在内的人士签署的),托勒尔接任革命中央委员会主席职位并借此短期成为拜仁地区形式上最有权势的人。在这个无政府主义的"诗人(作家)共和国"里,艺术的政治化随着政治的审美化出现。在他们的推动下,许多政治宣传的墙画和海报,还有一些日报都充斥着表现主义画家和插画家的痕迹,甚至政治公告和规定都被打上了浓重的表现主义修辞的烙印。古斯塔夫·兰道尔提出"我们所创作、所美化的是方式,是社会主义,是劳动人民的联盟"。

表现主义的革命性在文学创作方面得到了很好的体现,如芬特纳的剧本《监禁》中,一个老头强烈谴责一切流血事件,大喊:"目的必须是纯洁的,我不希望它被玷污。血不能增添光彩。血——这不能成为功绩!"水兵和工人则反驳道:"行动,行动——这才是决定一切的东西!"鲁宾纳的《天上的光》号召所有被压迫者上街头"推倒那孤独的囚室的高墙"。温鲁的剧作《血族》中的一位母亲,眼看儿子被杀,奋起夺过了军官的权杖,向前冲杀。约翰内斯·R.贝歇尔在《献给二十岁的人》一诗中写道:

二十岁的人！……你们褶皱的大衣/拖过落日下的街道、/兵营和商场,把战争拖向终点。/不久它将截住从避难所刮出的狂风。//将王宫宝殿在火海中埋葬！/诗人欢迎你们,拳头似炸弹的二十岁的人,/在你们披着铠甲的胸中,火山似的新的马赛曲在摇荡!!①

对于这样的文学表达,赫尔瓦特·瓦尔登作了如下概括:

"表现主义"是一个战斗的词。任何不理解或曲解都会使它失去意义。它和其他所有的口号一样具有这一特点,这就是说,要使艺术革命化。要寻求表达进步人类共同意愿的艺术表现手段;要实现精神世界畅所欲言的政治自由……②

然而,在卡尔·李卜克内西(Karl Liebknecht)和罗莎·卢森堡(Rosa Luxemburg)被谋杀和慕尼黑苏维埃共和国被镇压后,表现主义者的革命热情被扑灭,一部分人的无政府主义思想重新抬头,对非理性和超自然的偏好,以及极端主义思想导致了表现主义者明显分化,一部分人转向虚无主义和神秘主义的宗教狂热中,一部分人则克服了新的危机,积极投身工人运动,转向共产主义。

在1938年前后,以一批聚集在苏联的德国左翼批评家为主,发生了一场著名的关于表现主义的论争。面对将表现主义与法西斯主义相联系的指斥和当时苏联社会主义现实主义至上的舆论场,支持表现主义的一方坚定地认为:"不管你们承认还是不承认,被称作'表现主义'的这场运动是一场革命的运动,因为承认也只是意味着对实际上已经达到的现状表示认可,而表现主义对生活本身所起的影响,这是不容争辩的。"③他们有理有据地指出:在第一次世界大战前夕,还不存在法西斯主义的时候,表现主义业已产生,它形成于资本主义的普遍危机时期,存在于帝国主义时期的资本主义出现了革命紧张气氛和革命可能性的地方:德国、意大利和俄国。它以具有潜在力量的反对派的面目出现,以主要由年轻的资产阶级出身的作家和诗人组成的阵线反对现有的社会制度,并确信彻底改变这一制度的必要性。提倡"艺术革命化",艺术应为民主、为人民当家作主而进行斗争,这是当时许多表现主义作家的基本态度。他们为冲破把

---

① 品图斯选编:《人类的曙光》,第272页。
② 赫尔瓦特·瓦尔登:《庸俗表现主义》,《表现主义论争》,第51页。
③ 同上。

他们与群众隔离开来的禁锢作了激烈而又顽强的斗争,他们撕开不光彩、平淡的表象,把事物中的全部矛盾暴露出来,砸烂一切陈规陋习,教育、启发那些已经开始忘记人生中的不平等与不和谐的人们,点燃了新的火种,提出了不少合乎时代精神的问题,并苦苦地寻求解决问题的答案。

今天看来,这样的总结是符合历史事实的。

二、文学与反抗:表现主义文学的现实批判

无论选择什么样的政治立场,在表现主义文学艺术嘈杂的声响中,批判和反抗始终是它的主旋律,也是它最鲜明的特征。这种批判和反抗首先针对的是现存的社会体制,其次便是以传统的道德和价值标准为基础的文化秩序,再次是现代技术和工业化对人的精神和肉体的全面控制。总之,表现主义立意在于反抗:反抗社会的落后腐朽,反抗统治阶级的封建保守,反抗所谓的科学进步带来的虚幻的表面繁荣。它的目标在于张扬人道主义,反对异化,反对不义战争,高扬人性、爱、和平、理想的旗帜,建立理想的社会。

同狂飙突进运动一样,表现主义具有极为明显的德国特色。这与它的历史背景有关。1871年普法战争胜利后建立的德意志帝国是一个以议会形式粉饰门面,混杂着封建残余,已经受到资产阶级影响,按官僚制度组织起来,并以警察来保卫政权的军事专制制度的国家。1888年威廉二世登基后,为了进一步发展资本主义,实现帝国主义扩张,在德国大肆推行军国主义政策,在全社会煽动沙文主义情绪。面对这种社会氛围,感觉敏锐的青年深切地感受到了现实社会的狭隘和封闭。他们意识到现实社会是黑暗的,没有光明。于是反抗威廉二世社会制度下令人窒息的浮华气氛,反抗资产阶级道德风尚的自负伪善和军国主义的傲慢成为德国文学艺术家的共同指向。

他们义无反顾地向社会的固有体制和传统的价值观发出质疑,并毫不留情地加以批判。他们指出:

> 这样的社会为自己炮制出一类科学。这类科学早就证明,它所属的社会是人类理性发展的结果。但这一发展的规则也早已腐朽、破碎。

> 这样的社会为自己炮制出一种艺术。这一艺术颂扬社会中的人

们，并美化他们的存在。贫乏的撒谎者连自己都欺骗。

这样的社会为自己炮制出一种教会。人们称自己为基督徒并谈论信仰。而他们却像反基督徒般行动，并事实上不相信这份信仰。

这样的社会为自己炮制出一种道德。通过这种道德，不道德已成为社会道德。享乐的道德、无聊的道德赋予社会以生活艺术家。生活艺术家是人类的仇敌。

这样的社会为自己炮制出一位滔滔不绝的律师：新闻。新闻制造仇恨的、奔波的、肤浅的公共舆论。没有它认真对待的事情，因为它一无所知。它什么都干，因为它什么都不会。它靠仇恨存活，因为这一社会的爱不过是性的享乐品。

这样的社会自称富于教养。

我们在社会的教育前瑟瑟发抖。因为我们亲身体验过它所带来的痛苦。因此我们渴求治愈因它而来的伤口。没人理应再受其苦。因此这种教育必须崩塌。①

于是，有着比其他欧洲国家更加孤独和脆弱的艺术情感的德国艺术家们选择了一条流浪艺术的道路，表达他们同"规矩的"资产阶级生活方式的决裂。"令人窒息的束缚，由普通人施行，再由他们忍受；愚蠢所取得的胜利，经宪兵守卫，部分知识分子则为之喝彩，而他们的脑力都不足以编造空话。"②他们走出家庭，表达对父辈那种带有封建色彩的家长制的抗议。他们冒着被学校开除的风险，反对教师和学校对他们进行的"顺民"教育。他们倡导与社会传统决裂，否定社会、家庭、权威、技术、文明，要求人性真正的回归："够了。我们必须开始。生活被交付到我们手中。它本身早已变得空泛。它漫无目的地踉跄前行，而我们坚定地站立着，立志成为生活的拳头与目标。"③洛塔尔·施赖耶对此总结道：

老一辈令人厌恶的代表人物有教师、教授、牧师、法官，以及最为可恨的父亲。表现主义的纲领作家 R. 凯泽为《青年德国》（*Das*

---

① Lothar Schreyer, "*Der neue Mensch*"（《新人》），In *Expressionismus: Manifeste und Dokumente zur deutschen Literatur 1910—1920*, S. 140—141.

② Ernst Bloch（恩斯特·布洛赫），"Absicht(Vorrede zu Geist der Utopie)"（《愿景—乌托邦精神序言》），In *Expressionismus: Manifeste und Dokumente zur deutschen Literatur 1910—1920*, S. 139.

③ Ibid., S. 138.

第四章 艺术与社会——表现主义诗学的文艺功能论

junge Deutschland)杂志供稿评论 W·哈森克勒维尔的剧作《儿子》时写道:"这场针对父亲的反抗只能被解读为年轻人对于国家、社会、家庭[……]压制他们生命的反抗"。①

表现主义知识分子的政治思考是多元化的,既包括左翼政党德国社会民主党(SPD)所代表的与官方右翼方针相左的政治主张,激进民主的工联主义立场(代表如《行动》杂志),还包括文人团体仇视国家、政党和工会的无政府主义(代表如慕尼黑的文人团体)以及精神贵族君主制的国家统治方案(代表如希勒、沃尔芬斯坦),但他们对现存社会体制和主流意识形态的批判与抗争并无二致。表现主义拥护者的行为具有激进的、叛逆的乃至无政府主义倾向,并且从1910年开始形成一股表现主义的文学青年抗议运动。正如贝恩在《〈表现主义十年抒情诗选〉序》中所说:"那是一场充满暴力、兴奋、仇恨以及对新人类渴望的暴动、它用破碎的语言击碎世界……他们(表现主义诗人)浓缩、过滤、试验着,试图用这种侧重表现的方法将他们自己、他们的精神、他们的时代那衰败、痛苦、错乱的存在提升到一个臆造的空间……"②他们虽然在思想、意愿和表达方式上存在一些差异,但在反抗社会上又是统一的、团结一致的,他们具有共同的目标——反抗腐败僵死的过去和阻碍未来发展的传统,倡导新的意识内容、新的观念、新的形式。他们坚信:

这一社会新闻和道德会破裂。
这一社会的教会、艺术和科学会破灭。
凝聚这一社会的劳作也会衰落。
这样的社会行将就木。
所有人都应当自由地存在。
自由的存在意味着:不再受难。
我们国家的本质是苦难。③

表现主义作家具有匡正时弊的强烈愿望,他们对腐朽社会中一切现存的事物都表示怀疑。"人用诗歌来表达作为分裂自我的人在分裂时代

---

① Lothar Schreyer,"Der neue Mensch", In *Expressionismus:Manifeste und Dokumente zur deutschen Literatur 1910—1920*,S. 143.
② 品图斯选编:《人类的曙光》,第3页。
③ Lothar Schreyer,"Der neue Mensch", In *Expressionismus:Manifeste und Dokumente zur deutschen Literatur 1910—1920*,S. 141.

的遭际。这成为表现主义抒情诗与戏剧的根本立场。人再次遭遇到哈姆雷特的困境：世界四分五裂，人却无力使之重回正轨。"①大多数表现主义作家的文学作品充满痛苦的哀怨、充满激情的呐喊和愤怒的控诉："人们反讽地记录种种消极之处：不断衰退中的旧秩序和国家依然狂妄自负，军人品质在军国主义中被彻底颠覆，经济和工业的暴力膨胀，从市民阶层到资产阶级的全盘腐化堕落，战后整个生活瓦解崩溃，享乐之风盛行，道德、秩序及规则沦丧，通货膨胀横行，人人投机取巧，而上流社会金玉其外败絮其中，耽于享乐，令人眩晕的各色玩意儿则异常火爆。"②后期因堕入纳粹泥沼而在1937年表现主义论争中受到严厉批判的表现主义诗人贝恩创作于1912年的《男女走过癌病房》用冰冷的语言描述丑恶的对象，营造出阴森的气氛，从而使人由视觉上的厌恶激发起心灵上的恐怖和恶心："在每张床的四周都隆起了坟地/肉体已被夷为平地。余火已经熄灭/脓血要奔泻。大地在尖叫。"诗中所描写的场景既源于他作为一个医生的经历，更出于他对现实社会的厌恶和对未来的绝望。他认为人们能做的"就是在黑暗中生活，在黑暗中行事"③。在表现主义女诗人拉克斯-许勒的《世界终点》中，世界降落下来的阴影"坟墓般沉重"，生命"如同在棺材里一样"，"我们都必须在这个世界中死去"。"黑暗诗人"特拉克尔则忘情于死亡的蓝色洪流中，他笔下的渡鸦"消失，像一列送葬的队伍/刻画在欲望中颤抖的风里"(《渡鸦》)。"人类被置于一道火焰的深渊前，/滚动的鼓，黑暗武士的额头，/穿过血雾的脚步；黑色武器碰撞，/绝望和悲哀着的大脑中的夜晚。"(《人类》)

表现主义艺术家们往往借助被压抑、被折磨、被排挤、被损害、被侮辱的人物形象，来表达他们所体验的那种令人无法忍受的社会状况。如果说梵高、蒙克、埃贡·希勒所描绘的更多是主体内心的压抑和个人的挣扎与绝望，那么在罗尔夫斯、凯尔希纳、罗特鲁夫、珂勒惠支等人的笔下，我们已看到了普通民众生活的苦难与控诉，而在贝克曼、格罗斯的作品里，我们随处可见的是对主流社会的批判与抗争。托勒尔的剧作《亨克曼》生动地描绘了一个因在战争中负伤而失去生育能力的士兵所遭受的生理和

---

① Hermann Friedmann u. Otto Mann (Hg.), *Expressionismus Gestalten Einer Literarischen Bewegung*(《表现主义：一场文学运动的形态》),Heidelberg：Rothe,1956,S.14.
② Ibid.,S.15.
③ W.莱尼希：《贝恩》,转引自高中甫、宁瑛：《20世纪德国文学史》,青岛：青岛出版社,1998,第32页。

第四章　艺术与社会——表现主义诗学的文艺功能论

心理上的折磨。他回到家后得不到妻子、朋友甚至党内同志的同情,无法面对战后社会缺乏人道和同情等基本价值的现实,最终,这名曾经的英雄选择了自杀。剧中主人公为了给妻子买一件圣诞礼物而千方百计地去谋得一份工作,被当作机器人,在众目睽睽之下表演生吞活老鼠的场景引起人们心灵的巨大震撼。作者将他看作时代悲剧的形象:"我把这个剧本献给你们,默默无闻的无产者;献给你们,默默无闻的人类英雄。你们没有在任何著作中被提及,没有在革命史或党派史中被提及。只有在报纸角上毫无生气的警方报告栏'事故与自杀启示'上才提到你们。欧根·亨克曼象征性地代表着你们。在任何一个社会,在任何一个政府的统治下,你们都一直在受苦。"①

库尔特·品图斯认识到:"人们越来越清晰地感受到一种无能,人类使自己完全依赖于自己的创造物,自己的科学、技术、数据、贸易和工业,依赖于僵化的社会制度、资产阶级的以及传统的习俗……从欣欣向荣的人类文明中向他们吹来腐败的臭气……"②现代城市文明对人性的敌视、封建家长制对新生力量的顽固的压制、庞大的官僚机构对小人物命运的冷漠和随意左右等都成为表现主义作家和诗人抨击的对象。在表现主义作家眼中的现代大城市是绝望痛苦的,充满罪恶的,城市文明是扭曲的。在现代主义作家的作品中,现代大都市的生活空间和工作进程被表现为意义沦丧、自我毁灭的过程。诗人海姆在《城市之神》中将神王巴力作为惩罚和复仇之神,对畸形的魔怪般的大都市进行报复,让他在黑夜伸出屠夫的拳头,让火海穿过每一条大街,火焰呼啸着把街道吞噬。由狄雅·冯·哈宾(Thea von Harbou)编剧,弗里茨·朗导演的表现主义电影《大都会》的故事发生在 2026 年,那时候人分成了两类:穷苦的工人住在地下,而富人们住在灯红酒绿的都市中享受奢靡的生活。尽管工人们都已经变成了绝对服从的机械和木偶,仍然无法摆脱悲怆的命运。作品所呈现的现代化的未来世界不仅没能给人类带来新的希望和快乐,还让他们在科学技术带来的奴役和灾难中无力自拔。

表现主义的诗歌总是着力表现人们在迅速现代化的社会里的病态心理。"我流落到一个陌生的城市",布拉斯(Ernst Blass)的一首诗这样开

---

① 雷内特·本森:《德国表现主义戏剧——托勒尔与凯泽》,汪义群译,北京:中国戏剧出版社,2006,第 71 页。

② 品图斯选编:《人类的曙光》,第 20 页。

头。诗歌充满无望和恐惧,试图在一个改变的世界里表达自己。诗中被恐惧侵蚀的主人公跑过大城市的街道,不仅神经衰弱,还缺少力量和生气,他感觉自己被一股未知的力量所操控、迫害,陷入荒诞的疯狂。作为一个敏感而病态的典型,"我"在现代大都市里最终迷失了自我。

随着社会发展和科技进步,人类正在逐渐失去自我,金钱消解价值,金钱掩饰真实。在恩斯特·托勒尔1919年创作的戏剧《群众与人》中,合唱队是这样表达极度高压的工作环境给人们心理带来的绝望:

> 我们世世代代被插嵌
> 在城市高楼组成的陡峭峡谷里
> 我们被嘲弄我们的
> 制度的机器所折磨。
> 在泪水横流的夜晚我们的脸容消失了。
> 我们永远与我们的母亲分离。
> 从工厂的深渊里我们发出呼喊:
> 何时我们才能生活在爱之中?
> 何时我们才能为我们的事业而工作?
> 何时我们才能获得解救?①

在异化的社会中,主体性丧失了。人们每每思考着"我们从哪里来?""我们是谁?""我们将去往何方?"。表现主义作家认为,对现代化的追求是造成人欲横流、战争四起、人性异化的原因,机器文明给人类带来了混乱和不安。战争也是机器文明的产物,机器文明不能给人带来精神上的乃至生命上的自由,只能带来相互残杀,并且最终会毁灭这个世界。因此,表现主义诗人把一切与工业与技术有关的事物看作应该彻底毁掉的、恶魔般的发明,卡尔·欧顿就在《一座马丁炉》一诗中呼唤人们"打倒技术!打倒机器!"。

在表现主义作家的笔下,阶级、性别、种族认同的矛盾虽然也得到了反映,但最为突出的是代际矛盾。表现主义者们把他们自己定义为"年轻人",随时准备着与根深蒂固的"老的权威"做斗争。这在1906年《桥社艺术家的宣言》中表现得很明显:"我们相信事物是发展的,我们相信新的一

---

① 托勒:《群众与人——二十世纪社会革命的一个片段》,杨业治、孙凤城译,袁可嘉等选编:《外国现代派作品选》第一册下,上海:上海文艺出版社,1980,第535页。

第四章 艺术与社会——表现主义诗学的文艺功能论

代,不管他们是进行创作还是观赏者,我们是创造未来的青年,我们号召所有的青年团结起来,共同向顽固的旧势力争取活动和生存的自由。所有那些把驱使他们创作的东西,直截了当地表现出来的人,都是我们的同伴。"①

年轻人的社会作用是敢于质疑传统的权威。表现主义作家对自身"年轻人"身份的认同和确立,即意味着对濒临衰腐的上一代人宣战。德国表现主义的文学作品大都把父亲设定为儿子的对立面。就像埃格伯特·克瑞斯宾写的那样,表现主义迫切要求象征性地摧毁"父亲"的权威,不是走向自身的虚无主义的结局,而是想要走向一个更好、更高的生活形式。而对"父亲"的专制和愚昧的批判后来也较多地表现为对官僚机构的批判,这在奥地利作家卡夫卡的小说中有很出色的描绘。

对于表现主义的思想倾向,鲁道夫·莱昂哈德在《一个时代》中这样评价道:"表现主义是已背离资产阶级的、但还没有达到新的阶级觉悟的知识青年的反应,当然,这种反应再一次只是反应性行动,就像表现主义也只是一种对印象主义的反应所产生的行动一样,但也是反对在战争中没落的资产阶级世界的蜕变的一种主张。"②应该说,这一评价对"一战"以前的表现主义是切中肯綮的,他们的反抗虽然有的激昂,有的消沉,但大都流于抽象。"一战"爆发后,这一反抗就有了更加明确的指向,反对帝国主义战争,宣扬和平与社会革命成为表现主义创作中十分重要的主题。表现主义的反抗在斗争的实践中成为战士的反抗。鉴于表现主义文艺坚持对统治阶级和主流社会价值的批判与抗争,因而被认为是代表处在底层的新兴的第四阶级即劳动者的艺术。日本学者有岛武郎在1921年曾撰文评述道:

> 那么,表现主义是在哪里生着它存在的根的呢?在我,是除了预想为新兴的第四阶级之外,再寻不出别的处所。将表现主义看作新兴阶级就要产出的艺术的先驱的时候,我觉得这便含着种种深的意义,进逼而来了。这里有着新的力,有着新的感觉,有着新的方向,这些在将来要怎样地发达,成就怎样的工作,不能不说是值得注意的。③

---

① 转引自崔庆忠编著:《表现主义》,北京:人民美术出版社,2000,第22页。
② 鲁道夫·莱昂哈德:《一个时代》,何迈译,《表现主义论争》,第132页。
③ 有岛武郎:《关于艺术的感想》,鲁迅译,《鲁迅著译编年全集》第十卷,北京:人民出版社,2009,第172页。

表现主义诗学

第一次世界大战爆发后,整个德意志民族都亢奋起来,像大多数德国人一样,诗人们的心也被烈火炙烤着,很多年轻的艺术家也不可避免地感染了热衷战争的情绪,成为狂热的爱国主义分子,鼓动甚至投身到战争中去。朱利叶斯·迈尔—格雷费就这样欢迎战争:"战争使我们变得丰富。从昨天开始我们就已经发生改变。关于词语和纲领的争论终结了……我们已经具有了理论。兄弟们,我们所缺少的只是内容,和正由时间给予我们的东西!……团结一致是战争的馈赠。为了实现共同的目标,所有政治党派都已经融为一体。艺术也必须紧随其后!"[1]

正如赫尔佐格在《论坛》杂志上所说的:"战争来临了,文雅而又自私自利的唯美主义者摇身一变,成为政客和人民崇拜者。现在他们发誓放弃个人主义,但求融入大众。……对此毫不疑心的文化人惊异、赞叹并且颂扬这崭新的、光辉的、伟大的时代。……是的,他们需要战争来作为他们的经历;他们感到被解放和净化,他们用洋洋自得的语气说这是战争恩赐的爱好。"[2]少部分表现主义作家之所以投身当时帝国主义发动的战争,一方面是由于他们受到德国皇帝的"爱国主义"的蛊惑,认为德意志受到全世界的攻击,一时不能认清战争的目的和性质,所以在"我不知道有什么党派。我只知道有德国人"的所谓"德意志精神"号召下,加入战争中去;另一方面是出于对一成不变、使人窒息的旧的社会秩序的一种反叛,认为战争为摆脱战前无法解决的冲突带来了一条出路。对此许布纳描述道:

> 战争来了。突然间,艺术家和神秘主义者用全部力量等待着的事情发生了。灵魂显露出来了。一个六千八百万人的民族排成队列,人头攒动,他们的躯体、服装以及日常生活不得不显露人前,其广博、教养、意志、决心都被人看到。无数的灵魂交相辉映,神秘的力量咆哮和膨胀,阻力被烧焦。精神,不需要改写,不需要公式,也不需要多余的解释,显露自身,就像点燃目光的亘古不变的基本元素那样……[3]

---

[1] Julius Meier-Graefe, "Der Krieg beschert uns", In Ernst Barlach, *Kriegzeit*: *Künstlerflugblätter*, vol. 1, 31 August 1914.

[2] Thomas Anz, *Literatur des Expressionismus*, S. 134.

[3] Friedrich Markus Huebner, "Krieg und Expressionismus"(《战争与表现主义》), In *Expressionismus*: *Manifeste und Dokumente zur deutschen Literatur 1910—1920*, S. 313.

第四章　艺术与社会——表现主义诗学的文艺功能论

于是,这群追随者把战争视为新艺术的同盟。但对表现主义者来说,在1915年诸如此类的观点就已经很少了,帝国主义战争的残酷性和非正义性使他们从狂热中清醒过来,他们开始转变立场,从诅咒声中爆发出呐喊,要求人们反抗、抉择、辩解、更新。他们反对帝国主义战争,提倡和平主义,希望建立一个没有战争、没有虚伪和仇恨的新世界。在这种情况下,大批活跃的和平主义者从表现主义运动中涌现,他们在创作中拥护和平、反对独裁统治、反对帝国主义战争。表现主义杂志也成为知识分子反战阵营最重要的论坛,他们发表自己的文章和国际反战人士的文章,如法国文学家罗曼·罗兰(Romain Rolland)的《超乎混战之上》,呼吁结束战争。为此,《论坛》等杂志遭到了当局的查封,《白页》杂志被迫流亡瑞士。各种反战组织也建立起来。1915年,弗兰茨·普法姆菲尔特(Franz Pfamfield)召集了他的朋友和杂志同事,组成"德国反民族主义社会主义者党小组",1917年8月库尔特·希勒组建了反战性质的"目标联盟"。

在第一次世界大战期间,表现主义作家和诗人试图通过他们的反抗"把消灭的和被消灭的完全消灭,以使医治的力量得到发展"[①]。诗人的号召到处回响,他们呼唤团结,呼唤统一,赞美精神的力量;反对杀戮,呼唤兄弟情谊。这些诗人发出的哀叹、绝望和愤怒越是猛烈,他们在作品中所宣扬的人性、善良、正义、同志情谊以及人类之爱也就越发能够打动人心。

对于表现主义文学的反抗精神,库尔特·品图斯总结道:

> 在世界文学中,从未听到过一个时代如此喧嚣、撕裂、震撼地呐喊、崩塌、渴望。这群先驱者和殉道者的心不是被浪漫的爱神之箭击中,而是被该诅咒的青春、可恶的社会和强加于身的凶杀年代痛苦地刺穿。他们将双手从人世间的痛苦伸向天空,却从未触及天的蓝色;他们充满渴望地张开双臂拥抱大地,而大地却在他们身下裂开;他们呼唤团结,却还没有找到彼此;他们吹起爱的号角,让它的音响震撼天空,却没有穿过战场、车间和政治演讲的喧嚣,传入人的心田。[②]

但表现主义者不是失败者,他们的努力毕竟在那个时代引起了回响。

[①] 品图斯选编:《人类的曙光》,第21页。
[②] 同上书,第24页。

三、文学与理想：呼唤新人类乌托邦

前文曾总结到表现主义艺术家们用反叛与抗争的激情取代了浪漫主义对传统的缅怀和对未来的理想化憧憬，他们对现实社会的态度似乎是绝望的。然而，他们并没有放弃改变不合理社会现实的努力，在他们的呐喊背后，同样包含着对一个崭新时代的期望和呼唤。这二者看上去似乎充满了矛盾，就像尼采哲学中内含的对立与冲突一样，表现主义的阵营中也孕育着不同的倾向。

20世纪初的表现主义艺术家、作家和诗人经受了社会的压抑、生活的冷漠和战争的残酷，承受了那个时代最深切的痛苦，所以他们一面愤怒地控诉着时代的罪恶，一面用昂扬的激情呼唤更崇高、更富有人性的人类，要求创造一个更简单、更清澈、更纯洁的世界。为此，他们呼唤着未来：

> 世界的转变会撕碎激情、我的及你的。
> 旧世界的强力意志会陨落。
> 如此人类会变得自由。
> 我们将自由。
> 无数人逃离旧世界，并寻找新世界。
> 很多人有意识地踏上新世界之路，且感受到那目标。
> 新人将从一切人中诞生。
> 我们从他人的行为里辨认出正向新人转化之人。[①]

另一位批评家许布纳则明确提出："表现主义是相信所有可能性的。它契合乌托邦的世界观。"[②] 达达主义诗人理查德·胡森贝克（Richard Huel-senbeck）对此背景的描述似乎更为生动，他说"表现主义并非自发的行动。它是渴求冲破自我的困乏之人的姿态，为了遗忘这个时代、这场战争以及满腹愁闷。为此，这群人为自己创造了'人性'，边走边吟诵，唱着《诗篇》穿过一条条街道，街上滚动的阶梯在行驶，电话铃声尖锐刺耳：

---

① Lothar Schreyer,"Der neue Mensch", In *Expressionismus：Manifeste und Dokumente zur deutschen Literatur 1910—1920*, S. 144.

② Thomas Anz u. Michael Stark (Hg.), *Expressionismus：Manifeste und Dokumente zur deutschen Literatur 1910—1920*, S. 5.

表现主义者是远离自然的疲乏的人,他们不敢正视时代的残酷。他们荒废了曾经的无畏。"①不难看出,年轻的表现主义艺术家们并非真正的虚无主义者,他们更渴望在旧世界的废墟上创造一个理想化的新世界。尽管这个世界的蓝图还有些缥缈,通往它的道路却已然明了。他们找到的通往新世界的路径就是从每个个体的人的需求出发。于是,呼唤并塑造和催生新人就成为表现主义文学的重要目标之一。洛塔尔·施赖耶解说道:

> 实现新世界自由的前提是人彻底从内部和外部背离旧世界,及其社会、家庭、国家、教会、艺术、科学、道德以及教育。
>
> 此时正是我们体悟我们种种决定的时刻。我们中的每一人都能辨识旧世界的苦难,责任压在我们肩头。我们甚至再次承担起世界赋予的责任:旧世界的死亡,新世界的诞生。
>
> 此时此刻是转变的时刻。此刻的内部孕育着新人。②

库尔特·品图斯也指出,表现主义并不会让形势去改造人,而是由人去改变形势,因为它坚信,觉醒的、有鉴别力的和更好的人会为自己创造更好的环境、更好的国家,更好的经济体制乃至于更有价值的生活!③ 他坚信当代的艺术除了与现存的社会斗争之外,还应当为实现人类的自我完善和重建精神世界的连接发挥积极的作用。于是,他写道:

> 我们这个时代的政治艺术不能成为诗化的社评,而应该帮助人类去实现完善自身的理想。至于诗歌可以在反对毫无理性的现实政治、冲击腐败的社会秩序的斗争中同时发挥作用,这只是理所应当的小贡献。它更高的超政治意义在于,它一再地把灼热的手指和呼唤的声音对准人类自身,激发起人与人之间已经失去的连结以及人与永恒的连结,并在精神世界里把它们重新建立起来。④

如果按题材划分,表现主义作品大致可以分为两大类,一类纯粹是表

---

① Richard Huelsenbeck,"Der neue Mensch"(《新人》),In *Expressionismus:Manifeste und Dokumente zur deutschen Literatur 1910—1920*,S. 127.
② Lothar Schreyer,"Der neue Mensch",In *Expressionismus:Manifeste und Dokumente zur deutschen Literatur 1910—1920*,S. 143.
③ 参见 Thomas Anz,*Literatur des Expressionismus*,S. 130.
④ 品图斯选编:《人类的曙光》,第22—23页。

现个人的，一类是带有比较明显的政治性或社会性的，这两类作品一般以1914年第一次世界大战的爆发为界。

个人与社会的关系，是表现主义作家的一个重要题材。现代社会与人处于紧张对立的关系之中，在作品中，表现主义作家往往从个人的角度出发，全面地否定社会，否定集体。他们认为社会是对个人的压制，群体组织则是自由意志的异化。为此，他们站在社会的对立面，以局外人、流亡者的身份向资产阶级社会发起挑战和攻击。这种人与社会的对立，首先表现在对现代文明的反抗上，凯泽的《瓦斯》三部曲就说明工业技术已经摆脱人的控制，反过来成为毁灭人的工具。《毛猿》中远洋轮的司炉工扬克是美国现代产业工人的代表，他误认为自己是资本主义社会物质力量的代表，因而否定资产阶级，也否定"社会主义的救世军"。其实真正代表资本主义物质力量的是资产阶级。扬克作为物质财富的创造者，除了被奴役被支配，创造财富供他人享乐外，在现代西方社会根本无立足之地，他等于甚至低于毛猿。他因反抗被投入监狱，在工会中因言语鲁莽被误认为奸细，走投无路的他只好跑到动物园与大猩猩交流，却被大猩猩掐死。

针对这样的现实，恩斯特·布洛赫在《乌托邦的精神》的序言中写道：

> 我们变得比温血动物更加值得怜悯；没有感情的人，国家便是他的上帝，其余的一切都堕落为乐趣及消遣。我们不再有集体，而它应当存在，但我们又无法将它构建。我们拥有渴望与不长远的知识，和很少的行动，而行动的缺席则表明，没有广度，没有前景，没有结果，没有内在的界限，并预感到无法忍受的一点，即没有乌托邦式的原则性概念。为找到这一概念，为发现正当性，应当，去生活，去组织，去拥有时间，为此我们动身，开凿一条条开阔的大路，呼唤还未现身的事物，进入蓝色去建造①，让我们为了自己进入蓝色去建造并在那儿寻求真实，在那里纯粹的事实隐遁——开始新的生活(incipit vita nova)。②

---

① 蓝色在表现主义作家笔下通常有两层含义。第一层含义是指天空所代表的超验之物，源于表现主义具有的弥赛亚式的宗教情结。第二层含义来自对浪漫主义的传承，无论是在表现主义诗人特拉克尔笔下，还是在青骑士画家弗兰茨·马尔克画作中，蓝色都是被反复吟咏和描绘的主题，是充满神性和灵性的颜色。此处的"蓝色"，应指想象中的蕴藏着希望的世界。

② Ernst Bloch,"Absicht (Vorrede zu Geist der Utopie)", In *Expressionismus: Manifeste und Dokumente zur deutschen Literatur 1910—1920*, S. 138—139.

第四章　艺术与社会——表现主义诗学的文艺功能论

表现主义作家十分强调人的"更新"。表现主义要建立一种新的价值观，以表现新时代和塑造新人为己任，要用诗人的幻想去重新塑造世界，去对人进行更新。由于表现主义者大都是自由主义的追随者，面对社会的严重压抑，他们强调个人权利和自由，主张表现自我，强调天性自由，要求描写永恒的品质和人在精神上强烈的追求。

> 它让人们再次从数百万年前开始的地方开始。它像刚出生的孩子一样自由自在、无拘无束地幸福生长，不会遭受对它的遗传和生存条件的质疑。个人自由问题是思想和意志的核心问题，但它不试图去深究，也不打算回答或将问题系统化，它走的是捷径：用创造性的行动解决问题。①

表现主义者憧憬着新人的诞生——"他不再是一个形象，他真的是人。他和宇宙有着错综复杂的联系，不过他靠的是宇宙的感觉。他不靠投机取巧度日，他是直接通过生活。他不考虑自己，他体验自己；他不悄悄地绕过事物，他触及到事物的中心；他既不是非人，也不是超人，而只是人。怯懦而又坚强，善良、可卑而庄严，就如上帝将他创造出来的那般。"②在凯泽的《加莱的公民们》中，圣彼埃尔用自己的牺牲证明了团结和自我牺牲是真正的力量源泉，在他的牺牲中，"新人"诞生了。在托勒尔的《转变》中，主人公弗里德里希从盲目爱国投身战争到摈弃战争，号召人们相亲相爱的自我完善过程，是一个新人成长的过程，也是社会进步的希望所在。

表现主义作家和诗人曾经狂热地相信并试图使人相信，只要通过意志就能从废墟中立即营造出天堂，但战争中的血腥杀戮和战后的痛苦使他们的这种信仰破灭了。第一次世界大战爆发后，许多人在肉体上和心理上都受到巨大的创伤，表现主义艺术家和作家以自己饱尝痛苦为代价，认清了战争的性质，认清了谁是他们的敌人，谁是使人类遭受剥削、苦难和死亡的祸首。经历了帝国主义战争的表现主义作家用手中的笔描绘了战争的残酷和非正义性，控诉战争罪行，谴责帝国主义国家为争权夺利将众多无辜的生命抛入战场，去做无谓的牺牲，他们呼吁和平，进而希望通

---

① Friedrich Markus Huebner,"Der Expressionismus in Deutschland", In *Expressionismus: Manifeste und Dokumente zur deutschen Literatur 1910—1920*, S. 5.
② 埃德施密特：《论文学创作中的表现主义》，《现代主义文学研究》上册，第436页。

过社会革命来结束反动统治。1914年9月在加利西亚任职救护队上校的特拉克尔于格罗德克的屠杀发生后,写了最后一首诗《格罗德克》,借用金黄色的秋天傍晚场景与死亡的"黑色"景致进行了强烈的对照:秋天的森林在黄昏发出/嗜血的武器的轰响,/金色的平原,蔚蓝的湖波,/阴沉沉的太阳从上面滚过;/夜色吞没了垂死的士兵,/撕裂的嘴的愤怒控诉。/可是草地上悄悄汇聚着一片/红云——一位发怒的神灵的居处,/和抛洒的热血,月光的冷凛;/所有的街道注入黑色的腐烂。/在夜和星辰的金枝之下/妹妹的影子晃过沉默的树林/去迎接勇士的幽魂,血淋淋的头颅/秋天阴郁的芦笛轻轻鸣咽。/哦,愈加高傲的悲怆!你们钢铁的祭坛/巨大的创痛如今滋养着精神的烈焰/那尚未出世的孙辈。①

哈森克勒维尔的剧本《救世主》(1915)描写一位诗人不惜牺牲自己的生命去阻止一场战争的爆发;改编自古希腊悲剧作家索福克勒斯同名剧作的《安提戈涅》则号召人类相亲相爱,共同埋葬战争;而弗兰茨·韦尔弗则发出了《革命的召唤》:

来吧,心灵的洪水,悲痛,不尽的光!/摧毁山谷、堤坝和柱桩!/从铁喉中爆发!让钢的轰鸣炸响!//猪一样的愚蠢,惬意的感觉,见鬼去吧,你这垂死的生活!/哦,只有哭泣能使我们回到纯洁。//尽管强权踏在你的脖颈,/丑恶将无数尖角顶入你的身躯,/你看,从你身体流出的仍是火红的正义。//你渐渐看清这万恶的世道!/你在水深火热中咆哮煎熬!/奔跑、奔跑、奔跑,把这苦难的旧世界抛在身后!②

随着1918年德国十一月革命的爆发,表现主义的乌托邦理想似乎成为现实。1918年至1919年的艺术文化革命运动因两大因素到达了巅峰,其与政治革命的联系以及从战时审查的压力中解放出来。"表现主义不再是概念,而是光辉的现实。它在世界革命的开端找到了自己的证明。"③这时广泛的革命热情代替了批判帝国主义战争的激情,于是他们欢呼:"现在,现在。终于。现在!新的世界开始了。这是他,被解放的人类。"

---

① Thomas Anz, *Literatur des Expressionismus*, S. 136—137.
② Ibid., S. 293.
③ Thomas Anz u. Michael Stark (Hg.), *Expressionismus: Manifeste und Dokumente zur deutschen Literatur 1910—1920*, S. 326.

第四章 艺术与社会——表现主义诗学的文艺功能论

品图斯曾在《人类的曙光》诗集序言中指出,表现主义文学并不是令人心旷神怡的读物。它所表达的是这一时代所有的痛苦、沉沦、腐朽;它所揭示的是理想沦丧、思想匮乏的人类。它诞生在一片破碎血腥的时代土壤中,"混乱"乃是它唯一的选择。① 虽然表现主义作家个人经历和世界观各不相同,对社会和人生的看法也人言人殊,但在他们的作品中,关爱现在和未来的人类,建立人道主义新世界,塑造自由"新人类"的愿望是相同的,这是他们共同的理想和奋斗目标,"人们越发清楚地明白:人只有通过自身才能获得拯救,不能依赖外界。本质的、起决定作用的因素不是设备、发明和推导出的规律,而是人!"②

关于表现主义运动的政治态度,还有一个不容回避的问题就是表现主义与法西斯主义的关系。我们知道,在纳粹主义崛起的早期曾经把具有反传统倾向的表现主义者引为同道。后来成为纳粹政权宣传部门首脑的戈培尔在1920—1921年创作的一部表现主义风格的小说中曾经写道:"总之我们的年代是完全表现主义的。我们,当今时代的人们,都是表现主义者。我们从内心想要建构这个世界。表现主义从内心想要建构一个新世界。它的奥秘和力量的来源是热情。"③纳粹取得政权后,以贝恩为代表的少数表现主义文人也曾为之摇旗呐喊。因此,一些左翼批评家曾将表现主义与法西斯主义画等号。

虽然从意识形态看,纳粹主义者也想要避免外部的、现实的"嘈杂","从内心"去重建世界,但表现主义与纳粹主义的不同之处在于表现主义的乌托邦在于对"新人类"的梦想,而纳粹的乌托邦在于建立一个强力政权的幻影。从倾向性上看,表现主义与纳粹鼓吹的国家社会主义有着巨大的分歧,它的人道主义理想与纳粹的种族主义是水火不相容的,在创作实践上,热爱自由、反对一切压制个性行为的表现主义画家画了许多极其尖锐的漫画,讽刺法西斯分子(包括希特勒在内),以表达自己的抗议;作家则在文学作品中呼唤和平,反抗独裁和压迫。所以现代艺术家和现代艺术在希特勒1933年1月30日掌权后便失去了它们在德国存在的权力。纳粹分子迫不及待地将表现主义打入"堕落的艺术"之列,称之为"艺术上的布尔什维克",焚毁表现主义艺术作品,禁止表现主义戏剧演出,对

---

① 品图斯选编:《人类的曙光》,第19页。
② 同上书,第21页。
③ Donald E. Gordon, *Expressionist: Art and Idea*, p.102.

表现主义艺术家进行迫害。1937年7月至11月,德国纳粹政权举办了一次题为"堕落的艺术"的展览,展品是他们从各博物馆收缴来的112位艺术家的650件绘画、雕塑和版画作品,其中包括格罗兹、毕加索、康定斯基、蒙德里安、夏加尔、诺尔德、麦克、马尔克等一大批现代艺术家和表现主义艺术家的作品,纳粹统治者给这些作品罗织了各种莫须有的罪名,并组织数以百万计的公众来参观。次年又将这些作品运送到德国各地巡展。与此同时,这些艺术家以及相关的先锋作家都相继受到了各种形式的迫害。安茨在《表现主义文学》一书的开篇即写道:

> 这个世纪没有任何一代的作家的遭遇如表现主义作家般惨痛。被国家社会主义分子污蔑为"堕落"并遭受迫害的大部分表现主义作家在1933年后要么被关押在死囚营,要么自杀,要么就被迫长年流亡。①

据不完全统计,在二次大战期间,在纳粹集中营丧生的表现主义作家有:埃里希·米萨姆(1934)、赫尔曼·冯·伯特希尔(1941)、保罗·科恩菲尔德(1942)、雅各布·凡·霍迪斯(1942)、奥托·弗洛伊德李希(1943)、伊特·利本塔、瓦尔特·泽尔讷、阿图尔·恩斯特·鲁塔、阿尔弗雷德·格吕内瓦尔德(均丧生于1943年或1944年)、库尔特·芬肯施泰因(1944)、埃米尔·阿尔冯斯·赖因哈德(1945)。被处决的有:菲利克斯·格拉弗尔(1942)、亚历山大·贝斯莫尔特尼(1943)、特奥多尔·豪巴赫(1945)。被迫流亡,并在此期间自杀者包括莱因哈特·戈林(1936年于耶拿)、恩斯特·托勒尔(1939年于纽约)、理查德·厄兴(1940年于荷兰)、恩斯特·魏斯(1940年于巴黎)、瓦尔特·哈森克勒维尔(1940年于法国)、卡尔·爱因斯坦(1940年于玻城)、阿尔弗雷德·沃尔芬斯坦(1945年于巴黎)。此外还有大约20个作家于流亡中在外国去世,很多人在战争结束后也再未还乡。在德国,犹太人被屠杀和驱逐,而表现主义者也承受了相同的厄运。法西斯主义与表现主义政治立场的尖锐对立是不容置疑的事实。

按照德国左翼作家莱昂哈德的总结,表现主义的革命性表现为以下几个方面:首先,表现主义是一种对价值的恢复,至少是在一切能估价的和必须估价的现象面临瓦解之时或完全瓦解之后,对有生命的价值进行

---

① Thomas Anz,*Literatur des Expressionismus*,S. 2.

的非虚无主义的、十分积极的恢复,将之恢复到魅力、点、色彩斑点组成的汹涌澎湃的潮流中去,以便在旧事物的衰落过程中形成新事物的萌芽。其次,表现主义是一种破坏。不是对资产阶级遗产的破坏,而是对资产阶级遗产保持、管理的破坏,对在没有保障的基础上的继续生产的破坏,是未来新事物发展的推动力。最后,表现主义是已经背离资产阶级的、但还没有达到新的阶级觉悟的知识青年的反应,是反对在战争中没落的资产阶级世界的蜕变的一种主张。在战前和战时的文艺发展中,表现主义将其表现手段用于一种有时是乌托邦式地进行论证的、但十分坦率的、经常有效的、创造性的对现象世界的批判之中,也用于重新创造的社会世界的批判之中。①

第二节 表现主义诗学的艺术功能论

如上所述,表现主义运动所呈现的鲜明的政治倾向性和作家们积极的社会参与意识使他们秉持的文艺理念显示出强烈的功利主义特征。他们重视文艺的社会功能,希望通过自己的创作去唤醒民众,去改造社会,去塑造乃至培育新人。康定斯基说:"艺术不是无目的的生产,也不是暂时的和孤立的,它是一种直接改进和净化人的心灵——事实上是提高人的精神三角形——的力量。"②他认为艺术家就是一个国王,因为他不仅有巨大的力量,而且还有巨大的责任。③ 表现主义者理想的乌托邦虽然没有建立起来,但他们的艺术实践收获了丰硕的成果,在绘画、诗歌、戏剧和小说方面都涌现出了大量作品。作为一种具有强烈政治色彩的文学思潮,表现主义运动的先锋性不仅表现在它对旧体制的反抗和思想上同情革命,更表现在它对艺术社会功能的关注上。尽管表现主义的作家、批评家并未总结出关于文艺作品社会功能的系统理论,但他们利用文艺作为武器去参与社会斗争的实践仍透露出对于文艺功能与效果的期许。

---

① 参见鲁道夫·莱昂哈德:《一个时代》,《表现主义论争》,第129—136页。
② 康定斯基:《论艺术里的精神》,第103页。
③ 同上书,第105页。

一、本质与真理：文艺的认识与启示功能

德国哲学家、文艺批评家瓦尔特·比梅尔（Walther Biemel）曾经指出："艺术的特性在于，艺术乃是一种具有种种可能理解层面的语言。在每一种揭示性的交待中，都有某种东西变成可通达的，至于这种理解的程度，那是十分不同的。"①

传统的自然主义、现实主义诗学都重视艺术的认识功能，他们认为艺术的首要功能便是帮助人们认识自然和社会。左拉提出：

> 而一部实验小说，譬如《贝姨》，不过是小说家在公众面前所做的实验的报告。事实上，整个操作过程包括：从自然中获取事实，研究这些事实的机制，通过改变场合和环境对他施加影响，但并不偏离自然法则。最后你从个人关系和社会关系两方面了解这个人，了解他的详细情况。②

> 文学中的自然主义同样回归到自然和人，回归到直接的观察，精确的剖析和对事物本来状态的接受和描绘，这既是学者也是作家的任务。无论学者还是作家，都用事实替代抽象思辨，用严谨的分析替代经验性的常规。于是书中再没有抽象的角色，虚假的捏造和绝对化的东西，而只有真实的人物，每个人物的真实历史和日常生活的故事。③

> 自然主义小说就是对自然、存在和事物的探索，他不再对那些构思巧妙按照一定规则展开情节的故事的别出心裁之处感兴趣。④

> 作品变成了一份报告，仅此而已；它只具有确切的观察、不同程度的透视和分析、事实的逻辑连贯等优点。他的领域是大自然中的一切，它采用随意的形式、听上去恰到好处的语调，不再觉得受任何限制。⑤

---

① 瓦尔特·比梅尔：《当代艺术的哲学分析》，孙周兴、李媛译，北京：商务印书馆，1999，第274页。
② 爱弥儿·左拉：《实验小说》，《文学批评理论》，第49页。
③ 爱弥儿·左拉《戏剧中的自然主义》，《文学批评理论》，第51页。
④ 同上书，第52页。
⑤ 同上。

第四章 艺术与社会——表现主义诗学的文艺功能论

而 20 世纪现实主义理论的代表卢卡契一方面提出了艺术要提供超越接受者经验的深刻洞见,同时仍执着于"对现实的精确反映"。他写道:

> 艺术的效果,即接受者沉浸于作品的行动中和完全进入作品的特殊世界中,全都产生于这样一个事实,即艺术作品以其特有的品质提供了一种与接受者已有的经验所不同的,对现实更真实、更完整、更生动和更动态的反映,并以接受者的经验以及对这种经验的组织和概括为基础,引导他超越自己的经验,达到对现实更具体的深刻洞见……一旦他意识到一种矛盾,一旦他感到艺术作品并不是对现实的精确反映,艺术的效果就丧失了。①

卢卡契在这里虽然指出了艺术作品创造的形象与接受者的经验有所不同,他所标榜的更真实、更完整、更动态的反映尽管不同于自然主义的"实验报告",但其实质仍然只是对众多个人化经验图式的提炼和典型化,并未超越经验世界的范畴。因而他坚定地认为:

> 艺术作品必须准确无误和恰如其分地反映客观地决定着他所再现的生活领域的全部重要因素,他必须如此这般的反映这些因素,使得这一生活领域从里到外都是可以理解的,可重新体验的,使它表现为一种总体生活。②

在卢卡契看来,包括表现主义在内的现代主义艺术只是面对发达资本主义社会的一种非历史的焦虑,本质上是一种资产阶级艺术,唯有批判现实主义和社会主义现实主义才组成了一个共同的战线,联手抗拒着资本主义社会的异化力量。

表现主义者所寻求的却是一种对现实世界的全新感受方式和生活触觉,他所关注的不是事物的表象,而是深藏在现象背后的本质。这种本质并非现实主义理论所提出的高于生活的艺术典型,亦非那种纯然主体性的对于世界的个人经验,而是人的精神世界的投影。埃德施密特指出:

> 事物有其更深一层的形象,事物的艺术景象是上帝最初创造的

---

① 同上。
② 同上书,第 59 页。

天堂的景象,较之在盲目的经验中我们用肉眼所能看到的景象更壮观,更鲜艳,更加无限。我们无意于对经验进行盲目的描摹,然而在这种盲目状态中探求深度、真实和精神奇妙,却使我们每时每刻都充满着新的兴味和启示。①

然而目标就在上帝附近,人的心熠熠发光,照亮了表面,个人的东西生长进普遍之中。迄今为止被夸大的单个人的意义受到观念的更大的影响。王国卸下了它外表的框架,在其简单之中变得富有起来,所有的事物,都被溯回到其原先的本质:简单、普遍、基本。心,直接受到驾驭,跳得强烈而自由,情节即使在鄙陋中也充满着敬畏,基本因素按照伟大的法则发挥着主宰的作用,于是整体也变为伦理的了。

凡是有一种伟大的力量推动灵魂前进的地方,都有相亲,都有发端,都有相同。保持强大,寻找无限,表达无限,所有这一切将人和宇宙创造性地联系了起来。②

在表现主义者看来,心理活动是人类最内在、最根本的活动,因此,心理的真实是最本质的真实。为此,他们转向抽象本质,推崇"内感论",在内感的过程中,"我"被证实为与物体同一,不断提高自己的内在积极性,并在创作中为它找到出路。这样,在表现主义艺术中,对外部世界现象、人们日常生活和人的意识相互产生影响的实际进程的研究,被以意识最大限度地独立于外部世界、意识臆想取代现实生活的表现所代替,表现主义画家的作品中绝无丝毫的"写生"色彩,表现主义戏剧作品的基础是思想本质,而非表面形式。恰如品图斯在《论近期诗歌》中指出:

近期诗歌所追求的不是现象与装饰,而是本质,是心脏和神经,它反对从外部强加的现实,争取一个更充分、更高尚的存在,大胆地说,争取一个更为美好的存在。③

阿多诺(Theodor Wiesengrund Adorno)在对卢卡契前述论点的反驳中曾鲜明地指出,现代主义艺术为异化的社会——历史现实提供了一种"否定的知识",因而才是真正的现实主义。在发达资本主义社会中,商品

---

① 埃德施密特:《论文学创作中的表现主义》,《现代主义文学研究》上册,第434页。
② 同上书,第439—440页。
③ 品图斯:《论近期诗歌》,《现代主义文学研究》上册,第423页。

第四章 艺术与社会——表现主义诗学的文艺功能论

形式已经深深地渗透到文化中了。物化的概念表明了这种弥漫一切的商品化的过程及结构,只有真正的艺术才能对抗和超越这种物化。一些现代主义作品因其足够的体验深度和技术的先进性,足以抗拒意识的商品化和发达资本主义潜在的矛盾。现代艺术既为物化提供了一种对抗性的然而又是和解性的表达,也为调和提供了一种片面不完整的然而又是被物化的形象。比如说,毕加索作品中的那些扭曲的人体在阿多诺看来就是对苦难的表现,是对丑恶社会的无声的抗议。现代主义艺术虽然没有像现实主义艺术那样直接复制现实,但是艺术的真理内容超越了它的社会内容,因而艺术不必直接谈论现实的本质,也不必描绘现实或以任何方式模仿现实。毕加索就曾经这样说过:"尽人皆知艺术不是真理。艺术是谎言,它教我们理解真理,至少是那种我们作为人能够理解的真理。"①

为了让接受者真正地关注事物的本质,并且直接地面对它,就必须突破现实的表象,超越那种没有创造性的模仿,也反对远离时代或站在时代之上的所谓崇高优美的情感表述。表现主义作家沃尔芬斯坦说:"艺术与生活的统一将不再像以往时代那样由自然决定艺术的方式去达到。"然而,要让读者真正理解表现主义作家所传达的事物内在本质,真正领悟到作品所揭示的真理,却是十分困难的事情。因为"仅只是换一个着眼点,就使得人们对所表达的东西感到迷乱。因为新的轮廓是被观望到的,而不是被看见的,所以它具有迷惑性。幻象对于没有受过训练的人来说,是有距离的,而粗笨的事物对他们却是清晰而相近。"②为此,表现主义作家采取了多种艺术手段来启发观众对现实的审视与反思,引导他们透过事物的表面去探究它内在的本质。他们坚信:"世界存在着,再去重复它是毫无意义的。在最近一次的震颤中,在最真实的核心中去探寻世界并重新创造世界,乃是艺术的最伟大的任务。"③

为了揭示事物的本质,就要打破大众在熟悉的世界面前的被动与麻木。表现主义艺术家、作家在创作中刻意地运用大量非自然主义的叙述与描写手段,例如,扭曲变形的人物场景、压缩的句法、象征的连续画面、符号化的人物形象等,旨在让接受者在震惊之余,激发出对社会问题的反

---

① Jaime Sabartés (Hg.), *Picasso: Gespräch und Erinnerungen*, Zürich: die Arche, 1954, S. 9.
② 埃德施密特:《论文学创作中的表现主义》,《现代主义文学研究》上册,第437页。
③ 同上书,第435页。

思与批判。戏剧家托勒尔的看法就具有很强的代表性,他认为:"在表现主义戏剧中,人物不是无关大局的个人,而是去掉个人的表面特征,经过综合,适用于许多人的一个类型人物。表现主义剧作家期望通过抽掉人类的外皮,看到他深藏在内部的灵魂。"① 表现主义作品中那些孤独、惶恐无措的人物形象,既被用来表现20世纪初人们的种种忧虑,也被用来表现普遍意义上人类的生存状况。正如布莱希特指出的:

> 在戏剧中,再现现实可采取报道事实的方式或荒诞手法。演员们可能不化妆(或化淡妆),以"自然"面目出现,但整个事情却可能是个骗局。他们也可能带着荒诞的面具,但所表现的却是真理。②

毋庸置疑,表现主义是一个脱离真似性和模仿、趋于抽象化、趋于自主的色彩和隐喻的运动。它关心典型的和本质的事物甚于关心纯粹个人的和个别的事物。表现主义者弗里德里希曾告诫:"闭上你的眼睛!"因为眼睛所见的只是表面现象。另一个德国表现主义代表作家科恩菲尔德也说:"一切现实都是错误的,心灵着迷才能显现真理"。他们还强调"世界形象都在我们自身",主观幻想乃是"事物的更深一层的形象,事物的纯粹真实"。表现主义要求作家、艺术家突破事物的暂时性和表象性,突破物理表象,表现事物的永恒性和本质性,以揭穿假象而使观众或读者感到震惊,并摧毁他们在安慰性的幻象中形成的关于现实的认识和观念。为此,表现主义要求作家、艺术家用内在的眼睛即精神的眼睛来看待世界,精神的眼睛在观察事物时,与肉眼不同,采取主动的精神态度,因而看到了一个不同于我们的感官所知所感的世界,领悟的是生活的深层和隐秘的东西。在表现主义者看来,现实的事物和人性均已被非人的力量所歪曲,事物并不像它的表面所呈现的那么和谐、美好,人实际上已变为被动的机器,或沦为失去人的尊严与价值的动物,所以他们采用了将客体加以破坏使之变形的手法来揭示这种所谓本质的真实。在表现主义作家的笔下,充满了直觉、意识流、梦幻、荒诞、悖谬、怪诞、神奇、多声部交响、蒙太奇结构、错乱的时空意识等,我们看到的是碎裂的语言、扭曲或残缺的形象、毫无逻辑和因果关系的联想梦幻般杂乱无章地排列。而这些,恰恰是与表现主义作家们对现实本质的认识相吻合的。对此,20世纪70年代

---

① 转引自《外国现代剧作家论剧作》,北京:中国社会科学出版社,1982,第230页。
② 布莱希特:《大众化与现实主义》,《文学批评理论》,第70页。

第四章　艺术与社会——表现主义诗学的文艺功能论

的研究者维塔和肯帕总结道：

> 表现主义并非从一个呆板、不辩证且教条化的有关现实的概念出发，它对作为文学素材的认识与现实、意识与存在、语言与世界之间的辩证关系极为重视。首先是在这一类认识论文章中展示出了一种哲学反思的强度，这种强度时至今日在文学中几乎无人能企及。①

如同卡夫卡笔下突然被抛入困境的小人物一样，表现主义艺术家、作家也好像被猝不及防地抛入了20世纪初期迅速变化的社会环境中：暴力、欺骗、无知、贫困……。对于表现主义艺术家和作家来说，由于现实的沉闷和压抑，使他们不能抓住什么有意义之物，意识与存在严重割裂的现实使他们强调按照自己的生活感受和经历表达一切，不拘泥于用传统的表达方式表现他们在现实中感受到的恐怖、痛苦、不满、渴望、梦想，等等。他们面对各种社会矛盾，一切优秀的人类热情和愿望被碰得粉碎，人和冷若冰霜的、异己地威胁着自己的外部世界产生了尖锐的冲突，导致没有出路、绝望和恐惧感，导致人是渺小的、必然受外界黑暗势力压制的意识产生，他们越来越清晰地感受到自己的无能为力，感受到人类使自己完全依赖于自己的创造物，依赖于僵化的社会制度、资产阶级的以及传统的习俗。为了同时代和现实进行斗争，他们不得不将异化的现实转化为非现实，透过现象深入本质，不再采用精雕细刻的现实主义手法表达内心冲突，不再强调对描写对象进行扣人心弦的分析和缜密充分的揭示，而是强调以鲜明的倾向性和浓郁的主观色彩表达他们的社会批判。

维塔和肯帕把贝恩、卡尔·爱因斯坦、卡夫卡、霍迪斯和海姆等人的作品纳入所谓的"反思性的认识论批判散文"的概念下，并且强调他们历史哲学的根基和语境是尼采的虚无主义分析、恩斯特·马赫的认识论批评和20世纪初的新康德主义、亨利·柏格森的生命哲学、弗洛伊德的心理分析以及1905年阿尔伯特·爱因斯坦的相对论。上述理论均对19世纪机械论的自然科学持质疑态度，包括怀疑它们有关真理和现实的概念、有关因果关系的思考以及独立、彼此关联和理性行动主体的观念。在认真剖析了海姆、利希滕斯坦、埃伦斯泰因、施特恩海姆、凯泽、卡夫卡等多位作家笔下的意象和主题后，他们发现，表现主义者在对现存意识形态和文明进行讽刺、批判和对以理性、科学为教条的形而上学思维方式进行消

---

① Silvio Vietta u. Hans-Georg Kemper, *Expressionismus*, S. 154.

解的过程中,仍然离不开形而上学的手段。为此,维塔指出:

> 正是表现主义,连同其尖锐性,能够在一方面揭示隐藏在现代技术和技术理性整体性要求的形而上学的延续性,在另一方面也能揭示其在取而代之的世界观之中的隐匿的延续性。①

表现主义者主张艺术家通过主观视角来表现世界,强调"自我存在"以及对客观世界情绪化、个人化的体验,保尔·哈特瓦尼指出:"表现主义恢复了意识的先验性。艺术家说:我即意识,世界是我的表达。那么艺术便是在意识与世界间斡旋;或者说,艺术兴起于意识的形成过程中。这便是表现主义伟大的逆转:艺术品令意识成为前提,令世界变成结果;这一点当比印象主义艺术品更具创造性。艺术品把世界引入意识;表现主义让世界觉醒。它统摄整个宇宙的意识,并将其领入精神的王国。"②从表面来看,表现主义文学艺术只是作家艺术家个人的内在体验和情绪,而不是现实世界的客观写照。但是,表现主义并未将意识置于万物之上,而是将它放入万物之中。

表现主义作家感受到了人类文明正在走向腐败,感受到了高傲、冷漠的人类岌岌可危的灭亡。面对废墟般充满死亡、恐惧和腐烂的现实社会,表现主义作家要做的就是"在热烈的精神活动中拥抱并消灭敌人,试图以嘲讽的优越感抵御外界,荒诞地将世界搅成混乱,轻轻地漂浮于黏着的迷宫——或者带着一种杂耍般的玩世不恭进入空幻世界。"③

在表现主义者看来,艺术的作用是让人们识别事物的本质,进而理解真理,它其实是为传播真理效力的。世界乃是人类想象力的一个产物,表现主义用主观的、再造性的笔触为我们营构了一个超越表象的本真世界,"表现主义者以一种迄今为止意想不到的方式呈现了艺术。凭借这罕见的内在化,艺术不再有前提。它变得本真。表现主义首先是**一场为本真而战的革命**"④。"它经由瞬间而志在永恒,志在单纯、普遍、本质的东西;

---

① Silvio Vietta u. Hans-Georg Kemper, *Expressionismus*, S. 153.

② Paul Hatvani, "Versuch über den Expressionismus", In *Expressionismus: Manifeste und Dokumente zur deutschen Literatur 1910—1920*, S. 41.

③ 品图斯选编:《人类的曙光》,第20页。

④ Paul Hatvani, "Versuch über den Expressionismus", In *Expressionismus: Manifeste und Dokumente zur deutschen Literatur 1910—1920*, S. 39.

因为在外表之下才是持续的、永恒的事物。"① 由此可见,释放自我,对外部世界进行创造性的再造是表现主义艺术创作的精髓之处,而引导人们认识事物的真正本质,向读者提供领悟真理的启示恰恰是表现主义者所倡导和坚守的文学艺术的主要任务和功能。

二、审视与反思:文艺的介入与批判功能

在西方文艺思想史上,柏拉图是最早倡导功利主义文艺观的,他认为好的艺术应当培植良好品格的形象,否则我们宁可不要诗篇和绘画之类的艺术。为此他提出"我们必须寻找一些艺人巨匠,用其大才美德,开辟一条道路,使我们的年轻人由此而进,如入健康之乡;眼睛所看到的,耳朵所听到的,艺术作品,随处都是;使他们如坐春风如沾化雨,潜移默化,不知不觉之间受到熏陶,从童年时,就和优美、理智融合为一。"② 在柏拉图看来,艺术的功能应当是通过模仿好人的正派言行,按照立法的规范来说唱故事以教育儿童和战士。反之,如果模仿的艺术的作用只在于激励、培育和加强心灵的低贱部分毁坏理性部分,就像在一个城邦里把政治权力交给坏人,让他们去危害好人一样。因此这样的诗人是不能被允许进入治理良好的城邦的③。

如前所述,大多数表现主义者也是赞成功利主义文学观的。他们希望用艺术介入社会,干预生活,唤醒人们的道德与理想。然而,与柏拉图截然不同的是,表现主义作家、艺术家们所关注的恰恰是现代社会的危机,他们的目标是要通过艺术的刺激让大众觉醒,粉碎他们在日常生活中的安适与麻木,引导人们摆脱平庸的现实,去体验一种充满激情的新生活。他们指出:

> 艺术不是为了让肥胖的市民舒心,让他们摇头晃脑地说:对对,就是这样!让我们现在去茶点室!但凡艺术还想教育、改进或如往常般有效,它就必须去毙庸人,吓唬他,如面具之于孩童,如欧里庇得斯之于蹒跚前行才找到出路的雅典人。艺术应当让人重新成为孩

---

① Eckart von Sydow,"Das religiöse Bewusstsein des Expressionismus", In *Expressionismus: Manifeste und Dokumente zur deutschen Literatur 1910—1920*, S. 244.
② 柏拉图:《理想国》,郭斌和、张竹明译,北京:商务印书馆,1986,第 107 页。
③ 参见上书,第 102、404 页。

子。最简单的方式即怪诞,但又不要引人发笑。人的单调及愚蠢是如此厉害,庞然大物才堪与其匹敌。"①

表现主义者呼唤一种介入性的艺术,认为具有强烈的社会介入功能乃是文学艺术的重要价值之所在。卡尔·曼海姆称之为"反历史的狂喜"。席克勒在《白页》上发文写道:"但它首先意味着,除叙述外,设立一种道德意志的期望,这份意志是斗争的,它是激进的,它愤慨地举起自我们古典时代以来引领高尚私人生活的艺术,将其扔到街道的另一边——甚至掷向毁灭的危险境地。"②这一特征在表现主义画家的创作中表现得特别明显,他们的绘画就是以反抗社会压抑、反对恒久不变的特性和奉若神明的传统、习惯和俗尚为出发点的。康定斯基说:同情,就是从艺术家的观点对观者进行教育。他进而指出,另外一种有进一步教育意义的艺术,同样产生于当代感受,但它不仅是当代感受的反响,而且也是其一面镜子,它还有一种深刻的有影响的预言力量。③

而表现主义文学的介入恰恰是首先从诗歌开始的,像德国文学史家维尔纳·密滕茨威所说的那样,在20世纪开始时期,德国的"和谐与细腻的时代已经过去,诗歌开始呐喊。"④代表这种呐喊的表现主义运动,十分蔑视新浪漫派和印象主义那种唯美主义和为艺术而艺术的倾向。他们蔑视和反对唯美主义,主要表现为执意倡导艺术的社会功能,主张艺术应当干预生活。表现主义作家玛格丽特·萨斯曼(Margaret Sussman)写道:"我们要行动,要发挥作用,要改变现状,怎么着手呢?只有一件事!我们只能呐喊,竭尽全力地用我们那可怜的、窒息得要死的人声呐喊,喊的声音盖过正在发生的事件的可怕的喧嚣声,喊得让人们、让上帝听到我们的声音。"⑤诗人巴尔说,新的艺术应当"使社会从极端的阴谋手段和权力的统一之中得到复兴"。另一个诗人沃尔芬斯坦因则认为生活与艺术的统

---

① Iwan Goll, "Überdrama", In *Expressionismus: Manifeste und Dokumente zur deutschen Literatur 1910—1920*, S. 693.
② René Schickele, "Expressionismus"(《表现主义》), In *Expressionismus: Manifeste und Dokumente zur deutschen Literatur 1910—1920*, S. 38.
③ 参见康定斯基:《论艺术里的精神》,第32页。
④ Kurt Pinthus(Hg.), *Die Menschheitsdämmerung*(《人类的曙光》), Leipzig: Rowohlt, 1972, S. 8—9.
⑤ Margarete Susman, "Expressionismus"(《表现主义》), In *Expressionismus. Der Kampf um eine literarische Bewegung*, S. 156.

第四章　艺术与社会——表现主义诗学的文艺功能论

一不能再像以往的时代那样由自由来决定艺术,而应该为了改变生活去进行艺术创造。他们的口号是"转变""更新"和"提高"。他们要求诗人充当这种新的统一的"宣告者"的角色,不仅能够把握住"本质的东西"(即存在)而且要把它表现出来。

剧作家卡尔·施特恩海姆对此观点作出了更充分的论述:

> 作品会令作家及剧作家意识到自己所拥有的最大冲击力,而责任往往又凌驾于作品之上。因为他们基于可视场景做出的评判必定会直接叩击许多人的良知,也必然拥有成就人类福祉所需的神之裁决的全部特质。
>
> 剧作家是时代躯体的医生。提炼完美人类纯粹及闪耀的特质是他不容推卸的义务。为了达成他崇高的目标,他要像医师般采用对抗或顺势疗法。他会诊治人性的病变,并让主人公采取毕生斗争的姿态以对抗病变(悲剧的本质),或者他令垂死的特性沉入主人公体内,又让狂热的主角为狂热而疯狂(喜剧的本质)。悲剧中的世界以主角为中心,祸端被错估造成悲剧性的后果,而纵有相同的起因,喜剧里的主人公便是世界。悲喜剧留给观众的印象是类似的:向下直视深渊,看到神性与拒绝认识的人类间绝望的环形大道,保持震惊及有所领悟的状态。①

如前所述,表现主义运动尤其到后期在很大程度上是一种政治性的文艺,表现主义者认为知识分子有讨论社会和政治问题的道德责任,并将文学艺术作为对一种乌托邦式体制的期待,自觉运用艺术这一斗争的武器,展开社会宣传和呼吁。特别是在后期表现主义的作品中,强调了艺术对社会动乱进行批判的必要性,对帝国主义战争造成的后果、对腐朽不堪的社会、对失去人性的现实、对市民庸俗的社会习气进行猛烈抨击和呼唤社会革命、呼唤理想社会的文学艺术作品大量涌现,从而使其具有了"革命的价值"。正如赫尔瓦特·瓦尔登所指出的,"表现主义是一个战斗的词。任何不理解或曲解都会使它失去意义……被称作'表现主义'的这场运动是一场革命的运动,因为承认也只是意味着对实际上已经达到的现

---

① Carl Sternheim,"Gedanken über das Wesen des Dramas"(《关于戏剧本质的思考》),In *Expressionismus*:*Manifeste und Dokumente zur deutschen Literatur 1910—1920*,S.683.

状表示认可,而表现主义对生活本身所起的影响,这是不容争辩的"①。

反抗现实是表现主义文学艺术的主要倾向。在表现主义运动中,左翼激进派占了相当大的比重,就是处于中间状态的人如卡夫卡等,内心世界也充溢着一种"急欲爆炸"的感情。多数表现主义者都把创作当作表达他们个人的反抗情绪的手段,或者说当作宣泄内心情感的突破口。在左翼表现主义者看来,似乎艺术是次要的,宣传鼓动才是目的。他们宣称戏剧"不是舞台,而是鼓动者的讲坛","艺术的转变,就引起世界的转变。要联合一切艺术手段和力量来复兴社会"。贝歇尔的诗《人啊,站起来》,托勒尔的剧作《机器破坏者》《转变》《群众与人》,凯泽的剧作《从清晨到午夜》《瓦斯》三部曲、《加莱的公民们》等都表现出了不甘听任世界的沉沦,要求改变现实、提高人们的精神素质的愿望。表现主义的反抗倾向决定了这一文学艺术运动强调行动:"行动,行动——这才是决定一切的东西!"表现主义这一倾向的积极发展,导致了一部分作家转向了革命,如贝歇尔、莱昂哈特等,这些人后来成为德国无产阶级革命中的重要力量。

尽管表现主义者也发表政论文章,为社会革命鼓与呼,但表现主义运动的兴趣并不是简单地宣传鼓动,而是创作探讨人生的复杂性而又不自以为是地给出现成解决方案的艺术性作品。正如托勒尔在1925年所说的:"人们不应当将政治创作与把创作作为媒介达到政治目的的政治宣传相混淆。政治创作有其独有的日常目的,它比创作更多也更少。更多:因为它本身含有的可能性,即在一种假设情境下,直接驱使读者的行动。更少:因为它从不彻底地研究深度,也从未抵达创作:它把悲—喜的理由介绍给听者,换句话说:如果政治宣传展示十个'问题',它就把这所有的十个作为可解决的心理前提,同时它也有权利去要求这十个问题的解决方法。创作将为这十个问题的可解决性所重塑,并揭示最后一个问题悲剧的不可解。"②托勒尔的剧作《亨克曼》就是将巨大的革命价值与巨大的艺术价值相结合的范例。

表现主义运动从时代中汲取了强烈的危机意识,这种危机意识带有浓厚的时代批判内容。虽然,因表现主义艺术家和作家的个人经历和世界观不同造成了他们对社会和人生的看法存在很大的差异,但是,表现主义文学艺术主要是作为一种社会批判的艺术而存在是毋庸置疑的。德国

---

① 瓦尔登:《庸俗表现主义》,《表现主义论争》,第51页。
② 转引自 Richard sheppard ed.,*Expressionism in Focus*,p.151.

第四章　艺术与社会——表现主义诗学的文艺功能论

表现主义作家都是对社会问题感觉极为敏锐的人，具有强烈的匡正时弊的意识。在他们看来，文学和艺术首先应该是伦理的乃至政治性的"行动"，路德维希·鲁宾纳在1917年5月发表的《时代回声》一文，鲜明地表达了表现主义的艺术观："不要为艺术而艺术，而要为人而人。"表现主义作家对表面看来似乎不可动摇的一切现存事物都持怀疑态度。他们要求文学表达新思想、新内容，艺术上创造新形式、新语言，他们强调按照自己的生活感受和经历表达一切，不拘泥于用现成的表达方式表现他们在现实中感受到的恐怖、痛苦、不满、渴望、梦想，等等。在他们的作品中，艺术家和作家将社会批判的矛头指向了社会上的各种不合理现象——封建专制的压迫、官僚主义的冷漠、阶级压迫与剥削、生活的封闭落后、工业体制的压抑、金钱的罪恶、战争的残酷和非人道等，以及这一切造成的人类"自我"的迷失。

表现主义之前，西方文学史上早已存在政治上与道德上介入社会问题的艺术作品。但这种介入与它在作品中的表述方式之间有着一种紧张的关系。在作为有机体的文艺作品中，作者想要表达的政治的和道德的内容必然从属于整体的有机体，成为整体的一部分，为整体做贡献。而在表现主义作品中，单个的符号主要不是指向作品整体，而是指向现实。单个的政治母题也就不再从属于作品整体，而可以单独起作用，形成了一种新型的介入艺术。这样现实以多种多样的具体形式渗透到艺术作品之中，而且作品也不再使自身封闭在现实之外。这种社会干预性是通过强烈的激情表现出来的，单纯从美学角度是无法理解表现主义的。库尔特·品图斯指出："**艺术本身就已经成为时代事件**。崩溃、革命、重建不是由这一代人的诗歌引起的；但是他们预感、知道并呼吁了事件的发生。时代的混乱、旧有社会形式的解体、绝望与渴求、对人类生活新的可能性的痴迷与探索，都展现在这一代人的诗歌当中，拥有与现实世界同样的狂野、同样的喧嚣……"① 赫尔曼·凯瑟也指出："并非艺术特性是表现主义的主要标志，表现主义的主要标志是它的激情，这种激情只有通过对我们的现实进行清醒的社会批判，才能平静下来。人们应该避免贬低这种表现主义，我再重复一遍，它是不会从我们走过的道路上被抹杀掉的。"②

---

① 品图斯选编：《人类的曙光》，第22页。
② Hermann Kesser, "Überblick über den Expressionismus"(《表现主义概论》), In *Expressionismus. Der Kampf um eine literarische Bewegung*, S. 221.

综上所述,我们可以清楚地看到,重视艺术活动对社会政治的介入和参与,试图通过对传统思想价值和现存社会体制的批判性反思唤起人们对自身处境的反省和主宰自己命运的自觉,激发他们对社会变革的渴望,这正是表现主义诗学所凝聚的对文艺社会功用的期许。

第五章　表现主义的艺术思维论

　　艺术思维与文艺创作的关系是西方文论史上一个至关重要的命题，柏拉图认为诗人制作都是凭神力而不是凭技艺，因为诗人如果得不到灵感，就没有能力创造，就不能作诗或是代神说话。① 康德则认为想象力是关键，他指出："审美理念是一种想象力的呈现，这种想象力和一种特定的观念相联系，这种观念与想象力在自由发挥中呈现的无比多样的局部表象紧密关联……这样呈现的表象赋予这观念无法言表的思想和迅速激活认知功能并将表示意义的语言和精神联系起来的感觉。"② 此外，还有不少流派和批评家把"形象思维"作为艺术思维的根本特性。表现主义者从自己的文艺观出发，对文艺创作过程中的艺术思维提出了一套全新的原则与方法。

第一节　陌生化：艺术思维的逻辑前提

　　就艺术与现实的关系而言，自然主义、现实主义力求再现细节的真实，此类作品的创作中，与读者的生活经验相呼应，激起读者的"熟悉"与"亲切感"是形象塑造的第一要务。浪漫主义虽然强调作者的主体性和能

---

① 参见柏拉图：《文艺对话集》，朱光潜译，北京：人民文学出版社，1983，第8页。
② 引自塞尔登编：《文学批评理论》，第261页。

动性,主张从主观出发,但也要表达与现实合谋的象征性的幻象。而表现主义艺术家以决绝的姿态表达了他们对于现实的不信任。他们是"只遵从于内心感觉而非外部表征的人"①,他们要"使现实从其现象的轮廓中解放出来","使自己从现实中解放出来",继而去"揭发模仿,暴露错误,强调不足",因为"最深刻的价值和最深刻的意义,对我们所有的人来说都是隐蔽着的"②。那么,如何认识生活的本质,如何表现现实的本质,成为每一个表现主义作家的首要课题。莱因哈特·戈林以一声"表现主义的惊叫"开始了他的戏剧《海战》,卡夫卡让他的小说主人公猝不及防地变成了虫子,都是主观表现的独特方式,都能迫使读者去探寻潜藏在不寻常表象背后的某种真理。这里潜存着一条艺术创作的原则,布莱希特称之为Verfremdung,也就是所谓的"陌生化"。在布莱希特的阐述中,陌生化既包含戏剧舞台表演中对间离效果的追求,也可指戏剧或其他艺术创作中对情节、人物和舞台的反模仿、反写实处理。这正是表现主义戏剧和文学的主要特征。

一、布莱希特的陌生化理论

要讨论陌生化原则就不能不提到布莱希特,尽管关于他与表现主义运动之关系有着各种不同的看法,包括布莱希特本人也对表现主义发表过种种批评性言论,并且自诩为社会主义现实主义的拥趸,但他在自己的史诗剧创作中所提炼出的陌生化原则对于理解表现主义的文艺观和艺术思维的出发点却具有特殊的意义。虽然布莱希特系统总结陌生化理论是在他脱离表现主义阵营之后,但这个理论的内涵和实质却与表现主义者所倡导和实践的艺术思维逻辑并无二致。

1. 陌生化概念的提出

在德文原著里,"陌生化"原文为"Verfremdung",翻译成"疏远"最接近本意,换作书面语便是"间离",而更为通俗的翻译便是"陌生化",也有人将其翻译成"异化",但在汉语诗学中最常见的则是"陌生化"。

最早提出"陌生化"概念的是什克洛夫斯基,在1917年发表的《作为手法的艺术》中,他写道:"那种被称为艺术的东西的存在,正是为了唤回

---

① Donald E. Gordon, *Expressionism: Art and Idea*, p. 174.
② 袁可嘉等编选:《现代主义文学研究》上册,第413、442页。

人对生活的感受,使人感受事物,使石头更成其为石头。艺术的目的是使你对事物的感觉如同你所见的视像那样,而不是如同你所认知的那样。艺术的手法是使事物'陌生化'的手法,是复杂化形式的手法,它增加了感受的难度和时延,既然艺术中的领悟过程是以自身为目的的,它就理应延长。"①陌生化作为一种艺术手法成了俄国形式主义文论的核心概念之一,它要求艺术家用超越日常语言的独特艺术语言展示出有别于人们现实体验的艺术世界,使读者耳目一新。虽然什克洛夫斯基和布莱希特提出的戏剧陌生化有相似之处,但正如茨维坦·托多洛夫所说:"俄国形式主义美学的终点是布莱希特美学的出发点",因为俄国形式主义关心的是"什么是文学"的问题,而布莱希特关心的只是文学应该怎么样,能够怎么样的问题。②形式主义诗学主张通过增加理解的难度,而使读者获得对世界的新的理解,布莱希特则重在改变表演的方式和改变观众的接受模式,引导或迫使观众去理解。当然,和形式主义诗学相同,在布莱希特的戏剧理论中,陌生化不仅是方法,也包含着对戏剧的社会功能和戏剧本体的思考。

据德国批评家莱因霍尔德·格里姆考证,布莱希特的陌生化概念的来源至少有三个,除了形式主义,还有黑格尔和马克思。黑格尔认识到"熟知的东西所以不是真正知道了的东西,正因为它是熟知的。有一种最习以为常的自欺欺人的事情,就是在认识的时候先假定某种东西是已经熟知了的,因而就这样地不去管它了。"③而马克思则说:"陌生化作为一种理解(理解—不理解—理解),否定之否定。"④类似的说法在诗人诺瓦利斯和雪莱那里也可以见到。诺瓦利斯在其《断片》中写道:"以一种舒适的方法令人感到意外,使一个事物陌生化,同时又为人们所熟悉和具有吸引力,这样的艺术就是浪漫主义的诗学。"雪莱则声称:"诗剥去笼罩在世界隐蔽的美容上的面纱,使熟悉的事物变成仿佛不熟悉的。"⑤莱因霍

---

① 什克洛夫斯基:《俄国形式主义文论选》,方珊等译,北京:中国社会科学出版社,1989,第6页。
② 茨维坦·托多洛夫:《批评的批评:教育小说》,北京:生活·读书·新知三联书店,2002,第34页。
③ 黑格尔:《精神现象学》(上),贺麟、王玖兴译,北京:商务印书馆,1979,第20页。
④ 转引自莱因霍尔德·格里姆:《陌生化——关于一个概念与起源的几点意见》,张黎编选:《布莱希特研究》,北京:中国社会科学出版社,1984,第204页。
⑤ 同上书,第204—207页。

尔德·格里姆认为,如果对此再做深入追溯的话,可以一直追溯到巴洛克和文艺复兴时代。

然而,对布莱希特的陌生化理论来源的探究,于我们并不重要,重要的是,诸多论述足以令我们认识到陌生化是文学艺术普遍的原则。这种原则,被形式主义的文论明确提出,而布莱希特"赋予它更坚实的理论基础,并将它发展为充分自觉和系统化的舞台表现手段"①。但陌生化思维在表现主义文学及戏剧中的运用并非从布莱希特开始,从表现主义文学的实践可以发现,布莱希特在 1930 年代总结出的这一原则,实际上伴随着整个表现主义的文学进程,在布莱希特作出概括之前,它已经成为表现主义文学包括诗歌、小说、戏剧广泛使用的艺术创作和认知的思维方式。1917 年底,埃德施密特在他那篇著名的演讲《论文学创作中的表现主义》中即已指出:

> 为此,就需要对艺术世界进行确确实实的再塑造。这就要创造一个崭新的世界图像。这种图像和那种靠经验而能把握住的自然主义的图像毫无共同之处,和印象派那种割裂的狭小范围也毫无共同之处……
>
> 幻象对于没有受过训练的人来说,是有距离的,而粗笨的事物对他们却是清晰而相近。②

伊万·戈尔在 1919 年也写道:

> 舞台除了放大镜什么也不是。伟大的戏剧总能意会这一点:希腊人穿着厚底靴表演,莎士比亚透过死去的巨人魂灵谈话。人们完全忘记了,戏剧的第一个标志是**面具**。
>
> 舞台不能仅仅呈现"真实的"生活,若从事物中窥见背后的种种,它会"超越真实"。纯粹的现实主义是一切文学最离谱的脱轨。③

尽管这时的表现主义者尚未提炼出陌生化的概念,但他们所倡导和实践的打破以经验为归依的现实图像,用精神和情感激发出的幻象去创

---

① 徐行言、程金城:《表现主义与 20 世纪中国文学》,合肥:安徽教育出版社,2000,第 302 页。

② 埃德施密特:《论文学创作中的表现主义》,《现代主义文学研究》上册,第 433、437 页。

③ Iwan Goll, "Überdrama". In *Expressionismus: Manifeste und Dokumente zur deutschen Literatur 1910—1920*, S. 692—693.

造令观众诧异和震惊的艺术效果,唤起接受者对现实进行反思的艺术追求恰恰是陌生化创作原则的最好注脚。

诚然,布莱希特是以一个左翼现实主义者的身份提出"陌生化理论"的。他否认自己的表现主义作家身份,同时也否认卢卡契对他的非现实主义创作及观念的批评。但问题是复杂的,如果考察布莱希特的艺术观,可以发现其与表现主义艺术观在实质上的相通性。当他以马克思主义的政治立场参与1930年代的表现主义大讨论时,他更主要是在为表现主义辩护,他在批评表现主义的同时,也批评了苏联的形式主义的现实主义。他说:"一个从事艺术的现实主义者(如批评家)要允许艺术有一定的行动自由,以便艺术成为现实主义的。他允许艺术有幽默(缩小和夸张)、幻想、喜欢表现(包括表现新,表现个人)的权利。"①这种"允许"突破了现实主义特别是苏联现实主义的创作原则。在他谈及艺术家与现实的关系时,其表现主义精神内核也就更加明确了:"习惯的看法是,一部艺术作品,它的现实越容易辨认,便越是现实主义的。我的定义与它不同,一部艺术作品,它的现实被驾驭得越容易辨认,便越是现实主义的。"②可见,布莱希特遵循的不是客观的现实原则,而是主观表现的方式。"一个作家是不是现实主义者,首先看他是否现实主义地进行写作,让现实面对粉饰和欺骗发挥作用。"③就此而言,布莱希特的现实主义只是一种关注社会现实的立场或态度,而非以细节的真实为基础的创作思维原则,以这种态度审视文学,德国表现主义可以是现实主义的,"毕加索、圣琼·佩斯、卡夫卡都是现实主义者",这也就是加洛蒂所谓的"无边的现实主义"④。

事实上,陌生化理论恰恰对表现主义在艺术形式上的实验和探索做了最好的总结和诠释。正是这一理论,道出了表现主义文学和艺术采用的反自然、反逻辑、破碎化的艺术表现形态的真正动因和艺术思维逻辑。因此我们把陌生化理论作为表现主义诗学的重要组成部分。可以说,这一理论为现代先锋艺术各种反话语的艺术实践提供了强有力的理论支持,也为20世纪50年代之后兴起的荒诞派戏剧、黑色幽默文学等先锋派

---

① 张黎编选:《表现主义论争》,上海:华东师范大学出版社,1992,第287页。
② 同上书,第342页。
③ 同上书,第343页。
④ 参见加洛蒂:《论无边的现实主义》,吴岳添译,上海:上海文艺出版社,1986。该书中,加洛蒂以毕加索、圣琼·佩斯、卡夫卡三位现代艺术家作为论述对象,并将他们的创作划入现实主义。

实验提供了逻辑前提。

2. 陌生化理论的内涵

布莱希特的陌生化理论是建立在对传统戏剧理论的深刻反思之上的。自亚里士多德的《诗学》以来,感情共鸣便是传统戏剧的基本追求,以此为基础的"戏剧性"则一直是欧洲传统戏剧理论的核心范畴。有没有戏剧性,往往成为衡量一部作品是否属于戏剧门类的首要标准,成为衡量一部戏剧作品优劣的重要尺度。[1] 传统戏剧最主要的特征是强调对生活逻辑的模仿,要求演员完全进入角色,以生动逼真的演出,使观众与剧中的人物或行动发生共鸣。如果从移情理论来看,也就是要观众在观看时最大程度地沉浸于"移情"的享受之中,在娱乐场所获得情感或灵魂的"净化"。作为表现主义的戏剧家,布莱希特极力反对戏剧表演的写实性,他认为以再现为基础的"感情共鸣"是占统治地位的美学的一根最基本的支柱,[2]但这根支柱早已显露出了它的弊端,"演员在台上模仿英雄(俄狄浦斯或者普罗米修斯),他是使用这样一种暗示和转化的力量,让观众从中去模仿他,同时置身于英雄的经历之中,感同身受"[3]。而这种让观众陷入剧情中的表演方法会把观众从现实世界引诱到艺术幻觉之中,使观众从充满矛盾和痛苦的现实中逃逸出去,把身处的困境当做梦想的世界、和谐的天堂,在这样的艺术幻想的潜移默化中,观众将驯服于命运的安排,觉醒的心智与变革社会的力量被完全消弭。布莱希特在多篇论述中,都表现出对这种可怕后果的担忧,所以他斩钉截铁地发出这样的宣言:"放弃感情融合对戏剧来说是一个巨大的抉择,也许这意味着能够想象得到的最大实验。"[4]这个实验正是现代戏剧革新的核心问题。由此,布莱希特提出了"非亚里士多德戏剧、叙事剧或史诗剧"[5]的概念,以革除传统戏

---

[1] 参见加洛蒂:《论无边的现实主义》,第84页。这本书中,认为"戏剧性"是传统戏剧审美特征的综合概括,包括了"形体动作""矛盾冲突""感情共鸣"等诸多因素。

[2] 布莱希特:《布莱希特论戏剧》,第59页。

[3] 同上书,第59—60页。

[4] 同上书,第61页。

[5] 史诗剧的德语原文为"Das Epishe Theater"。史诗在欧洲文论中是和抒情诗、戏剧并列的三大文学体裁之一,是指表现重大社会历史题材或英雄故事的、结构宏大的叙事性韵文作品,如荷马史诗。布莱希特的戏剧理论及创作的要旨,就在于应用史诗艺术的叙述方法,让演员变身为超越角色的讲故事的人,在舞台上表现既有广度又有深度的现代社会生活的内在肌理,并展示其发展变化的趋向。

剧的积习。本雅明曾对布莱希特的史诗剧(叙事剧)做了通俗的解释："史诗剧的任务不在于展开很多故事情节,而是表现状况。但是,表现在这里不是自然主义理论家所说的再现,而主要是揭示状况(人们同样可以说：把这些状况陌生化)。对状况的这种揭示(陌生化)是通过中断情节发展来实现的。"①这种对状况的表现或揭示,在布莱希特的戏剧及舞台表演中,就是利用陌生化的手段来实现的,通过演员和角色的分离,故事情节的刻意安排,舞台布景、音乐背景的设置等具体方法,在戏剧情境和观众之间造成一种"间离",使观众保持理性状态,并获得批判的能力。

在《关于革新》一文中,布莱希特描述了传统的戏剧性戏剧向现代戏剧的过渡和转移的重点和方向：②

戏剧形式的戏剧	史诗形式的戏剧
舞台体现一个事,	舞台叙述一个事件
把观众卷进事件中去,	把观众变为观察家,
消磨他的行动意志,	唤起他的行动意志,
触发观众的感情,	促使观众作出抉择,
向观众传授个人经历,	向观众传授人生知识,
让观众置身于剧情之中,	让观众面对剧情,
用暗示手法起作用,	用辩证手法起作用,
保持观众各种感受,	把感受变为认识,
把人当作已知的对象,	把人当作研究的对象,
人是不变的,	人是可变的,而且正在变,
让观众紧张地注视戏的结局,	让观众紧张地注视戏的进行,
前场戏为下场戏而存在,	每场戏可单独存在,
事件发展过程是直线的,	事件发展过程是曲线的,
自然界是不会发生突变的,	自然界是会发生突变的,
戏展示世界现在的面貌,	戏展示世界将来的面貌
表现人应当怎样,	表现人必须怎样,
强调人的本能,	强调人的动机,
思想决定存在。	社会存在决定思想。

---

① 瓦尔特·本雅明：《什么是史诗剧？》,《布莱希特研究》,1984,第 14 页。
② 布莱希特：《布莱希特论戏剧》,第 106 页。

从这个对照的图表中,可以清晰地看到布莱希特陌生化理论的具体内涵。在传统戏剧中,舞台表演被当做对现实的模仿和反映,越是逼真越是能够唤起观众的共鸣,而在"史诗形式的戏剧"中,舞台不再是生活的一面镜子,而是一个表现的世界,一个与现实相异的存在,在所有的戏剧元素中都包含着作家和演员主观表现的意向。当然,作为戏剧家和导演,布莱希特更多的是在舞台表演和戏剧效果的层面来阐释陌生化的。但其对于陌生化的充分阐释,实际上已经超越了戏剧领域而成为一种文学表现的自觉手段。

这样的与现实生活拉开距离的艺术思维逻辑和表达方式其实在早期表现主义作家的笔下就蔚为风气了。早在1915年,品图斯在《论近期诗歌》中就列举了一大批表现主义者的创作宗旨与特征。他写道:

> 施特恩海姆几乎完全不理会所谓真实的情节;他随心所欲信手拈来,让他创造的各种类型的市民用简洁的语言和很少的行动毫无保留地直接揭去面纱,使人的真实本性和由人自己所创造的现实之间的那个可怕的深渊裂开。
>
> 霍夫曼斯塔尔为了在另一个环境的平面上更加明显地展示出更为深刻的现实而离开了现代现实;瓦尔泽把现代现实融化在醉人的优美的田园风光之中;阿尔滕贝格把它描绘成明达、温柔、幸福的感情的乐园;拉斯克—许勒则用圣经官能画给现代现实加了一个穹盖;特奥多尔·多依布勒则利用自然景物和漫游经历将现实堆砌成带有形而上学和伦理学的宏伟颂歌;瓦尔特·卡莱是一个成熟的青年,抑郁地离开了现实;格奥尔格·特拉克尔则像是由哀愁、秋色和恬适的自然组成的雅桑特之梦,从现实中飘荡而过。
>
> 阿尔弗雷德·利希滕斯坦把寻欢作乐和痛苦深沉的世界写成怪诞的悲剧;保尔·博尔特表演了一场颇有现实官能性的拳击,但终归又趋于和解;阿尔弗雷德·沃尔芬斯坦则站在僵化的城里,孤独地向朋友呼喊,从身心中揭掉那像皮一样长在他身上的没有上帝的青年时代的缺点,并以最最艰苦的努力从恼人的现实的混浊纷乱中挣脱出来,使精神显得明晰清楚,一目了然。
>
> ……海姆全身激荡着力量,他用强大的拳头把这个现实一下子打得稀烂,吞了下去,后来又吐了出来,于是它就成了一座色调阴暗的尖顶纪念碑,耸立在坟场之上。哈森克莱弗[哈森克勒维尔]由于

在现实上空进行了诗爆炸而被摔了出去,他以优美的姿态腾飞而去,所以已有的对象从他心里消失了,剩下来的只有感情,那是他喜爱的,非常喜爱的。

爱因斯坦在《贝布克文》中把冲突一直推到精神的东西消失在虚无主义之中,现实和精神之间的桥梁倒塌了。因此在纯理性的人看来,世界成了摇摇晃晃的荒诞不经的东西,顶多也只不过是思考的手段。

才气横溢的小说家卡西米尔·埃德施密特以更为有力的手段完成了这个变化:把装饰现实的金丝银线刮下来,于是碎屑纷落,本质就毫无遮挡地显露出来了。在沃尔芬斯坦和贝恩的小说中,由于强烈的精神渗透,现实就自然而然地、几乎是清醒地、好像是轻而易举地变成了艺术的现实。①

从品图斯所总结的这些诗人和小说家的艺术实践中我们不难看出,表现主义文学的陌生化思维的逻辑出发点便是,通过作者主观的强力介入,打破现实在人们经验中的熟悉印象和习惯的感知模式,运用各种艺术手段创造出超越日常经验的艺术幻象,用击碎观众和读者审美期待的方式激发他们对现实本质的质疑和反省。

布莱希特在艺术理论上最大的贡献无疑是他从表现主义作家的大量艺术实践中提炼和总结出了陌生化观念,这一理论既包含戏剧舞台表演中对间离效果的追求,也可指戏剧或其他艺术创作中反写实的情节、人物和舞台处理。而这些正是表现主义戏剧和文学的主要特征。

3. 布莱希特戏剧的陌生化手段

在布莱希特戏剧理论中,陌生化作为一种表演方法,包含着辩证地处理演员、角色、观众三者间关系及舞台美术原则、艺术效果等内容。在《戏剧小工具篇》《简述产生陌生化效果的表演艺术新技巧》《表演艺术》《角色研究》《对演员的指示》等理论性文章中,布莱希特对之皆有深入的探讨。布莱希特认为,古典戏剧人和兽面具的使用,亚洲戏剧的音乐和哑剧,中国戏剧中的楔子、脸谱、动作、唱曲都是陌生化的手段。但他同时也认识到:"这种技巧跟追求共鸣的技巧一样,主要是建立在催眠术式的暗示的

---

① 品图斯:《论近期诗歌》,《现代主义文学研究》上册,第415—421页。

基础上的。这种古老方法的社会目的和我们的完全不同。"[①]可以看出，布莱希特的陌生化理论不是简单的戏剧演出技巧论，而是一种现代戏剧思维和创作的原则，只有在这种前提下探讨陌生化的手段才是有意义的。而具体的技巧在布莱希特的论述及实践中纷繁复杂。归结起来，主要体现在两个方面：叙述法和历史化。

叙述法：布莱希特命名的史诗剧借鉴了古代叙事史诗中广泛使用的叙述手法。这在亚里士多德的戏剧理论中曾遭到明确的否定，他说"摹仿的方式是借人物的动作来表达，而不是采用叙述法"[②]。但布莱希特提出相反的看法，刻意在舞台表演中通过增加叙述者、采用蒙太奇手法、选择第三人称和过去时、宣读表演提示和说明等叙述方式，来打破观众的舞台幻觉，让观众明确舞台上的戏剧动作是一场表演。

传统戏剧注重情节的连贯性及结构的封闭性，布莱希特借鉴了爱森斯坦的"蒙太奇"理论，采用开放式结构，打破传统的分幕制，使用分场制。一出戏分为若干场，场与场之间相互独立，但合起来又能形成一个整体，表达共同的主题，从而分散观众的注意力。在传统的西方戏剧模式中，演员只管在台上忘我地表演，在观众与舞台之间筑造了"第四堵墙"，布莱希特主张通过叙述者的设置拆除"第四堵墙"。叙述者身份并不固定，可以是演员、画外音，也可以是舞台背景，还可以是巨幅字幕、唱歌、音乐、文献幻灯等，在戏剧表演之外对戏剧的故事或行动作出介绍和评价。第三人称和过去时叙事手法的使用，可以有效地拉开观众甚至是演员在空间和时间上与剧情以及剧中人物的距离感。在《四川好人》中，叙述者卖水人老王在戏剧中如同剧情的解说员，他以旁观者的身份用第三人称的叙述，向三位神仙描述了（过去发生的）沈黛的行为和遭遇，给观众提供批评的对象。该剧的第八场则全部由杨荪的母亲叙述。一开场便对戏剧故事做了客观的介绍，而这个叙述者同时又是戏剧中的角色。随着人物身份的变化及叙述的内容增加，间离的效果也就自然产生了。

对于舞台设计，布莱希特提出简化原则，舞台上的东西要限制在必不可少的范围内，"不必制造一个房间或者一个地点的幻觉"[③]，以避免场景过于逼真。舞台上通常还会以幻灯片的方式或巨幅的字幕来提示剧情。

---

① 布莱希特：《布莱希特论戏剧》，第 22 页。
② 亚里斯多德：《诗学》，罗念生、杨周翰译，北京：人民文学出版社，1997，第 9 页。
③ 布莱希特：《布莱希特论戏剧》，第 38 页。

在音响背景设置上,布莱希特认为,音响师没有必要刻意去制造一种配合观众情绪的音响,而是完全独立了出来。同样,布景设计师在进行舞台设计时,暗示就足够用了。

布莱希特还主张采用古代戏剧中的歌队等形式,在表演过程中加入合唱、字幕等外在的叙述手段来提醒观众。在《高加索灰阑记》中,歌手充当了叙述者,提醒观众这是一场演出,并点明故事的主旨:

> 《灰阑记》故事的观众,
> 请记住古人的教训:
> 一切归善于对待的,比如说,
> 孩子归慈爱的母亲,
> 为了成材成器。
> 车辆归好车夫,开起来顺利。
> 山谷归灌溉人,好让它开花结果。

当然,歌队出现并非仅仅告诉观众生活伟大的结论,而是要给观众一个示范性的立场,指导观众形成自己的观点,并号召观众从被表演的世界以及表演中把自己解救出来。①

布莱希特的史诗剧(叙事剧)还对演员、角色、观众三者之间的关系提出了明确的要求,不仅要让观众与剧情与角色之间保持一定的距离,还要求演员与角色之间要划清界限。演员要保持自己的清醒状态,不能沉入角色之中。"演员必须放弃他所学过的一切能够把观众的共鸣引到创造形象过程中来的方法。既然他无意把观众引入一种出神入迷的状态,他自己也不可以陷入出神入迷的状态。"②"演员一刻都不允许使自己完全变成剧中人物。'他不是在表演李尔',他本身就是李尔——这对于他是一种毁灭性的评语。"

布莱希特的"叙述法"实际上是把舞台当成了一个立体的表现主义的文本,其打破观众共鸣的本质在于要破除模仿论戏剧所造成的假象,在表现本质的同时,也让观众在舞台现象中发现这一本质。在此基础上,可以说布莱希特开创并奠定了现代表现主义戏剧理论的基础。

历史化:布莱希特认为在阐明一些新的艺术原则和创立一些新的表

---

① 安德哲依·威尔斯:《论布莱希特剧本的立体结构》,《布莱希特研究》,第99页。
② 布莱希特:《布莱希特论戏剧》,第24页。

演方法的时候，必须从历史时代更替所赋予的任务出发，看到重新阐释社会的可能性和必要性。人与人之间发生的一切都应从社会的立场出发加以考察。在各种艺术效果里，一种新的戏剧为了完成它的社会批判作用和它对社会改造的历史记录任务，陌生化效果将是必要的。①

在对陌生化做出阐释时，布莱希特援引了李尔王的例子，认为李尔王的"愤怒"并非适用于每一个时代每一个人，他的愤怒只是特定时代下的特定反应。要想将李尔王的立场陌生化，"演员可以不表现李尔王的愤怒而去表现他的其他反应，也就是说作为一种社会现象去表现，它不是一种理应如此的现象。这种愤怒是人性的，但不是共通的人性，有些人就不会产生这种愤怒。不是一切时代的一切人在具有李尔王同样经历的时候，都会产生这种愤怒的"。所以，"愤怒是人永远可能具有的一种感情反应，但李尔王这种表达愤怒的方式和产生愤怒的原因是和时代相联系的。由此看来，陌生化就是历史化，亦即说，把这些事件和人物作为历史的，暂时的，去表现。同样地，这种方法也可用来对当代的人，他们的立场也可表现为与时代相联系，是历史的，暂时的。"②

陌生化即历史化，这是布莱希特为我们提供的又一种实现陌生化的艺术手法，而这也是他史诗剧里一个重要的概念。"演员应该采取历史学家对待过去事物和举止行为的那种距离，来对待目前事件和举止行为。他要使我们对这些事件和人物感到陌生。"③因为"历史事件是只出现一次的、暂时的、同特定的时代相联系的事件。人物的举止行为在这里不是单纯人性的、一成不变的，它具有特定的特殊性"。即艺术和科学一样能够促进人类创造力的增长。

《伽利略传》是布莱希特成功运用历史化手法的典范。伽利略作为一个历史人物，为多数人熟知，如果仅仅是再现他的生平和成就会索然无味，布莱希特在处理这部剧时，将伽利略放置在广阔的文艺复兴的历史语境中；在处理人物形象时，没有把伽利略处理成完美的英雄形象，而是有着性格上的矛盾点，他既是笃信真理、酷爱思考的科学家，又是贪生怕死、渴望满足的庸人。当布莱希特将这些性格矛盾点同时呈现在戏剧舞台上的时候，伽利略也就从一个带着明确的文化标签的历史人物，变成了一个

---

① 布莱希特：《布莱希特论戏剧》，第202页。
② 同上书，第63页。
③ 同上书，第213页。

有血有肉的、活生生的、复杂的人,观众也就必须摆脱惯常的认知经验,对舞台上的既熟悉又令人感到陌生、惊奇的形象重新认识和思考。当然,布莱希特并非彻底解构伽利略的经典形象,而是充分考察伽利略所生活的时代环境及社会、生活处境,还原一个更具可能性和可信度的伽利略。这样,正如布莱希特所说,"观众看到舞台上表现的人不再是完全不可改变的,不能施加影响的,不能主宰自身命运的人"。观众也就能够在诸多的可能性中反观自身和社会,由传统的认可者、共鸣者转变为思考者、批判者和改造者,同时,"这个人不仅可以把他表现为现在这个样子,还可以表现为他可能的那个样子。环境也可以被表现为与现状不同的另一种样子。这样就使得观众在剧院里获得一种新的立场。……他(观众)面对着舞台上所反映出来的人类世界,现在获得一种立场,这种立场是他作为这个世纪的人面对自然所应当具有的"①。

这样的手法并非布莱希特所独有,也是表现主义戏剧家的拿手好戏,"最具有表现主义特征的戏剧"《获救的亚西比德》(凯泽,1919)就是鲜明的例子。凯泽通过合理的历史想象,重构了一个与历史形象相悖的、富有荒诞意味的苏格拉底形象,并借此展开对灵与肉的二元对立、人的转变以及生死问题的哲理探讨,表达作者对于身体残缺与精神创造力焕发之关系的独特体验和思考。不论是布莱希特,还是凯泽,将人物形象历史化的根本目的,不是要还原一个真实的历史人物,而是借助历史化的手段,将人物陌生化,以实现戏剧的教育和干预功能,这正是典型的表现主义艺术立场:"观众在剧院里被作为伟大的改造者来接待,他能够插手干预自然界过程和社会发展过程,他不再仅仅忍受世界的一切,而是要主宰这个世界。"②

布莱希特力图在舞台上表现一个历史化、社会化的世界,一个暂时的、可以改造的世界。正是这种对传统戏剧、人性、社会的批判激情和改革愿望,使得陌生化效果成为一种激进的艺术理论,并获得了超越美学的社会学意义。③

---

① 布莱希特:《布莱希特论戏剧》,第63页。
② 同上。
③ 林克欢:《戏剧表现论》,北京:中国社会科学出版社,1993,第183页。

二、表现主义文学的陌生化实验

作为实质上的表现主义戏剧家,布莱希特的陌生化理论及创作实践正是表现主义诗学的重要构成部分。但如果越过舞台表演,从更大范围的表现主义艺术实践来反观陌生化理论,便会发现,陌生化是一种基本的艺术创作思维,它体现在每一部优秀的作品中,而不仅仅是一种戏剧手法。

在一般的叙事艺术中,陌生化的核心是通过种种非逻辑的叙述、描写手段,打破读者对作品真实感的习惯期待,唤醒他们理性的目光。而让读者跳出身临其境的共鸣状态,获得当头棒喝般的震惊体验,则是陌生化追求的最佳效果。为了实现这一目的,表现主义作品往往通过创造一系列令读者或观众惊异的艺术形象和情境,促使他们摆脱观察世界的习惯方式和惰性思维,去关注并发掘作者赋予作品的独特意蕴。

在表现主义文学中,造成陌生化效果的方式变化多端,在不同的文学类型中也有不同的侧重,作家通常在叙事手法、人物形象及语言等方面打破常规,进行不同寻常的艺术处理。下面我们就对上述几个方面简要考察。

1. 叙事手法的陌生化

布莱希特不仅提出了陌生化的理论,而且非常严格地在舞台表演中贯彻了这种理论。其打破传统戏剧封闭式结构的蒙太奇编剧、叙述手法以及演员与角色的分离主张、舞台布景、歌队、字幕提示等不同于传统戏剧手段的运用都有效破除了观众"共鸣"的产生,制造了陌生化的效果。在谈到《伽利略传》一剧时,布莱希特说:"演员作为双重形象站在舞台上,既是劳顿又是伽利略,表演者劳顿不能消逝在被表演者伽利略里,这种表演方法也被称之为'史诗的'表演方法,这种方法到头来只是意味着对真实的、平凡的事件不再加以掩饰。"[①]这意味着舞台中的演员除了扮演剧中的角色,还要担任剧外的叙述主体,他不仅在演一个角色,还在叙述一个历史人物。在《〈三角钱歌剧〉解说》中,布莱希特认为"用幻灯在木牌上投射出场景标题,这是剧院文学化的一种初度尝试"。所谓"文学

---

① 布莱希特:《布莱希特论戏剧》,第 25 页。引文中查理·劳顿系英国演员,曾在美国同布莱希特合作把《伽利略传》译成英文,并亲自扮演过伽利略。

化",也是布莱希特将舞台表演转变为舞台叙事的尝试。他不仅从戏剧内容上,也从舞台形式上展开了他的陌生化实验。

和戏剧相比,表现主义小说在叙事上的实验更为惊人。以卡夫卡、德布林为代表的一批小说家,出色地完成了古典小说向现代主义小说的转变,并创作了一系列现代小说的经典文本。为了使主观表现的本质具有某种普世性和永恒性,卡夫卡小说通常在故事时间和空间上采取模糊的策略,时空要素几乎都被抽象化,失去了与现实对应的维度。《变形记》中的格里高尔在"一天早晨"发现自己变成了甲壳虫。《审判》中的约瑟夫·K 在"一个清晨"被捕。《判决》的故事发生在"最美丽的春天里一个礼拜天的上午"。时间起点的无定指取消了小说与现实之间的模仿关系,使小说从一开始就带着寓言化的意味。卡夫卡小说中的故事发生的地点同样没有可供考察的现实标记。《变形记》的故事就发生在主人公 K 的房间里,至于这个房间在哪里,卡夫卡甚至不屑于去虚构一个环境背景。《城堡》中无名的"村子"和不可抵达的"城堡",也是抽象的空间符号,可以存在于地球上的任意地方。这种对时空的陌生化处理手法在表现主义戏剧中也常使用。托勒尔的戏剧《转变》的故事时间设置为"可能是夜间、傍晚或早晨",《群众与人》第六景的背景是"没有边际的空间"。

德布林小说的叙事实验更为激进。早期代表作《谋杀蒲公英》具有明显的荒诞意味。德布林借鉴了精神病理学的方法,在这部短篇小说中花费了绝大部分的笔墨,去描绘主人公米歇尔·费舍尔惶惶不安的病态心理。像卡夫卡一样,德布林也以细部的真实构筑荒诞的大厦,将一个完全不合情理的故事叙述得有声有色。

出版于 1929 年的《柏林亚历山大广场》,可谓德布林最优秀的长篇小说,它在叙事上完全打破了传统小说的固有叙事模式。比如:它将各种时事报道诸如政治新闻、体育新闻、天气预报以及电影广告、饭店菜单,乃至 1927 年柏林非正常死亡统计数据、物理学定律公式、警察局的值班报告等等拼贴进小说;常常借用电影中的蒙太奇手法,将各种画面组合在一起;大量使用意识流手法,使得整部小说碎片化,情节松散,故事性不强。同时,为了破除读者对故事情节的期待和沉迷,它在小说开头和每章正文开始前,提前告知读者故事的主要内容,并在正文中不断设置一些标题,提示读者下一步的发展或主题。在叙述过程中,叙述者又常常跳出来与读者直接对话,启迪读者去思考人物的种种行动和选择。可以说,德布林以上述手段不仅在文本叙事上实现了陌生化,在叙事与读者之间,也取得了有效的"间离效果"。

此外,表现主义文学在叙事上还表现出对怪诞故事或情境的偏爱。托马斯·安茨认为,表现主义文学与唯美主义文学对美的狂热崇拜是俨然对立的,"它是一种以非和谐、丑陋、怪诞和病态为特征的文学,是对分裂的外在和内心世界及陈腐的语言秩序的描绘"①。丑陋和怪诞是表现主义文学一个较为普遍的美学标记,在小说中尤为突出。阿尔弗雷德·库宾的小说《另一面》对丑陋之物有着不厌其烦地描绘:"从位于高处的法国区,一股由脏物、垃圾、血液、内脏及动物和人的尸体组成的洪流似熔岩流般慢慢涌向前来。在这色彩缤纷的腐烂的混合物中,最后的幻想家们在艰难地漫无目的地行走着。"德布林《谋杀蒲公英》所描绘的主人公的幻觉,包括植物和人、女人和男人、阴道和阴茎、射精、血液、腐烂和呕吐、生殖器和口中排出的液体,等等,这一切糅合成一个恶心的混杂物。卡夫卡曾因《在流放地》中"难堪"的描写而向责难他的出版商库尔特·沃尔夫辩解:"对这本新的小说我只想补充一点,其实不仅它是难堪的,我们整个时代及我的这个特殊时代都是同样极度难堪的。"②怪诞作为一种现代美学风格,颠覆了传统文学的模仿现实的可能性,也将表现主义文学引向了对人的荒诞境遇的思考。阿尔弗雷德·库宾《另一面》中梦幻之城 Perle 的覆灭是荒诞的,人的世界被动物所占领。卡夫卡笔下的格里高尔变成了甲虫,人猿向科学院院士作报告,约瑟夫·K"一点坏事也没干"被判处了死刑,乡村医生一次出诊"永世难偿",军官自愿取代死刑犯走上死刑机器(《在流放地》)③,等等,种种荒诞的情节或情境,造成了卡夫卡小说"风格的极致"(迪伦马特语)。表现主义的丑陋和荒诞叙事,本质上是出于表达本质的需要,正如托马斯·安茨所说:丑之美学发现表面下的隐藏物,将不可见的事物变得可见——意识表面下的无意识的真实,地表下的掩埋物,现象后的本质,表层皮肤下身体的内部。④ 表现主义文学以丑陋和荒诞的方式,"像拳头击中脑袋那样将我们唤醒"(卡夫卡),而这种唤醒正是陌生化的理想效果。

表现主义在叙事手法上的陌生化实验可谓不胜枚举,对后来蓬勃发

---

① Thomas Anz, *Literatur der Expressionismus*, S. 164.
② 转引自 Thomas Anz, *Literatur der Expressionismus*, S. 165.
③ 参见卡夫卡:《卡夫卡文集·审判》,王滨滨等译,合肥:安徽文艺出版社,1997。
④ Thomas Anz, *Literatur der Expressionismus*, S. 166.

展的现代、后现代主义文学皆有开拓之功。

2. 人物形象的陌生化

表现主义文学对人物形象的塑造,也刻意制造陌生化的效果。后文"抽象化"一节中,所论述的人物形象类型化、抽象化正是一种陌生化手段。在表现主义戏剧中,不管是剧本中还是舞台上,人物通常都被作为主观表现的道具,被抽取了个性,变成没有性格的、符号式、漫画式、标签式形象。他们或被命名为一种职业,如工人、银行家、出纳员、警察,或者代表一种身份或性别,如父亲、儿子、男人、女人,有的甚至只是一个空洞的能指,如无名氏、影子、亡魂。人物行动丧失个性的标志,人物语言缺乏鲜明的个性特色,皆是作者出于主观表现的需要而对现实中形形色色的人进行抽象的结果。因此,作品在丧失人物个性的同时,也获得了表现主义文学的个性,令人耳目一新,也更能激发读者或观众的理性思考,这正是陌生化最终要达到的效果。抽象化在小说中也常使用,卡夫卡小说中的人物通常就是类型化或抽象化的。《审判》和《城堡》中的人物都叫 K,《饥饿艺术家》《在流放地》等短篇中,人物皆以职业和身份命名,没有鲜明的性格,风格化特征突出。

当然,并非所有表现主义作家笔下的人物都是如此。就布莱希特剧本而言,"伽利略"仍然是一个饱满的形象,虽然经过布莱希特的历史化处理,不再是具有普遍人性的典型形象,但"伽利略"内心的复杂性,伽利略在多次人生转折时所做的选择,反而成就了他独特的个性,由此也可见布莱希特后来倾向于现实主义的原因。在表现主义者的抽象化主流中,布莱希特没有完全抛弃人物的独特个性,但又与现实主义不同。他所主张的历史化,否定了伽利略身上可以作为代表的普遍人性,特别强调他的独一性,要将一个不同于一切别的人的行动展示在观众面前,让观众无法与之共鸣。

创作这样一种极端个性化形象的陌生化方式,事实上,在十年前(1929)的德布林小说中就出现了,《柏林亚历山大广场》的主人公毕勃科普夫就是一个在特殊历史语境中的特殊人物,不仅他复杂而曲折的一生不具有普遍性,就是他每一次的行动和选择也颇有些匪夷所思。德布林的意图,正是和布莱希特所论述的那样,通过叙述者的叙述和揭示,启迪读者去思考并改造社会。在更早的 1921—1922 年,身陷监狱的托勒尔写出了代表作之一《亨克曼》,这部作品"更加关心的是如何通过对主人公现实的、个性化的性格塑造来表现他关于人和社会的思想"。主人公亨克曼是一个"永远无法治愈痛苦的个人"①，有着根深蒂固的绝望，有着丰富的内心世界和悲惨而特殊的个人遭际。托勒尔正是将他的个性推向极端以获得陌生化效果的。在亨克曼的身上，仍然寄予着表现主义艺术家"对于人的新生以及产生一个新的、更加美好的社会秩序的信念"②。

因此，表现主义作家笔下的人物呈现出两种极端。一种是抽象化的，表达作者对人之现代存在的普遍困境的思考；一种是极端个性化的，着眼于启迪读者思考人物及其行动背后的社会问题。前者成为现代主义文学的发端，后者逐渐转向了社会主义现实主义。相对于传统文学，这两种类型都表现出崭新的面貌。

3. 语言的陌生化

表现主义文学在语言上显示出鲜明的个性，很难概括出一种统一的风格来。但大体上还是可以分为两类，一是冷静、克制、思辨的，二是激烈、强力、破碎的。这和抽象表现主义绘画的冷抽象和热抽象两种类型颇有些相近。前者以卡夫卡的小说为代表，后者则是表现主义戏剧和诗歌的主要特征。卡夫卡小说的语言极为克制，甚至是冷漠，即便发生了难以想象的恐怖事故，他仍然能够做到不动声色：

> 一天早晨，格里高尔·萨姆沙从不安的睡梦中醒来，发现自己躺在床上变成了一只巨大的甲虫。他仰卧着，那坚硬得像铁甲一般的背贴着床，他稍稍一抬头，便看见自己那穹顶似的棕色肚子分成了好多块弧形的硬片，被子在肚子尖上几乎待不住了，眼看就要完全滑落下来。比起偌大的身躯来，他那许多只腿真是细得可怜，都在他眼前无可奈何地舞动着。(《变形记》)③

面对这一触目惊心的变故，卡夫卡采用的是摄像机般的镜头语言，仿佛世界本来如此。在他精细的描述中，荒诞比真实还要逼真地被呈现出来，而巨大的恐惧隐抑于冷静的文字背后，萦绕在文本语境中，如一场醒不过来的梦魇。卢卡契认为，卡夫卡小说中"那些看起来最不可能，最不

---

① 本森：《德国表现主义戏剧》，第74页。
② 同上书，第79—80页。
③ 卡夫卡：《卡夫卡全集》第1卷，叶廷芳主编，石家庄：河北教育出版社，1996，第106页。

真实的事情,由于细节所诱发的真实力量而显得实有其事"①。叶廷芳说是"大框架的荒诞与细节的真实"②。"真实"的力量,正是来自卡夫卡语言的克制与精确。但与自然主义的模仿不同,它是经过抽象、变形后的伪真实。这样的语言风格,对后世的影响很大,中国 1980 年代的先锋小说不少都受到卡夫卡的启迪,比如余华早期的系列中短篇小说。

与卡夫卡"冷抽象"式的语言风格相反的,是表现主义戏剧和诗歌的语言。作为一种"高贵"的文体,古典戏剧的对话是个性的、诗化的、抒情的,但表现主义戏剧更强调语言的表现性,时而夸张、激烈、急切、断裂,时而空虚、无意义、费解;时而如优美的赞美诗一般典雅、抒情,时而粗野、疯狂、咒骂。对白也常常分裂,如同独语,言说姿态的意义大于对白自身的意义。在《从清晨到午夜》的结尾处,忏悔台上的出纳员,越说越激动,伴随着越来越急的鼓声,独白因激情而变得断断续续,句子越来越短,以至成了碎片。《群众与人》的语言则成了"电报体"。如:

岗哨
　　学校。
　　兵营。
　　战争。
　　永远如此。
无名氏
　　暴力……暴力,
　　为什么要开枪?
囚犯
　　我曾宣誓
　　为国效忠。
　　……③

碎片化的语言凝聚着人物内在的激情,短促、急速,在舞台上爆炸、激荡,如同反抗的枪声,响在观众的耳边。在表现主义诗歌的句法实验中,不少诗人为了表现内心的激情,同样放弃了句子的完整性和舒缓的长句,

---

① 卢卡契:《批判现实主义的现实意义》,《外国文学动态》,1984 年第 9 期。
② 叶廷芳:《现代艺术的探险者》,广州:花城出版社,1986,第 111 页。
③ 袁可嘉等选编:《外国现代派作品选》第一册下,上海:上海文艺出版社,1980,第 550 页。

改用短句或断句,以提升速度和节奏,增加诗歌的强力。施特拉姆的诗歌就是典型的范例:

> 楼上尖锐的石头撞击
> 夜晚刮擦玻璃
> 时间停滞
> 我
> 石头。
> 远远地
> 你在
> 凝视!
>
> ——施特拉姆《绝望》①

在另一首《奇迹》中,语言更是完全处于亢奋的断裂状态,这样的诗歌,带给读者的陌生感及冲击力是可想而知的。结尾部分如下:

> 而你
> 而你
> 你
> 站立着
> 这是
> 奇迹。②

相对于传统,表现主义诗歌在语言上的实验显得极端。品图斯编选的表现主义诗歌集《人类的曙光》一度风行,被誉为"二十世纪诗歌的奠基之作"③。壮怀激烈的表现主义诗人把强力、激情注入他们的诗句中,以加速度的语流和"平行句法"④冲决传统诗歌的美学法则。品图斯对此现象的描述是:"诗歌中长期被忽视的感情突然大爆发,那种激昂慷慨的情

---

① 引自品图斯选编:《人类的曙光》,第52页。
② 同上书,第143、144页。
③ 同上书,第2页。
④ 参见 Thomas Anz, *Literatur der Expressionismus*, S.175.

绪开始重新觉醒了,又响起了极度失望的呼号,孤独者的忧郁的悲歌,特别是响起了热切的期望和对人的共同道德和感情的预言式的宣告:善良、欢乐、友谊、人性、过失和责任。"①

而品图斯和埃德施密特的评论也以激情的方式揭示出表现主义诗歌的激情:

> 贝歇尔……写出许多俚俗的巴洛克式的、呼号着的、飘动着的、隆隆作响的诗歌。②

> 哈森克莱弗由于在现实的上空进行了诗爆炸而被摔了出去。③
> 韦尔弗手持狂热的火炬,他更加强有力。④
> 格奥尔格·海依姆……以壮观的一举将诗歌打翻在地。⑤
> 施拉特姆……所剩的只是短句之火。⑥
> 德依布勒……以巨大的激情发出对世界不完美的控诉。⑦
> 恩斯特·施塔格勒……以激情和一种节奏奇妙的语言来吸收外部世界。⑧
> 格奥尔格·凯撒……他从人中引发出最为激动的情绪,使其狂放地达到高潮。⑨
> 索尔格,销魂于天主教的激情之中。⑩

《人类的曙光》第一部分,品图斯命名为"崩塌和嘶喊",所选 82 首诗歌(整本诗集中绝大部分诗歌都有这样的特质)几乎都是爆炸式的。它们以加速度的词句和激情冲击着一切腐朽和沉闷,掀起一场诗歌革命:

> ……我找不到任何出路。/啊,身心分裂,如此痛楚!/戳瞎双眼吧,失去光明,缠上纱布。/任何亲吻也不会再使它们复明!/我找不

---

① 品图斯:《论近期诗歌》,第 423 页。
② 同上书,第 418 页。
③ 同上。
④ 埃德斯密特:《论文学创作中的表现主义》,第 445 页。
⑤ 同上。
⑥ 同上书,第 446 页。
⑦ 同上。
⑧ 同上。
⑨ 同上书,第 447 页。
⑩ 同上。

到任何出路,/很可能是我自己的缘由/鲜血,炙风和狂流/耻辱,躁动……

——贝歇尔《衰败》①

一天天我沉默不语,/我的生活枯燥、孤寂。/天空没有闪烁的星辰,/我宁愿立刻死去。

……

——埃伦斯泰因《绝望》②

在烟雾和刀枪中相互残杀吧/在惊惧中,在用家乡话喊出的崇高口号中/,把你们的生命抛向四周大地!/你们还不曾拥有恋人。/所有的陆地将变成水域,/从你们脚下流失。

……

——弗兰茨·韦尔弗《我们都是世界上的陌生人》③

康定斯基说:"艺术家找到的正确手段是灵魂震荡的物质形式,他还被迫为他的灵魂震荡找寻一种表达。如果这种方式可行,那么在接受人的灵魂深处会造成几乎一致的震荡。"④表现主义诗人找到的正是这样一种充满激情的语言。

意象并置和句法结构上的变异是表现主义诗歌比较鲜明的标志。霍迪斯的《末世》和利希滕斯坦的《黄昏》曾被称之为德国表现主义文学的开端。汉堡对它们有这样的评述:"这些诗的新颖之处在于,它们不是别的,而只是取自现代生活的种种意象的任意连接;它们表现了一幅画,但不是那种现实主义的……他们是抽象派的拼贴画……"⑤

肥胖的男孩在池塘边嬉戏,/风在一棵树上停留,/天空慵懒而苍白,/好像脸上的胭脂已褪尽。//两个跛足人拄着细长的拐杖。/侧身闲聊着在田地上蠕行。/金发诗人似乎变得疯狂。/小马驹绊在了一个女子身上。//窗户上贴着个肥胖男人。/一个青年想去拜访一个温柔的女人。/灰衣小丑正在穿靴子。/一辆童车在哭喊,/伴着咒

---

① 品图斯选编:《人类的曙光》,第7页。
② 同上书,第41页。
③ 同上书,第47页。
④ 转引自 Thomas Anz, *Literatur der Expressionismus*, S.162.
⑤ 转引自弗内斯:《表现主义》,第43页。

骂般的犬吠。①

———利希滕斯坦《黄昏》

这样的诗歌在特拉克尔、海姆等人的作品中都很常见,它们以意象的并置构成了一个远离真实的世界,具有明显的主观表现的风格,但在当时西方诗歌史中却极为罕见,可以说是一个新品种,如果我们把它们和庞德的那首震动世界的意象主义诗歌《在地铁车站》对照阅读,便能想象这种诗歌在德国产生的反响,而庞德却是受到了中国诗歌的影响。

人流中忽隐忽现的张张脸庞;
黝黑沾湿的枝头上片片花瓣。

———庞德《在地铁车站》②

在意象主义和表现主义之间,存在着密切的联系,不论它们之间有着怎样的影响关系,可以确定的是这样的诗歌在当时都是陌生的、新奇的、富于创造性的。弗内斯认为"种种并置的意象被凝聚在一起,这是新诗歌的特征"。而这种诗歌,在读者中激起大量的反应,并成为读者想象的推动力。③ 在托马斯·安茨的《表现主义文学》中,称其为"同时性诗歌",并细致地分析了这种"并列句法"在诗歌中造成的效果:"在表现主义的同时性诗歌中,主句的并置通过句子界限和诗节界限的一致以及句法上的不一致达到。句子之间缺少句法上的连接关系;没有一个句子的主从关系一致……在相互间并立排列的句子中不存在结构段的联系,然而却存在纵聚合关系语言项的联系……"因为"同时性诗歌"影响广泛,因此"同时性"也被作为表现主义诗学的标志性的词语。④

莱因哈特·戈林的戏剧《海战》以一声惊叫开幕,被称之为"表现主义的惊叫"。诗人、作家玛格丽特·萨斯曼评论说,"它仅仅希望被听见,它应该作为充满生命力的人性的决定不惜任何代价被倾听———它是觉醒的灵魂对我们这个时代残酷现实的回应"。这声惊叫不再是美的艺术,"表现主义有一项使命,这项使命不再懂得美为何物"⑤。如果把这句话用在对整个表现主义文学语言的评述上,也是十分贴切的。不论是卡夫卡,还

---

① 品图斯选编:《人类的曙光》,第16页。
② 杨通荣、丁廷森编译:《英美名诗选》,贵阳:贵州人民出版社,2003。
③ 弗内斯:《表现主义》,第26、27页。
④ Thomas Anz, *Literatur des Expressionismus*, S. 175.
⑤ Ibid., S. 164.

是其他表现主义作家,都改变了语言上美的、和谐的倾向,以冷峻的思辨或激情的呐喊去回应外在现实的残酷和人的内在困境。

陌生化理论的核心在于,以种种陌生化的手段造成陌生化的效果,这种效果不仅指向作者赋予作品以独特的表现风格,也指向读者的接受方式和接受效果。从广义上来看,文学中有效使用的一切手段,只要能使作品展示新的风貌、传递新的艺术价值,使读者获得新的感受,并激发读者的反思与行动,都是陌生化。而在力求革新又要向人们揭示本质的表现主义文学中,陌生化就成为创作过程中一种首要的、普遍性的思维。

第二节 抽象化:现代艺术的形式表征

苏珊·朗格旗帜鲜明地说:"一切真正的艺术都是抽象的。"[①]对于表现主义艺术而言,这更是一句没有异议的格言。抽象是表现主义者认知世界、把握世界的基本方式,也是表现主义艺术创作的最基本的思维方法。正如康定斯基所说,"传统的美的形式只会取悦于懒惰的眼睛","必须把降低到最低限度的艺术因素理解为最有力、最有效的抽象因素","通过排斥现实因素来达到内在共鸣的加强"[②]。只有抽象,艺术家才能"从面向总体的艺术中产生最普遍的人性"[③]或神性。关于抽象,表现主义的艺术家和批评家从艺术实践到理论建设都有比较全面深入的探究。其中最具代表性的两部著作,就是沃林格尔的《抽象与移情》和康定斯基的《论艺术里的精神》。英国当代艺术批评家郝伯特·里德把这两本书视为20世纪现代艺术中的两个决定性的文件[④],因为表现主义之后,抽象化已经成为整个现代艺术最突出的特征。正如英国美学家哈罗德·奥斯本在《20世纪艺术中的抽象和技巧》的引论中所说:"过去的一百年中,艺术运

[①] 苏珊·朗格:《艺术问题》,滕守尧、朱疆源译,北京:中国社会科学出版社,1983,第156页。
[②] 康定斯基:《论艺术的精神》,查立译,北京:中国社会科学出版社,1987,第82—87页。
[③] 品图斯:《论近期诗歌》,《现代主义文学研究》上册,第422页。
[④] 郝伯特·里德:《现代绘画简史》,刘萍君译,上海:上海人民美术出版社,1979,第106页。

动最重要的特征是抽象和许多不同的抽象方式。"①而当代的美国艺术家内森·卡伯特·黑尔的话在一定程度上也证实了这一点:"不管你的作品是忠实的现实主义的或是完全抽象的,不管你的作品是像一面镜子似的反映自然或者完全是内心的幻觉,艺术的抽象因素是你将使用的工具。"②就此而言,表现主义的抽象化理论及实践,虽不无偏颇,却实在是艺术史上珍贵的遗产。

一、艺术创作的抽象冲动

作为表现主义艺术的主要支持者,威廉·沃林格尔认为当代美学迈出的决定性的一步是从审美客观论转向了审美主观论。传统的美学研究从审美对象出发,虽然形成了其理论的顶峰——移情说,却充其量"只是在人类艺术感知的一个要素上建立了阿基米德式的原则"③。其只有与从人的抽象冲动出发探讨非生命的无机美的美学思路相结合,才能构成一个包罗万象的美学体系。在呈现移情冲动与抽象冲动的对立和更替过程时,沃林格尔使用并进一步阐释了前辈美学家里格尔④的美学概念"艺术意志"和"世界感"。

1. 艺术意志和世界感

所谓"世界感"即"一种心理状态,在这种心理状态中,人们面对宇宙、面对外在的自然世界,觉察到了自身的存在"⑤,对此,沃林格尔以"广场恐惧症"病人对于空间的心理恐惧为例加以生动阐述,并指出,这和人们面对广阔的、杂乱无章的紊乱世界所产生的对空间的心理恐惧是相类似的。正是这样一种恐惧的世界感本身,促使人们萌生抽象的冲动,并形成以抽象冲动为决定因素的艺术意志,这样的世界感才是艺术创造的根源

---

① 哈罗德·奥斯本:《20世纪艺术中的抽象和技巧》,阎嘉、黄欢译,成都:四川美术出版社,1988,第4页。
② 内森·卡伯特·黑尔:《艺术与自然中的抽象》,沈揆一、胡知凡译,上海:上海人民美术出版社,1988,第5页。
③ 沃林格尔:《抽象与移情》,王才勇译,辽宁人民出版社,1987,第4页。
④ 阿劳特斯·里格尔(Alois Riegl 1858—1905),奥地利美术史学家,美术史学上"维也纳学派"的创始人。他认为,艺术家先验地存在着"艺术意志",它抗衡着外在的客观世界,主宰着艺术家的创作活动。
⑤ 沃林格尔:《抽象与移情》,第14页。

所在：

> 这些民族因于混沌的关联以及变幻不定的外在世界，便萌发出了一种巨大的安定需要，他们在艺术中所觅求的获取幸福的可能，并不在于将自身沉潜到外物中，也不在于从外物中玩味自身，而在于将外在世界的单个事物从其变化无常的虚假的偶然性中抽取出来，并用近乎抽象的形式使之永恒，通过这种方式，他们便在现象的流逝中寻得了安息之力。他们最强烈的冲动，就是这样把外物从其自然关联中，从无限地变幻不定的存在中抽离出来，净化一切依赖于生命的事物，从而使之永恒并合乎必然，使之接近其绝对的价值。在他们成功地这样做的地方，他们就感受到了那种幸福和有机形式的美而得到满足。确实，他们所达到的只能是这样的美，因此，我们就可称经过这种抽象的对象为美。①

由此，沃林格尔认为，相对于艺术品，艺术意志是一种先验的存在，是一种潜在的内心要求，它是在世界感的基础上自为地产生，并表现为形式意志，它是一切创作活动的最初的契机。每部艺术作品从其最内在的本质看，都是艺术意志的客观化。而以往的艺术唯物论，对艺术意志熟视无睹，在艺术作品中只看到了三种要素：功利目的、原始材料和技巧。前二者具有稳定性，这样就把艺术的发展史看做了技巧的演变史。但从心理学的角度看，技巧是第二性的东西，它是意志所导致的结果，因此，不能把不同时代艺术风格的变化归之于技巧的有无，而应归之于产生了不同的艺术意志。

2. 抽象与移情

那么如何看待美学上的移情论呢？沃林格尔并没有否定移情论的合理性，他仍然通过艺术史的考察，对其有限的艺术史地位做出界定。由前面的引文可见，最早的艺术并不开始于自然主义，而是开始于抽象的创造物，人类最初的审美需要在恐惧的"世界感"中，拒斥了任何一种移情。那么移情又是怎么产生的呢？沃林格尔认为，这也是艺术意志发展的结果。在有些天赋不同的民族的演进过程中，抽象的素质被一种对外在世界的"有机特性"的快感所控制，并最终被完全淹没，于是便产生移情活动。而使移情活动最易发生的对象，总是那些和人最近的有机物。在移情活动

---

① 沃林格尔：《抽象与移情》，第15页。

中,人们顺应内在的需要,并用内在的生命感不受任何干扰地沉浸于审美观照中,沉浸于令人愉悦的形式活动中,感受着"无欲境界"。在沃林格尔看来这样的移情冲动,同样能够产生伟大的创造,例如古希腊的艺术。

因此,沃林格尔把"风格"的概念与抽象冲动相对应,把"自然主义"的概念与移情冲动对应①,从而构成艺术感知的两极,并在艺术史的长河中,考察艺术感知在两极之间巨大的波动。他指出艺术诞生于受抽象冲动控制的艺术意志,而外在的有机体的合规律性,以其能够唤醒生命感的特质诱发了人类潜在的移情本能,从而产生了自然主义,并在古希腊和文艺复兴时期达到了顶峰。但是,移情冲动在古代重直观的东方文明中很少存在,而在罗马晚期以后,与移情冲动对应的自然主义则逐渐被外界有机世界完全征服,误入了浅薄的模仿冲动的歧途,艺术也沦为自然的奴仆。由此,沃林格尔为艺术的抽象活动立言,从而使以抽象为艺术原则的"表现主义反对自然主义美学成为可能"。②

康定斯基则以隐喻般的诗性语言,揭示了时代赋予人们的"世界感"及在这种恐惧感的支配下所进行的艺术抽象:"由于经过很多年的物质主义统治,我们的灵魂刚刚开始苏醒,但它仍忍受着因为怀疑和缺乏目的或目标所引起的痛苦,物质主义的梦魇——它常常使生命变成罪恶的和毫无意义的把戏——尚未完全消失;它的黑暗仍然笼罩着正在苏醒的灵魂"。因此,康定斯基在回忆自己的艺术经历时说:"客观物象损毁了我的绘画"。但康定斯基确信,"精神生活"是产生艺术的最大动力之一,它是一种复杂而明确的向前、向上的运动,它可以被转变成简单明了的东西。在精神危机时刻,不同的艺术都在用各自特有的方法表现自己,"每一种表现都孕育着非再现性、抽象和内在结构的努力"③。

3. 抽象冲动与表现主义

关于抽象冲动的人类学、社会学视角的考察,同时也出现在表现主义文论家饱含激情的笔下,埃德施密特说:"我们仅是造物的玩物,只是一种小小的尝试才使我们显得伟大而崇高;哪怕嘲弄超过我们之爱,轻蔑压

---

① 沃林格尔提出的"风格"与一般意义的风格概念并不相同,他认为,"这个概念集中体现了艺术作品的所有那些其心理依据在于人的抽象需要的要素",是与自然主义相对立的概念,自然主义这个概念则"统摄了艺术作品的所有那些由移情冲动发出来的要素"。
② Thomas Anz, *Literatur der Expressionismus*, S. 100.
③ 康定斯基:《论艺术的精神》,第13页。

着我们的激情。纵使有虑于此,也不得不敢于反击。"①这"玩物"的比喻揭示出表现主义者眼里的人在世界中卑微的地位及危险的处境。在海姆的诗歌《人生的影子》《停尸室》,特拉克尔的《深度》《安静与沉默》,奥滕的小说《从窗口掉下》及其他许多表现主义文学作品中都清楚地显示了人的异化和他对存在的恐惧。②而表现主义作家品图斯更是生动地描述了年轻一代在近代工业革命所造成的纷乱表象面前的无助和悲剧,他写道:"1900年以后涌现的年轻人,他们在惊险的旅行,更加自由的两性关系,在为神秘的色彩、音响和形象弄得眼花缭乱、嘈杂不堪的街道、风光、咖啡馆、游艺场,在谜一般的工厂、机器和各种各样的运动面前毫无防卫,毫无保护,完全为这些光怪陆离的东西的魔力所支配……他们为机械地滚动着的环境的急速节奏所控制,快乐地呼叫着投入"新奇迹的世界",兴高采烈地在种种社会现象上消耗自己的热情,使他们的官能和神经燃烧起烈焰来,震颤不已……写出了自己的陶醉、紧张和颓唐。"人们完全沉沦于外在世界,并消耗着生命和激情,因此品图斯疾呼要摒弃"微观世界"在心灵世界的投影,摒弃主客观的统一和融合,要把宏观的、内心的、抽象的世界投影结合到外在的世界中,这样,艺术带来的才"不是官能的震撼,而是灵魂的震撼!"③

总体而言,艺术的抽象冲动在表现主义者看来,是一种先于艺术作品的先验存在,是对咄咄逼人的现实的反抗意志,也是对工业社会的平庸世界的拒绝和摈弃的姿态,更确切地说,是一种以主观意志统摄外在世界的野心。苏珊·朗格说:"不管是在艺术中,还是在逻辑中,'抽象'都是对某种结构关系或形式的认识,而不是对那些包含着形式和结构关系的个别事物的认识。"④在表现主义文学家看来,传统的文学已经完全陷于个别事物的表象世界,是一种"衰竭的模仿文学","没有一丝一毫的事物的本质",对于抽象化思维方式的强调,既是要认识、把握外在世界的本质(结构关系或形式),也是要让艺术回到艺术的本质——即康定斯基所谓的"内在需要"。这二者之间有着本质上的相通性,其桥梁也就是抽象。

---

① 袁可嘉等编选:《现代主义文学研究》上册,第428页。
② 本森:《德国表现主义戏剧》,第4页。
③ 袁可嘉等编选:《现代主义文学研究》上册,第412页。
④ 苏珊·朗格:《艺术问题》,第156页。

二、艺术抽象的方式

纵观 19 世纪后半叶以来的现代艺术发展历程,艺术语言从巴比松画派现实主义的自然模仿与细节刻画到新印象主义的点彩技法,后印象派、野兽派的主观化色彩与平涂,再到立体主义的构成,表现主义、抽象主义的激情与观念,走出了一条从具象、写实到抽象和符号化的变革之路。抽象化在艺术作品中通常表现为线条、色彩的简化,故事寓言化,时空虚拟化,人物类型化,舞台风格化等等,其核心仍是对形式的崇拜。

1. 抽象的类型

著名艺术批评家赫尔曼·巴尔在 1916 年出版的《表现主义》中生动地描述了这场从艺术观念到表达方式的大变革:"朋友们,天气的确变了,人也再一次地发生了骤变,长期以来他们追逐外在事物,如今他们却又重新返回到自己的内在中去。"①

在确认了抽象冲动及以此为根源的艺术品在整个艺术史上的身份和地位之后,那些在争议中受到传统艺术质疑的以抽象为表征的"先锋"艺术也就获得了充分的合法性,这在 20 世纪初的艺术革命中是极为重要的一环。关于艺术"抽象"方法的论述在 20 世纪以后的艺术理论中极为流行。因为抽象,正如沃尔格林、康定斯基所论述或预言的那样成为现代艺术最突出的特征或要素。那么,关于抽象的一整套美学理念,在表现主义艺术家的艺术实践中是怎么实施的呢?

英国艺术理论家哈罗德·奥斯本的著作《20 世纪艺术中的抽象和技巧》是对 20 世纪艺术抽象及其方式的深入而严密的阐述和总结。如果从广义的表现主义范畴(包括野兽派、表现主义、立体主义、构成主义等)来看,这部著作对抽象的描述实际上是主要针对表现主义的艺术实践而言的。哈罗德·奥斯本从现代信息论的角度,将艺术作品传达的信息分为三类:语义信息、符号信息及表现信息②,语义信息与符号信息之间对立

---

① 巴尔:《表现主义》,第 27 页。
② 语义信息包括社会状况、某一特定文化的价值等等,符号信息则是关于艺术品自身的信息,以及它的结构特性与结构、各部分的关系、用以制作它们的材料的信息,表现信息包括有关情感特征,作品的相关情况或它所描绘的事物的信息。详见《20 世纪艺术中的抽象和技巧》第二章"艺术与信息论"。

互补的关系决定着一部作品所具有的表现性信息。一部艺术品所包含的语义信息与现实之间的对应关系及相似的程度,则决定了该艺术作品是更多的抽象还是较少的抽象,这样一种抽象则被称之为语义抽象。当抽象无限制进行下去,艺术品中主体再也不可辨认其现实形象,即艺术品与它本身之外的任何事物都没有再现关系、重在传达符号信息时,则被称之为非传统的抽象。前者如马蒂斯、席勒等人的作品,后者如康定斯基后期的抽象画。

康定斯基认为当前的艺术仍然面临着两个危险:"第一是对以几何形式出现的色彩的完全抽象的应用——纯粹的图案化,另一危险是具象形式中过于自然主义的色彩运用(坠入浅薄的幻觉的危险)。"[①]可见,在康定斯基的主张中,纯粹的抽象并不是目的,只是服务于"内在需要"的法则、即"心灵的法则"的一种思维方式和表现方式。这种认识与表现主义的艺术实践是大致契合的。表现主义的抽象并非完全摒弃外在的世界,而是从主观出发,重新安排、布置外在的世界,以矫正自然主义从客观出发,依照外在世界的法则来创作作品的观念。因此,表现主义的抽象观体现在艺术中,多不是"纯粹的抽象"(非传统的抽象),而是与现实存在有或密或疏的关系的语义抽象。这使得作为流派的表现主义艺术与自然主义、印象主义,也与后来的极端抽象的抽象主义、构成主义的艺术区分开来。

在文学中,纯粹的抽象几乎是不可能实现的,不论是表现主义的小说、戏剧还是诗歌,其思维基本都体现为语义抽象的方式。在卡夫卡的小说中,人物虽然失去了现实中的复杂性格因素,故事情节不再依赖于鲜明的背景和环境烘托,但人物还是可以依稀辨认出来。其小说主人公 K(《城堡》)、约瑟夫·K(《审判》)、格里高尔·萨姆沙(《变形记》)都被抽象为无性格的符号化的"人",但仍然可以辨别出作为"个体"的人的表征。表现主义绘画及雕塑艺术也没有完全避免再现性的因素,在蒙克的名画《呐喊》里我们可以清晰地辨别出近处的栏杆,远去的行人及河上的船只。诺尔德的《马驹》,马尔克的《风中的马》《蓝马》等也仍然有着现实中马的形体特征。就此而言,表现主义与以往的自然主义、印象主义存在着实质上的亲缘关系,他们"只是同一硬币的两面。两者都关注于艺术作品中语

---

① 康定斯基:《论艺术的精神》,第 66 页。

义信息和表现信息的关系"。不同的是表现主义"更有意地注意事物的表现特质、永久性与典型性,而不是它们瞬间的、视觉的性质"。①

因此,我们讨论表现主义的抽象化,在确认了其出于抽象冲动的主观动机之后,具体的抽象方式的讨论,仍然从艺术与现实之间的关系,也即从语义信息与表现信息的关系出发。为了达到对事物表现性特征的突显,表现主义艺术主要采取了以下的抽象策略。

2. 类型化抽象

抑制个性化细节,以展示表现对象的类型特征,或曰类型化抽象。现代艺术产生于对自然主义、印象主义的反叛过程中。虽然自然主义或印象主义并非真的如表现主义攻击的那样机械地模仿和毫无生气,但对于细节的强调确实是它们一贯的主张。自然主义者的真实观在于对现实的传神又逼真的呈现,印象主义者则要抓住事物在霎时间的光线下的精确细节,这正是与表现主义艺术观相冲突的焦点之一。正如品图斯所说:"在感官和神经对于新旧现象的具体事件变得极为敏感、极为尖锐以后,在发现和研究了人的心灵及其追求的复杂性之后,人们才开始感觉到,追求细节并不是、而追求总体才是更为深刻的艺术本质。"②因此,不论绘画、雕塑还是文学、音乐,表现主义者都刻意回避对外在世界的细节描绘,最大限度地减少作品中的语义信息,以使读者将注意力尽量多地集中到作品中的表现信息上。因此,野兽派的马蒂斯宣布"画家不用再从事于琐细的单体的描写了"③。"细节降低线条的纯洁度,损害情感的强度,因此我们拒绝细节。"④在许多表现主义绘画中,诸如《生命的舞蹈中》《病床前》(蒙克)、《风中挺立的向日葵》(诺尔德)、《蓝马》(马尔克)等,我们都能清晰地发现这样的意图。当然,并非绘画都要表现类型特征,有时为了突出对象的某种气质、本质或特征,也会刻意地抑制与这种气质、本质或特征相符的细节,省略不符的细节,以使画面上的色彩、形状和线条共同指向要表现的对象,而不至于被细节分散了力量。

---

① 奥斯本:《20世纪艺术中的抽象和技巧》,第69、81页。
② 袁可嘉等编选:《现代主义文学研究》上册,第411页。
③ 瓦尔特·赫斯编:《欧洲现代画派画论选》,宗白华译,北京:人民美术出版社,1980,第50页。
④ 转引自奥斯本:《20世纪艺术中的抽象和技巧》,第45页。

在表现主义文学家看来:"每个人不再是一个个体,而是和义务、道德、社会、家庭相关联的,在这种艺术中,人变成最高尚的又是最渺小的:人变成为人。"①于是在表现主义文学中,人就很少再作为个人而存在,大多数作品中的人物都成为某种内心本质的典型代表。"病人不仅仅是正在承受痛苦的可怜人,也是疾病本身。"②因此,可以说类型化抽象是表现主义文学的普遍特征。

表现主义文学对永恒品质的强调、对人类普遍精神的关注,对现实做整体的思考,使其并不在意形象的丰满与生动,也忽视细节的或个别的特征,其作品中的形象必然受到刻意简化,成为表达观念的符号。因此,我们在表现主义的戏剧或小说中,经常可以看到这样一种普遍的现象,其人物或有身份,或有职业,或有年龄、性别,但没有清晰的外貌、鲜明的个性及复杂的行动,甚至没有自己的名字。在很大程度上是把人物变成了作者表现主观意图的"活道具",这在戏剧中尤为突出。例如托勒尔的《群众与人》的第一景中出现的四个人物是工人一、工人二、女人和男人,第二景中出现的是文书、银行家一、银行家二、银行家三、银行家四,还有随行者和不出场的"声音"这种漫画式、标签式的人物。读者或观众在作品中获取与现实对应的信息的心理企图完全被作者或表演者所抑制,只好随着类型化的人物形象,和作者一起思考社会问题或存在本身的问题。这样的情况在小说中也很常见,前文论及的卡夫卡的小说也是典型的代表,K在《城堡》《审判》中就是两种不同类型的人物代表。

3. 情境抽象化

简化环境、背景或行动及事物关联,以凸显表现的对象,或曰情境抽象化。沃林格尔认为,"空间是所有抽象努力的最大敌人,在艺术表现中首先要加以抑制的必然是空间"③。因此他主张,把个体事物从外在不确定的、紊乱的关联中抽离出来,并在平面中以特定形式复现它的个性,使其摆脱一切时间性的生灭因素。这种对于空间的回避和对于深度的抑

---

① 埃德施密特:《论文学创作中的表现主义》,《现代主义文学研究》上册,第435页。
② 同上。
③ 沃林格尔:《抽象与移情》,第38页。

制,必然导致了艺术趋于对平面的表现[①]。空间是自然存在的模式,回避空间化实则是削弱艺术与现实的呼应关系。在绘画中,康定斯基认为"脱离再现而趋向抽象的第一步在于否定三度空间,即使绘画限于单一的平面的努力。要放弃使用模特儿,这种方法使具体的表现对象变得更为抽象"。在具体的创作过程中,艺术家主要通过对线条的粗细变形处理或色彩的变幻搭配,使得一幅画变成一种"悬浮的非物质的形式"[②],而绘画表现的对象常常因此呈现出被从环境或背景中分离开来的感觉,例如蒙克的《两个女人在海边》《青春期》《呐喊》等。即便在雕塑作品中,平面化也是实现抽象的重要手段,这一点,沃林格尔在《抽象与移情》的第四章"抽象与移情在建筑艺术和雕塑艺术中的例选"中有详细的论述。

在表现主义文学中,情境化抽象则体现为对于事件发生的背景、环境和人物行动的抽象,消除真实现实的鲜明性、复杂性,使其线条简洁轮廓清晰易于指认,并且能够强化地指示作者赋予它的特殊意味。表现主义戏剧里的情境化抽象特征表现得格外突出。戏剧故事发生的地点通常是虚构的。人物的行动不是处于特定的局部环境中,而是被从具体的日常生活世界抽取出来,置于四面敞开的"世界性"舞台,并通过灯光效果、装饰性的布景以及强烈、夸张的色彩,凸显个人命运不再仅仅取决于周围的环境或生理上的遗传,而是与时代的总体状况密切相关的主题。例如,哈森克勒维尔的政治剧《人类》的舞台背景交代为:"时间——今天,地点——世界"。在恩斯特·托勒尔的《群众与人》第六景中有这样的交代:"梦景。没有边际的空间。正中有一个牢笼,圆锥形的光柱在上面闪耀着。"[③]这些都是抽象了的舞台背景,带有强烈的表现性特征。人的境遇因为空间的虚化(无边无际)、灯光的刻意设置以及"梦景"的限制立刻成为聚焦的中心。托勒尔的《转变》的故事时间可能是夜间、傍晚或早晨,地点则在复兴前的欧洲,作品对时间和地点不做狭隘的规定,其目的就是要"传达出一种具有普遍性的、无始无终的感觉"[④]。

[①] 这里所说的"平面",是沃林格尔借用里格尔的概念,并特别说明,这种"平面"不是我们与物体保持一段距离后就会出现偏差的视觉平面,而是一种使我们产生触觉感受的触觉(技巧性)的平面。它具有可触摸而不可深入的确定性。

[②] 康定斯基:《论艺术的精神》,第59页。

[③] 袁可嘉等选编:《外国现代派作品选》第一册下,第565页。

[④] 本森:《德国表现主义戏剧》,第26页。

表现主义戏剧的情境化抽象还体现在人物的对话和行动方面。对话常常遭到压缩、变异，以致"越来越短、破碎和不真实"。对白变成了"电报体"①，并且，对话风格不统一，常常从散文语调突然变成赞美诗，或在优美的抒情段落中，夹杂粗野的咒骂。人物的行动被分割，显得古怪、机械，缺乏整一性，并造成情节的跳跃、突进甚至是混乱、不合逻辑，如斯特林堡所说，仿佛"一出梦的戏剧"。在故事情节的模式化中，表现主义戏剧和小说通常采用"一对相互矛盾的概念的方式来表现"，比如"父与子""精神病患者与市民""群众与人""社会与社区""精神与事实"等。哈森克勒维尔的《儿子》、卡夫卡的《判决》等都属于这样的二分式的结构。在经过抽象后的尖锐对立中，主题风格显得更加突出、鲜明。

在表现主义的作品中，为了实现抽象的意图，还会采用其他的手段。例如，在作品中植入非理性的手段，尽可能减少作品中的语义信息，以削弱形象与现实的对应关系，将读者置入一种抽象语境之中，迫使其思考寓言化故事深层的寓意。比如在卡夫卡的《变形记》中，格里高尔·萨姆沙一觉醒来变成了巨大的虫子。虽然"变形"题材在西方文学传统中极为常见，但过去的变形都有着特定的背景交代，或是神力的作用，或是外在其他因素造成，比如奥维德的《变形记》中的许多变形故事，都不令人震惊，读者看到宙斯变成牛羊等动物时，除了感到讽刺的意味之外，变形本身却自然而然。但卡夫卡剔除了对变形的先行交代，在猝不及防之中把人物变成了虫子，这种非理性因素迫使读者不得不追寻变形的寓意。这种手段是卡夫卡小说最常用的抽象方式。在戏剧中，情况稍有不同，戏剧家常常设置梦境画面来点醒读者，或者以人物不合逻辑的行动，昭示戏剧本身的抽象化寓意。

此外，预设先验的主题也强化了作品的抽象风格。托马斯·安茨的专著《表现主义文学》中就列出了表现主义作家最常涉及的一些核心概念，如新人、生活、精神、质量、人、异化和团体等②。而一旦预设了先验的概念，表现主义的创作则更清晰地表现出抽象化的风格。

---

① J.L.斯泰恩：《现代戏剧理论与实践3》，刘国彬等译，北京：中国戏剧出版社，2002，第572页。

② 参见Thomas Anz, *Literatur der Expressionismus*, S.164.

第三节　寓言化：表现主义作品的观念演绎

在沃林格尔将"表现主义的讨论从一个形而上的层面转向一个历史的层面"①，把当下艺术抽象的精神溯源到古代原始人的"世界感"，并在远古的线条装饰以至晚期哥特式艺术中发现艺术抽象的历史合法性之后，不无感慨地说道："以后的文艺复兴运动便开始了对自然性、对平民性的巨大肯定，而一切反自然的东西——这是一切以抽象冲动为依据的艺术创造的特征——都消失了，最后的'风格'随着哥特式艺术也同时垮台了。"②作为表现主义者的沃林格尔为表现主义艺术提供了巨大的理论和精神支持。但沃林格尔的历史考察是有遗漏的，如果再回溯到17世纪的巴洛克时代，还可以为表现主义找到精神的共鸣。假使将巴洛克艺术大师贝尔尼尼的《圣特蕾莎的狂喜》《圣者阿尔贝托娜之死》放在1911年的德国的展厅里，大约也同样能够散发强烈的表现气质。对此，博学的瓦尔特·本雅明做了充分的补充，他与沃林格尔一样沿用了里格尔的"艺术意志"的概念，对巴洛克给予高度的评价："巴罗克艺术与当代德国文学的惊人类似为人们加深对巴罗克的认识提供了理由……与表现主义一样，巴罗克与其说标志着真正艺术成就的一个时代，毋宁说标志着具有坚定不移的艺术意志的一个时代。"③本雅明在巴洛克与表现主义之间画出精神相似的等号并给出了同样的肯定时，也为我们探讨表现主义艺术思维方式提供了一个有效的理论支点，这就是本雅明阐释巴洛克时代德国悲剧表达方式的寓言理论。本节将在传统与现代的双重视域中探讨表现主义寓言化的特征。

一、寓言的传统与现代

寓言是我们熟知的一种古老的文学体裁，也是文艺创作中一种最基

---

① Donald E. Gordon, *Expressionism: Art and Idea*, p.178.
② 沃林格尔：《抽象与移情》，第122页。
③ 瓦尔特·本雅明：《德国悲剧的起源》，陈永国译，北京：文化艺术出版社，2001，第25页。

本的艺术表现方式。我们或许可以将寓言理解为通过虚拟的形象,用隐喻的方式表达对事物本质的一种抽象概括。

表现主义作品擅长以形象化的虚构故事寄寓哲理性的主题,总体上近乎寓言,但其中的具体形象、人物、情节乃至舞台设计也常常借助象征手法。那么寓言与象征在表现主义的艺术思维中究竟是怎样的关系呢?

1. 传统寓言观与表现主义

作为文体学意义上的寓言(fable),柏拉图与亚里士多德都曾论及,虽然不免轻视,却还是指出了寓言的本质。在《修辞学》中,亚里士多德认为,寓言是"虚构的事情……最适宜政治演说。历史上类似的例子很难找,寓言却容易编,只要像比喻那样,能看到事物的相似之点就行了"①。这古老的描述仍然明确了寓言出于阐述道理而进行虚构的合法权利,同时,在政治演说中使用寓言,实际上正是一种寓言化②的方式。对此,莱辛有《论寓言》专门论述:"寓意是存在于寓言和给寓言提供契机的真实事件之间的,只要从两者之中产生出来的是同一真理……只有当我把另外一件确实发生过的事情和寓言所含有的个别虚构的事情并列一起的时候,寓言才是寓意的。"③这里的"寓意"正是我们宽泛意义上的寓言和寓言化概念,也是在后来的古典主义和浪漫运动中经常被许多批评家作为象征的对立项的概念,透过本雅明的辩驳,可见传统观念的偏见之深。

在诸多论及寓言表达方式或寓言化风格的话语中,实际上仍然包含了 fable 的特质,这种特质在莱辛的谈论中可以见出:"一般性的格言通过寓言引回到一个个别事件上去……个别事件在任何时候都是一系列的变化,这些变化通过寓言家的意图链接起来,合成一个整体。"④总结而言,即主观性、寄寓性。联系前述的亚里士多德的虚构性及莱辛的寓意

---

① 亚里斯多德:《修辞学》,《罗念生全集》第一卷,第 259—260 页。

② 在不少诗学译本中,对 Fable 和 Die Allegorie 没有做出区别,都翻译成了寓言。二者有意义上的联系,但实是不同的概念。在中译本的黑格尔《美学》第二卷 121 页注释中,朱光潜先生对 Fable 和 Allegorie 做了区分,前者翻译成寓言,后者翻译成寓意。他认为"在西方,寓言专指以动植物影射人事,寓意则指抽象概念的人格化"(见朱光潜译《美学》,商务印书馆 1979 年版)。后文中本雅明使用的是 Allegorie 意义上的寓言,杰姆逊的寓言概念亦是。也有人译为"讽喻""寄喻"。在本文的论述中,出于当下的习惯,仍沿用宽泛的寓言的说法,而不用"寓意"或"讽喻"的概念。在单纯使用 Fable 意义的寓言时,皆明确标示出来。而 Allegorie 意义上的寓言、寓言化,不再标示。

③ 莱辛:《论寓言》,《德语诗学文选》上卷,第 8、9 页。

④ 同上书,第 26 页。

说,我们便不难理解关于表现主义的寓言化倾向的表述了。表现主义者,正是通过这样一种主观化的方式,在虚构的人物或事件中,寄寓着他们对于这个世界的观念和情感。他们甚至舍弃了人物的饱满的个性、生动的情节及复杂的背景,不惜以抽象化的手法凸显这个主观化的意图和观念,这也正如莱辛在甄别寓言与史诗、古典戏剧在处理情节的不同时所说的那样:他们不需要"把若干意图放进情节之中","只要能使诗人达到自己的目的,也就够了"①。这与表现主义者格奥尔格·凯泽把自己的剧作称之为"思想剧",要"把一个思想想到底",并确信"思想应该变成形象"的表述在本质上是相通的,亦如恩斯特·托勒尔所说:在创作中"作家个人的主观努力更比艺术重要"②。

这种传统意义上的寓言化方式,不仅在文学中可见,甚至在绘画中也可以发现,如果把蒙克的《呐喊》看作现代工业社会中人的处境的寓言,把毕加索的《格尔尼卡》看作战争灾难的寓言也并非不妥,其强烈的主观性表达及训诫意味,都带有明显的寓言化色彩。当然,绘画对于主观性的表现强调更多,走得更远,纯粹的抽象性渐渐取消了故事、背景甚至空间。在抽象表现主义作品中,我们看到更多的是艺术符号和情绪。因此康定斯基说:在绘画中"传统的美必须放弃,文学因素、'讲故事'、'轶事'等等都该收场了"。在文学领域,传统意义的寓言化方式,是表现主义寓言化的主要特征之一,而现代意义上的寓言化,即本雅明意义上的寓言化则是表现主义文学书写的另一侧面。

2. 表现主义与现代寓言理论

毋庸置疑,主题寓言化是表现主义文学作品最典型的思想呈现的方式,也是表现主义与象征主义艺术方法最重要的分野。

表现主义文学常涉及重大题材和主题,主张在较大的时空范围内对现实、对人生作整体的思考,探讨带哲理性的主题。尽管它也离不开象征和隐喻,但却追求较明晰的暗示和寓意。

本雅明的寓言(Allegory)概念是现代寓言理论的基石,杰姆逊的流行于第三世界国家的民族寓言理论就是发端于此。在《德国悲剧的起源》的最后部分"寓言与悲悼剧"中,本雅明在"象征"与"寓言"对立性的历史演进中,把寓言从这种二元对立中解放出来,跳出传统的寓言概念,探讨

---

① 莱辛:《论寓言》,《德语诗学文选》上卷,第24页。
② 恩斯特·托勒尔:《啊!这就是生活!》,《外国现代剧作家论剧作》,第235页。

了现代寓言的后期形式相对于早期寓言形式的异质性,以及作为表达方式的现代寓言的精神特征。

历来关于寓言的讨论多是和象征对举。在本雅明关于寓言的讨论中,把寓言的巴洛克艺术与象征的古典主义艺术区别开来,那么从巴洛克与表现主义精神的同构性来看,我们也能借此把表现主义与象征的自然主义、浪漫主义区别开来。而深刻地认识寓言,正如本雅明借此深刻地认识德国悲剧一样,也同样能够揭示出表现主义艺术的某些特质。对于表现主义艺术家而言,寓言正是他们一贯的表现方式。

自古希腊形成关于寓言的贬抑看法以来,寓言一直被认作与象征对立的负面形象,在西方诗学中常常成为被批评、被审判的对象。18世纪歌德的表述流传甚广:"诗人究竟是为一般而找特殊,还是在特殊中显出一般,这中间有一个很大的分别。由第一种程序产生出寓意诗即寓言,其中特殊只作为一个例证或典范才有价值。但是,第二种程序才特别适宜于诗的本质,它表现出一种特殊,并不想到或明指到一般。谁若是生动地把握住这特殊,谁就会同时获得一般而当时却意识不到,或只是到事后才意识到。"①《歌德谈话录》也多次出现类似的观念。与歌德同时代的黑格尔在《美学》中的批评更为尖锐而直接,他认为:"从意义和表现两个方面看,寓意都是枯燥的;它的普泛的人格化是空洞的,它的受到定性的外在形象也只是一种本身没有意义的符号……它只是一种抽象的形式。""在运用到寓意的表现方式的各门艺术之中,诗最不宜于采用这种方式作为隐身之所。"②黑格尔对于寓言化思维方式的主观性、抽象性特征的清晰认知和批评,并非没有道理,文学中的训诫及图解方式,在很大程度上破坏了文学作品的复义性和丰富性,这种弊端在表现主义的作品并不乏见,在"父子"冲突模式及呼唤"新人"的表现主义戏剧杰作中,也不免带有枯燥的说教色彩。持类似说法的还有浪漫主义诗人兼批评家柯尔律治,他认为寓言只是"把抽象概念转变成图画式的语言,它本身不过是感觉对象的一种抽象……"而象征的"特征是在个性中半透明式地反映着永恒"。③浪漫主义关于寓言与象征对立的阐释影响深远,进入19世纪,大诗人叶

---

① 歌德:《关于艺术的格言和感想》,转引自朱光潜:《西方美学史》,北京:人民文学出版社,1979。
② 黑格尔:《美学》第二卷,朱光潜译,北京:商务印书馆,1979,第124—125页。
③ 韦勒克、沃伦:《文学理论》,第204页。

芝也还认为寓言是解释性形象与抽象意义之间的一种约定俗成的关系①。浪漫主义强调内在情感但并不否定自然,而是企图以完美的象征达到心与物的和谐、内容与形式的和谐。当然,与自然主义从客体出发的象征相比,浪漫主义更接近表现主义,甚至在不少著作中,把浪漫主义也看作表现主义的一种②。这实际上是忽略了二者在表达方式上的巨大差异,其根本的不同之一就在于表现主义的寓言模式和浪漫主义的象征方式。

象征的艺术强调物质与精神的契合,要构造圆满、自足的艺术世界。"从象征的角度看,个别与普遍,特殊与一般,短暂无常与永恒不朽都可以在内在经验中结合起来,也就是说,内容与形式构成了艺术作品乃至历史的'有机整体'……因此,在象征中,世界呈现为一种理想状态。"③然而,表现主义艺术家面对的是"自然的解体,历史的解体,空间和时间的陈旧现实",世界犹如废墟,"天空……无边无际又毫无意义"④。象征的表达方式,正如在巴洛克时代一样已经无法适应艺术家的把握世界的需求,这也正是表现主义选择寓言模式的物质前提。在本雅明谈论布莱希特、卡夫卡及波德莱尔的文章中,皆有深入的论述,他认为"中世纪和巴洛克时期的戏剧遗产正是在这条小路上传到我们手里的。今天这条小路,不管它是多么杂乱、荒凉,已经又在布莱希特的戏剧中出现了"⑤。

古典的或浪漫的侧重于文体学或风格学并带有情感倾向的寓言认识,在本雅明看来只是抬高象征、攻讦寓言,是对寓言的"否定的、经验的建构"。而为现代寓言理论提供参考的不是这些带有某种偏见的认知,而是完备的"象征"理论体系。本雅明在克洛伊策的对象征主义的探讨中,发现了现代寓言的本质特征。

克洛伊策认为,象征符号具有"瞬间性、总体性、本原的不可测知性和必然性",象征是理念的化身和体现,象征中发生的是替代的过程,而寓言不过是指涉一个一般概念,或与自身相区别的一个理念。在寓言中,概念

---

① 本雅明:《德国悲剧的起源》,第133页。
② 参见查尔斯·泰勒:《自我的根源:现代认同的形成》,第二十一章"表现主义转向",韩震等译,南京:译林出版社,2001。
③ 张旭东:《寓言批评——本雅明"辩证"批评理论的主题与形式》,《文学评论》,1988年第4期。
④ Silvio Vietta u. Hans-Georg Kemper, *Expressionismus*, S. 150—152.
⑤ 张黎编选:《布莱希特研究》,第13页。

本身已经下降到我们的物质世界,我们直接在形象中看到它本身,象征与寓言两种模式之间的区别在于寓言所不具备的"瞬间性"。象征拥有的是瞬间的总体性,寓言则是一系列时刻的连续。本雅明敏锐地看到克洛伊策把"时间性"引入对寓言的界定的重大意义,它使得二间的关系"有了深刻而规范的定义。在象征中,自然被改变了的面貌在救赎之光闪现的瞬间得以揭示出来,而在寓言中,观察者所面对的是历史弥留之际的面容,是僵死的原始的大地景象。关于历史的一切,从一开始就是不适时宜的、悲哀的、不成功的一切,都在那面容上——或在骷髅头上表现出来。……正是这种形式才最明显地表明了人对自然的屈服,而重要的是,它不仅提出了人类生存的本质这个谜一样的问题,而且还指出了个人的生物历史性。这是寓言式地看待事物方法的核心"①。本雅明这段关于寓言的晦涩的描述,揭示出现代寓言的基本特征。

3. 现代寓言理论的特征

在《德国悲剧的起源》中,本雅明指出,表现主义时代的艺术感觉与巴洛克时代有着惊人的一致,而表现主义艺术的早期作品、韦尔弗的戏剧《特洛伊人》所表现的主题,与最初的巴洛克戏剧主题一致,并非完全出于偶然。这是因为它们都处于"颓废的时代"和艺术的"颓废"时代②。从德国历史发展中,我们确实可以发现则两个时代的相似之处,17 世纪的德国遭受了"三十年战争"的灾难和痛苦,而 20 世纪一次世界大战后的德国同样呈现一片废墟和破败。伟大的象征在这两个时代的艺术中让位于寓言,有着沉重的现实背景。本雅明的寓言理论实际上正是建立在对灾难、废墟、苦难的现实体验之上的。就此而言,其寓言的概念已不仅仅是一个抽象的、一般的诗学概念,而是"有着具体的社会、历史内涵的独特美学范畴"③。

本雅明认为"悲悼剧舞台上自然—历史的寓言式面相在现实中是以废墟的形式出现的"。而"寓言在思想领域里就如同物质领域里的废墟"。因此,本雅明寓言的首要特点就在于其对历史废墟的表现。相对于自然永恒的"胜利的面孔",历史瞬息万变,有着"不可抗拒的衰落"的宿命。在巴洛克文学中,无休止地堆积着具有高度意指的历史碎片,在对奇迹的持

---

① 本雅明:《德国悲剧的起源》,第 136 页。
② 同上书,第 26 页。
③ 朱立元:《法兰克福学派美学思想论稿》,上海:复旦大学出版社,1997,第 112 页。

第五章 表现主义的艺术思维论

续期待中,把"定式的重复"变成了强化的过程,创造了艺术品的奇迹。古典艺术瞬间呈现的高贵、静穆、圆满、光明在巴洛克寓言式表达中不复存在,取而代之的是对破败的遗迹、地狱、尸体、黑夜,对人类、历史衰亡的持续凝视。观照对象的改变导致了书写方式的差异,因此,"在寓言的直观领域里,形象是个碎片,一个神秘符号"①。这种"碎片"的特征,既体现在废墟形象本身,也体现在相应的结构和语言之中。布莱希特戏剧中对于蒙太奇的使用以及对于震惊效果的凸显,在本雅明看来,都潜存着废墟形象的根源性。而"语言的破碎是为了获得残片中变化了的和强化了的意义"。

在巴洛克抒情诗歌以及布莱希特、卡夫卡的作品中,本雅明看到了寓言的复义性特点。"在人趋于象征的地方,寓言便从存在的深度呈现"②。寓言古老的言意分离的表达方式,在总体性的虚假表象被破除的现代废墟的语境中表现出更为复杂的分裂。寓言的外部形式仅仅是一种暗示或中介,其真正的所指总是逸出意指系统,指向复杂而丰富的深度体验,"在寓言的语境中,形象不过是一种签名,不过是对本质的画押,而非面具下的本质本身"③。于是卡夫卡的作品"所描写的一切都不是在表述自身对象,而是另有所指"④,而这关于存在体验的另有所指在不同的读者眼中,也变得难以理解和阐释。

本雅明的寓言理论中另一个特点是对寓言中忧郁的精神氛围的认知。在巴洛克艺术家的世界中,"自然并非就是蓓蕾绽放,而是风烛残年,其造物已经腐朽。他们在自然中看到了永久的变幻,而只有在这里,这一代人冷漠忧郁的视觉才辨识出历史"。在本雅明看来,在历史的废墟化和碎片化的状态下,主体的忧郁气质具有必然性,同时,忧郁也意味着主体拥有一种思辨的能力,其本质是要"清除对客体世界的最后幻觉,完全用自己的手法,不是在世俗世界上嬉戏地,而是在天堂的注视之下严肃地重新发现自身"⑤,使得废墟的世界获得新的价值和意义。这一点在卡夫卡的作品中体现得尤为明显。

---

① 本雅明:《德国悲剧的起源》,第 145 页。
② 同上书,第 151 页。
③ 同上书,第 177 页。
④ 瓦尔特·本雅明:《经验与贫乏》,王炳钧、杨劲译,天津:百花文艺出版社,1999,第 340 页。
⑤ 本雅明:《德国悲剧的起源》,第 194 页。

总之,在本雅明看来,寓言在提出人类生存本质问题的同时,以其对历史废墟的独特表达方式,"重又找回了主观性,用神秘的重心平衡将其固定在天堂里。固定在上帝那里"。而德国悲悼剧的寓言艺术"在寓意再现中比之在巴洛克艺术中更彻底地失去了其简单的说教方面"①。

二、表现主义艺术与文学的寓言化

前文对寓言的简单考察实际上一直暗含了表现主义这个讨论对象。不论传统寓言突出的主观寄寓性特征,还是现代寓言隐晦的碎片化、忧郁性及复义性的本质,都与表现主义的文学艺术有着紧密的联系。康定斯基在讨论形式和色彩与艺术家感情及作品意义的关联时指出:

> 如果在一幅画里非自然主义对象具有一种"文学的"感染力,那么整幅画就有一种寓言的作用。观者被放进一种不会搅乱他心绪的氛围之中。因为他是把它作为寓言来接受的,他尽力在其中捕捉故事的痕迹,而这样的画或多或少具有色彩的不同感染力。②

为此,他得出结论——"我们必须找到一种包含着寓言而不会以任何方式限制色彩的自由作用的表现形式。"这是因为"脱离自然越是明显,内在意蕴就越有可能纯粹和不受到妨碍"③。

而在文学作品中,除了虚拟的故事和反自然主义的叙述方式之外,寓言化的表现形态更为多样和复杂。

1. 主题寓言化

在本雅明的论述中,回避了古典诗学对于寓言主观图示化表达的攻讦,但并没有否定其存在的事实。因此,即便站在现代寓言理论层面,我们依然能够看到表现主义文学的强烈的主观倾向性及寄寓性。柯尔律治所谓"把抽象的概念转化为图画式的语言"的批评性的表述,并非对寓言化的歪曲,但表现主义的寓言化也绝非他所描述的那般浅薄。正如西尔维奥·维塔所说:"表现主义将现代、连同以理性与理性诸概念为基础而认定的主体对于客观世界的关系作为主题,并探讨包含在这些概念中的、

---

① 本雅明:《德国悲剧的起源》,第141页。
② 康定斯基:《论艺术里的精神》,第97页。
③ 同上书,第98页。

现代人之于现实的异化关系。表现主义并非从一个呆板、不辩证且教条化的有关现实的概念出发,它对作为文学素材的认识与现实、意识与存在、语言与世界之间的辩证关系极为重视。首先是在这一类认识论文章中展示出了一种哲学反思的强度,这种强度时至今日在文学中几乎无人能企及。"①对此,使用詹姆逊对寓言肯定性的表述,更能接近表现主义主题寓言化的本质:"所谓寓言性就是说表面的故事总是含有另外一个隐秘的意义,希腊文的 allos(allegory)就意味着'另外'。因此故事并不是它表面所呈现的那样,其真正的意义是需要解释的。寓言的意思就是从思想观念的角度重新讲或再写一个故事。"②所谓表现主义的寓言化,就是这样"一种为高度主观化的观念或情绪寻求图示化的阐释的写作模式"③。

我们可以从表现主义作家笔下找到无数个经典的范例:斯特林堡、卡夫卡作品中对现代人的精神困境的书写,魏德金、科柯施卡笔下的性别冲突与性的觉醒,佐尔格、哈森克勒维尔、贝恩等以父子冲突、校园抗争为载体的反传统与挑战权威主题,卡夫卡、恰佩克、奥尼尔作品中的异化主题,凯泽、托勒尔的社会批判和和平主义,此外还有新人、疯狂……凡此种种,莫不是以寓言式的虚拟情节和情境诠释着具有强烈反思性的主题。

在表现主义文学的艺术实践中,实现这种寓言化主题的手段也是多种多样的,在表现主义的诗歌中,常常以主观化的寓言情境来表现存在的困境。雅各布·凡·霍迪斯的《末世》一诗④描述的就是一个混乱恐怖的情境,预示了一场空前的灾难的到来,诗人在末日的表层景象中寄寓了现代人深重的危机感、幻灭感。在戏剧中,寓言式的情境更为常见,戏剧场景的选择,布景的设置,都带有强烈的情感或主题暗示性,凯泽的名作《从清晨到午夜》所选取的七个场景:银行、旅馆、原野、家、赛场、夜总会、救世军大厅,勾勒出主人公"出纳员"从觉醒到幻灭的历程,同时,每个场景都折射出当时社会沉闷、枯燥、无意义的万象,其中寄寓的不仅有对小资产阶级生活方式的嘲讽,还有对"新人"觉醒的期待。当然,戏剧中更常见的寓言化是通过离奇的或类型化的故事实现的,比如"弑父""疯人""新

---

① Silvio Vietta u. Hans-Georg Kemper,*Expressionismus*,S. 154.
② 弗雷德里克·詹姆逊:《后现代主义与文化理论》,唐小兵译,北京:北京大学出版社,1997,第 30 页。
③ 徐行言、程金城,《表现主义与 20 世纪中国文学》,第 298 页。
④ 品图斯选编:《人类的曙光》,第 3 页。

人"的故事等。《从清晨到午夜》中出纳员在一天中的经历,就是一生的缩影,从携款出逃到开枪自杀,每个故事都是一段无聊人生的寓言式图景,在被救世军女孩出卖的瞬间,人生荒诞的主题也随着故事的结束彰显出来。此外,塑造寓言化人物是表现主义文学表达主题寓意的重要手段。诗人格奥尔格·海姆最擅长"在神话人物的寓言中暴露现代文明的摧毁性潜能"①,在《城市之神》《城市的魔鬼》等诗歌中,都可以感受到恐怖的毁灭力量。在卡夫卡的小说中,则可以找到寓言化人物的系列。诸如《审判》中的约瑟夫·K,《城堡》中的K,《变形记》中的格里高尔,《骑桶者》中骑桶的人,《乡村医生》中的医生、病人,《地洞》中的虫子等。

通过种种手段实现的主题寓言化的表达方式,揭示了表现主义文学整体架构的策略,也是主观表现的一种必然选择,在表现主义之后,这种寓言化成为现代主义和后现代文学的一种普遍性模式。

2. 废墟精神、碎片化及寓意的复义性

在主题寓言化的整体架构中,从现代寓言理论的角度出发,我们还可以看到表现主义文学寓言化的又一个侧影,那就是本雅明透过与表现主义精神相通的巴洛克悲剧艺术所发现的废墟精神、碎片化及复义性。当我们使用本雅明的这些概念时,并不意味着对传统寓言化方式的否定,因为在"表现主义"这个范畴下,文学或艺术并非千篇一律的,不仅有马蒂斯的平静,也包含蒙克的激情;不仅有埃德施密特的狂热,也包含特拉克尔的寂寞,还有卡夫卡的理性。

历史废墟的隐喻,来源于对现代人生存境遇的深刻体验。在本雅明看来,历史是一个死亡的过程,只有在弥留之际才会展示其意义所在,因此古典的美,古典艺术中的匀称、自由、人性等要素,在现代艺术的寓言语境中已经不复存在,真正的艺术家直面惨淡的现实,看到的就只能是废墟——无生机的场景、冷漠的人性、荒诞的人生、坟墓、鬼魂、骷髅等"卑贱之物"。也只有这些废墟景象,才能道出无意义的意义。就此而言,本雅明意义上的寓言化实质上是指向了审丑的否定美学,其对废墟的强调实则关乎寓言化写作的视角选择问题,寓言的模糊的主观性、寄寓性,在本雅明的视野中被明确为对生存境遇的表达及如何表达的问题。这与表现主义的寓言精神是契合的。正如托马斯·安茨在《表现主义文学》中所

---

① Silvio Vietta u. Hans-Georg Kemper, *Expressionismus*, S. 154.

第五章　表现主义的艺术思维论

说:"表现主义有一项使命,这项使命不再懂得美为何物。……它是一种以非和谐、丑陋、怪诞和病态为特征的文学,是对分裂的外在和内心世界及陈腐的语言秩序的描绘。"①

在表现主义的文学中,关于"废墟"的寓言化表达是极为普遍的。前文所举凯泽的《从清晨到午夜》中,我们可以看到,出纳员经历的七个场景都是废墟的隐喻,其觉醒的一天本质是虚无的一天,他说"从清早起我就一直在路上奔走。我没有机会转身回去,只要我走过一个地方,地面就立刻沉陷;只要我走过一座桥,这座桥就崩塌……"当他走到救世军布道厅悔罪的讲台上时,他以为自己找到人生的"感觉""目标",抵达了"旅程的终点"。而恰恰在人生价值得以确认的地方,出纳员被他所信任的、盛赞的"救世军女孩"出卖了。大厅的灯光全部熄灭,"从左边射进来的一道光线照在缠绕着的一团电线上,电线构成一具骷髅的轮廓",出纳员自杀之前终于认识到,正是剧中反复出现的骷髅头"给我指明了道路"②,整个剧本的意指回到了本雅明的寓言精神上,"关于历史的一切,从一开始就是不适时宜的、悲哀的、不成功的一切,都在那面容上——或在骷髅头上表现出来"③。死亡、尸体、鬼魂、骷髅、人间地狱等是表现主义文学中频繁出现的意象,在表现主义戏剧的舞台造型中,也可以看到大量的阴森场景。

在小说中,解除了戏剧表现的种种限制,寓言的废墟得以广阔地展开。阿尔弗雷德·库宾在小说《另一面》中对梦幻之城的覆灭进行了夸张描绘,城市中动物泛滥成灾,到处乌烟瘴气,人在面对自己创造的环境时顿时变得无能而恐惧。德布林的《谋杀蒲公英》描绘"被谋杀"的植物体的排泄物,更加令人恐惧、厌恶,因此,托马斯·安茨说:"德布林在文学上的丑之美学试图击溃人们(虚构的主角,现实的读者)的所有感官。"④卡夫卡的小说充斥着废墟的景象,《变形记》中格里高尔生存的世界冷漠而肮脏,《乡村医生》处处显示出混乱和荒唐,《地洞》实则是一个不能提供庇护却又无法舍弃的废墟。然而,世界没落了,在废墟和死亡之中却升起了救赎之光,在寓言家忧郁的打量中,发出了智慧的光。

---

① Thomas Anz, *Literatur des Expressionismus*, S.164.
② 参见袁可嘉等选编:《外国现代派作品选》第一册下,第446—509页。
③ 本雅明:《德国悲剧的起源》,第136页。
④ Thomas Anz, *Literatur des Expressionismus*, S.168.

本雅明认为"寓言在思想领域里就如物质领域里的废墟",废墟本身就是寓言式的存在,其残破的本质导致了作为符号的寓言的书写本身也具有了碎片化的特征,这体现在寓言的结构及语言的碎片化之中。于是,《从清晨到午夜》的七个场景失去了古典戏剧在情节上的连续性,卡夫卡的小说多是不完整的"断片"①,诸多表现主义的诗歌展示撕裂般的图像,完整的故事消失了,清晰的视野模糊了,"所有的细节都无足轻重"②,以规律和秩序为基质的古典的完整世界不复存在,取而代之的是断续的结构和吞吞吐吐的碎片式的语言。但是文本的破碎,并不意味着寓言化作品主观意义的丧失,表现废墟的寓言符号仅仅是一种媒介,真正的所指是在历史衰败的复杂体验之中,因此现代寓言的意义不是明晰的而是复义的。在卡夫卡的世界中,"对于那些秘而不宣的真实,人们能够探知的是如此之少,就像那些小说的主人公自己,这正是因为在那些小说中所要描述的,是本质上就无从探究的真理"③。

　　从现代寓言理论考察表现主义的文学,寓言化既是表现主义作家的一种表达方式,也是一种审视现实的视角。而这种考察不仅揭示出表现主义文学的思维特征,也能展现其作为现代主义艺术不同于古典艺术的精神气质。

---

① 卡夫卡的《城堡》《审判》《生死不明的人》都是断片,而其1913年出版的集子《司炉工》有一个小标题就叫《一个断片》。
② 本雅明:《德国悲剧的起源》,第143页。
③ Silvio Vietta u. Hans-Georg Kemper, *Expressionismus*, S.157.

第六章　表现主义的形式观

韦勒克在《二十世纪文学批评中形式与结构的概念》一文中,开门见山地指出,"形式"的定义混乱不堪,而且过去对其和内容所做的区分也早已失效、作废。比如在表现主义美学先驱克罗齐那里,"'形式'的含义是颠倒了的:这与黑格尔用之于称呼'内容'(Gehalt),也即实在的东西一样"①。尽管说表现主义在重新定义"形式"和"内容"方面,较"形式主义"和"新批评"等形式流派不遑多让,但是,在本章的论述中,我们并无意系统地总结其在形式定义方面的诸多创见,而是试图捕捉其在具体的创作方面可观可感的"外部表现",即"艺术家最喜欢使用或多次使用的方式"。②

第一节　形式与表现

当然,对表现主义而言,这个外部自然别有洞天。作为对印象主义的反拨,表现主义最核心的部分无疑是外露的、可感的,因为它主张由内而

---

① 韦勒克:《批评的诸种概念》,丁泓译,成都:四川文艺出版社,1988,第63页。
② 瓦尔登:《究竟什么是表现主义》,《德语诗学文选》下卷,上海:华东师范大学出版社,2006,第213页。此外关于"形式"定义的困难以及表现主义诗歌形式的讨论可参考 Robert P. Newton, *Form in The Menschheitsdämmerung: A Study of Prosodie Elements and Style in German Expressionist Poetry*(《〈人类的曙光〉里的形式:德国表现主义诗歌中的韵律学元素和风格研究》), Hague: Mouton & Co. N. V., 1971. 第一章节的内容。

外(ex-)地挤压,而非自外而内(im-)地投射,为此,形式总是关联着精神和内心,"它将内在体验置于外部生命之上"①,它是心灵震颤可见的物质形态②。科柯施卡将这个投射的过程命名为"给经验赋形"(form-giving to the experience)。卡尔·克劳斯进一步明确道,对表现主义而言,"形式并非思想的外衣,而是其肉身"③。如此一来,形式——这一最直观的艺术存在——成了表现主义的关键一环,包括绘画中的色彩、线条,诗歌中的辞章、句法,戏剧中的舞美、灯光等都成了我们直接进入表现主义,领受其意涵的关键通道。

一、形式在表现主义艺术中的意义

有别于那种仅仅只是将形式降格成载体、工具的一般看法,表现主义讲求的是形式"本身具有目的"④,甚至就是"最高的内容"⑤。这种认识的逻辑起点,当然还在于其所主张的"世界存在着,仅仅复制它是没有意义的"观点。因为就严格意义的模仿论来看,形式总是由它描摹的对象所决定,任何主观意志的介入,都会最终影响作品的真实性,即它像或不像。在这个意义上,形式是完全被动的、机械的,只是艺术有机体中一个不可或缺的螺丝钉。但是,作为对写实的反叛和对自动的疏离,表现主义有意将形式从内容的桎梏中解放出来,并大力发掘它的能动性和独立精神,甚至还直接将它当作事物和世界的本质来表现,宣称"我们也在我们之外"⑥。比如,他们相信情感并不总是难以刻画的,恰恰相反,是具体有形的,就如同梵高可以用红色和黄色来传递那令人战栗的激情一样。康定斯基解释说:"形式'没有意思''不能传义'的说法是非常错误的。世界上每一个形式都表达着意义。但是我们往往不理解其含义,这或者是由

---

① Lothar Schreyer, "Expressionistishce Dichtung", In *Expressionismus: Manifeste und Dokumente zur deutschen Literatur 1910—1920*, S. 623.
② Thomas Anz, "Künste der Emotionalisierung. Expressionismus und Gefühlsforschung", In *Expressionismus in den Künsten*, S. 330.
③ Ashley Bassie, *Expressionism*(《表现主义》). New York: Parkstone Press International, 2012, p. 51.
④ 弗内斯:《表现主义》,第22页。
⑤ 本恩:《抒情诗问题》,《德语诗学文选》下卷,第286页。
⑥ Lothar Schreyer, "Expressionistishce Dichtung", In *Expressionismus: Manifeste und Dokumente zur deutschen Literatur 1910—1920*, S. 625.

第六章　表现主义的形式观

于形式所表达的意思本身不吸引人,或者由于其场合不恰当等原因。"①

"有目的的形式本身"这个观念,显然会使我们快速联想起后来新批评所追求的"有意味的形式"这一提法。这样的关联自然存在,比如两者都汲汲于营建形式的现代意涵、关注它的独立形态,但是,两者的分歧显然也不容回避。新批评热衷的是"精致的瓮",而表现主义的艺术往往呈现出碎裂、撕扯、无序等形式要素,这使得两者从表面上就极为不同。而且就根底而言,表现主义透过形式表达的是精神和内在需要或者说"一种全新的内在视野"(a new kind of inward vision)②,而新批评则未必秉持如此彻底的观念。特别是在社会批判和文化介入方面,新批评虽未坚壁清野,完全与意识形态绝缘,比如,透过文学的整饬来指涉现实的失序,但是总的趋势是封闭的,它更倾心于所谓的文学性和审美自主。而表现主义则将艺术干预视为自己的要义和职责,自称"是时代躯体的医生"③,并"假定美学形式的变革即为一种全面的文化变革"④和社会新变。离开了这种承担,表现主义则不成其为表现主义。因此,就风格而言,表现主义是速度的、激情的、狂欢的、行动的,而新批评则趋于和缓、中立与节制。

然而,不论是表现主义突兀的、狂飙式的形式设计,还是形式主义优雅自为的审美构想,它们都拥有共同的哲学源头,或者说,它们对形式独立性的见解,并非一种后天的发明。其实,早在古希腊时期,就已经存在两种彼此分歧的形式观。一种是将形式视为表象,认为形式仅仅只是事物的外观;而另一种则把形式看做本体,是事物产生和存在的根源。雷蒙·威廉斯在针对"形式"一词的词源学溯源中,曾明白无误地指出:"Form 这个词显然包含两极化的意涵:从外部、表面的意涵到内在、明确的意涵。"⑤从这个理解出发,我们可以说,表现主义的形式观并非毅然决然的反叛,相反,在某种层面上是对传统的发明。或者更准确地说,表现主义所要反叛的只是陈规和范式,是传统中的一成不变和体制中的僵硬

---

① 关于色彩与形式的经典讨论请参见康定斯基:《论艺术的精神》,第37页。
② Ashley Bassie, *Expressionism*, p.51.
③ Thomas Anz u. Michael Stark (Hg.), *Expressionismus: Manifeste und Dokumente zur deutschen Literatur 1910—1920*, S.683.
④ David F. Kuhns, *German Expressionist Theatre: The Actor and the Stage*(《德国表现主义戏剧:演员与舞台》),Cambridge: Cambridge University Press,1997,p.20.
⑤ 雷蒙·威廉斯:《关键词:文化与社会的词汇》,刘建基译,北京:生活·读书·新知三联书店,2005,第189页。

不灵。诚如伊万·戈尔在诗集《胶片》的前言中所宣称的:"表现主义近于古典文艺。它拥有智性多于感情,它的狂喜迷醉大于憧憬渴望。它不要求自己成为经典,它饱含古典主义的特质。"①

而深藏在这种具有针对性的反叛背后,正是表现主义者强烈的时间和历史意识。在一系列的书写中,表现主义者频频使用了那些具有过渡含义的时间意象,例如品图斯编选的诗集《人类的曙光》、凯泽的戏剧《从清晨到午夜》、魏德金的戏剧《青春觉醒》等。品图斯对这种表述的解释是:"人类沉入黄昏之中……沉入消亡的黑夜……为的是能在新的天明时刻重新出现。"②通过捕捉这些过渡性的时刻或区域,表现主义者显然推出了他们处理世界的一种方式,即通过一种强烈的新旧对照感,来明确地传递他们对现实的不满,以及对未来世界的乌托邦的想象和憧憬,以一种超克的、创造的态度来面对黑暗的现实。不过,在乐观的表象之下,这种种的阈界(liminal space),也可以有力地折射出现代主体仍为一种深切的不安定感所浸透和折磨这一事实。在一个暂时的、过渡性的时空中,个体的方向感因为过去与未来的拉扯而变得摇摆不定:过去的负累和未来的虚妄使得个人难以决断或者举步维艰。在这方面,蒙克的名作《呐喊》显然是最鲜活的例子。"画面上一个难以界定性别的抽象人形双手捂耳,双目圆睁,嘴巴大张,站在一座长桥上,身后四处扭动着不祥的云团。蒙克自己透露,这幅作品是在他遭受了难以忍受的焦虑折磨后构思而成的。但是广大观众对他噩梦般的幻想进行了总结,把《呐喊》视为表现紧张不安的艺术典型,敏锐的世人认为这种紧张不安的情绪时刻笼罩着19世纪90年代拥挤忙碌的城市生活。蒙克既不是预言家也不是社会学家;他精准地表达出来的纷乱烦扰其实是一种自我表露。……Selbstbekundung ……"③据此而言,表现主义的形式可以看成是对现代人的生存状态的一种视觉演绎,或者说"相较于艺术形式,它更多的是一种体验的形式"④。

表现主义形式的另一种时间观,是康定斯基所说的对艺术事业的协

---

① Thomas Anz u. Michael Stark (Hg.), *Expressionismus: Manifeste und Dokumente zur deutschen Literatur 1910—1920*, S. 37.

② 品图斯选编:《人类的曙光》,第19页。

③ 彼得·盖伊:《现代主义:从波德莱尔到贝克特之后》,骆守怡、杜冬译,南京:译林出版社,2017,第73页。

④ Thomas Anz u. Michael Stark (Hg.), *Expressionismus: Manifeste und Dokumente zur deutschen Literatur 1910—1920*, S. 37.

助。这是一种以永恒为特性的时间观。在《论艺术里的精神》一书中,康定斯基宣称,形式乃是内在需要的外在表现,而且这种需要为三种神秘的力量所驱使并确立,其一是个性因素;其二是风格因素;其三是纯艺术性的因素。①

这三个要素,在某种层面上看,可以视为丹纳艺术哲学观的变体说法。当然,在所谓的时代的、种族的、个人的因素之外,康定斯基加入了他认为的更重要的一点,即艺术性的因素。所有风格的、个性的因素都是为之服务的。换句话说,如果表达内心诉求和时代气质的作品,无法真正推动艺术的前行或新变,那么,这样的文艺同样是不能被视为表现主义。这种史观很自然地使人想到同一时段内艾略特的一篇名文《传统与个人才能》(1917)。他在文章中宣称,一个优秀的艺术家应当具有一种强烈的位置感,即他"不仅感觉到过去的过去性,而且也感觉到它的现在性。这种历史意识迫使一个人写作时不仅对他自己一代了如指掌,而且感觉到从荷马开始的全部欧洲文学,以及在这个大范围中他自己国家的全部文学,构成一个同时存在的整体,组成一个同时存在的体系"②。

综合上面的两个观察,可以说,表现主义的形式观是一种基于艺术史的严肃思考,而非简单针对20世纪初期文化和社会现象的一个局部性回应,当然,更不是一种机械的艺术应对和文字反应。它的反叛和创造之中,带有很强的历史思考和文化自我定位,这一点是同它对自我的重新发掘和精神的绝对肯定相一致的。套用德赛托(Michel de Certeau)有关"策略"(strategy)与"战术"(tactics)的观点,也许可以说,表现主义的形式观乃是一种立定专属地点然后各个击破的"策略",而非因地制宜、与时俱变的"战术"。③ 用凯尔希纳的话说:"形式和比例的改变并非随心所欲,而是为强有力地表现内心世界服务。"④为了能够更加全面地展示和讨论表现主义在形式上的创造,在接下来的部分,我们将就它的变形、怪诞、象征、类型、蒙太奇等技巧做出分析,但是在此之前,我们将首先对这些形式的总体特征,尤其是相对于传统形式的艺术转变做一个整体的概括。

---

① 康定斯基:《论艺术里的精神》,第73—74页。
② 艾略特:《艾略特文学论文集》,李赋宁译,南昌:百花洲文艺出版社,1994,第2页。
③ 相关讨论见米歇尔·德·赛托:《日常生活的实践 1. 实践的艺术》,方琳琳、黄春柳译,南京:南京大学出版社,2009,第96—97页。
④ 盖伊:《现代主义》,第77页。

二、反话语:作为独特的形式语言

福柯用"话语"来指代一个社会知识的特殊领域。在那里,表述不再是符号的简单组合,而是权力关系的实践与运转。概而言之,知识和语言不是客观中立的,而是内含规训与惩戒的意识形态符码。通过系统地运作、传授、再生产和经典化,每个符号都拥有了表意功能之外的权力意志和审判能力。例如医学术语"疾病",通常也被用于形容那些在身体上并无异样,但举止和思考却逸离社会常规的人物。他们被当作异类看待的过程,正是"疾病"这个话语发挥作用的过程。[①] 而与话语相对,"反话语"所要拆解的当然就不可能只是语言的表面意涵,更是表述中或隐或现的权力关系和霸权意识,或者说语言和艺术中体制化、固态化的方面。这些固态化的东西,根深蒂固地侵入艺术实践之中,影响着我们的思考。诗歌如何起笔,绘画如何构图,音乐如何定调都已经有了一套不言自明的规则,跳脱了这种规范,那么它们则不可能顺理成章地被称为诗歌或者音乐,或至少被目为"变风变雅"。

一方面,由于表现主义在根本上诉诸直觉和内在体验,故而视人文教育为精神之大敌:"它既不需要理性,也不需要知识、能力和教育。并不存在所谓受教化之人的模版。"对他们而言,"人一直以来受的是错误的教育。他站在模版前并期望着,模版能启发他,而最终却得知面前的不过是一张单薄的画像"。在此视线下,与其说表现主义的反话语是在与某种具体艺术的观念——自然主义、现实主义等针锋相对,毋宁说,它从根本上反对一切后天的人为建制,把审美愉悦看成是一种并不外在于我,也非历史化进程当中的某种纯粹的内心产物。易言之,反话语在此不是别的,而是回到生命体验本身,"和宇宙浑然一体"[②]。

当然,另一方面,正如我们在上面提到的,表现主义的反叛也是一种具有历史意识的文化批评,而不是纯然的情感冲动。在此意义上,它以及它的传递形式可以被视为另一种意涵的反话语,即对艺术和世界中体制

[①] 米歇尔·福柯:《规训与惩罚》,刘北成、杨远缨译,北京:生活·读书·新知三联书店,2007。

[②] Lothar Schreyer, "Expressionistishce Dichtung", In *Expressionismus: Manifeste und Dokumente zur deutschen Literatur 1910—1920*, S. 625.

第六章　表现主义的形式观

化和垄断性的层面进行有意识的历史性解构。一个显而易见的例子就是,它率先对"形式—内容"二分的等级秩序进行了颠覆,将形式从内容的权力操控中释放出来,并赋予它活力。这里需要注意的是,表现主义式的颠覆,并没有重蹈传统话语中的二元逻辑,即玩弄正反易位的游戏,把内容变成形式的臣仆。这种以暴易暴的做法,在表现主义者看来,既无益于澄清形式与内容的真实关系,更无法体现其意欲揭示世界本质的终极诉求。形式与内容的位置颠倒,带来的只是对世界本相的进一步涂抹和覆盖。就这一点来说,表现主义作为反话语,第一个特质不是非此即彼,而是对话与辩证,甚或更进一步,它寻求总体对话的可能。

第二个特质或许可以概括为非有机性。所谓非有机性,就是强调话语的人为构造和主观参与。话语功能之所以能够在社会生活中发挥功效,一个关键的原因在于它的俨然一体:通过传授、习得、交往这些日常行为,话语同我们的生活紧密相连,成了最潜移默化的东西。但是反话语则意在揭露这些习以为常的行为和表述背后,仍然存在大有可疑的部分,其合法性并不是那么笃定。如此一来,反话语使得表述和认知变得磕磕碰碰,不断地敦促人们停下来去思考表象后面的东西、圆满背面的陷阱。在某种意义上,反话语就如同元叙事,它们都旨在打破叙事的整一和无间,逼出艺术虚构的特质。1910年恩斯特·卡西尔(Ernst Cassirer)就曾提出"元话语"理论,不久便在表现主义风暴圈(Sturmkreis)风行。[①] 尽管"元话语"在卡西尔那里,更多地指涉一种语源学意义上的语词的模糊性和非纯粹性,以此来宣明"意义"和"声音"的一体化,但是同反话语一样,它们都是要拆解各种后设的、人为的分界、装饰,把世界的虚伪、现实的丑恶剖解开来,还归到一种"原初"状态,由此来破坏崇高或优美的当代审美经验。换句话说,美和美感并不是表现主义所积极营建的目标。

反话语的第三个特质是不确定性,它是摇摆不定的、没有固定标准的。话语的威权感(authority)建立在它自诩的科学性、真理性,或至少是它的理性和通行这一点上,但是,反话语对这种所谓的唯一性是不信任的,关键的一点是,现代工业文明导致的人和社会的异化历历在目,以真理为名的知识灌输正在导致一代人思考能力的弱化。在这个层面上,表现主义边破边立,不仅要求释放这种捆绑,而且也要求暴露在这种捆绑中

[①] Thomas Anz, "Künste der Emotionalisierung. Expressionismus und Gefühlsforschung", In *Expressionismus in den Künsten*, S. 330.

深蕴的悖论和荒唐,以此成就其对情感及其不定性的追求。米兰·昆德拉说:"堂吉诃德经过了三个世纪的旅行,不是化装成土地测量员回到村里了吗?过去他出门是为了选择他的冒险,现在,在城堡下的这个村庄,他没有了选择,他被命令去冒险:与行政机关就自己档案上的一个错误进行一场倒霉的诉讼。"①

而就具体的形式设计来看,表现主义的反话语可以粗略地归纳如下:

一、由物理印象兼纳心理暗示。形式与内容的泾渭分明,肇始和应对的乃是社会分工的日益精细化和科层化,其各司其职的角色意识,在在显示了理性能量的无远弗届。可以说,正是在意识形态的操控和对理性的迷思之中,内容与形式本身所具备的原初意涵,被一而再再而三地消耗利用,正好比本章开头威廉斯针对"形式"所做的知识考古工作揭示的那样;年深日久的规训,最终使人们见木不见林,使原本属于他们的另一部分质素被忽略掉了。反话语的一大意义就在于要折返源头,重新发现这些被遗忘的边缘,追寻形式本身所带有的精神意义,直接面对读者,当然也是面对作者本人。

二、从个别符码深挖普遍类型。通常文艺作品在人物造型方面讲究寓万于一,个性与共性的并存。但是,这种典型人物在表现主义者看来,未必触及了人的本质。更具体地讲就是,所谓个性和共性还有可能是一种伪饰,或者只是具体情境下的具体反应,它们不能解释普遍情境下人的状况和实质。为此,他们规避了这种传统的塑造人物的方法和思路,另起炉灶用更直观的、不带建制性的概念来设立形象,比如笼统的男人或女人,或者小职员、乞丐,甚至通用的代码 K 等。他们以极简主义(Minimalism)的方式把这些类的概念发挥到了极致,把普世的、共性的意念带到了事物、意象的表面,而与此相应,那种个别的、具体的面目则隐退到幕后或者干脆消失。

三、从理性的和谐到非理性的怪诞。古典美学的基本主张就是要求形式的对称、数的和谐以及比例的匀称。在他们看来,唯有视觉意义上的协调方能达到对审美的有效体验。但事实上,这样的美学构成要素势必对美产生一种惯性期待,一旦审美视线所及超出了平衡与协调,就被认定为非美或丑。人们通过把握"和谐"这个审美标尺来衡量文学艺术的品

---

① 米兰·昆德拉:《小说的艺术》,孟湄译,北京:生活·读书·新知三联书店,1992,第8页。

质。但现代美学要重新构造一个审美范畴,通过波德莱尔式的审丑来构成一种新的价值界标,与传统决然对立,以反逻辑的方式来直接构成力量。表现主义作为一种激情力量,体验的是一种剧烈的美学震荡。它主张将那种所谓的协调改造成某些"不可调解的"(unresolved)对立因素。菲利普·汤姆森将这种"有着矛盾内涵的反常性"(the ambivalently abnormal)视之为"怪诞"。怪诞就是要通过一种不和谐的非理性力量构成反传统的倾向。

在对反话语的特质和表现有了一个具体的交代之后,我们可以进一步来探讨它的价值和功用。因为反话语就表面形态而言,是同体制为敌、与常规作对,所以它很容易被贴上标新立异的牌子,但是应该追问这是否就是表现主义的终极目标和根本出发点?如果不是,那么表现主义者真正关心的是什么?落脚点在哪里?他们如此强烈地表达情感、探究本质,旨归又是什么?也许,以下两个方面可以略作解答。

第一个方面当然是对所谓存在的勘探。表现主义者对现实毫无兴趣,这是显而易见的事实,他们更关心现实之下、现实之外的世界,因为那个世界代表可能和本质,或者用昆德拉的提法即"存在"。他说:"小说不研究现实,而是研究存在。存在并不是已经发生的,存在是人的可能的场所。是一切人可以成为的,一切人所能够的。"[①]表现主义者用绘画、诗歌、音乐、小说及戏剧所记录和描绘的场景、状况,可能与肉眼所见有着十万八千里的距离,但是,即使是卡夫卡式的那种极端荒诞,也有可能就是我们真实的处境。变身大甲虫的格里高尔,和《摩登时代》中被机器流水线所吞噬的卓别林一样真实而形象,他们都见证了人类在高度物质化和工业化的时代,有着无可回避的物化和异化趋势。在此意义上,表现主义的荒诞不经和乖戾阴暗的形式语言,既是预言,也是寓言,或如贝克曼所言乃是"存在之伟大而神秘的谜"[②]。它讲述的不仅是未来,同时也是过去和现在,直至永恒。

第二个方面是以这种所谓的形式"暴力"去激起人们在认知上的能动性,给麻痹的心灵以兴奋剂,给委顿的思想以当头棒喝。表现主义者试图

---

① 昆德拉:《小说的艺术》,第42页。
② 盖伊:《现代主义》,第79页。

"击毙庸人"①,尝试发明各种不同的艺术实践方式,既对他自己,也对他的读者提出了更高的要求。他们所说的"新人"在某种意义上正是这个意思,即他能够打破艺术的成规,并重新书写有关真实的内涵。而最为重要的,则是帮助人们建立起一种新的批判的目光,引导他们去发现皮相背后的危机和混乱。文艺的目的不是为艺术而艺术(art for art's sake),不是为了给人们提供美的享受,而是要改造社会、改变人们认识生活的态度,是要在他们的脑门上狠狠地扎上一针,以便他们更加清醒地面对这个异化的世界,体验人类无可回避的生命困境。灵韵在震惊中消散!这就是表现主义诗学的形式意义之所在,形式的花样翻新不是为了标榜一种断裂,一种疏离,一种对抗,而是要确立一种价值,一种可以供读者领悟世界、猛然惊醒的力量。唯其如此,表现主义诗学才能建立起自身的合法性。

第二节 开启现代艺术的造型手段

在表现主义时代,传统的艺术话语范式被打破了,认知事物的标准被瓦解了,应当用什么样的标准和方式来描绘和塑造艺术形象呢?表现主义者从原始艺术、东方艺术以及西方传统艺术的边缘寻找资源——"亚述人,波斯人,哥特艺术,埃及人,原始人,德国古代画家都有过这样的风格……它存在于格吕内瓦尔德的极富戏剧性的亢奋之中,它抒情般地飘荡于修女的耶稣颂歌中,它活跃于莎士比亚的作品里,它顽强地挣扎于中国童话的柔情中,包含于斯特林堡的倔强之中。"②这些艺术在形态上的共同点便是超越写实目标的约束,它们用各种基于想象的夸张、简约、平涂或扭曲、怪异的形象,对比鲜明的色彩和虚拟化、程式化的舞台表现,反逻辑的结构与语言等手段营造出一个个非自然的艺术画面与场景。表现主义艺术家在借鉴它们的同时,更发挥了自己对现实世界的独特理解和认知,创造出了以变形和怪诞为主要特征的现代艺术语言。其影响遍

---

① Iwan Goll, "Überdrama", In *Expressionismus*: *Manifeste und Dokumente zur deutschen Literatur 1910—1920*, S. 693.
② 埃德施密特:《论文学创作中的表现主义》,《现代主义文学研究》上册,第441页。

第六章 表现主义的形式观

布 20 世纪以来的各种新兴文艺潮流。

一、变形：突破现实模仿的形式探索

对表现主义来说，现实并不存在于肉眼所能观察到的地方，唯有用心灵的眼睛，拨开繁复的皮相，方能洞见历史深刻的本质。他们坚信："事物有其更深一层的形象，事物的艺术形象是上帝最初创造的天堂的景象，较之在盲目的经验中我们用肉眼所能看到的景象更壮观，更鲜艳，更加无限。我们无意于对经验进行盲目的描摹，然而在这种盲目状态中探求深度、真实和精神奇妙，却使我们每时每刻都充满着新的兴味和启示。"① 于是，种种物理的视觉印象都要被舍弃，种种人为的建制都要被废止，他们积极地发展出一种行动的美学、革命的力量：将那些人人可见的东西一一拔除，将那些无关乎宏旨的皮相抛开，直接进入事物的本质，提炼一种精神视域。这里面灵魂、行尸才是我们的原来面目，男人、女人才是我们确定的身份，所有人为的建制都不再具有实质的意义，"不真实即真相"②。于是，对现实进行艺术的变形就成为表现主义艺术家创作的出发点。作品中的变形意味着作者想象力对现实的超越，使形象的存在与发展从根本上打破现实的规定性。对此，埃德施密特写道：

> 因此幻觉成为表现主义艺术家的整个用武之地。他不看，他观察；他不描写，他经历；他不再现，他塑造；他不拾取，他探寻。于是不再有工厂、房舍、疾病、妓女、呻唤和饥饿这一连串的事实，有的只是它们的幻象。③

说到底，艺术变形的实质是超现实、超逻辑的素材处理，或夸张，或缩小，或无中生有，或神出鬼没，皆源于此。如果说，表现主义绘画中的变形主要体现为构图的混乱、形象的扭曲和色彩的浓烈等可以直观到的特征，文学作品中的变形的方式则是多种多样的，包括形象的怪异、反逻辑的意象并置、时空错位、情节割裂、虚拟化的舞台表现、抽象化的布景等。

表现主义者认为，在语言的表达上，所有能够被停止的词汇都已经死

---

① 埃德施密特：《论文学创作中的表现主义》，《现代主义文学研究》上册，第 434 页。
② Thomas Anz u. Michael Stark (Hg.), *Expressionismus: Manifeste und Dokumente zur deutschen Literatur 1910—1920*, S. 692.
③ 埃德施密特：《论文学创作中的表现主义》，《现代主义文学研究》上册，第 434 页。

亡,唯有那些直接提示意义、指向力量的词语保留下来供他们把握。罗塔·史莱尔认为:"知识、文化和技能,所有这一切对艺术作品的创造均无关紧要,衡量表现主义艺术的标准不是技巧性或美,而是表现力;艺术作品的本质是节奏,而节奏的创作有别于逻辑的创作,真正的艺术作品是反逻辑的。"①

反逻辑的第一种表现就是反理性。逻辑是理性思维的核心形态,因而反逻辑首先就是要背离这种思考的基础。反理性的方式,可以是对感性的绝对高扬,通过强调想象力和情感的无拘无束、无所不能,来摧毁建立在理性之中的规训性话语,一如表现主义者试图用色彩来传递的激情。其次,反理性也可以借理性的方式来消解理性,举着红旗反红旗,暴露它的荒唐可笑。卡夫卡在《城堡》和《变形记》等作品中使用那样一种克制冷静的笔调来讲述故事,表面上的理性反而带出了一种反讽和冷峻的意味。在此,表现主义的理性是自反性的理性,比照章办事的理性多着一层自觉的意识。

反逻辑的第二种表现是反对节奏、和谐和连续,其特点是去审美和去升华。线条的不规则、叙事的不统一、音调的不连贯,乃至"过度但又合理地不断将部分凌驾于整体之上"②,都是这种反对的具体表现。我们或许可以名之为"颓废",这个概念,在王德威看来,既展示了"一个过熟文明的腐败与解体,以及其腐败与解体之虚伪甚至病态的表现",同时更暗示一种"从已建立的秩序中滑落,将视为当然的取而代之,还有把文化巅峰建构内绝不会凑在一处的观念与形式都以不可思议的方式聚合起来"的"去其节奏"(de-cadence)。③ 不过,同世纪末那种偏重装饰、繁缛的颓废不同,表现主义的颓废更注重力量,它的表现是删繁就简、去芜存菁,保尔·哈特瓦尼说:"通向本真的道路即抽象",而"无物比呈现本真来得更加纯粹、更富有道义、更加高尚"④。为此,肉身抛却了,只剩下鬼魂和骷髅;连词、定语省略了,只剩下关键词式的只言片语;精雕细磨不复存在了,只有

---

① 陈焘守、何永康:《外国现代派小说概述》,南京:江苏文艺出版社,1996,第46—47页。
② Thomas Anz u. Michael Stark (Hg.), *Expressionismus: Manifeste und Dokumente zur deutschen Literatur 1910—1920*, S. 39.
③ 王德威:《被压抑的现代性:晚清小说新论》,宋伟杰译,北京:北京大学出版社,2005,第32页。
④ Thomas Anz u. Michael Stark (Hg.), *Expressionismus: Manifeste und Dokumente zur deutschen Literatur 1910—1920*, S. 39.

线条的粗粝和扭曲。于是,世界变形了,不一样了。

就具体的表现样式而言,变形首先就是形象的改造。意象或者还有类型人物,在表现主义这里,不再作为现实的投影或者主观虚构的典型,而是一种被处理出来的文化符号。各种镂空了的形象实体,被充分填塞了主观的意愿,成为一种载道言志的外在形态。对表现主义者来说,他们不是装饰品,不是单独的力量,而是一种言说内在真实的音响。他们总试图要发言、表达,勾连起一种普遍的心理效应。类型人物同波德莱尔笔下的"群众"有着神似之处。因为他们不仅是作为单个人的意志观念出现的,同时也是作为普遍一致的群体效应出现的。他们对诗人开放着,或者与之结合,化为他人,或者保持自己的本色。这种"普遍的神魂交游"①正是表现主义试图达到的效果和为之努力的方向。

变形同样是对文法和语言风格的改造。刘大杰说:"表现主义的文句,一切是单纯化,切实简洁,表出他们的想象。所以冠词,接续词,形容词,若是不十分紧要的,都不用它。只用简单的动词,极快的速度。至于长的句子,难解的文章,这是没有的事体。"②表现主义这种力求"凝练、抽象和极度强烈"的"电报式"风格被弗内斯称之为"预示了20年代'新客观派'的倾向"③。但问题真的仅在于"客观"和对"绅士语言"的删减、纠偏吗?答案显然为非。我们知道,表现主义力主的是内心需求,而非形式客观,而且从更严格的意义上讲,表现主义的内心需求是一种速度、力量、情绪方面的"狂飙突进"(Sturm and Drang)。品图斯说,更为深刻的艺术本质在于"把活跃的、涡旋式的飞快的速度发展成种种新形式的周围世界的总体,纳入一泻千里的诗行"④。因为语言中显现的这种速度和力量,人们很快想到了马里内蒂。他的那篇著名的《技术宣言》也因此被看作是表现主义总的语言法则和革命纲领。标点被略去了,形容词、副词被避免了,而大写字母广泛使用,名词、动词孤兀地突立出来,成为一枚直击深处、揭示事物核心的"箭矢"(埃德施密特语)。语言不再是可供理性认知的冰冷的符号,而成为一种情感的本质。它"笨拙地、残暴地、破损地、死硬地、犀利地、深情火热地"向人们昭示表现主义运动本身所蓄藏的巨大

---

① 波德莱尔:《恶之花·巴黎的忧郁》,钱春绮译,北京:人民文学出版社,1991,第401页。
② 刘大杰:《表现主义的文学》,上海:北新书局,1928,第13页。
③ 弗内斯:《表现主义》,第32页。
④ 品图斯:《论近期诗歌》,《现代主义文学研究》上册,第411页。

能量,为我们展示了一种充满速度与激情的"词的艺术理论"①。

在舞台布景和道具设置方面,表现主义更是出人意表。有时一道台阶在舞台中心横冲直撞,让人不知所谓;有时布景会突然移动,仿似幽魂孤鬼,灯光或明或暗,以强化这种如梦似幻的惊异之感;有时面具登临,一阵嚣叫,一阵狂舞,以示激情难耐。原来所谓的章法、秩序此刻完全被废止了。陌生与间离被发掘出来作为一种新的精神向度和艺术纲领。灯光、布景、道具统统成为个人心意的有力传达者。主体内在的激情从它们之中迸溢出来,直捣观众的心脏。

变形,是出于陌生化的考虑,是对陌生化原则的一次具体实践。在形式主义的定义中,陌生化就是通过设置一定的阅读和认知障碍,来阻断和妨碍读者的线性思维,由此形成一种凝视,从而使石头成其为石头,让事物、语词当中那些曾经被遮蔽的部分和意义重新回到人们的视线里面。尽管表现主义的变形观最终的目的也是要提升人们认知世界的能力,帮助他们获得审视现实的犀利目光,但是,在表现主义者自己看来,他们所实践的种种背离常态的形象、声音和画面设计,未必是一种障碍,反而是更为逼真的现实,倒是我们习以为常的那种自动、自然,成了认识最大的绊脚石。从这个意义上,变形不是改变表象,而是重新书写了一种现实观,发掘了世界被压抑的面目。就最原初的模仿论来看,人们相信,艺术作为对理式的一个三级模仿,已经有一种失"真"的趋势,为此,最优秀的作品是要力图克服这种距离,减少真相流逝的可能。但是,表现主义者恰恰看中了这种"失真",对其大作文章,并由此指认过去的艺术不过是理式的虚假皮相。要想接近真实,最好的办法,不是缩小,而是放大这种距离,就如同品图斯所言,沉入黑夜就要迎来黎明一样,他们的逻辑是物极必反。

应该说,陌生化不仅是一种艺术手段,同时也是一种精神的气质,当然更应当是一种思想的斗争形式。同理,变形既是对具体形式、结构的改造和创新,同样也包含了对文本意义的深度发掘,并且通过这一深一浅的改变来传递情绪,揭示变形之所以成为可能和必要的原因。这些情绪大致包含:第一,不信任感。我们已经说过,表现主义者有他们自己改造过的"现实观",对于自然主义式的科学客观,他们是嗤之以鼻的。在他们看

---

① Thomas Anz,"Künste der Emotionalisierung. Expressionismus-und Gefühlsforschung", In *Expressionismus in den Künsten*, S. 324.

来,所谓的写实、透视,不过是肉眼的一种运作状态和结果,由外而内,世界已经翻天覆地。他们反其道而行,用心灵之眼来直视世界。为此,变形不是搞怪,不是刻意求变,而是世界本不可信,唯有颠覆它的物理形态,方能接近本质一步。第二,不安全感。我们可以追问,为什么一个在单调生活和机械文明重轭之下的小职员突然变身成了大甲壳虫,而不是毛毛虫?它坚硬的外壳和攻击它的苹果,以及他本人敏感的、焦躁的心灵之间构成了一种什么关系?正好像乔装打扮的行为所显示的那样,这里面既有一种僭越常规的新鲜感,但同时也预示着巨大的危险和压抑存在,否则他并不需要多此一举。当然,我们还必须看到,当坚硬的躯壳变成一种自我保护之时,它也同时成为一种障碍——甲虫无法翻身,无法穿越狭小的门框。这是更深一层的不安定感。第三,拒绝感。本雅明说,这是一个机械复制的时代,技术捕捉并批量生产了艺术。不加思考的流水线制造,使得艺术的独一性,亦即本雅明所称的灵韵正在缓慢地消失,剩下的只是那些廉价的商品价值。对表现主义者而言,一方面,技术所表征的速度和力量使他们着迷不已,但另一方面,技术的无孔不入也同时令他们感到胆寒和战栗。这种矛盾的心情撕扯着他们,变形在这一点上可以看做是对这种情绪的艺术回应。当然,更重要的是,变形是在抵御技术的侵袭,它用它的不规则和无逻辑来逃避技术的整顿和收编,用它的不按常理出牌来逃避技术的追踪。

变形是一种幻想,但它不朝向彼岸和谐的王国,并寻求审美的升华;它采用夸张和扭曲的怪异手法来揭示世界潜在的疯狂与非理性。它带领人们跨越界限,并要求读者反躬自省,让他们站在一个新的立场来审视自己的生活和世界,批评它、拒绝它、超越它,从而打开并形成一个更为开放的框架。

二、怪诞:驱逐理性逻辑的震惊实验

> 我们的美不等于愉悦。使人愉悦的美也许会引人堕落。我们的生活便是已堕落的美。但我们的美与我们的真是荒谬体验里的阿兰小镇。
>
> ——洛塔尔·施赖耶《表现主义诗歌》

怪诞(grotesque),也做"丑怪"或者"怪异"。沃尔夫冈·凯瑟对它的定义是:"泾渭分明的领域发生聚合、习以为常的规律被废止、身份的迷失、'自然的'大小和形状遭到扭曲、事物的类别悬而未决、人格的毁坏,以及历史秩序的碎裂。"① 作为文学和艺术中的一种形式模式,"丑怪"历时几个世纪的发展,并于浪漫主义以后(一个标志性的事件正是雨果发表于1827年的《〈克伦威尔〉序》,这篇序言中明确提出了 grotesque),变得愈益明显。在凯瑟看来,这折射了人与世界之间异化和疏离的程度逐渐加深。他说:"丑怪的世界既是,也不是,我们自己的世界。我们受其影响的暧昧方式,源于我们意识到,那个我们曾耳熟能详、和谐共处的世界,已在种种深不可测之力量的冲击之下异化起来。这力量打破了世界的连贯性。"②

针对凯瑟的研究,巴赫金曾经批评说,他的观察局限性太大,所有的知识只在艺术的领域内打转。如果可能,我们应当把触角伸向更为广阔的社会和历史生活,在那里,有一种以嘉年华方式呈现着的丑怪。这种丑怪,以身体的无限放大、大众的共同参与,以及无穷的欢笑来嘲弄、挑战权威,颠覆社会的等级秩序。这种丑怪,在巴赫金看来,充满新生的能力和积极的力量。不过,欤来的学者也已经指正,巴赫金的这种乐观未免是见树不见林。他的讨论只着眼喜庆一刻反叛甚至革命的潜流如何波涛汹涌,却不见曲终人散之际,一切又将复归寂静,而此时霸权和等级照旧不动如山。此外,他所预设的衰朽—狂欢—重生的模式,也难逃循环时间观的窠臼,理想化的色彩太浓。

不过,无论凯瑟还是巴赫金的研究有何不足,他们提示和定义的内容,都对我们更为全面地理解和把握怪诞,尤其是表现主义的怪诞帮助极大。首先,就怪诞本身而言,我们可以综合两者的观点,推论出它是一个悖论性的存在,即怪诞既可以指那些丑陋和恐怖的东西,同时也可以代表滑稽和逗趣的东西。而且这极端的两面有时候恰恰是一体的,例如《变形记》中那硕大的甲虫形象,起初可能令人忍俊不禁,但旋即而来的则是令人错愕和恐惧的情绪。其次,怪诞是一种越界行为,它暗示着事物从它的常态中滑落,试图进入新的领域和等级。它或者通过变形或者通过破裂自身,甚至是经由将各种不可能的因素做可怕混合的方式,摇身一变成为

---

① Wolfgang Kayser, *The Grotesque in Art and Literature*(《艺术与文学中的怪诞》), Bloomington: Indiana University Press, p. 185.
② Ibid, p. 53.

第六章　表现主义的形式观

另一种形象。这种形象因为同社会规定、科学观察和理性判断的形象截然不同,所以,必然挑战公众的信仰、威权的合理。当然更重要的是,敦促我们切莫对这些非理性的现象等闲视之,而是要把它们看作是社会文化生产中有意义的现象而非幻象。最后,是将这种所谓的越界和悖论变成它最重要的世界观和方法论,不断去指认和反映"生存危机与荒诞式滑稽的内在联系"①。汤姆森把它概括为"有着矛盾内涵的反常性"。它突入理性的境地,或者以阴森乖戾的形象示人,或者以滑稽突梯的样态表演,又或者以原始、边缘的意象来解释世界。正是通过种种原先不被认可的渠道,怪诞得以发言,并开始实践它的反话语,动摇人们普遍相信的真理和价值观。

而具体到表现主义者那里,我们早已说过,他们的世界观是见山不是山,见水不是水,一切皆是皮相和伪饰,所以他们需要借助新的视角和方法来进入世界。如果说,变形是以"怪"和"奇"的方式著称,那么,怪诞就是要在这一层"奇怪"之外加上"荒诞"和"不可理喻"。但是,表现主义的价值就在于,力图要将这种不可理喻变成见怪不怪和理所当然。因为"不可理喻"不是别的什么东西,而是距离和提醒,或者说是一种切切实实的观察立场。

就表现主义者而言,怪诞是让我们以一种全新的眼光不加歪曲地重新认识现实的世界,尽管这种眼光可能令人不安、无所适从,却是清醒的、真实可靠的。于是,甲虫即人,我即鬼魂,自我的意识可以自由地向各种存在或不存在的物象突进,并进而占有它们,成为我的另一种存在状态:"世界是我的表达"。② 这时的我既保有我的基本性质,同时又具备他物的特征,并且这种他物性往往附着在我的性质之上,表现为强烈的外视特性,它率先为人们所截获和发现,但当我们以一种先入为主的观念来看待它的时候,出奇的效果就随之产生了。因为这种物性离开我的人性太远了,所以人们可以在这其中感受到一种由认识失败所带来的精神性疼痛和反思。

而且,更为重要的是这种物性是直接指向人体的,或者说,这种变形

---

① Thomas Anz,"Künste der Emotionalisierung. Expressionismus-und Gefühlsforschung", In *Expressionismus in den Künsten*, S. 338.

② Thomas Anz u. Michael Stark (Hg.), *Expressionismus: Manifeste und Dokumente zur deutschen Literatur 1910—1920*, S. 41.

总是肉身化的。汤姆森说,怪诞艺术中所包蕴的这种可笑和"怪怖"(uncanny)混融的不可调解的不和谐性,"都是由肉体上的那种痛苦、反常、肮脏等情景激起的。换句话说,这种可能出现的情况,一方面是出自我们文雅的反应,另一方面则出自我们内心深处另一种因素,这种因素深深潜伏着,但却异常活跃,是一种虐待狂式的冲动,它使我们对这样一些事物产生那种邪恶的欢乐和野蛮的喜悦"①。所以从这样的角度来看,怪诞这种关联着身体的肉身化审美形态,绝非一种以过分(extravagant)构成的纯粹形式上和观感上的夸张和极端,它显示了一种强烈的身体意识和自我感受,所以凯泽认为这种疏离(alienation)的或异化的世界表现方式,乃是"意图祛除和驱逐(zu bannen und zu benschwören)世界上一切邪恶势力的一种尝试"②,一种身体上的智术。但这种智术首先是一种我们上面提到过的疼痛性的反思。这种反思一方面深化了形而上的精神进度,带来了认知的困难;但也在另一方面使得表现主义不至于成为现代文学实验中一朵恹恹昙花,而丧失延存和发展的机缘。

怪诞,就总的特征来说,是猥亵的冲撞、丑恶的拼凑、诡秘的浮现,它是在身体和规范边界挥之不去的幽魂(phantom),沃尔夫冈·凯瑟说它永远指向"一种非人、夜间和深不可测的王国"③。这种指向,证实了怪诞乃是一种包含着"黑暗"力量的鬼魅潜能(ghastly potential),它是表现主义去升华和去审美化的重要谋略和反话语。这种鬼魅性,一方面可以说直接继承自以阴森恐怖为特征的哥特式(Gothic)艺术,而另一方面,也直接挂钩于新的城市和社会生活。众所周知,在以科学和科技著称的城市,怪力乱神从来就没有栖身之处,幽灵自古就只出没于古堡坟冢,游走于荒郊野外,但是,表现主义者却恰恰以为,自高度的工业化和机械化以来,城市有它非人的、窒息人性的一面,为此城市需要变得鬼影幢幢,鬼魂们需要在他们从来都无法涉足的地方行动,以便提醒人们,人与鬼的边界到底在哪里?到底谁才是真正的鬼怪?在这个意义上,人与鬼的辩证恰好回应了现代人关于自我认同的母题,教人们在变化着的身份和形象之中,去辨识什么才是人类真正的归属和主体。在此,鬼怪成为自我的分身、若隐若现的潜意识本我,它们透过梦和幻想——这正是表现主义的一个重要

---

① 菲利普·汤姆森:《论怪诞》,孙乃修译,北京:昆仑出版社,1992,第12页。
② 同上书,第26页。
③ Wolfgang Kayser, *The Grotesque in Art and Literature*, p.58.

主题,最著名的例子是电影《卡里加利博士的密室》——入侵到理性的、受到压抑的超我领域,并将之解构,且予以重新地创造。正如刘东在《西方的丑学》中所揭示的,研究丑,也是为了讨论美,为了说明感性是多元面相的。同理,怪诞之丑,同样也是要见证常态亦有它的局限和遮蔽,为了说明艺术和人生应该有更多的选择,而不是非此即彼。

丑怪一方面是一种城市现象,同时它也有原初的一面。也许,鬼怪就是原初,是不经修饰的自我。回到原初,在某种意义上,就是去接近那个不加伪饰的世界,为的是给这个远离了精神原点的世界预示一种新的希望和方向。帕兹写道:"现代艺术和文学中有一种持续不断的返古潮流,它的范围从赫尔德的日耳曼民间诗歌到庞德发掘出的中国诗歌,从德拉克洛瓦画笔下的东方到布勒东所喜爱的大洋洲艺术。所有这些内容,无论是绘画、雕塑,还是诗歌,都有一个共同点:那就是,无论它们属于哪种文化,它们在我们的审美视野的出现都意味着一种断裂,一种变化。……它们的出现产生了意外效应,富有感染力,尤其是它们立刻体现出叛逆的批评意识,远古艺术和远古文化的产物当然属于断裂的传统,它们是现代性佩戴的面具之一。"[①]

对表现主义而言,原始意味着断裂与超然,是当代救赎中的自我敞露与裸呈。戈德沃特称它作"情感的原始主义"。这种情感源自那具有悲剧力量的北欧艺术传统。[②] 同德国的哲学家一样,德国的画家和诗人也享有一种"神秘体验"。"日耳曼民族似乎天生就禀有的神秘主义气质使他们往往诉诸形而上学的思辨,企图窥视可视现实背后的不可视的真实,寻求自我与世界的本质联系。"沃林格尔曾从心理动机的角度分析过这一问题的实质。在他看来,北方人缺乏一种与自然亲近的希腊式感受,而仅仅只是在多变的世界中感到了冲突和内在的分离。艺术家为了协洽这种恐惧不安以及疑虑对峙的内心煎熬,反映自我真实的变化不居的内心世界,则"更多地需要使那种内在矛盾达到升华,需要使无机物具有生气而产生的那种深沉的情致"[③]。因此,表现主义的艺术往往为怪异的幻象和神

---

① 转引自肖伟胜:《现代性困境中的极端体验》,北京:中央编译出版社,2004,第193—194页。

② Ashley Bassie 在《表现主义》一书中指出:表现主义的源头有三,一是尼采哲学,二是中世纪的艺术,三是远古的部落艺术,而后两者的关系与之更加紧密。参见 Ashley Bassie, *Expressionism*, p.1.

③ 肖伟胜:《现代性困境中的极端体验》,第200—202页。

奇的变形所牵扯,总试图在可见的现实背后安插一个"可怖的幽灵的生命"。

"幽灵似的,变形式的真实"一方面代表了表现主义绝对的原始倾向,同时透露出一种改造的决心。因为原始艺术纯形式的模仿借鉴无法取信于这样混乱的时代,也无法满足他们那满腹激情的时代之心。所以,从这个角度说,表现主义对原始主题的处理不单纯保留在形式上,而更多地是要唤起"对原始的富有表现力的形态的回忆",是在"激情的、十分简单的形式中对力量与生命的奇异表现"[1]。青春是表现主义的特征,也是它的力量。任何为保持青春而做的努力,也都是作为一种精神的力量在持续。乌提茨认为表现主义对原始与远方的寻找,正是为"追求一种青春期的延长"[2],所以,表现主义者在对传统的援引和对异域的观照中,获得的不只是形式的张力,更有情感的强度与意义的延散。

三、蒙太奇：改写有机叙事的喧声复调

蒙太奇最初是一个建筑学术语,意指构成和装配,而使它变得广为人知的则是电影。俄国人用它来指代不同镜头的剪接,以及由此形成的一套叙事策略。尽管现代技术已经使蒙太奇变得花样百出,但是,它的核心部分并没有因此改变,即蒙太奇是讲述故事的一种方式。而且就其最初的叙事动机和表现形态来看,蒙太奇实际上是使得不同事件和视角之间的因果律变得更为立体和完整。通过各种画面的组接,形成一个有机的,遵循物理和心理时间发展的情节脉络。套用 E. M. 福斯特关于"故事"和"情节"根本不同的见解,我们可以说,蒙太奇的最大作用就是使得情节要素变得更加突出。在福斯特看来,仅仅表征时间关系的两个事件之间,构成的乃是故事的关系,例如"国王死了,王后也死了";而一旦两者之间的因果联系被强调,那么它们之间的关系就由故事变成了情节,例如"国王死了,王后因为伤心过度,也死了"。福斯特这两个简明的例子事实上点明,其实"故事"代表的是原生态的事件存在,是任何人都能看到、感受到的,但是"情节"则不然,它当中包含了很明确的人为操作和主观想象,因此,它是立体的,是具有解释性的。依据这个思路,可以说,蒙太

---

[1] 肖伟胜：《现代性困境中的极端体验》,第203页。
[2] 张黎编选：《表现主义论争》,第113页。

奇所要表现的已经不是一个个客观、中立的事件,以及它们之间单纯的时间顺序,相反,它有它的介入性和试图解释世界的冲动。这种冲动与表现主义者所寻求的内心需求毫无疑问是吻合的,但是两者又是明显不同的。

首先仅就最直观的表面形态来看,蒙太奇的本意是要使原本独立、单一的故事片段得以有机地关联起来,进而形成一个有序的整体,完成一个有始有终的叙事。在这个过程中,逻辑关系是比较明确的,或者说它实践的是理性的运思。但是,我们说过,表现主义者从本质上是轻蔑理性的,认为这是一种具有压制性的话语。为此,他们理解的蒙太奇,恰恰只注重表面的拼接,不关心结果的流畅和连贯,甚至这种连贯和流畅正是他们要极力避免的。所以,在更多的时候,蒙太奇在表现主义这里代表的是混乱,而不是统一;是将原先统一的整体破裂,予以碎片化。

其次,就主要的艺术技巧和哲学理念而言,蒙太奇的初衷是要缝补和填充,是将事件之间的空隙填满,使故事与故事咬合、丰满。但是,表现主义者在这方面却无心建树,他们热衷的是如何拆解这些被人为组装起来的因果、秩序和和谐,迫使其中的不洁和污秽大白于天下,使人意识到话语的陷阱和危害。就此,在艺术实践上,他们做的是减法、是变形,建构的是一种以解构为核心的遗失美学或丑学。

再次,表现主义对碎片的执着,并不是一种单纯的艺术技巧。它既是一种意识形态,同时也是一种世界观和认识论。其中,就意识形态而言,自然是指它有意背离常规和习俗这一点;而所谓的世界观和认识论,则主要是指表现主义者所践行的形式艺术同他观察到的社会现实之间有一种彼此呼应和相互强化的关系。换句话说,他的形式观并不是一种空穴来风的美学发明,而是基于其真实的人生体验。说得简洁一点就是,现实的混乱直接指导和开发了表现主义的蒙太奇思维。说得具体一些,就是雨果·巴尔所说的:"上帝死了。世界分崩离析……宗教、科学、道德——产生于原始人的焦虑现象。世界分崩离析。千禧年文化分崩离析。没有更多的支柱和支撑,不存在也许被击碎的地基。教堂成了空中楼阁。判罪变成先入之见……世界的意义消失了……混乱爆发……人类失去了他的无比美好的脸,变成了物质、机会、聚集物、动物、精神错乱的产物,不连贯的、不适当的和骚动的思想的产物。人类失去了自己的特殊地位,理性曾为其担保的地位。"①

眼明的读者当然要指正,所谓的蒙太奇在某种程度上等同于怪诞,因为它们都具有将碎片拼接、排列的一面。② 这种指正无疑是正确的。但是,我们也可以指出,所谓的蒙太奇更注重的是意象、语词的并列,对于衔接与结合实在是缺乏兴趣。但是,怪诞一定是讲一个聚合的结果,以及由此引起的读者反应。此外,怪诞所要表现的第一要素一定是怪,而蒙太奇则未必是怪,它更突出的是它的整体视觉效果,比如一首诗所具有的外观或者图像感。在某种意义上,也许蒙太奇更接近意象派的语词并置。这种方法的灵感源自于中国的古典诗歌。因为特殊的语法构造,中国古典文学的表达,特别是诗词写作,往往出现各种省略,这导致许多意象看起来像是被故意排列在一处的。这种松散感对不谙中国文学的西方人来说尤为强烈,因为他们的语法规则强调的是一板一眼的完整和连续。表现主义的蒙太奇,显然受到这种语词并置法的启发和影响。③ 至于原因,则显然和他们要求破除语言的牢笼、拆解一般的语法构造有关。他们追求话语的真空、悬置,甚至是超载,从而阻断平滑和自动的语言表述。这种在语言上"动手脚"的蒙太奇,我们或许可以称作"意象的蒙太奇",可谓第一种蒙太奇,而且正是在诗歌领域,这种不连贯的语词排列显得格外突出。霍迪斯和利希滕斯坦早期诗歌中那种具有建筑排列感的诗歌正是这样的例子。"诗歌由一批形状上不连贯的小字组成",墨菲分析道:"只有凭借提高读者的想象力,这些形状上不连贯的小字之间的联系才能形成,因此它们能化为一幅聚集式的画(例如《启示》,或《夜晚的城市》等等)。"④

---

① 转引自墨菲:《先锋派散论》,第 40 页。

② Klaus Weissenberger 曾以 Alfred Lichtenstein 的诗作 *Dämmerung* 为例指出,该诗通过悖论式地并置意象而致使全诗看起来毫无方向感(disorientation),并且这种失序在某种程度上增加了作品的怪诞感。参见 Neil H. Donahue ed. , *A Companion to the Literature of German Expressionism*(《德语表现主义文学指南》),New York: Camden House, p. 189.

③ 夏普(Francis Michael Sharp)在《德国表现主义指南》一书中使用了"collage-like fashion"的提法,暗示了并置、拼贴等文学技法的流行性,同时他也指出并列风格(paratactical style)或同时性诗歌(simultaneous poem)在表现主义诗歌的早期创作中极为普遍这一事实。参见 Neil H. Donahue ed. , *A Companion to the Literature of German Expressionism*, p. 139. Klaus Weissenberger 也在该书中指明,并置手法或者说剪辑术(cutting technique)的来源乃是电影,第 190 页。

④ 墨菲:《先锋派散论》,第 64 页。

第六章 表现主义的形式观

第二种蒙太奇,我们暂且将它命名为"结构的蒙太奇"。这种蒙太奇所组接的镜头和元素比较单一,往往是两个对立的形象或者事物,最常见的例子就是父与子、男与女、好人与坏人等。这是表现主义者从繁复的世界中提炼出来的不可避免的人间母题,而且也隐喻着他们试图借这些二元并置来揭示现实的矛盾与混乱,以及要做新的创造的决心与勇气。

第三种蒙太奇是"情境的蒙太奇",或者说是一种借由拼凑和剪接所形成的时空错置。通过对不同时间和空间的自由调度,表现主义者使得他讲述的背景变得抽象和模糊,使得古今中外有了同处一室的可能。这种蒙太奇,一方面使得各种代表不同时空的话语杂糅一处,众声喧哗,形成巴赫金所谓的喧声和复调;另一方面,也暗示表现主义所探讨的话题实在是古今皆然,具有普遍的共通性,而不是针对一时一地的特别情境。

第四种是"叙事的蒙太奇"。德布林曾在《驱除魔影》一书中表示,长篇小说的主题不应靠情节安排为基础,故事中的每一个部分和场面都应当有它的独立意义,就像蚯蚓一样,切成十段以后,每一段仍能独立活动①。表现主义的"自我戏剧"和"车站戏剧"通常采纳这样的手法:"它总是由一系列模糊的以流浪汉和无赖的冒险事迹为题材的邂逅相遇组成,并且有一个中心人物,他在对自己的人物迈向无确实目标的救赎或者启蒙的道路上所做反思中漫游。正如排列风格的诗歌或由布莱希特和德布林所创造的'叙事'结构的小字组的方法一样,个体成分、背景和邂逅,它们可以省略,无损于剧作的总体效果,因为,这种效果不大取决于它们直接的相互关系(因为它反倒在于传统的线性情节),它取决于观众能按照剧本所提供的'原材料'建构的聚集形象。"②

最后一种蒙太奇主要落足、表现在人物性格的多变和不统一上,因此可以叫做"性格蒙太奇"。这种蒙太奇,使得完整的个人的形象受到冲击,即人物的性格是混乱的、前后不连贯的。造成这种现象的根源在于我们后面将要谈到的,表现主义诗学有一种对抽象类型的热衷。意思是说,表现主义的人物性格其实是一种组合关系,是把一类人的个性和共性都掺杂在一两个类型符号之中,因此,它总是表现出一种非连续性和混乱性。

其实,表现主义的蒙太奇不仅运用在剧本、诗歌、小说的创作中,而且也运用在舞台的实践上。它用最时新的声、光技术,舞台陈设,和变化多

---

① 墨菲:《先锋派散论》,第14页。
② 同上书,第64页。

端的背景相互结合,从而塑造出一种极混乱但又极具冲击力的视觉观赏效果,发挥出一种综合的审美效应。

一方面,我们说表现主义的蒙太奇是为了追求那种不连续感,而这种不连贯性是和世界的本质相联系的,它要拆穿世界有机的假象,反叛社会的条条框框,所以诉诸组合和变化的形式;另一方面则是,表现主义有它的野心,希望借一个故事、一个人物、一个情节来寓言世界的种种变化和规律,试图把万花筒般的全貌穷形尽相,所以蒙太奇在这个方面等于提供了一面多棱镜,一个多声部交错的开放体系。这样的方法,不仅对读者是一种挑战,对作者本人也是。在某种意义上,文学的写作成了文化写作,一个优秀的作家必须懂得如何在芜杂纷乱的世界中挑选意象、语词,并且把它们用一种出其不意的方式组合起来。可以说,表现主义是文化的破坏者,也是巡视者,但更是一个哀悼者。

第三节　搭建通往本真世界的桥梁

在本书第二章里我们曾讨论过表现与象征的区别,但我们不能否认在表现主义的作品中依然充斥着象征技法的运用。原因很简单,表现主义作家的创作意图在于揭示事物的本质,这种对于本质的探究有时能凝聚为清晰可辨的观念和情绪,有时却停留在只可意会难以言表的状态,这就需要通过富有象征意味的意象来传达。同样,将对象及其时空背景符号化也是通往本质的桥梁之一。

一、象征:超越神秘暗示的存在勘探

象征也是一个极多变的概念,围绕着它聚讼纷纭已经屡见不鲜,就连韦勒克这样的大理论家也不得不承认"象征主义(和象征)这个题目太大"[①],一篇文章难以窥得堂奥。从古希腊的各执一端、以示友爱,到象征主义的神秘契合、暗示魔术,象征当然难以一言以蔽之,但是,我们在这里不必死抠字眼,而是取它的大概意思,以及各个时段和理论中的普遍共

---

① 韦勒克:《文学思潮和文学运动的概念》,第251页。

识,即象征是在物与物、语义与语义、观念与观念之间建立一种"沟通性"联系,是"确有意义而又可以感觉到的印记"①。但是,这种联系在韦勒克看来并不是随意的、短暂的,相反,它具有一种反复性。他说,前者可以称为隐喻,后者才是象征:"首先,我们认为'象征'具有重复与持续的意义。一个'意象'可以被转换成一个隐喻一次,但如果它作为呈现与再现不断重复,那就变成了一个象征,甚至是一个象征(或者神话)系统的一部分。"②

但是,我们也要指出,理论家的总结未必与艺术家的具体实践严丝合缝,表现主义者在使用象征与隐喻之时,未必对这种差异斤斤计较。而且,就他们本身而言,也没有什么约定俗成的统一信条和宣言,他们只相信自己的心灵之眼,依赖感性的直觉,所以象征和隐喻至少在表现主义这里并不是泾渭分明的。

弗内斯说:"对表现主义来说,隐喻是一个中心问题。"正如绘画中那些获得"自身目的"的纯粹色彩和线条一样,隐喻和象征也开始变成"感情抽象和强有力的核心"。随着人的发现,私人性的感受开始占据文学活动的舞台。具体的情境逸失在个人化的意志感受之中,象征(隐喻)也因此脱离现实的羁绊,在个体创造性的幻想中,获得了一种绝对性。他以自我为表达的出发点,建立了自主修辞格,从中发散出强有力的意志观念,并最终使自己靠近于一种庞德所说的"漩涡":"从他之中,通过它,进入他,种种思想源源不断地奔突喷涌"③。通过象征(隐喻)传达出来的世界是模糊的,但却是真正属于个人的,而且正是经由这种模糊,才使得"寻找"成为一个重要的观念。正如马拉美他们所说的那样,一种文字的魔杖造成了富有魔力的谜语,而文学所有的深意就在于不断地向谜底掘进的猜想之中。象征(隐喻)在超越模糊的过程中,对世界作了重新阐释和表现,并经由这种表现向世界追加了新的意义和能量。

首先,它是一种诱惑与挑战,世界原本熟悉的面孔骤然消失,变成无数可能的变形,但同时这种变形可能就是事实本身。所以惊恐和焦虑就被诱惑携带出来了。再者,人们试图将这种诱惑"祛魅",使它最终还原为

---

① 施本格勒:《历史·文化·艺术》,《德语诗学文选》下卷,上海:华东师范大学出版社,2006,第237、239页。
② 韦勒克、沃伦:《文学理论》,第204页。
③ 弗内斯:《表现主义》,第24—28页。

一种本质,所以它就必须在一种力量允许的范围内尽可能地向这种本质状态接近,但每一次接近都会因为隐喻中某种拒绝接近的力量,而激起更大的回应和反响。象征(隐喻)使得世界与理性、客观、逻辑这样的观念日益疏离,世界成为一种不可能被认识的变数,不断出现新的面孔,于是认识不再重要,关键在于发现,发现另一种新的可能。所以综合起来说,象征(隐喻)是作为一种激发情感的力量存在着的,它即是意义与目的本身,理解它的存在就是在理解它的意义。

象征是受到了主体"生命灌输"而隐晦呈现出来的主体风貌和意志,是"内在声响"的外在发言。这种发言,既可以落实到具体的文本结构和人物造型上,比如表现主义戏剧中一再搬演的父与子的冲突,正是对资产阶级两代人无可调和的矛盾,以及新旧观念彼此争斗的形象表示;但它也可能很直观地显露于表现主义的自我命名之上。表现主义两个最著名的社团——桥社和青骑士——正是两个最著名的象征例子。

就桥社而言,崔庆忠说:"这一名词,取自尼采的著作,是由施密特-罗特鲁夫提议以它作为此社团的名称的。它含有联结一切革命的活跃的成分通向未来的意思。"[①]从字面上看,"桥"是一个具有尼采超人意志的概念,它提示的是一种具有破坏力的联结感。一方面,它因具备尼采这个资源,而指示一种强力;而另一方面,也因为其勾连了对抗的成分而具有某种破坏的革命激情。然而,除却这两个显在的因素,我们似乎更应看到"桥"这一形象的深层意蕴——对人类本质感受的传达,一种康定斯基所说的"对存在的恐惧"与焦虑。在这一点上,蒙克的力作《呐喊》为我们提供了佐证。画面中,形似枯槁的人物站立在桥上,歇斯底里地呐喊,但他显示的却非一种革命式的欣快,而是一种惊慌失措的恐惧。问题何在呢?杰姆逊叙述说:

"桥在现代主义文学中是很有典型性的,因为一座桥往往标记出这不是任何地方,桥本身不是一个地方,它只是连接两个不同的地方。虽然画面上出现教堂可以标志出空间,但画面上发生的一切却似乎不是在任何地方,是悬空的,是事物之间发生的事。这座桥的象征意味是很浓的,但又不能和什么'运动感''联结感'及'方向'等具体的意义联系起来。这是座很模糊的桥,它的唯一意义似乎在于表示出一种悬空感,也就是说,这幅画表示出艺术家不希望完全出世,去做一个宗教徒,但同时又希望和这

---

① 崔庆忠编著:《表现主义》,第25页。

个世界上的任何事物都保持距离。这座桥就是这一距离。另外,这座桥既是在两物之间,也是在一切之上,桥下的土地和河流似乎都在旋转,而且色彩都很和谐地溶合在一起,这里的旋转感传达出一种对失足跌进深渊的恐惧,因为桥下就是无底的深渊。"①

所以,从这个层面上讲,桥这个意象是一个在恐惧中呐喊,又是在呐喊中体验恐惧的自虐式的张力形象。它指向联结,也指向断裂;在一种不定的环境下,传递出来的一种交混的迷狂与陷落,是人在悬空之后的一种精神历险,是一种在拯救与逍遥之间的自我指称。

而对于青骑士或者蓝骑士来说,除了对学院派的仇视,对外部世界的否定和对"内部需要"的赤忱之外,他们并没有准确地提出过任何美学标准和艺术范式。但事实上,青骑士这个形象就足以表明他们所追求的那种通过各种形式的多样化来实现内心愿望的艺术之路是一种何等的精神境界。当然,提起骑士,似乎就该从堂吉诃德开始。昆德拉的发言也证实了这一点,他说塞万提斯开创了一种"伟大的欧洲艺术"。他解释道:"在塞万提斯的时代,小说探讨什么是冒险。"但随着时间的推移,人类登上了历史的列车,时代不再具有塞万提斯或狄德罗式的那种乐呵呵的悠闲了,"人类处于一个真正简化的旋涡之中,其中,胡塞尔所说的'生活世界'彻底地黯淡了,存在最终落入遗忘之中"。同时魔鬼也从外部世界滋生出来,将"人仅需与自己灵魂中魔鬼搏斗的最后和平推向一种终结"。这样一来,堂吉诃德也在三个世纪的旅行之后,换上了土地测量员的行头,回到了家乡的村庄。他原来出发寻找冒险,而现在,他被冒险胁迫了,面对现实他别无选择。②

而这种无法进入的尴尬正是表现主义一个至为重要的境遇设置,它几乎囊括了所有表现主义者念兹在兹的情绪和感受:幻灭感、灾难感、孤独感、无能为力感和无所归依感,甚至受虐式的迫害狂想,简而言之,一种"德国人自己说的崩坏(zusammenbruch)"③。它像一个吸尘器将他的所有想法与感情都从自我中吸走,并向外抛掷出来,成为一种激情的迸发与裂变。海德格尔说此乃"意志之意志",是一种出于自我确证的非理性之力。当然,这种骑士传统乃是对理性祛魅(韦伯语)之后必然显现出来的

---

① 杰姆逊:《后现代主义与文化理论》,第153页。
② 参见昆德拉:《小说的艺术》第一章的内容。
③ 刘大杰编:《德国文学概论》,上海:北新书局,1928,第342页。

心灵震撼的效果,同样也是表现主义内在逻辑使然的一种强力的召唤。19世纪被物质皮相诱惑而昏睡过去的人的内心,突然被表现主义的尖叫声唤醒了。他将长久以来积存起的焦虑与恐惧,灿烂地投掷出来,并如野火般地燃烧起来,成为现代文艺史上一朵痛苦的恶之花。

针对表现主义的象征,我们或许要问,表现主义的整体艺术风格是以激情的表达、意图的袒露为特点,但它为什么还要采纳如此曲折、隐晦的手法呢?这两种观念之间是不是会存在矛盾?我想,这是我们对表现主义的误解,是对表现的简化。首先,意志的图解、激情的勃发、呐喊的直陈,这当然是表现主义的特色,但是追求直接和强力,不是一定要用高音喇叭、用放大镜、用毫无隐晦的宣讲。恰恰相反,透过象征的手法,有时候反而能够收到一叶知秋、管中窥豹的效果。这是同表现主义的哲学思考相联系的。在他们的观念里,真知和真相并不存在于现实的世界,所以,必须借由象征的由此及彼,把我们带离这些遮蔽,引向本质存在的其他空间。其次,表现主义对抽象情有独钟,包括语词的运用、句法的构造、形象的设计、线条的布局等,一切都讲求精简有力。由此,要在如此精省的空间结构里表达充分的思想和情绪,则必然借助那些能以小见大、由一而多的艺术手法。象征显然是其中重要的一种。恰如麦克所说:"艺术的目的不是科学的仿造和检查自然形态中的有机因素,而是通过恰如其分的象征创造一种缩略的形式。"[①]而另外一种则是我们下面要讨论的类型。这两种手法可以看成是取径相反的两类艺术思维,前者是在单一中隐喻多样,而后者则是把多样化简为一。不过,无论是前者,还是后者,都是在揭示表现主义的精神是直来直往,但艺术观念上却绝非如此。

二、类型:拒绝典型观念的抽象符号

类型,这是一个有趣的问题。因为在表现主义这里,故事人物不再作为现实的投影或者主观浪漫想象的化身,而是一种被处理出来的文化符号。各种镂空了的形象实体,被充分填塞了主观的意愿,成为一种载道言志的外在形态。对表现主义者来说,他们不是装饰品,不是单独的力量,而是一种言说内在真实的音响。他们总试图要发言、表达,并勾连起一种

[①] 意大利文化协作学会编:《世界艺术百科全书选译I》,舍予、朱雍等译,上海:人民美术出版社,1987,第73页。

普遍的心理效应。类型人物就如同波德莱尔笔下的漫游者,他们有着神似之处。他们投身人群,既是他自己,又成为别人。

在波德莱尔那里,"人群不仅是那些受到鄙视者的最新的避难所,也是那些被遗弃者的最新麻醉药"①。闲逛之辈在成为人群中的被遗弃者之后,便具有了某种类似于商品的特殊处境。但他自己又不会意识到这种尴尬,反而能从这种处境中获得对许多侮辱进行麻醉的补偿。这种极乐渗透全身的处境,使闲逛者为之陶醉,并最终发展出一种找寻陶醉本质的力量——移情(empathy)。"诗人享受着一种无可比拟的特权:他可以随心所欲地既成为他自己,同时又充当另一个人。他像迷失路径在找寻躯体的灵魂一样,可以随时进入另一个人的角色中。对他来说,一切都是敞开的,如果某些地方对他似乎关闭着,那是因为在他看来那些地方不值得去关注。"②尽管波德莱尔在这里谈到一种他认为的"普遍的一致",但他还是倾向于认同人群中单个人的思想,而不是群体的思想。布莱说:"很清楚,他追求的并不是与群体的融合,而是在其变化中体验人类思想的多样性。"③因此,任何认同都是出于个人的与内在性的。唯有带着强烈主观性的个人才能获取这种随便进入的特权,并表现为一种类型本质或"普遍的一致"。

也正是从这个意义上,我们认为表现主义者试图营造的某些具有本质意味的人物类型,实质上也是在强调一种作为"人群中的人"的表达意识。对波德莱尔而言:"外部是打开内部的一种方式。如果小说家在人群中走来走去,那是为了进入组成人群的单个人的生活中去。亲历他们的生活,就是与他们的内心生活认同。"④而对表现主义来说,所谓类型人物实质上也是作家们为了深入单个人的生活中去的某种策略,它提示了作为个体的主观意志性,同时也表现了作为群体的普遍震颤。沃林格尔在他对表现主义具有举足轻重的影响的著述《抽象与移情》中,同样也回溯了"移情"或"移情冲动"(Einfühlungsdrang)的概念,并将之与"抽象冲动"(Abstraktionsdrang)对立起来。在其看来,"抽象冲动"苦于外部世界过于复杂,转而采纳僵硬、紧张的艺术风格来反映人对自然的疏离与恐

---

① 瓦尔特·本雅明:《发达资本主义时代的抒情诗人》,王才勇译,南京:江苏人民出版社,2005,第53页。
② 同上书,第54页。
③ 乔治·布莱:《批评意识》,郭宏安译,桂林:广西师范大学出版社,2002,第20页。
④ 同上书,第18页。

惧,而"移情冲动"则渴求"人与外部世界现象间泛神论色彩的亲密关系",在艺术形象中悄然地投射进人的愉悦和理性,故而有一种亲切、柔和氛围。尽管表面上这两者的距离是何其之巨,但是沃林格尔还是"使表现主义反自然主义的美学不仅适应了'抽象'原则,也接纳了'移情'的准则"。① 而类型或许正是这种抽象与移情交融的最佳表征:它既有扭曲的、骇人的群体特征,也柔和地呈现出一种移情了的个体意志性。并且因为这种精神行为奇特的自我入侵和他人占有,使得表现主义透出一种具有寓言意义的强力。

杰姆逊说:"寓言的意思就是从思想观念的角度重新讲或再写一个故事。"②这样,一个故事就有了两种可能性。主体意志率先被生产出来,然后才随之出现了接纳它们的容器。这样容器就不再只是它表面的样子,而总是要透射出某些浓烈的主观意志性。因此,容器的面貌就变成了内心意愿的一个方面,作品中也不再有叫约翰、汤姆、安娜之类的人了,而只有男人/女人,老人/小孩,父亲/儿子,疯子/病人,公民/艺术家……,他们是"一个人,而非这个人"③,他们是一种强力意志的纠结与出发,他们的效用就是使人着迷、陷入、恐慌,并从中获取进入每一个阅读者和观赏者体内的优畅。他们随意穿行,带出人们精神性的疼痛。我是男人,那必得死亡;我是女人,那必得尖叫,于是一种充分混乱的强力共鸣产生于文字和画面之外,成为情绪动荡的烈焰膨胀与主体意志的充分灼烧。

我们可以尝试追问,为什么表现主义如此偏爱这种抽象化的人物设计,在追求个性和细节的现代,是什么促使他们回到远古图腾式的部落仪式,在一种集体性的、表面扁平的人物身上窥看一个时代最独特的东西,践行他们所谓的从娼妓中看人性,从工厂里看神性的理念?我想,以下几个方面或许可以对此略加解释。

第一,表现主义有它自己独特的时代承担,它面对19世纪烂熟的机械文明,以及资产阶级内部的腐朽,同时又感受着大战前后种种人类精神上的动摇和困厄。这些时代的议题,催生了表现主义者具体的艺术关怀,他们书写的主题往往不脱资本主义的目的、劳动者的未来、机械文明的价

---

① Thomas Anz,"Künste der Emotionalisierung. Expressionismus-und Gefühlsforschung", In *Expressionismus in den Künsten*,S. 328.

② 杰姆逊:《后现代主义与文化理论》,第103页。

③ Thomas Anz u. Michael Stark(Hg.),*Expressionismus:Manifeste und Dokumente zur deutschen Literatur 1910—1920*,S. 692.

值、战事的意义、两性的冲突、新旧观念的轮换等等。在他们看来,这些困境和思考,并不是一两个人的际遇,而是整整一代人,甚至整个人类的问题,为此,他们不写具体的个人,以及他们的遭遇,而是将之抽象为一类人、一群人、一代人,从而提醒读者,他们正在阅读和观看的并不是别人的故事,而是自己未曾意识到的可怕现实。这种现实敦促他们去行动、去斗争,而不是沉浸在此刻的欢愉和安适之中。

第二,表现主义要用这些抽象、凝练的人物来集中人们的注意力,把那些被细节描写和个性渲染所分散的目光重新聚焦到故事的主题上来,强化读者对情节的意识,凸显矛盾的尖锐。正如墨菲指出的,表现主义极其喜欢采用情节剧的二元结构来设置故事的情节大纲,让好人和坏人、男人和女人这些通俗的二元形态演绎构成了善恶力量间的永恒冲突。他说:"与其说,较为雄心勃勃的情节剧借助把邪恶归于特殊问题且归于特殊的概念假想对手(例如中产阶级市民)而把复杂的社会过程简单化,不如说仅把这些漫画和图式般的比喻用作起点:所以它们容易加剧这些冲突并将其描述为更为广泛地存在于社会中因而不可简单化解决的矛盾。"①

第三,类型的设计,除了让叙事的线条更为明朗、冲突更加清晰之外,它也同时带来语义的分散和意义的不稳定。刘大杰说,类型,"是一种根元的冲动力的表现,与一切现实之物分道扬镳。是观察的艺术,与环境的艺术正相反"②。传统艺术寻求的是具体、稳定的个人,这种稳定性来自它对现实生活中某些个案的提炼、加工,而且这些个案人物一定活在某个语境中,即所谓的典型环境中的典型人物。而表现主义的文学,因为反对现实模仿,所以他的人物或者人物身上的某个部分、故事都不是从某个具体的情境或个人身上获得的。这样的方式,显然注定了一般的艺术批评原则会失效。但是这种失效,恰恰又允许了我们对这些人物做更多样化的猜想,既把他看作别人,同时又是自己。

最后一点是,表现主义者想要借抽象人物、类型书写来实践一种恒久性的诗学。换句话说,它对类型的提炼不仅仅是为了应对我们上面说的时代的困厄、叙事的强化和意义的多元这些一时一地的任务,更重要的

---

① 墨菲:《先锋派散论》,第121页。
② 刘大杰:《表现主义的文学》,第59页。

是,他们要借此推广一种文学的哲学,或者说救赎诗学(Literature of Redemption)①。这种诗学,一个突出的特点就是去历史化的超时空。譬如,男与女、父与子无论在什么时代、什么地方都是存在的,他们不受时空的限制,因此可以有一种恒常性和普适性。这正是我们在开头说的,表现主义是一种具有历史意识和历史感的文学流派。也是刘大杰说的:"是普遍的姿态,是人类的模型,是捉住现实核心的粗线。辉着强烈的色彩,超越现象的世界,达到本质的终途。"②

在说完了表现主义要借类型达到的意图之后,我们不妨回头再来探讨表现主义最爱表现的人物类型有哪些?为什么恰恰是这些类型成了他们的关心和用力点,这些类型又隐喻着他们怎样的思想观念?托马斯·安茨在《表现主义文学》一书中总结并讨论了如下六种类型人物和关系:1. 公民和艺术家;2. 父与子;3. 疯子;4. 病人;5. 动物;6. 囚犯。这几类人物,特别是后四类,具有以下共性:一、他们大多位处社会边缘,属于弱势群体;二、非常态化和非正常化,属于要被救助和改造的范围。我们需要追问,为什么表现主义会偏爱这些社会中的异类和少数群体呢?第一个原因,当然是构成一种所谓的反话语。福柯在《疯癫与文明》《规训与惩罚》中特别讨论了现代文明如何制造"疯子""病人"和"囚犯"的问题。在他看来,这种所谓的常态和非常态、健康与非健康实际上是一种政治意识形态的运作结果。通过一套有关健康的话语,统治者有效地施行他们的管理,维护社会的稳定。但是表现主义要敲打这种表面的宁静,揭示下面的混乱和压抑,所以他们需要发动这些所谓的病人、疯子来付诸行动。第二个原因是,构成一个所谓的"独异的个人"和"庸众"之间的对话关系。表现主义除了要反体制,另一个重要内容是要唤起民智、民识,开通他们麻痹的精神。但是,芸芸众生为现实所困者毕竟是多数,少数的先知由此并不能如愿实践他们的理想,所以,艺术家和公民、儿子和父亲、疯子和常人、动物和人,都是少数对多数。一味地启蒙在这种力量悬殊的语境下未必奏效,所以表现主义要借类型人物来发言,既代表这些少数,也暗合这些大多数人的潜意识,由此来实践他们的社会理想。

---

① Walter H. Sokel 也将之称为"弥赛亚表现主义"(Messianic Expressionism),其特点是通过外部的反抗来达到内部的再生,参见 Lisa Marie Anderson, *German Expressionist Drama and the Messianism of a Generation*(《德国表现主义者和一代人的弥赛亚主义》),New York:Rodopi,2011,p. 9.

② 刘大杰:《表现主义的文学》,上海:北新书局,1928,第 60 页。

第六章　表现主义的形式观

正是在这样的抱负下,我们看到表现主义的类型人物并不是世上某个具体的人物或他的投影、肉的化身,恰恰相反,他们是一种具有理想色彩的象征符号、一种思想的样式。

尽管从形式上看,表现主义显示了足够多元和令人惊异的变数,但归结起来,其实表现主义的形式革新是一个相当明确的结构。具体地说,就是"间离—变形/怪诞/象征/蒙太奇/类型—震惊"的三级逻辑推进关系。其中"间离"是作为一种意图(intention 或 will)存在的,它暗示了表现主义的艺术倾向和审美要求;"怪诞""类型"等则是这种审美要求的具体外化的形式,是一个尽"意"的"象"(image),但这个"象"又处于不断地易形和变动之中,所以准确地说,"怪诞"和"变形"等形式都是一种实现审美的艺术手段(measure);而"震惊"则是这种审美艺术手段所要达到的最终效果(effect)。

震惊作为个人性的体验,它的意图不总是指向外在的平庸和刻板,在更确切的意义上,它是对"我的存在"的某种拷问。正如巴塔耶所说的那样,它是"在灼热与不安中对自己认为已认知了一个人的'存在'这一点进行考验并重新追问"①,对我的不确定性无休止地提出异议。因此,震惊也可能是某种预见性的领悟,一种超乎寻常的特别是对苦难的敏感性。"表现主义追求的是一种新的风格,是启示录的幻景和兴奋的预言"②,一方面,表现主义者清楚地预感到"精神的黑暗,无知的不安全感和畏惧,弥漫着它们所处的世界"③;另一方面,他们又为这种感觉所陶醉,乐于在这种威胁的情境中激起强烈的兴趣和愉悦,蒙克说:"疾病和发疯是守护我摇篮的黑天使……我的家庭是疾病和死亡的家庭。的确我未能战胜这种不幸,因此,这对我的艺术来说,起了决定性的影响。"④

震惊作为一种社会性体验,它表明了现代艺术对于大众生活的某种巨大的冲击。艺术不是一种自我成全的手段,它必须包含在某种终极视域中方能真正显示出它所蕴含的力量。艺术必须富含功用的目的,不管这种功能用于审美,还是用于建构意识形态。艺术需要做出一种导向性的姿态,这是艺术的承担。对表现主义的艺术家而言,时代的生命奠定了

---

① 转引自肖伟胜:《现代性困境中的极端体验》,第282页。
② 高中甫、宁瑛:《20世纪德国文学史》,第26页。
③ 康定斯基:《论艺术里的精神》,第47页。
④ 崔庆忠编著:《表现主义》,第12页。

艺术力量的基本取向。在一个人人都被工业包裹的异化时代,有必要对这种沉迷做出某种让人一惊的举动。所有由机器、财富编织起来的灵韵需要在一种击中人心的呐喊中撕裂,消散。这就是表现主义诗学对于自身的某种设置和期待。

第七章 文类诗学——表现主义的文体论

表现主义作为一场全方位的艺术运动,它的触角延伸到艺术的各个领域,从绘画、文学到音乐、建筑、电影,几乎无所不包[①]。而在文学领域内部,各种体裁文类——戏剧、诗歌、小说等皆有丰硕的成果和同样惊世骇俗的表达方式革命。创作这些作品的作家身份也往往是多重的,他们在成为小说家的同时,还可能是诗人、画家、音乐家,甚至是医生、律师和科学家。这种多重身份曾一度引起人们的侧目,他们质疑表现主义作家缘何不能专注于一种艺术领域。但表现主义者们却反唇相讥,为什么表现主义者不能一专多能,在成为音乐家、小说家的同时,他们为什么不可以是建筑师或画家?进而,他们更提出了创造打破艺术门类界限,使不同艺术形态和表达方式紧密融合的"总体艺术作品"的目标。他们这种自信和开放的艺术态度,当然同他们自身坚持的信仰本质、无视皮相的艺术理念有着关联。换句话说,在他们看来,千差万别的只是艺术的表层,音乐、建筑、诗歌、绘画、散文、小说皆是精神的显影、直觉的投射。戴维·库恩斯解释说,尽管"音乐、舞蹈和建筑并不乏模仿的潜能,但是,自现代以来,它们被更频繁地用于抽象性地具体化非模仿性的诗学观念和意象"[②],所以它们与表现主义的诗歌、戏剧存在某种必然的亲缘性。可以说,对本质

[①] 但是必须承认表现主义在建筑领域的作为或者说影响力最小,主要的原因是,建筑这种实体性艺术和表现主义所探求的抽象的心理构图和精神结构存在一定的距离,很难被具体化。相关的讨论见 Ulrich Weisstein ed., *Expressionism as An International Literary Phenomenon*(《作为国际文学现象的表现主义》),Amsterdam:John Benjamins Publishing Co.,1973,p.17.

[②] David F. Kuhns,*German Expressionist Theatre:The Actor and the Stage*,p.23.

与抽象的入迷,不仅使得表现主义者身份多元,而且更重要的是,这种观念让他们在进行具体的艺术实践时,往往有一种其他人不具备的跨学科视野①,能够积极地调动起各种艺术要素为我所用,从而创作出所谓的诗化小说、蒙太奇式的排列诗歌,乃至更具全面性的"总体艺术"。以下的讨论,我们虽以传统的文类来讨论表现主义的具体艺术主张和写作成绩,但是,始终应该牢记表现主义是综合的艺术这一点。

第一节 总体艺术作品:消除艺术边界的探索

20世纪初,德语区表现主义运动的革命性有目共睹,但其革命性并非集中体现在意识形态层面,而是深入表现主义艺术理论和艺术实践的每一条毛细血管,表现主义艺术家们坚信"历史的可塑性",艺术成为他们塑造崭新未来的重要环节。以德国,更准确来说是慕尼黑的表现主义运动为主导,表现主义曾进行过一次消除艺术边界的探索,涵盖了当时已知的所有艺术媒介,传统如文学、绘画、雕塑、建筑、戏剧、音乐和舞蹈等领域,新兴则如电影。这场探索的目的并不仅限于创造崭新的艺术形态或是更新已知的艺术世界,也并非旨在简单且粗糙地拼接各类艺术表达的成品,这批艺术家希望通过挖掘瓦西里·康定斯基所认定的弥散于各类艺术精神深处的"内在的声音"(innerer Klang),用与过去割裂的眼光全然不同的方式去透视不仅是作为声音的声音、作为颜色的颜色、作为线条的线条或作为文字的文字,突破旧有的限制和边界,寻觅能够萃取和提纯一切内容和形式的精神力。这份雄心导向了两个至今仍深刻影响着当代艺术的结果:其一是具象艺术的抽象化,其二便是将故纸堆里蒙尘已久名为"总体艺术作品"(Gesamtkunstwerk)的艺术理想从理论的二维投入现实的三维。

2010年10月24日至2011年2月13日,在德国城市达姆施塔特举办了一次"表现主义总体艺术作品展"。此次活动的代表性展品和数十篇由德国相关领域权威学者执笔的论文一齐收录在2010年出版的《表现主

---

① 关于这种跨界性的讨论可参考 Neil H. Donahue, ed. , *A Companion to the Literature of German Expressionism* 第4部分 "Interdisciplinary" 的内容。

义总体艺术作品：1905—1925 艺术、电影、文学、戏剧、舞蹈与建筑》（*Gesamtkunstwerk Expressionismus：Kunst，Film，Literatur，Theater，Tanz und Architektur 1905—1925*）一书中。该书的编辑者之所以将这些仍然属于不同艺术种类和体裁的作品都纳入"总体艺术"的范畴之中，恰恰是因为当初表现主义的艺术家们大都致力于打破传统艺术门类的界限，他们在创作中尽可能广泛地借鉴并自由地调动各种艺术样式的特有语言和手段，让这些跨界的作品产生令人耳目一新的震撼力。他们志在呈现如表现主义画家路德维西·迈德讷（Ludwig Meidner）所憧憬的"生活之丰裕：空间、光明与阴暗、沉重与轻逸以及运动的万物，简言之：更深入地渗透进世界的内部"[①]，所运用的工具则是艺术，让艺术侵入生活的深处，从而最终弥合生活世界和艺术世界之间日渐形成的鸿沟，使"艺术与生活再度结合"[②]。

一、世纪之交的时代精神与总体艺术作品概念的演变

除了艺术创新的考量，受浪漫派尤其是施莱格尔兄弟推崇的总体艺术作品概念在 19 世纪末 20 世纪初的复兴也与弥漫在德语区的审美现代性思潮密不可分。马克斯·韦伯等一批人文学者批判伴随工业化进程深入而逐渐凸显的价值理性和工具理性，认为理性业已成为衡量世界的唯一标准，致使世界沦为僵化的机器，而个体只是其中微不足道的齿轮；世界的祛魅与传统价值的沦陷使现代主体的精神陷入难以避免的分裂状态，精神分裂症和神经官能症成为世纪之交最为常见的精神疾病，甚至与现代艺术的发展有着难以言说分明的紧密关联。例证之一便是 1922 年卡尔·雅斯贝尔斯尝试用精神病理学分析现代艺术的著作《斯特林堡和梵高》。雅斯贝尔斯指出精神分裂症发作期往往与这些艺术家的创作萌芽期或黄金期重合，并假设精神疾病"能够释放平日被压抑的生产力。[……]潜意识元素占据上风，文明的束缚被炸毁。与梦境、神话和稚子内心世界的相似性便随之产生"[③]。而崇拜梵高的表现主义者无疑既共享

[①] Marion Saxer u. Julia Cloot (Hg.), *Expressionismus in den Künsten*, S. 8.

[②] Hubert van den Berg u. Walter Fähnders (Hg.), *Metzler Lexikon Avantgarde*（《梅兹勒先锋派辞典》），Stuttgart: J. B. Metzler, 2009, S. 124.

[③] Karl Jaspers, *Strindberg und van Gogh: Versuch einer vergleichenden pathographischen Analyse*（《斯特林堡和梵高：精神病理学分析的比对尝试》），München: Piper, 2013, S. 186.

了审美现代性的思想资源又是上述时代现象的亲历者。保罗·克利于1912年的一篇日记里明确指出促进现代艺术发展的三个源头是精神病人艺术、原始艺术和儿童艺术①。事实上，表现主义群体内部一方面从创作角度肯定精神病人艺术揭示内在世界的卓绝表现力，另一方面又希望通过更新总体艺术作品概念从理论层面解决现代人的精神危机。康定斯基就曾明确谈道："在长期的物质主义影响下，我们的灵魂最终被无信仰、无目标、无梦想而产生的绝望所唤醒。……被唤醒的灵魂试图获得解放，但却仍无法摆脱物质主义的控制……我们破碎的灵魂显得如此不真实。"②显然，总体艺术作品在表现主义者眼中是对抗现代生活碎片化经验和现代人类异化命运的有效工具。

实际上，概念"总体艺术作品"并非20世纪先锋派的首创，总体艺术作品的理论核心根植于古典修辞学的"语象叙事"（Ekphrasis）概念③。早在1803年弗里德里希·施莱格尔（Friedrich Schlegel）巴黎讲学期间便写下"诗歌兼有一切艺术……诗歌是音乐，是语词中的绘画"④，可见施莱格尔已有媒介融合意识，也就不难理解施莱格尔兄弟为何推崇卡尔·弗里德里希·奥泽比乌斯·塔恩多夫（Karl Friedrich Eusebius Trahndorff）的著作《美学或世界观与艺术的学说》（Ästhetik oder die Lehre von Weltanschauung und Kunst），其中首次提到"寻求包容一切艺术层面的总体—艺术作品"⑤。而这一概念作为明确的理论术语和具体但并不充分的艺术实践则可追溯到浪漫主义作曲家和艺术理论家理查德·瓦格纳（Richard Wagner）。瓦格纳流亡苏黎世期间写了一批理论著作，他认为总体艺术作品是艺术的理想形态以及未来艺术应竭力追求的目标，并在

---

① John MacGregor, *The Discovery of the Art of the Insane*（《精神病人艺术的发现》），Oxford: Princeton University Press, 1989.

② 瓦西里·康定斯基：《艺术家自我修养》，王蓓译，武汉：华中科技大学出版社，2016，第7页。

③ 狭义的语象叙事概念是一种修辞手法，指对造型艺术作品的文学性描述，涉及修辞层面的可视化策略。运用语象叙事旨在使"听众成为观众"（参见 Nikolaus von Myra）并促成整体性的联觉体验。

④ 转引自 Karl Konrad Polheim, "Zur romantischen Einheit der Künste"（《论浪漫派艺术的整体性》），in Wolfdietrich Rasch (Hg.), *Bildende Kunst und Literatur*（《造型艺术与文学》），Frankfurt, a. M.: Vittorio Klostermann, 1970, S. 157—178, S. 164.

⑤ Ralf Beil u. Claudia Dillmann (Hg.), *Gesamtkunstwerk Expressionismus: Kunst, Film, Literatur, Theater, Tanz und Architektur 1905—1925*（《表现主义总体艺术作品：1905—1925艺术、电影、文学、戏剧、舞蹈与建筑》），Frankfurt a. M.: Hatje Cantz Verlag, 2011, S. 14.

《未来的艺术品》(*Das Kunstwerk der Zukunft*)中进一步论述道:"未来的总体艺术作品在所有艺术家拥有共同目标并结社协作"①的前提下才是可设想的。瓦格纳所提倡的总体艺术作品"乐剧"(Musikdrama)意味着"浪漫主义综合思想的戏剧化"②,其创新性并非只是简单地从舞台形式上结合音乐、布景、文本和表演,而主要在于从音乐结构内部扬弃了多采用"叙事式歌唱"(Parlando)的宣叙调(Rezitative)和包含抒情元素的咏叹调(Arien)的对立。瓦格纳采用大段的独白和对话,消解了宣叙调和咏叹调的界限,持续变化的动机令节奏、和声以及音色随之改变,调性失去了稳定性,乐剧由此拥有了前所未有的完整性和复杂性。除此之外,瓦格纳还强调艺术的革命功能,他通过《艺术与革命》(*Die Kunst und die Revolution*)一文明确阐发了他希望改变剧院沦为以盈利为导向的"产业部门"③的现状,从而进一步避免艺术沦为商品。可见,美学意义并非瓦格纳总体艺术作品概念的全部,他希望艺术能够积极参与社会建设并更有效地履行完善社会的职能。而更新艺术和社会同样是表现主义群体的深切关怀,他们继承并发展瓦格纳的总体艺术作品概念便成为一种必然。

二、综合的艺术:从消解语法结构到跨媒介融合

1917年,文学研究者奥斯卡·瓦尔策尔(Oskar Walzel)成为首个将表现主义运动各个领域的跨媒介现象视作美学问题的学者,他敏锐地觉察到不论是表现主义的诗歌、戏剧还是绘画领域都充斥着形式多样的跨界尝试,例如画家奥斯卡·科柯施卡的两部戏剧《燃烧的荆棘丛》和《谋杀者,妇女的希望》便体现了"科柯施卡如何用诗的形态构造出笔下画作的

---

① Ralf Beil u. Claudia Dillmann (Hg.), *Gesamtkunstwerk Expressionismus: Kunst, Film, Literatur, Theater, Tanz und Architektur 1905—1925*(《表现主义总体艺术作品:1905—1925艺术、电影、文学、戏剧、舞蹈与建筑》),Frankfurt a. M.: Hatje Cantz Verlag,2011,S. 14.

② Guido Hiß,"Synthetische Visionen. Theater als Gesamtkunstwerk von 1800 bis 2000"(《综合的景观:1800—2000作为总体艺术作品的戏剧》),in Guido Hiß u. Monika Woitas (Hg.), *Aesthetica Theatralia*, München: Epodium Verlag,2005,S. 8.

③ Richard Wagner, "Die Kunst und die Revolution"(《艺术与革命》),In *Gesammelte Schriften und Dichtungen*(《文论与创作全集》),Leipzig: Hildesheim,1887,Bd. 3,S. 23.

强有力的轮廓"①。瓦尔策尔的判断是精准的,下面这一段文献很能体现起步期的表现主义艺术家的创作观和总体艺术品概念内在的契合,即使当时他们还没有把这种艺术作品的形式上升到理论层面,也只是朦胧间察觉到"综合"力量的强大:

> 当时我们这些二十来岁的人意识到崭新的生活即将掀开帷幕:崭新的生活里"我"会砸开层层围墙,单子会猛地拉开通往世界的窗户,拥有魔力的共同体会占据整个世界的力量和声音。②

需要明确的是,表现主义艺术家们并非意外且无意识地在创作中逼近总体艺术作品概念的内核,而是从理论和艺术实践的两个面相同时更新且开拓这一概念的内涵和外延。康定斯基在谈到不同艺术的不同功能时曾写道:"一旦我们注意到,每一种艺术都拥有无法被他物所替代的力量。那么结合不同艺术力量的尝试便如箭在弦上。"③

在讨论表现主义结合不同艺术媒介的尝试之前,我们先把目光投向表现主义诗人、剧作家和画家洛塔尔·施赖耶的艺术探索。他试图消解语法结构,在文本内部融合语音和内容,以便使语词的声音与其他艺术"内在的声音"产生共鸣,换言之他尝试让语词成为更适合与其他艺术结合的艺术质料。施赖耶提出"词的艺术理论"并进行了逻辑严密的论述:首先"词语的艺术魅力在于它的声音"④,每一个音素都有自己独特的"质素"(Wert),"不同的动词产生千差万别的效果",但单个词语的声音并不拥有力量,必须是各个词语的发音融汇而成的共鸣方构成艺术令人震撼的前提,共鸣再进一步引发"联想"(Assoziationen),而唯有能够呼唤联想的词语才具有作为"艺术质料"(Kunstmittel)的资格,因此施赖耶极力提

---

① Christoph Kleinschmidt, *Intermaterialität. Zum Verhältnis von Schrift, Bild, Film und Bühne im Expressionismus*(《物质间性:论表现主义文本、图像、电影和舞台的关系》), Bielefeld: Transcript Verlag, 2012, S. 61.

② Ralf Beil, "'Ein anderes "Kunstwerk" gibt es für mich nicht' Utopie und Praxis des Gesamtkunstwerks Expressionismus"(《"对我来说不存在别的'艺术品'":表现主义总体艺术作品的乌托邦与实践》), In *Gesamtkunstwerk Expressionismus: Kunst, Film, Literatur, Theater, Tanz und Architektur 1905—1925*, S. 28.

③ Wassily Kandinsky, *Über das Geistige in der Kunst*(《论艺术中的精神》), Bern: Benteil, 1952, S. 56.

④ Lothar Schreyer, "Das Drama"(《戏剧》), In *Expressionismus: Manifeste und Dokumente zur deutschen Literatur 1910—1920*, S. 553.

第七章 文类诗学——表现主义的文体论

倡突破拉丁语系繁复的语法架构,释放词语固有的"情感质素"(Gefühlswert),譬如他曾例举如下:

"这些树和这些花都开花了"(*Die Bäume und die Blumen blühen*);省略这句话里的冠词,句子就变得更简练:"树和花都开花了"(*Bäume und Blumen blühen*);词语用单数形式句子便显得更加凝练:"树和花开花了"(*Baum und Blume blüht*);如果将这些词语从语法中解放出来,那么表达就会愈发简练:"树开了花"(*Baum blüht Blume*);这句话最精炼的形式可被压缩到唯一的一个词:"花蕾或开花"(*Blüte*)。①

名词花蕾或开花(Blüte)成为一个意义整体的核心,它具有的动词含义开花(blühen)既可以指向名词树(Baum)的开花,同样也可以指向名词花(Blume)的绽放,单词被从语法规则里解放出来,语言表达的效率也得以提高,并更加易于和音乐结合。"词的艺术理论"以及打破音乐和文本壁垒的尝试并未简单地停留在理论层面,而是贯穿了施赖耶的创作,例如他仿照音乐动机②的诗歌创作:

深渊转动白昼,

沉入清晨,

发红我的

力量!

……

我

燃烧,

我的

我跪下。

……

我的!

死亡!

---

① Lothar Schreyer,"*Expressionistishce Dichtung*", In *Expressionismus: Manifeste und Dokumente zur deutschen Literatur 1910—1920*, S. 627—628.
② 音乐动机由具有特性的音调及至少含有一个重音的节奏型构成,是主题或乐曲发展的胚芽,也是音乐主题最具代表性的小单位。

> 破碎，
>
> 闪耀，
>
> 摇荡，
>
> 我的。①

在这首诗里施赖耶首先违背德语语法将物主代词"我的"(Mein)大写，再仿照音乐结构将 Mein 作为一个音乐动机单位植入诗的不同位置，Mein 与不同的语境结合，词性和语法功能也产生相应的改变，与音乐动机的运作模式相仿。

如果说"词的艺术理论"还旨在更新语言的内部并寻求与音乐融合的可能性，那么施赖耶提出的"舞台作品"(Bühnenwerk)概念则不仅有总体艺术作品概念的思想背景，还尝试重新定义和塑造涉及舞台艺术的所有概念，包括颜色、形态、声音和运动等：

> 颜色、形态、声音和运动这四大介质构造出舞台作品的外部形态。
>
> 运动为形态着色。
>
> 运动为颜色着色。
>
> 声音使颜色的形态波动。波动的颜色的形态发出声响。
>
> 每一件舞台作品都有自己的节奏。节奏和艺术介质塑造外部形态。
>
> 空间中颜色的形态呈现为有节奏的线条和平面。声音以语音、乐声和噪声的形式登场。舞台作品既能是具象的也可以是抽象的。②

在众多践行总体艺术作品创作观的表现主义艺术家中，康定斯基无疑是做出最大理论贡献的一位，他在 1912 年撰文首次谈到各类艺术的结合，11 年后他为这类艺术命名为"综合艺术"(Synthetische Kunst)，舞台是他关注的核心，他先后写作剧本《黄色的声音》(*Der gelbe Klang*)、《绿色的声音》(*Grüner Klang*)、《黑与白》(*Schwarz und Weiß*)和《紫色》

---

① Lothar Schreyer, "Expressionistishce Dichtung", In *Manifeste und Dokumente zur deutschen Literatur 1910—1920*, S. 67—83.

② Lothar Schreyer, *Die neue Kunst*（《崭新的艺术》）, Berlin: Verlag Der Sturm, 1919, S. 56—57.

(Violett),统称为"色彩歌剧"(Farbopern),其中投射了他关于如何将文学、舞台设计或建筑元素、舞蹈、灯光等因素综合的思考:

> 每一种艺术都有自己的语言,自己的媒介。所以,每种艺术都是自我完成的东西,每种艺术都是一个自体的生命。它有自己的国度。因此,不同艺术所用的媒介,表面上完全不同,有声音、色彩、文字……但最最内在,这些媒介完全一样:最终目标消除了它们外在的差异,并显露内在的同一性。这最终目标(认知),经心灵细微的波动,而传到人的内心。这些细微波动,虽然最终目标相同,但其实有不同的内在运动,因此有所区别。这无法定义的某种心灵现象(波动),便是各艺术媒介的目标。……不同艺术媒介内在根本的同一性,是一块土地,人们曾试着在上面,以另一个艺术相同的声音来支撑这个艺术的声音,使之更强烈,产生更大的作用,它有催化剂的作用。①

康定斯基要指出的是不同的艺术媒介有内在的一致性,正如他一直以来所强调的"真正的内在力量不会轻易丧失自己的力度和效果"②,将不同的成熟的艺术形式相结合的总体艺术作品则能够成为一种崭新的"物质形式"从而"表达他(人类)精神里的新价值"③。而康定斯基提出综合艺术的初衷是"消除旧的狭窄观念,将艺术间的藩篱拆除,打破所谓正式的和不被许可的艺术限制。它最后要证明,艺术的问题不在于形式,而是艺术的内涵。艺术的分割,它们在厚高又不透明的墙里,孤立地在'小室'里生存,我认为这是'分析'法可憎可恶的结果,它先排挤科学里的'综合法',又干涉到艺术里。结果造成:僵硬、低俗的观点,狭窄的感觉,失去感觉的自由,也许终会死亡"④。显然康定斯基认为现代社会物质主义的强盛引发了两种不良后果:第一是各类艺术内部的"专精化",第二则是各类艺术之间亦即"媒介与媒介的平行发展",因此他在 1912 年首先提出"复合舞台"(Bühnenkomposition)草案,尝试从舞台艺术层面出发首先推倒隔离戏剧、歌剧、芭蕾等舞台作品的"厚厚高高的墙"⑤,从歌剧中提

---

① 康定斯基:《艺术与艺术家论》,吴玛悧译,重庆:重庆大学出版社,2011,第 28—29 页。
② 康定斯基:《艺术家自我修养》,第 23 页。
③ 康定斯基:《艺术与艺术家论》,第 7 页。
④ 康定斯基:《艺术与艺术家论》,第 150—151 页。
⑤ 同上书,第 30 页。

取音乐、从芭蕾中提取舞蹈、从绘画中提取颜色,令三者彼此配合达成内部的协调统一。具体创作时,以音乐为声音的代表、以舞蹈为动作的代表、以光线和颜色为视觉的代表,《黄色的声音》甫一开场便揭示了一种杂然共生的状态:"舞台呈朦胧状态,先是浅浅的蓝,渐渐变成深蓝。不久,舞台中央出现一个小光点,随着舞台色彩的变深,光点愈显得亮。乐声继续响一会儿。中止。……人群纷纷变换位置,时快时慢地走向另个组群。原来独立的,变成两人或三人一组,或者并入其他组群里。大的组群拆散。有的急速在舞台上流窜,四顾张望。同时,黑、灰、白人群渐渐消失,舞台上最后只有彩色人群。"①

康定斯基的雄心远不止于此,他于1909年创作的剧本《黄色的声音》早已昭示了他消解各类艺术外部界限的宏愿。11年后受格罗皮乌斯委托已在包豪斯执教的康定斯基初衷不改地谈到综合艺术的问题,他仍然认为:

这是大解析的时代,大声谈着大综合。解构乃为了建构。……剧场的磁力,吸收所有的语言,将所有的艺术媒介融合"有助于"共同促成壮伟的、抽象的艺术。②

康定斯基在包豪斯执教期间提出"包豪斯所做的,主要是把不久前仍被严格划分开来的领域统合起来"③。他更极具人文关怀地谈到教育问题,认为"学校教育应该是与过去百年来的极端专业化对抗的有力媒介,……现实中,过度专业化像一道高墙,将我们与综合性的创造力分开"④。魏玛包豪斯继承了表现主义运动的精神遗产,致力于培育新人,而非新的专家,或者说从宏观来看它也是表现主义构建总体艺术作品尝试的一个环节。

必须指出的是,康定斯基并非包豪斯教育体系中的个案,作为创作指导思想的总体艺术作品观激荡在包豪斯的创作理念和教育理念中。1923年开始主持"包豪斯舞台工作室"的奥斯卡·施莱默尔(Oskar Schlemmer)便提出:"我们时代的特征之一是抽象。就功能而言,……抽象能够形成一种新型总体性(Totalität)的鲜明轮廓,通过这一过程造就普遍化

---

① 康定斯基:《艺术与艺术家论》,第39—40、45—46页。
② 同上书,第61页。
③ 同上书,第53页。
④ 同上书,第72页。

和综合化的结果。"①施莱默尔不仅要求跨艺术媒介的综合,还试图综合人的形象和表演,以期达成全面的抽象,他的戏剧代表作《三人芭蕾》里演员多戴面具、穿紧身衣再搭配几何结构的戏服,部分戏服甚至直接是硬挺纸壳糊出的几何架构,以"重组人类躯体多样的与分散的部分,使其成为一种简单而统一的形式"②。舞台被施莱默尔视作寻求"总体性"的重要途径,因为"舞台是从自然中抽象出来的表征",并且是"最为异类的各种创造性元素的联合"③。20世纪最杰出的前卫艺术家之一拉兹洛·莫霍利-纳吉(Laszlo Moholy-Nagy)同期也在包豪斯执教,他全面吸收表现主义、立体主义、未来主义、达达主义和抽象派的思想精髓,不再局限于舞台,而是放眼整个剧场,提出"总体剧场遵循着同样的方法,那由光、空间、平面、形式、姿势、声音和人构成的各种综合体——伴随着这些元素变化和结合的各种可能性——也必然是一个有机体"④,而"未来的文学作品将会创造独立于声乐工作之外的、属于它自己的'和声'"。它首先要从根本上适应自己的媒介形态,同时又对其他媒介有着深远影响。这毫无疑问将影响到舞台上的语词和思想建构。⑤

早在1910年代,雨果·鲍尔定居慕尼黑时期便和康定斯基、魏德金等艺术家紧密合作,提出通过结合青骑士画家的画作和舞台布景佐以勋伯格的无调性音乐改建慕尼黑艺术家剧院的计划,雨果·鲍尔认为这一策划"既面向未来又回顾了过去"⑥,虽然由于战争改建剧院的计划最终流产,他却怀揣着这份艺术理想于1916年在瑞士建立了达达主义的摇篮伏尔泰酒馆,其中上演的大部分节目都带有浓重的综合色彩。1914年雨果·鲍尔仍不无惋惜地谈到这次失败的尝试:"当时设想的是一座'新艺术的剧院',也可以说是表现主义的剧院……致力于……创作这样的剧目,它不再仅仅是'戏剧',它须得彻底呈现戏剧性生活的根基,并且同时在舞蹈、颜色、滑稽戏、音乐和言语里爆发。"⑦

---

① 奥斯卡·施莱默:《人与艺术形象》,奥斯卡·施莱默等:《包豪斯舞台》,周诗岩译,北京:金城出版社,2014,第2页。
② 奥斯卡·施莱默:《舞台》,《包豪斯舞台》,第91页。
③ 同上书,第74页。
④ 拉兹洛·莫霍利-纳吉:《剧场,马戏团,杂耍》,《包豪斯舞台》,第53页。
⑤ 同上书,第55页。
⑥ Thomas Anz, *Literatur des Expressionismus*, S. 55.
⑦ Ibid., S. 153.

表现主义者和德国达达主义运动的领袖库尔特·施维特斯则声称他不打算成为某种艺术形式的专家,而是艺术家:"我的目标是创造默茨总体艺术作品,将一切艺术种类统摄为一个艺术的整体。……我把诗歌的语句拼贴成呈现节奏的图画。再将图画粘贴为可供人阅读的句子。我在图画上钉钉子,除了原本绘画的平面效果外,立体的浮雕效果也随之诞生。这种手法旨在模糊各类艺术间的界限。"①他更在1919年呼吁:"世界上所有的剧院都彻底综合一切艺术力量创作总体艺术作品吧。"②

　　综上,各个艺术领域的表现主义者均对堪称理想艺术形态的总体艺术作品作出了理论和实践的回应,可见彻底综合一切艺术力量并构建新的艺术形式以引领生活艺术化,是表现主义群体共享的深切关怀。著名德国文艺理论家彼得·比格尔(Peter Bürger)在其代表作《先锋派理论》(*Theorie der Avantgarde*)中针对包括表现主义在内的先锋派拆除横亘在美学和生活领域间壁垒的努力写道:"先锋派意图……废除艺术——此处的废除当作黑格尔意义上的扬弃解:艺术并非被简单粗暴地摧毁,而是成为生活实践的构成要件,以转变后的形态继续存在。"③

三、方兴未艾的先锋艺术实验

　　表现主义总体艺术作品运动的蔚为大观主要仰仗三个具有内在逻辑关系的因素:首先是德语区的表现主义者大多拥有双重甚至多重才能,除了上文已提到的人物外还有埃贡·席勒、路德维西·迈德讷等知名画家,他们织就了总体艺术作品的"基础网络"④;其次是由于各个领域表现主义者的通力合作使总体艺术作品大量涌现,总体艺术作品从艺术品个案上升到现象层面最终成为表现主义群体共享的成熟创作观,并统治了第一次世界大战前后的德语区艺术界甚至广泛影响了大众的生活;再次是总体艺术作品观与现代技术的迅速亲和,例如电影这一第七艺术甫一

---

① Ralf Beil u. Claudia Dillmann (Hg.), *Gesamtkunstwerk Expressionismus: Kunst, Film, Literatur, Theater, Tanz und Architektur 1905—1925*, S. 56.
② Ibid.
③ Peter Bürger: Theorie der Avantgarde(《先锋派理论》), Berlin: Suhrkamp, 1974. S. 67.
④ Ralf Beil, "'Gesamtkunstwerk Expressionismus' Vorwort und Dank"(《〈表现主义总体艺术作品〉前言与致谢》), In *Gesamtkunstwerk Expressionismus: Kunst, Film, Literatur, Theater, Tanz und Architektur 1905—1925*, S. 16.

诞生便被嗅觉灵敏的表现主义者视作熔铸多重艺术的适当舞台,电影实现了总体艺术作品观最核心的诉求,即"将造型艺术、建筑、戏剧、舞蹈、文学创作和音乐等所有艺术统一为一类艺术品"①,拥有了现代电影技术的总体艺术作品成为真正的多媒体艺术,同时表现主义的乌托邦理想、自我的异化、世界末日的场景以及面临战争时心灵的战栗也借助电影艺术获得了前所未有的崭新表现力。

可以说没有这三个基本因素的共同作用,具体的总体艺术作品难以成为抽象的创作观,更不会演变成一场席卷艺术与文学、渗透诸如卡巴莱小品剧、剧场戏剧、舞蹈、建筑、歌剧、电影等各类艺术表现形式的运动。而如果没有总体艺术作品运动对现代艺术的冲击和更新,我们难以想象当代艺术的面貌。放眼我们的现实生活世界,宽泛如虚拟网络、赛博空间、多媒体技术,具体如弹幕网站、4D电影都早已成为我们生活不可或缺的一部分,而它们又无往不在总体艺术作品的谱系之中。仅以音效为例,早在20世纪初拉兹洛·莫霍利—纳吉便预见性地提出:"在未来,音效将会充分利用由电力或者其他机械方法驱动的各种声学仪器。在未来,声波来自不可预料的地方——比如,一个正在讲话或唱歌的弧光灯,在座位下或者观众席下面的扬声器,以及对新型扬声系统的使用——将会大大提升很多观众听觉的惊奇阈值。"②这一预言业已在当代以立体声、环绕声、杜比全景声等多重形式被逐步实现、完善和普及。表现主义总体艺术作品运动是一场倡导"类型平等"的思想实验,它不仅尝试突破不同艺术形式之间的横向壁垒,还意图消解纵向的艺术等级,促进各类艺术的协作和发展。从这个意义上来说表现主义总体艺术作品实验是一场真正的艺术革命,而这场革命时至今日仍在以不同的路径拓展着自己的影响,当代先锋艺坛兴起的诸多流行艺术样态如观念艺术、行为艺术、音乐剧、说唱(Rap)、嘻哈(Hip-Hop)、放克(Funk)舞蹈、脱口秀等无不与之遥相呼应。

---

① Johannes Jahn u. Stefanie Lieb, *Wörterbuch der Kunst*(《艺术词典》),Stuttgart:Alfred Kröner Verlag,2008,Stichwort "Gesamtkunstwerk", S. 300.
② 拉兹洛·莫霍利-纳吉:《剧场,马戏团,杂耍》,《包豪斯舞台》,第57页。

第二节　表现主义的戏剧理论

在表现主义的诸多文学门类中,戏剧的成绩相对突出,涌现了好几位具有世界影响力的大作家,像瑞典的斯特林堡,德国的凯泽、托勒尔、布莱希特,美国的奥尼尔,捷克的恰佩克等。美国文化史家彼得·盖伊(Peter Gay)甚至认为在现代主义艺术中,表现主义戏剧的成就也是屈指可数的。他写道:"现代主义者,在戏剧方面最出色的代表,和建筑学以及设计领域一样,是德国表现主义者。这些鼓吹美好世界的人,让早期的魏玛共和国貌似有了和谐的文化气氛。"[①]尽管他们中一些人否认自己受到表现主义的影响,或者并不是什么所谓的表现主义剧作家,但是他们作品中的诸般艺术思维和形式技巧却不折不扣地和表现主义若合符节。因此,即使他们没有表现主义作家的封号,也毫不影响人们在表现主义的诗学观念和艺术实践中来理解他们的思想和价值。而表现主义的戏剧之所以会较其他文类略胜一筹,主要的原因是,戏剧这种形式本身是很立体、直观的,能够直接、充分地调动观众情绪,给他们很强的视听冲击。特别是在展示表现主义所追求的那种"经久不衰,包容一切的巨大激情"方面,戏剧更是较一般的文字文本技高一筹。也正是这个原因,使得本森认为"戏剧或许是表现主义的最理想的艺术形式"[②]。另外一个值得一提的原因或许是,戏剧历来是西方艺术的重要门类,在其中享有崇高的地位。表现主义在戏剧上的成就和论述,一方面可以看成是对这种传统的延续和发扬;另一方面,也可以视为其激进的反传统姿态的表现,因为他们挑战的是最根深蒂固的传统和主流。

一、全新的戏剧类型

在表现主义戏剧出现之前,戏剧的分类往往遵循一系列的陈规定见。例如从戏剧的情节观念入手,区分出悲剧、喜剧和正剧等;或者就题材的

---

① 盖伊:《现代主义》,第 265 页。
② 本森:《德国表现主义戏剧》,第 7 页。

第七章 文类诗学——表现主义的文体论

异同,做历史剧、市民剧、社会剧的不同界定;又或者以戏剧容量之大小,提出多幕剧、独幕剧等的分别。这些分类的准则时至今日依然有效,甚至对表现主义戏剧而言,也可以对号入座。但是,要想更好地理解表现主义在情感方面所贯注的能量以及对"自我"的无限投入,仅仅启用这些分类好像又永远隔着一层。或者换句话说,单纯地沿用这些思路,并没有办法把表现主义者在戏剧方面的独特见解和观念,特别是其艺术实践上的成绩做一个很好的归纳和总结。为此,启用或者说意识到表现主义戏剧独特的关怀或艺术质素,可以帮助我们更好、更快地把握表现主义诗学的核心。

事实上,早在20世纪20年代,著名的文艺理论家刘大杰先生,就已经在其编著的《表现主义的文学》[①]一书中对表现主义的戏剧做了一种全新的区分,或者说做了一种具有针对性的分类。在其看来,表现主义的戏剧可以依照不同的演出风格区分为三类。一类是"自己告白剧"。永久漂泊于心灵王国的表现主义者,"因为要告白自己,忏悔自己,哀诉自己,而有抒情的自叙的倾向"。他们深入灵魂的深处,探索自己,表达自我,发出"爱的叫声"。剧中的每一个人物都是作者的代言、分身,他们表现了灵魂之充分展开、言说的姿态。抒情之痛悔,睡梦之呓语,灵魂之哀诉,表达的都是"灵魂的绝叫",对自我之看重。佐尔格的《乞丐》、科恩菲尔德的《诱奸》、哈森克勒维尔的《儿子》都是这一类的代表。另一类是"叫唤剧"。激情太烈,灵魂太露,而自白与对话都无力承担充分表达之重负,词不达意,言不尽意,未免不是一种遗憾,于是就"不得不用不能以知识理解的叫唤代之"。这样语词、文法的规范逻辑就必得被抛弃了,语言成为简洁、紧凑、短促的"箭矢","句子用一个个逼出来的动词构成,充满'爆破音',紧张得叫人难以呼吸"。叫喊、呻吟、狂呼、怒号充溢剧中,成为灵魂的"片片闪光"。科柯施卡的戏剧可归入这一类。最后一类是"动作剧"。当灵魂被自由的强力充分占据,进入狄奥尼索斯式的狂乱神迷时,呼天抢地犹嫌不足,于是"狂呼怒号,辉眼搥胸,擦手动脚,或作窒息的沉默"。自白、对话统统被制止了,剩下的只是夸张的动作和剧烈的叫喊。哈森克勒维尔

[①] 刘大杰:《表现主义的文学》。该书主要参照日本学者小池坚治的《表现主义文学的研究》、北村喜八的《表现主义的戏曲》和上井光弥的《德国文学十二讲》等多种日文研究论著编译而成。

的《人类》一剧正是属于这种疯狂的"精神舞蹈"之列。①

这三类戏剧虽各有侧重,但都未能脱离强力与激情的意志范畴,而时时显现出一种灵魂的奔放与复活,显示了某种不断强化的情感趋势和对"自我"形象的要求。中国传统文论中所谈到的"情动于中而形于言,言之不足故嗟叹之,嗟叹之不足故永歌之,永歌之不足,不知手之舞之,足之蹈之也",正与这样三种不断递进的戏剧类型心理攸同。宇文所安解释说:"这段文字通过假定内心张力的等级以及与之相衬的外在显现的等级,把诗放到情感和语言的关系之中。它的言外之意尤其值得注意:普通的语言和诗歌不存在什么质的差异;二者的差异仅在于内在情感的复杂程度和张力的强度。"②戴维·库恩斯进一步解释说,这种表现在演员身上以及演出过程中的内在情感,实际上印刻了文化转型的强度和形态,也是表现主义足以区隔其他早期先锋艺术的关键维度。③

这种强度于表现主义则因变形的艺术手法,而更趋近于一种现代意义上的"恐怖之美"(horrible beauty),即一种通过主体审美抽象出来的现代意义上的美。它不再是再现某一对象时的"形似之美",而是一种表现性的"消极美"(negative beauty),"即将一个对象纳入主体的内在感觉模式或纯粹由主体所创的非自然的有机体的美"④。

"消极美"最先出自建筑装饰界,它最初的意思是要表明"清教徒式的对感官欲望的坚决反对",主张用艺术的某种"缺席"和"不在"来构成更为雄辩的力量。艺术家援引济慈的诗来说明问题:"听到的旋律是甜美的,而听不到的/更为甜美……"所以,所谓"消极美"谈的就是一种装饰性的削减。他们反对那种"以突兀的装饰形式来伪饰令人不快的生活必需品的坏习惯",指责装饰过度或者说滥饰,要求形式上的节制和禁欲,来达到某种直视和纯净。⑤

尼采在《偶像的黄昏》中也谈到了对形式表达词汇的限定及其可能获得的强度问题,那是他在赞许贺拉斯式的语言结构原则时提及的:

---

① 刘大杰:《表现主义的文学》,第 97—124 页。
② 宇文所安:《中国文论:英译与评论》,上海:上海社会科学院出版社,2003,第 42 页。
③ David F. Kuhns, *German Expressionist Theatre: The Actor and the Stage*, p. 2.
④ 肖伟胜:《现代性困境中的极端体验》,第 258 页。
⑤ 沃纳·霍夫曼:《现代艺术的激变》,薛华译,桂林:广西师范大学出版社,2002,第 89—90 页。

这种词语镶嵌成的东西(其中每个词都作为音韵、方位和指示的元素发挥着自己的效力),这种最微弱、最简练的表达,以及由此达到的表达上的最大力度——如果我的评价可被接受的话——都是罗马的,都是最为出类拔萃的那种提炼,其余的一切诗歌与之相比不免黯然失色,显得过于庸俗——完全是旁若无人的窃窃私语。①

这种节欲的冲动清晰地反映在表现主义对语言的处理上。那种电报式的语言就是以某种"没有"和"不在"来构成张力,达到力量的聚加。"消极美"所提倡的"未加装饰"和"纯粹的和简单的形式"目的是想对漫无节制的不痛不痒的浪漫做派有所规敛,并通过对"在场的拆除"达到一种新的张力,实践一种纯粹的情感。表现主义总是先将情绪传导出来,或者力白自我,或者呐喊动作,使得欣赏者陷入某种晕眩的间离之中,进而在惊惧中去恍悟这其中深刻的思想性。正是从这种意义上,我们视表现主义为强度的寓言。

二、符号化的人物

同戏剧类型中那种以动作和情感为核心的"消极美"倾向一致,表现主义者对戏剧人物的勾画,同样也遵循了极简和抽象的原则,以至于读过和看过表现主义戏剧的人们,只记得剧中的人物多以职业、性别,甚至社会关系来彼此称呼。他们是"儿子""父亲""男人""女人""现金出纳员""朋友",等等。这些大而笼统的称呼,显然意在消泯或者彰显某些更为细节和个性化的东西,譬如那些被自动投射到人物身上的社会文化特征和思维惯性。一个中产阶级妇人和她那理所当然的高贵、优雅气质;一位男士以及他势必担负的责任及气概。这些东西被表现主义者抽象化或者说淡化了,他们不再用长篇累牍的方式来做现实主义式的交代,对一个人的成长及过去的关心被更广泛的"当下此刻"以及由此而来的恒久本质所替代。换句话说,处境感和当下性是表现主义戏剧的关键,他们并不想用所谓的因果律来解释现实和人生,而是直截了当地切入其中,并将之暴露。在这个意义上,我们无需刻意去理清社会上正在发生的一桩桩父与子的争斗,知晓事情的原委、来龙去脉,以及他们姓甚名谁。对表现主义者来

---

① 转引自霍夫曼:《现代艺术的激变》,第89页。

说，所有纷杂的解释归结起来不外就是两代人的冲突，是新、旧价值的龃龉、矛盾。诚此，表现主义中的被符号化的人物，一个关键的价值就在于使戏剧的冲突和主题更为突出，而不是被更为枝蔓的细节所吸引，或者为某些思维习惯所牵扯。

可以说，这些符号化的人物，帮助读者深化了对世界的认知，让他们以切近普遍本质而非认识具体现实的方式去了解社会和人生。而且，这种意图是表现主义者在一开始就设定的目标。凯泽说："创作一个剧作等于从头到尾思考一种想法。"[1]而且这种想法，不应该仅仅局限在所谓的审美自主，或者说艺术独立的范畴之内。对他而言，艺术的根本目的是教育和启蒙，应当起着鼓舞人心的作用。正是秉持这样一种社会担当的意识，表现主义的戏剧，往往是以图绘意识形态的方式进行的。作家们将脑海中的政治愿景和革命理想诉诸笔端，以剧中人物的性格和言行来将之一一实践。这种理念先行，或曰命题作文式的方法，颇令人想起19世纪中叶流行的政治小说，从青年德意志、青年意大利，到少年中国，一代政治大儒们纷纷跻身小说创作的行列，试图寻觅历史转折时期国家和社会可能的走向。他们用各式的隐喻来敷衍资产阶级中兴的现实，探讨阶级变动中的新的国家形象、文化转型，以及现代化方案。不过时移世易，等到表现主义兴起的20世纪初期，资产阶级已经积重难返、问题重重，从内部不断泻出矛盾和反抗。这种局面显然加深了人们对资本主义制度的认识和反思，并开始逐渐摆脱其建立之初的无限乐观精神。所以相应地，表现主义的剧作，"并不是宣传社会改革的政治家的讲稿，而是布道者发出的拯救灵魂的呼吁"[2]。

可以说，在表现主义的戏剧理念中，"席勒式"比"莎士比亚化"占据着更为重要的位置，但是，剧作家对时代精神的诉求，显然又超越了马克思的原意，而将之扩展成一种更本质化的历史和社会运转的规律，而非某一具体时代的精神面貌。他们尝试在普遍的乱象中解读资本主义制度下的人心与人性，尤其是人与人、与世界、与自然的关系。在这个过程中，剧作家本人所扮演的角色显然超越了其他一切，他们不仅用自己的敏慧直觉地捕捉世界、形诸观念，而且对每一场戏都做出精心的规划，从台词到灯

---

[1] J.L.斯泰恩：《现代戏剧的理论与实践》（三），象禺、武文译，北京：中国戏剧出版社，1989，第75页。

[2] 同上书，第75页。

光、道具,甚至布景色彩都亲力亲为,试图透过这些细节形式来完整地创造出与剧本精神相辉映的抽象背景。"这种做法的出现使导演成了剧院里的最高权威,也证实了他本人作为创造者的作用。这种做法还降低了演员的地位,使之只起到一个傀儡的作用,使他的每个动作都得与总计划的要求一致。"①

在这方面,布莱希特通过观赏京剧表演而发展出来的"间离效应"很能说明问题。在他的观念之中,演员的价值并不是借由生动的表演来建构一种"真实"的感觉,进而引导观众进入一种"移情"的状态;相反,好的演员应该充分地与角色保持距离,不断地显示出表演的痕迹,唯其如此,观众才不会完全被剧情所拉扯,而是停下来思考和提问。从某种意义上说,这种间离既可以看成是对演员的贬谪,因为他的主体性基本上被导演所要传达的中心关怀所牵扯,即他所有的停顿和表演行为都围绕着某个预设的主题;但另一方面,这也可以看成是对演员综合素质提出了更高的要求,因为一个新手尽管可以处处显示表演的迹象,阻断观众欣赏的连贯性,但是,这种阻扰并不必然引起反思,有时候可能会是恼怒。换句话说,只有真正掌握了导演的意图和剧本的真意,演员才能用各种表演的方式将之付诸实践,并带来良好的教育效果。由此,我们或可以说,表现主义戏剧将人物符号化的过程,并不是一个简单地压缩、抽象人物性格特征的过程,而是不断尝试如何在有限的格局内容纳更多细节、传达更多意义。

三、风格化的舞台呈现

正如我们在一开始就指出的,表现主义意味着更少的竞争和更多的合作,形塑的是一种总体艺术。这一点在表现主义的戏剧中,同样有着突出的表现。戏剧家们希望透过灯光、布景、台词、配乐、道具等的配合,达到最佳艺术效果,为舞台表演注入巨大的能量。② 而推动这种风格化舞台出现的关键动力则在于,表现主义者念兹在兹的激情。斯泰恩解释道:"由于情感极为强烈且提出的观念具有爆炸性,对诸如这样的戏剧所抱有的热情只有上演时所采用的大胆的舞台技巧才能超过它。……它暗示了

---

① 斯泰恩:《现代戏剧的理论与实践》(三),第112页。
② David F. Kuhns, *German Expressionist theatre: The Actor and the Stage*, p.3.

可以采用大胆的种种新方法来打动当时感到幻灭的观众。"①

而在这些大胆创新的方法之中,有以下几点特别值得指出。

第一,就是时间、空间的抽象化。一方面,这种现象的出现,同表现主义在本质探索上的努力密不可分,除了要从混乱的世界中抽象出一个个符号化的人物,他们同时也将这些人物具体生活的语境抽空,以此暗示人类的普遍处境和某些可能不受具体环境影响的质素,譬如人的善恶本性、情欲等。正如琼斯在《戏剧性的想象力》中所指出的,已经没有第四堵墙了,也没有富有趣味、家具齐全的房间了,"在这样的剧院里,超自然才是唯一正常的,除此之外,还有少量的非正常和衰败"。戏剧"处理的不是逻辑(logic)而是魔术(magic)"。② 这样一个抽象的空间,显然对演员的能力提出了更高的挑战,同时也对现实主义或曰自然主义的基本主张提出了质疑,人并不只是被动地为他周遭的生活所决定和塑造。另一个促成抽象时空观出现的原因在于技术的发展。现代工业技术的突飞猛进,尤其是照相技术和电影科技的出现,使得"真实性"成了一个容量相当有限的概念,它局限在对现实的高度复制和生动再现层面上。这样一来,舞台艺术所表现的"真实"便相形见绌,为此,表现主义的剧作家们开始调转方向去营造一个"幻觉的世界",希望"使舞台从刻板的逼真性中解放出来并还给它以想象力"。

为了实践这一点,剧作家们多方调动各种简单却能不断激起象征和联想的舞台设置,希望借此营造一出戏的氛围,实现从现实的表层深入心灵层次的目的。于是,表现主义戏剧的第二个创新,正是舞台设计的风格化。从布景、色彩、灯光以及道具的应用上,都较以前的戏剧实践有了重大突破。在布景的色调上,他们酷爱单一色块,这是从象征主义那里借来的灵感,他们希望用它来象征和衬托剧中人物的情绪和思想。例如,莱因哈特在《乞丐》一剧中就动用了大量的红色,从幕布到椅垫、台布,无不如此,他希望借着这浓烈的色彩来传递整个剧本的狂躁氛围,带出疯狂的意味。除此之外,剧作家们也使用色块拼接或参差的方式来激起戏剧效果,他们无视色彩协调的准则,将黑色、红色、绿色等大面积地使用于同一个

---

① 斯泰恩:《现代戏剧的理论与实践》(三),第73页。

② Robert Edmond Jones, *The Dramatic Imagination: Reflections and Speculations on the Art of the Theatre*(《戏剧的想象:对剧场艺术的反思与构想》),New York and London: Routledge,2004,p.26.

舞台,试图用强烈的色彩反差来强化戏剧的冲突。

灯光的运用,同样被用来象征感情或渲染气氛。它们或明或暗,没有任何的过渡性,从强光到黑暗,直来直往。舞台有时笼罩在半明半暗的灯光之中,给人以一种极不安全感,恍恍惚惚宛如梦境;有时却强光倾泻,暗示光明与美好。剧作家们对聚光灯情有独钟,这些灯光在角色身上的快速移动,营造的乃是一种意识流式的表达;有时它直直地打在人物的脸上。这些暴露于强光的脸,再配上黑色的幕布,恰如一个个白色的幽灵。灯光被随意地调度,其唯一的原则是服从戏剧的需要,解释人物的心理,勾勒现实的鬼魅。

变形的原则也在戏剧舞台上得到了最大的运用。扭曲的道路、倾斜的建筑无所不在,令人横生一种强烈的不安定感。事物的"客观性"被情感的主动性所取代,事物之间的联系也被肢解,于是,各种奇怪的道具在舞台上陈设、出没。其中最突出的一项,莫过于"杰斯纳式台阶"。作为莱因哈特的信徒,杰斯纳有力地发展了前者在戏剧舞台上的创新性,通过引入一些高台或者台阶,并配以莱因哈特开创的半圆形的透视背景,他极大地发展了舞台的三维特性,特别是强调了垂直方向的维度。借用这些斜坡和平台,杰斯纳不仅推动和扩大了舞台运动,发展了演员动作,而且更重要的是,他将舞台的垂直面发展成了片断式场景,允许了许多并无逻辑关联的场景前后左右地组合在台阶的四周,取得了最大的视觉效果。这种超脱一般事物现实关联的做法,显然为表现主义所追求的"真实"注入了新的要素,强化了剧本所要传递的情绪和价值。

服装的改革,同样也成就了表现主义的表演风格。"用斯特恩的话来说,'服装的式样是邪恶的、怪诞的和嘲讽性的,极为放肆和夸张。可以说是龇牙咧嘴地笑着,对人进行嘲讽,对假正经的人伸出舌头进行嘲笑。'"[①]而在诸多的表现主义服饰之中,最有特色的也许是他们时时佩戴的面具。这个传统大概可以上溯到古希腊时期的假面剧。在那里,面具代表了不可移易的个人命运,或者说罪愆。但是,表现主义的"面具原则"(law of the mask)显然有意做足"表面文章",通过其乖张怪诞的外表,询唤一种群体性命运。伊万·戈尔写道:"必须击毙庸人,吓唬他,如面具之于孩童,如欧里庇得斯之于蹒跚前行才找到出路的雅典人。艺术应当让人重新成为孩子。最简单的方式即怪诞。""孩子畏惧面具,并因此喊叫

---

① 斯泰恩:《现代戏剧的理论与实践》(三),第109页。

啼哭。而人,自满的人,清醒的人应当重新学习呐喊。为此舞台可供一用。"①"新人"正是舞台上最为突出的例证,它表征了一种真实的人类境遇(essential truth about the human condition)和"天启式的苦痛"(the pain of revelation)②。这些面具有时候硕大无比,同真人一般大小。这里面的含义,显而易见地同虚伪、掩饰等内涵相互联系,同时也可以视为人类在混乱的社会之中寻求自我保护的本能。面具不仅能够激起心理上的神秘感觉,同时也可以强化突出剧中的主题。在各式各样的剧情冲突之下,人物始终保持一种形象,显然会激起人们不断地去叩问人物内心真实的感受是什么。正如奥尼尔在"面具备忘录"里面所追问的:"从心理上揭示人的行为的因果关系这种新做法,目的不就是对各种面目进行剖析吗?不就是学习剥面具吗?"③

第三节 表现主义的诗歌理论

除了戏剧中的语言实验之外,表现主义的文学实验最主要的领域是诗歌,很显然,这同诗歌这种文类的特性有关系。尽管并不是所有的诗歌都是短小精悍的,譬如有着悠久传统的史诗和叙事诗,但是,表现主义的诗歌绝大多数写得都不长。而且尤为吊诡的是,在这当中,十四行诗有着极高的人气。对于这种"古老陈旧"的诗歌样式,诗人们不仅趋之若鹜,甚至还采用它出版了大量的诗歌集。理论家们给出的解释是,十四行诗的形式可以使表现主义诗歌中的各种现代题材,例如工业、城市等,看上去更加庄重。不过除此之外,我们也应该看到,恰恰是借用了十四行诗这种习以为常的文学形式,表现主义诗人们试图呈现的各类题材才得以变成焦点,成为阅读的中心。

这两种看法,从客观效果上解释了表现主义的诗歌为什么会如此汲汲于像十四行诗这样小巧的文学形态,却没能从根本上,或者说从表现主

---

① Iwan Goll,"Überdrama",In *Expressionismus:Manifeste und Dokumente zur deutschen Literatur 1910—1920*,S. 692—693.
② David F. Kuhns,*German Expressionist Theatre:The Actor and the Stage*,p. 24.
③ 斯泰恩:《现代戏剧的理论与实践》(三),第 170 页。

义的本质追求上说明问题。原因也许是两方面的,一方面同表现主义所寻求的强力和激情息息相关;另一方面,也是为了培养一种精练的语言风格和新的艺术技巧。正是这两点从根本上促成了表现主义对片段的极大热情。这也是他们反对传统文学有机观的一个重要举措。这可以从一个外围的例子中得到印证。在相关的戏剧评论中,布莱希特写道:"与古典戏剧相反,叙事结构应允许人们把叙事切割成互不连接的片段,不过这些片段仍然在个体上是独立的。"① 换句话说,无论表现主义所启动的文学资源是什么,他们都无意塑造一个连贯的整体,而更多地倾向于建筑一种蒙太奇式的缀段表述。卡夫卡的小说就是这种断片书写的极好例证,他同他的研究者们均认为其作品具有"诗歌性"。

另外一个可以用来解释诗歌受到重视的原因,或许同表现主义寻求的强烈视觉冲击有关。我们已经交代过表现主义的作家大多是双栖乃至多栖的,这种多元的身份很显然帮助他们建立了一种跨文类的实践方案和艺术视角,比如戏剧的观念可以和小说、诗歌融合,绘画的精神可以贯穿于音乐和散文,诸如此类。简明风格和体制小巧的诗歌之所以比较流行,原因就在于它同建筑、戏剧舞台中那种直观的视觉理念发生了关联,所以表现主义诗歌中有一类突出的"排列体诗歌"。

一、激情和强力

表现主义诗歌也是一种反叛的艺术类型,它反叛的对象首先就是写实主义或曰现实主义。这一点使得它和浪漫主义多多少少有点瓜葛。因为浪漫主义也是以现实主义的反叛者形象出现的。比如,他们都非常注重情感和内心的表达,都对资本主义的现实制度厌恶至极,并且对回归自然表现出极大的兴趣。但是,两者的分歧也是相当明显的。浪漫主义的激情澎湃或者忧郁感伤,同表现主义力主的强力观念,就批评性而言,力度是截然不同的。而且两者的出发点和关怀点也各异,前者是自我的完善和抒发,后者则将关怀上升到人性、人的本质和群体这个层面上。浪漫主义好夸张、雕饰,用词华丽,而表现主义则力求精省,去芜存菁,并把夸张转化成对读者的思想挑战,而不是引起他们的崇高感或美感。也因此,表现主义有粗野狂躁的一面。正是这一面使得它在现代主义诗歌之中独

---

① 墨菲:《先锋派散论》,第14页。

树一帜。

这种独树一帜当然是相对于象征主义和意象主义来讲的。表现主义勃兴和发展的十年正是象征主义和意象派正在或者已经发挥魅力的时段。它们之间有共同的艺术观念,也有相似的艺术手法,但终究在本质上又是不一样的,面对的语境和试图解决的问题也是不一致的。这三个流派对象征的手法都比较重视,原因是对现实世界所提供的种种表象有所不满,试图超越。象征主义和意象派用联觉和通感,表现主义就用符号和抽象来超越肉眼的观察,抵达观念的核心或世界的本质。象征主义和意象派,有一种精细化的倾向,是比较学院派的,典型的例子就是庞德。他所树立的意象主义观念,是从费诺罗沙的研究笔记中获得的,但是,表现主义不是出世的、学术的,而是对时事有着很强的干预,因此表现主义诗歌歇斯底里,技巧粗放。意象派是对浪漫抒情的一种反驳,因此它对浮夸直露的情感多有抵触,讲究的是客观、节制,但是表现主义与情感的节制无缘,越是激烈的、喧哗的,越引起表现主义诗人的兴趣。因为对他们而言,整个世界已经积重难返,如果艺术的表达还同象征主义、意象派那样提倡恬静、隐晦地猜谜和体验,那么,对被制度和物质麻痹的心灵和精神一定毫无裨益。

在表现主义者看来,"艺术似乎已陷入绝境","人们需要一种新的幻想、新的活力和新的躁动"[①],"使现实从其现象的轮廓中解放出来,使我们自己从现实中解放出来。战胜现实,不是用现实本身的办法,不是通过逃避现实的办法,而是更加热烈地把握现实,用精神钻透力、灵活性、解释的渴望,用感情的强烈性和爆炸力去战胜和控制现实"[②]。

正是因为表现主义者力图去介入、去渗透,这就使得他们较易于发现某种普遍的混乱和巨大的恐惧,同样也使得他们偏好于去表达一种"紧张,痴迷,绝望"的极端情绪,从这个角度来说,瓦尔特·H.索克尔将他们称之为"走向极端的作家"不无道理。弗内斯说:"对处于压榨、逼拶和无情的烈火焚烧的灵魂全神贯注的人可以被称为表现主义者"[③],实际上也是在向我们提示表现主义的强力渊源于一种在现实深刻的不确定性中蓄积起来的全面否定的狂热的拒斥。与此同时,它也显示了一种要从痛苦

---

① 弗内斯:《表现主义》,第3—4页。
② 袁可嘉等编选:《现代主义文学研究》上册,第413页。
③ 弗内斯:《表现主义》,第10页。

和激情中历练出一代新人的热烈决心。

尽管这些作家无不怀着某种焦躁恐惧的心理,但他们仍以叛逆者的姿态出现在 20 世纪的西方文艺舞台之上,并且怀着"巨大的狂喜"表达了对于一个精神世界新生的决绝的执迷。凯泽说,正是这一新的世界的形象支配了德国表现主义的最初的"狂热"阶段。[1] "20 世纪最初的 10 年表现主义作家们将自己称为'新激情主义者'(Neopathetiker)。"[2]他们寻求醍醐灌顶、当头棒喝,是卡夫卡说的用巨斧劈开冰冻的心之海洋,是在人的脑门上狠狠地扎上一针:"我认为,只应该去读那些咬人的和刺人的书。如果我们读一本书,它不能在我们脑门上猛击一掌,使我们惊醒,那我们为什么要读它呢?"[3]

对此品图斯总结道:"必须一次再一次地提到,这些诗的特点在于其激烈性。在此之前的世界诗歌中从来没有过如此响亮、如此尖利、如此剧烈的叫喊,这种叫喊,这种时代的沉落和渴慕是从这些先驱和殉道者们狂热的行进途中发出的。"[4]

二、观念性与政治性

表现主义诗歌在德语世界的兴起,可以溯源到 1909 年在柏林成立的"新俱乐部"。一批年轻的诗人经常在剧场、咖啡厅和书店举行诗歌朗诵会,来发表他们的作品。这当中,就有后来成为表现主义中坚的约翰内斯·贝歇尔、哥特弗里德·贝恩和格奥尔格·特拉克尔等人。也正是以此为中心,并依托柏林,以及在这个城市创刊的两本重要的表现主义杂志——《风暴》和《行动》,表现主义诗歌和艺术潮流速扩展到莱比锡、慕尼黑等城市,进而波及整个欧洲乃至世界。表现主义诗歌潮流的发展高峰,普遍认为出现在 1919 年。在这一年,由品图斯编纂的德国表现主义经典诗集《人类的曙光》出版,并在 1920 年 3 次再版,足见这部诗集的魅力。诚如品图斯所言:"出版商和编者原本只是谦虚地希望通过此书为表现

---

[1] 本森:《德国表现主义戏剧》,第 4—5 页。
[2] Thomas Anz, "Künste der Emotionalisierung. Expressionismus-und Gefühlsforschung", In *Expressionismus in den Künsten*, S. 324.
[3] 卡夫卡:《卡夫卡全集》第 7 卷,叶廷芳、赵乾龙、黎奇译,石家庄:河北教育出版社,1996,第 25 页。
[4] 弗内斯:《表现主义》,第 76 页。

主义开辟一条小巷,却突然间为这一诗歌运动打开了一条康庄大道。"但事实上,在这部被广泛引用和评论的诗集出版之前,1911年,韦尔弗已经出版了他的表现主义诗集《世界之友》。这部诗集在战争期间被广为阅读,且在1920年再版。这部诗集之所以能够抓住战争期间人们的眼球,一个很关键的原因是,诗歌所传递出来的那种狂热的风格以及豪言壮语式的语言倾向,打动并鼓舞了人心。《致读者》在这方面很具代表性:"我唯一的愿望就是与你,啊,人,亲近!无论你是黑人、杂技演员,还是仍安静地处在母亲深深的保护中……因为我经历了所有的命运,我知道疗养地乐队中女竖琴手的寂寞……因此我属于你和所有的人!请对我不要厌倦!啊,多么愿望有一天我们兄弟般抱作一团!"①尽管这首诗的感情表达太过直露,但是,韦尔弗绝非唯一一个这样写诗的,像贝歇尔等人就常用这种亢奋的语调来抒发情感。因为这种情感同时人渴望革命和胜利的心境是相通的。此外,他们大声呼唤着人、人与人的拥抱和理解,实际上也从另一个层面反映出,1910年左右要与自然达成和谐统一的可能性已经越来越渺茫,人类的意识危机进一步激化,他们只得在人类社会的机体内部求得改善现实和自身的方法。正因为这一点,人成了表现主义的一大主题,《人类的曙光》一书的第四个篇章正是:"热爱人"。

正是从"人"这个概念出发,表现主义将他们的关怀延伸到了人的生存环境、人的觉醒与反抗、人的命运与本质等议题。当然,这些思考有着很强的现实性和社会性,但是也同样具有抽象的哲学思辨色彩。表现主义诗人多受到尼采和叔本华唯意志论的影响,从而强调个人的内心力量和主观意志,这也是表现主义呐喊声不绝如缕的动力源所在。当然,除了这种精神上的强力,表现主义也吸收借鉴了弗洛伊德的无意识学说和柏格森的意识绵延及直觉理论,借此来探索一个行动着的新人如何具有善变敏感的心思。他们在叙事中借着或真或假的幻觉场景,来深挖和表现人的多面性和脆弱性。例如施特拉姆的短诗《巡逻队》试图用各种幻象来表现战争语境下军人的那种惶恐不安的心理:"石头充满敌意/玻璃窗的奸笑露出背叛/树枝窒息/山和灌木迅速脱落/尖叫/死亡。"②这些并置的拟人化的场景,很显然是一个或所有士兵在一种极端情境下的内心投射和心理扭曲的图解。就这一点而言,表现主义者自然是反科学的。他们

---

① 品图斯选编:《人类的曙光》,第329页。
② 同上书,第68页。

酷爱鬼神,戏剧中的例子已经很多,诗歌也同样如此,仅就标题来看,上帝、天使、灵魂、神怪……俯拾皆是。这样做是为了显示这个时代的混乱、阴暗,带出人的原罪意识和受难意识,把激情背后、世相背后、人生背后的那一抹阴郁和悲观带出来。诚如德国文学史家马尔梯尼所说:"表现主义给整个生活情感以巨大的和创造性的推动,直到我们当代……它是一种巨大命运的意义,是达到巨大的和广阔的形式的财富,是达到绝对的跃起,是源于生活和现实的可疑性中那类痛苦的折磨人的意识的一种炽热的宗教般的渴望。它是通向理念和神圣的实际上的无边际性,是人在自身面前的毫无掩饰的、直率的真诚,是使精神有最大胆量的勇气。表现主义把预感和有关一种绝对和本质的知识还给了灵魂……它重新领悟了生活的深层和隐秘的东西,知道了存在的秘密和幽灵的领域,获得了进行神秘塑形的力量,并且重要的是,它还赠给德国文学一些著名的诗人和一些会永远存在下去的诗歌。"①

三、破碎的意象:丑陋与怪诞

贝恩说:"在诗里犹如在战场上,存在正在进行着的一切搏杀争斗都得以反映。有关时代的、艺术的,我们存在的基础的问题,在诗的背后比起在小说或者戏剧后面都远为紧迫,更为激烈。一首诗就是一个探讨自我的问题……"②表现主义的诗歌从"人"出发,对其生活的世界、面临的问题、内心的苦痛一一作了回应和思考,并由此形成了自己独特的艺术风格。这种风格的核心是对丑陋与怪诞的刻画,或者说审丑。之所以会出现这样一种悖论式的审美倾向,显然同表现主义对资本主义制度下不可逆转的人际关系和对社会现实的批判有涉。同时也传递了他们强烈的反叛精神,对所谓的和谐与美的社会组织原则和美学规律提出了质疑。而更深的一个层次是,希望借助这种无序和混乱来重新整理出一种新的社会实践方案。

这种对于丑陋与怪诞的兴趣,主要集中在以下几个方面:

第一,城市之罪。19世纪中期以来,高速发展的机械文明给德国经济带来了巨大的繁荣,但是也日益引起自然和人的疏离。人们陷在单调

---

① 转引自高中甫、宁瑛:《20世纪德国文学史》,第25页。
② 本恩:《抒情诗问题》,《德语诗学文选》下卷,第279—280页。

的机械生活之中,整个身心活动都为其奴役,而且贫富悬殊的社会问题也日益突出。表现主义一方面把目光对准上层阶级,暴露他们的虚伪和浮纨,另一方面也书写被机械生活压榨的普通市民,关心下层受到侮辱和压迫的流浪汉、妓女和乞丐。在具体内容上,他们往往着力刻画城市的喧嚣和丑陋,描写犯罪和丑恶,并辅以声嘶力竭的呐喊,以示对普遍人性和纯真人情的呼唤。从特拉克尔、韦尔弗,到海姆、贝恩,以及利希滕斯坦和霍迪斯,俱是如此。这当中海姆的诗集《城市之神》相当具有代表性。在同名诗作中,海姆如是写道:"百万人的音乐像克里班的舞曲/轰隆隆响彻街道。/烟囱里冒出来的浓烟是工厂制造的云霭,/朝他滚滚而来,如缭绕的青色香烟。//雷雨在他眉宇间聚积,/昏暗的傍晚进入夜色的晕眩。/狂风扑扇着翅膀,像秃鹫/从他愤怒竖起的头发中间向外眺望。//黑暗中他伸出屠夫般的拳……"①作者以一连串意象的组合来凸显城市的混乱、肮脏和嘈杂,虽然就表面上看批评的意图很明显,但是,从批评中流露出来的灰暗的色彩和悲观的情绪似乎也不容小觑。这是同他们的另一种感受紧密相连的,这种感受就是下面所说的第二个方面,末世情怀。

　　世纪末的情绪同德语世界的关系甚为紧密,从奥地利到维也纳,无不如此。一方面这自然同上面所说的经济的发展和工业的发达有关,但另一方面也与哲学和心理学在这个地区的繁荣有涉。从尼采到弗洛伊德,很显然,他们的学说强化了基督教以及犹太人观念中的千禧意识,使得人们对一个"支离灭裂"(郭沫若语②)的时代充满紧张感,同时也对一个新的世界充满忧郁的期待。威廉·克莱姆的《我的时代》正是最好的例证。他写道:"歌声与巨城,幻象重重,/衰败的国度,世界无以为荣,/罪孽的女人,贫困与英勇,/魔鬼的眉毛,铁轨上的飙风。//螺旋桨在远处云中轰鸣。/民众流散。书籍变成妖精。/心灵皱缩成微小的情结。/艺术死亡。时钟加速运行……"③作者用一连串的看似彼此隔绝的意象,排列组合出了一个末日降临时分世界乱象的蒙太奇。这种快节奏的叙事,不仅从视觉上,而且也从心理上强化人内心的惶惶和忧虑,给人以压迫之

---

① 品图斯选编:《人类的曙光》,第9页。
② 参见叶廷芳:《卡夫卡及其他:叶廷芳德语文学散论》,上海:同济大学出版社,2009,第163页。
③ 品图斯选编:《人类的曙光》,第5页。

感。一方面这种快节奏同诗歌所要传递的惶恐情绪和破坏内容有关，另一方面，也很明显地利用了以后被未来主义所发扬光大的速度和力量。这个方面恰恰说明表现主义有着矛盾的一面，它既反对工业文明带来的人的异化和疏离，但是对其所展示的速度和效率，也有一种相当程度的迷恋。

第三，恶之花式的人。波德莱尔的名作《恶之花》写极城市中的丑恶与腐败，死亡与骚动，以丑为美，来揭示青年人内心的悲观与绝望，批判资产阶级的伪善道德。在诗人眼中，巴黎是一座人间地狱，各色人物混杂、人人丑态百出、肮脏不堪。因为他无法在精神和物质的世界里头找到安慰，只好借酒浇愁，以幻觉来制造一个"极乐天堂"。同波德莱尔相似，表现主义者也热衷于描写那些极丑恶的人物，并以此隐喻或象征其精神上的缺失和所受到的压抑。唯一不同是，表现主义者并不像波德莱尔一样彻底绝望，他们仍然怀抱着破除压抑、精神仍能重生的意念，所以他们呼唤着爱和人性。幻觉在此意义上，不是为了逃避，而是为了激起情感。在表现主义诗人中，贝恩最擅此道，他著名的诗集便叫《陈尸所》。在《夜咖啡馆》一首中，他用表现主义最典型的手法，写那些"绿牙齿，长满脓疽的脸""张得大大的，露出扁桃体的嘴"，以及"早期甲状腺肿大"和"塌鼻梁"的人。这些丑怪的类型、病态的形象，与其说是作者在利用他敏锐的观察做漫画式的嘲弄和挖苦，不如说，是这些人病态精神的本质显现和资产阶级腐朽生活的具体化。

第四，战争与和平。表现主义诗歌的发展，同第一次世界大战关系紧密。表现主义者既在战前感受着整个社会的不安和种种矛盾的蠢蠢欲动，期待革命能够带来人类的曙光，同时也在战时体验着死亡和流血，残酷与不仁，并且更意识到理想的破灭和未来的无望。正是在这种种分裂的情绪中，他们书写战争，祈求和平，形诸了一种刘大杰所谓的"非军国主义的平和色彩"①，一系列以战争为名的诗歌在品图斯编撰的《人类的曙光》中俯拾皆是，譬如《战争》《战神》《马恩河战役》《哨兵》《巡逻》《冲锋》《萨尔堡之战》《诗人与战争》等。这类题材的诗歌，往往侧重于表现战争的残暴、人心的苦痛，反而对战争自身的省思较少，导致这种倾向的原因在于，表现主义的目标是要激发人们的强烈情感，如厌恶或恐惧，而不是

---

① 刘大杰编：《德国文学概论》，第343页。

其他。也许这正印证了康定斯基所讲的艺术交流的过程是"感情(艺术家的)—感受—艺术作品—感受—感情(观赏者的)",他说,接近艺术靠的不是理性和理智,而是灵魂和经历。①

四、语言革命

1985年杰姆逊在北大讲授后现代主义和文化理论时,提到了一个相当重要的现代概念——"表达"。他说:"现代主义文学中的主要问题是一个表达的问题。首先,在一个不断大众化的社会,有了报纸,语言也不断被标准化,便出现了工业化城市中日常语言的贬值。农民曾经有过很丰富的语言,传统贵族语言也很丰富,而进入工业化城市之后,语言就不再是有机的,活跃而富有生命力的,语言也可以成批生产,就像机器一样,出现了工业化语言。因此那些写晦涩、艰深的诗的诗人其实是在试图改变这种贬了值的语言,力图恢复语言早已失去了的活力。"②

表现主义作为重要的现代流派之一,其核心关怀自然也不外于要克服这种暮气沉沉的语言,为其注入新的能量。不过相较于之前流行的象征主义,表现主义又有它特别的语言实践方案和着力点。简单地讲,表现主义的"语法概念是一种爆裂式的概念"③,而非象征主义式的神秘契合与猜谜——这种状态下的语言依然保持着某种意义上的连贯,甚至优雅。可是,表现主义因为对强力与激情的"别有用心",所以,并不安于常态意义上的语义连续和意义完整,而是不断地追求表达的革命,形塑一种未来主义式的语言速度和力量,是一种"破坏周密的琐细的深刻的描写底记录文学"④。

刘大杰说:"表现主义的文句,一切是单纯化,切实简洁,表现出他们的想象。所以冠词,接续词,形容词,若不是十分紧要,都不用他。只用简单的动词,极快的速度。至于长的句子,难解的文章,这是没有的事体。"⑤表现主义这种力求"凝练、抽象和极度强烈"的"电报式"风格被弗

---

① 康定斯基:《论艺术的精神》,第12页。
② 杰姆逊:《后现代主义与文化理论》,第140—141页。
③ 贝恩:《〈表现主义十年抒情诗选〉序》,《现代主义文学研究》上册,第452页。
④ 刘大杰编:《德国文学大纲》,北京:中华书局,1934,第167页。
⑤ 刘大杰:《表现主义的文学》,第13页。

第七章 文类诗学——表现主义的文体论

内斯称之为"预示了20年代'新客观派'的倾向"①。不过,我们应该质疑,表现主义诗歌的语言实践真的仅在于建构一种"客观",并对"绅士语言"进行删减、纠偏吗?答案显然为否。我们知道,表现主义力主的是内心需求,而非形式的客观,而且从更严格的意义上讲,表现主义的内心需求是一种速度、力量、情绪方面的"狂飙突进"。品图斯说,更为深刻的艺术本质在于"把活跃的、涡旋式的以飞快的速度发展成种种新形式的周围世界的总体,纳入一泻千里的诗行"②。因为语言中显现的这种速度和力量,人们很快想到了马里内蒂。他那篇著名的《技术宣言》也因此被看作是表现主义总的语言法则和革命纲领。

马里内蒂提出了不下十条的艺术法则,其中关键的部分包含:标点被略去了,形容词、副词被避免了,而大写字母广泛使用,名词、动词孤兀地突立出来,成为一枚直击深处,揭示事物核心的"箭矢"(埃德施密特语)。语言不再是可供理性认知的冰冷的符号,而成为一种情感的本质。他"笨拙的、残暴的、破损的、死硬的、犀利的、深情火热的"③向人们昭示表现主义运动本身所蓄藏的巨大能量,为我们展示了一种速度与力量的文艺之美。

不过我们还是应该看到,在这样一种新的、简省有力的诗歌语言背后,依然有它的问题,那就是激情太烈,行动有限,批判不足。表现主义吸收尼采等人的意志论,主张暴力的破坏,面对挤压的呐喊,以及对帝国主义战争的谴责,但是这些表述很容易流于口号式的呼喊。由于过于强调精神的力量,反而忽略了对事物和战争本身的反省,也由此,表现主义诗歌在某种层面上显得后劲不足,当战争退去,这种曾经的激情已经很难再引起共鸣。与此相关,因为表现主义对抽象人性的关注,往往也使得他们对具体的人失去分析,无论忠奸好坏一律用人性论加以处理对待,这就很容易使其思想流于空洞和犬儒。

---

① 弗内斯:《表现主义》,第32页。
② 品图斯:《论近期诗歌》,《现代主义文学研究》上册,第411页。
③ 高中甫、宁瑛:《20世纪德国文学史》,第23页。

第四节　表现主义的小说诗学

同表现主义的戏剧和诗歌相比,表现主义的小说在规模和声势上要小许多。在这方面有代表性的作家也屈指可数,不若前两项的人才济济。但是,仅仅因为卡夫卡的存在,这个局面似乎就要扳回一城,甚至反转。原因无他,因为卡夫卡的作品不仅改写了德语世界的文学状况,也彻底改写了整个现代西方文学,并为之开启了另一种可能。在这个意义上,表现主义小说是影响力更大也更持久的文类。当然,卡夫卡并不是表现主义小说的仅存硕果。另一位重要的作家是德布林,他的作品因善用内心独白、蒙太奇而闻名,当然这同他是精神科医生大有关系。他的代表性著作有长篇小说《柏林亚历山大广场》《王伦三跳》《瓦伦斯坦》《山、海和巨人》,短篇小说《舞者与躯体》及《谋杀蒲公英》等。另外,奥地利作家罗伯特·穆齐尔和赫尔曼·布洛赫也被视为表现主义作家,或者至少同表现主义小说潮流关系密切。前者的《没有个性的人》和后者的《维吉尔之死》被视为表现主义的代表作。人们启用这种判断的一个依据是,作品中出现了十分明确的意识流手法,这被认为是和表现主义强调表达的观念相统一的。① 当然,这样做很显然泛化了表现主义的概念,使得意识流和表现主义有所混同。其实,仔细追究两者的差异,我们会发现,所谓意识流基本上还是依照思维的跳跃性和非连贯性组织起来的,特点是绵延和跳接,但是表现主义的意识活动,正如我们在前面分析的,往往是幻象,是内心恐怖的投影,它不是思维的自然而然,而是对现实做"过激"反应的结果。换句话说,表现主义的意识性更强,而意识流则偏向无意识的思想漫游和放空。此外,俄罗斯作家列·安德列耶夫和叶·扎米亚京也被视为表现主义的代表,他们的成绩在研究者看来,主要是在时空运用上的别具特色②。以下,是我们对这些作家的成绩所作的一种并不全面的诗学概括。

---

① 叶廷芳:《卡夫卡及其他》,第 162 页。
② 王宗琥:《安德列耶夫的创作与表现主义》,《外国语文》,2009 年第 1 期;《扎米亚京的创作与表现主义》,《解放军外国语学院学报》,2009 年增刊;《俄罗斯表现主义小说的时空观》,《俄罗斯文艺》,2010 年第 2 期。

一、新人的塑造

相较于古典小说以故事和情节为中心的叙事模式,人物形象的塑造是更多现代小说的出发点。恩格斯曾经指出"现实主义的意思是,除细节的真实外,还要真实地再现典型环境中的典型人物"①。而表现主义作家的目光则聚焦在关于人的精神重生或曰新人塑造的问题上。前文已经讨论过,表现主义者把新人的出现作为解决社会矛盾和改善现实政治的治世良方。不过,在表现主义小说中,新人又近似于一个似是而非的偶像式的符号,似乎并非有血有肉的人物形象,更遑论黑格尔所谓的"这个"式的典型性格了。关于这个议题,表现主义的作家和理论家们已多有论述,他们甚至还自称"天启式的青年"(apocalyptic adolescents)来与此达成应对②。他的后面既有宗教式的祭献者,也有尼采式的超人的影子。理查德·胡森贝克写道:

> 新人必定张开了他灵魂的羽翼,他内在的耳朵必对准了即将来临的事物,他的膝盖必已造出可供其屈身的圣坛。……一天他感到自己被内心的炽热情感击中,感到自己为神性所折服,感到自己如托钵僧、如苦行者以及数个世纪以来流浪着并最终成圣的殉教者般,朝着救赎踉跄而行,感到自己被扭曲、被撞倒在地——他欢呼的人、迷路的人、瘫软的陶醉者。③

这里关于新人的想象明显带有虚幻的理想化的色彩,可见表现主义作品中的新人更多是负载着作者的想象和观念的符号化角色,并且,他们往往带有非英雄化的受难者的色彩。例如《王伦三跳》中的主人公王伦,《柏林亚历山大广场》中的弗兰茨·毕勃科普夫之类。至于卡夫卡笔下的K先生能否称之为新人仍是值得讨论的。

---

① 恩格斯:《致玛·哈克莱斯》,中央编译局编译:《马克思恩格斯选集》第四卷,北京:人民出版社,1995,第683页。
② Lotte H. Eisner, *The Haunted Screen: Expressionism in the German Cinema and the Influence of Max Reinhardt*(《闹鬼的银幕:德语电影中的表现主义与马克思·莱因哈特的影响》), Trans. Roger Greaves, London: Thames and Hudson, 1969, p. 15.
③ Richard Huelsenbeck,"Der neue Mensch", In *Expressionismus: Manifeste und Dokumente zur deutschen Literatur 1910—1920*, S. 131.

表现主义对自我的呼求和新人的呼唤,一个基础的动力是他们对现实的不满和对时事的关切,正如托勒尔所表达的:"是的,我们生活在一种狂乱的情绪状态之中。当我们讲起'德意志''祖国''战争'这类词时,仿佛它们具有一种魔力;它们在空中飘浮,始终不消失,它们到处盘旋,燃烧着自己,也燃烧着我们。"① 表现主义作家在创作实践上带有的这种强烈政治欲,很快演变成一种塑造"新人"的"狂热的生活"。对他们而言,生命的冲力在于一种绝对的离异与摆脱。人必须从他原先坚硬的躯壳中破裂出来,重新寻找新的力量。托马斯·安茨写道:"表现主义在世界观上对抗世俗化运动(Säkularisierungsbewegung),它在其中找到了一个位置,本质上消极却富有成效:表现主义者在世界观上寻找回返非世俗化之人(nichit Säkularisierten Menschen)的途径。"② 于是,在他们笔下,"新人们"对"家长制及其附属的事物都是陌生的,他也不熟知任何生物的系统,他如欢迎朋友般迎接混乱"③。当然,这种塑造不只是为某种单纯的政治企图和社会理想,而是想通过这样一种主观故意拉开与现实的距离,使观众"在神魂颠倒中紧张地张大嘴巴"④。所以归结起来,表现主义寻求的"新"与"怪",就是要给人们造成一种巨大的晕眩和陌生感,使一种普遍的反抗迅速升腾为一种精神的繁殖力,由个体传向群众。

　　表现主义者不遗余力地塑造新人形象,并以极大的热情与希望去拥抱这一形象。在其中"塞进他的全部经历所获得的知识",以一种"崇高的诗的语言","暗示被引上歧途的人类在经历了某种历史的劫难后会重新崛起"⑤的信念。但是,这种乐观的调子,在残酷的现实尤其是战争面前,很快就让位给悲观的气氛了,展示了表现主义者对传统"新人"的一次再认和审视。正如凯泽在1921年写给朋友特塞的信中清楚地觉察到的那样,他说:"我不再相信人类会转变为'新人'。每一个变化都是一种变形。我比以往任何时候都更深刻地理解到这句悲剧性的然而却是仁慈的

---

　　① 本森:《德国表现主义戏剧》,第14页。
　　② 转引自曹卫东编:《审美政治化:德国表现主义问题》,上海:上海人民出版社,2015,第11页。
　　③ Thomas Anz u. Michael Stark (Hg.), *Expressionismus-Manifeste und Dokumente zur deutschen Literatur 1910—1920*, S.132.
　　④ 陈慧:《西方现代文学简论》,石家庄:花山文艺出版社,1985,第66页。
　　⑤ 本森:《德国表现主义戏剧》,第27页。

话的意义：人变成了他已经是的样子。"①从毫无保留的寄托到悲观深刻的清醒，表现主义内部的这种自觉的文化张力，清晰地呈现出它的文化走向乃是思想的深透与张扬，而非纯粹情感的高涨。这种"人可能通过苦难而变得更加伟大"的认识思路，又一次使我们看到了那种由黑森林所锻造出来的深邃的思维品质和精神强力。埃德施密特说："从虐待中才升腾起更深的感受力，非难自己的献身精神才使得献身精神变得甜蜜。……单纯的热心乃是平庸之辈的热情；自我磨难的勇气方是志行高洁和勇敢豪迈之士的目标。"②

从无限的乐观到反思式的转折，表现主义对"新"的认识，用卡林内斯库的话来讲就是："一些人培育了一种'再生主义'的颓废概念，他们指斥没落所导致的后果，相信一种未来'复兴'的可能，对此他们寄予厚望。另一些人——这些人是我们的基本兴趣所在——则钟情于一种现代世界正在走向一场大灾难的感觉。"③这种审美旨趣上的艺术分野出现在表现主义内部。前者以诗人贝恩为代表。他纵身革命的热海，深信战争可以带来总体意义上的世界苏醒。他追求出新，认为复兴正从破坏的废墟中升起。后者以小说家卡夫卡为代表。他脆弱、孤独、不堪一击，对世界充满绝对的惊惧，"一切障碍皆能将我摧毁"。但无论是前者，抑或是后者，表现主义强力情感中所深藏的颓废意识正为某种瞬间性的审美带来决定性的意义和价值。一者通过不断地向意义潜沉，成为一种冰山之力，由内向外勃发；一者变成了一种意义的模板，冶炼出现代困惑中的精神智术，传递一种绝对深刻的孤独。

二、似真似梦的寓言情境

对时空的处理历来是文学艺术首要考虑的问题。过去的思维，因为受到理性的支配，总是倾向于建构一个连续的时空观。在那里，物理世界和心理世界基本上是契合无间的。但是，现代艺术潮流的兴起，显然一再打破这两个世界的镜像关系。尤其是表现主义，因为对内心真实及其主

---

① 本森：《德国表现主义戏剧》，第53页。
② 袁可嘉等编选：《现代主义文学研究》上册，第427页。
③ 马泰·卡林内斯库：《现代性的五幅面孔》，顾爱彬、李瑞华译，北京：商务印书馆，2004，第173页。

导位置的强调,使得现实世界的有序性和整一性被不断地打散。在某种意义上,传统意味上的"真实"已经开始逐渐与现实无缘。表现主义者为了使艺术赢得普遍性和恒久性,开始取消各种时空的疆界,造出各种时序错置(anachronic)的景象。在大部分的小说中,我们几乎找不到一个具体的历史地理坐标,而且更有趣的是,表现主义的作家还往往喜欢重写历史故事。通过这种重写行为,他们更是进一步模糊了时空的概念,造成异代同时、同时异代的各种繁复局面。例如,小说家德布林就对异域文明和历史故实别有一种喜好。他除了改写古希腊神话,也利用中国和印度的历史传说进行创造。例如,长篇小说《王伦三跳》就很明显地参考借鉴了老子的"无为"思想,探讨了一个思想的悖论,即无为之人面对压迫,到底是沉默还是反抗？这个提问当然别有用心,德布林是希望借中国这个他山之石,来解释和回答自己国家的问题,即赞成革命,还是反对革命？德布林另一部重要的作品《山、海和巨人》,更是大胆启用科幻小说的题材,幻想公元2700年到3000年的故事。这个故事重启了他在写作初期一个基本的母题,即人与自然的问题。小说写人类征服自然的过程中,如何遭到灭顶之灾,为一些远古生物所灭。这个被抽换了时空的科幻故事,从表面上看当然荒诞不经,是所谓的想象力的表现,但实际上,是德布林对现实中工业文明所带来种种问题的一个最直接反应,或者说是一种本质的提炼,即无论人类以何种方式,在任何时间、地点,如果对自然只是一味地予取予求,那么他们必将遭到自然的惩罚。

一方面,这种时空错乱的现象,可以看成是表现主义者要刻意营造的氛围,因为对他们来讲,所谓的定时定点是没有任何意义的,真正的深意在于超越这些具体时空之下的历史本真和生命本质。而另一方面,这种刻意之中又包含必然的因素,那就是哲学和心理学的发展已经不断地揭示出,所谓的理性,在很大程度上是一种历史叙事的结果,其崇高地位值得一再反思。从尼采的《悲剧的诞生》开始,人们已经注意到在理性的太阳神之外,主导艺术发展的还有一种以梦幻、狂喜为特征的酒神精神。而随后由弗洛伊德所提出的分析心理学,更是进一步显示了梦的重要意义,以及与此相关的潜意识、下意识在人的思维活动中的关键性。

正是在这些文艺理念和哲学思考的推动之下,艺术家们越来越注重去发掘那个大写的"人"与"我"后面的微妙声音,由此也揭示出了有机的历史和理性下面那个鬼影幢幢的世界。

但是,这种由认识深化所带来的世界观的改造,仅仅是表现主义梦境观的第一个层面。在第二个层面上,因为第一次世界大战的冲击,带来了德国哲学领域内关于存在荒诞感的深刻思考。以海德格尔、雅斯贝尔斯等人为代表,他们强烈地主张探讨人的存在意义,关心人在危机中的生存问题。卡夫卡显然是这种哲学思潮的一个重要参与者,他的小说写出了各种游移在边界与边界之间的人的荒诞感,譬如那个一心一意想进到城堡内却永远也不能得到满足的 K。彼得·盖伊评论道:"尽管卡夫卡在小说中构建的世界以其残酷无情让人深感不安,它们却不存在超自然的维度。……他的文字总是平静而精确,……语气平淡,展现的却是最令人毛骨悚然的细节。"①

梦幻情境的第三个层次,也许关涉着宗教。在这个领域内,关于梦魇和魔鬼的故事从来不绝如缕,而且总是联系着灵魂的救赎。② 这一点颇与表现主义塑造新人的理念相同。卡夫卡的小说就被部分研究者比如卡夫卡的挚友布罗德解读为"关于人类生存状态的神学寓言,一种对上帝的追寻"。"布罗德解读下的卡夫卡对人类的罪行和无能感到惊愕万分。卡夫卡的神学知识更直接导致了更为夸张的解读方式的产生,即把他视作纳粹主义与大屠杀的预见者。"③此外,德布林作为一个犹太人,在流亡的过程中,却转信了天主教,这一点常为他的族人所不齿。但是,这种宗教意识却在另一层面上辅益了他的小说创作,除了引用大量的圣经故事和古希腊神话传说,德布林还在小说《柏林亚历山大广场》中启用了情节剧中最常见的死神与天使的形象,来隐喻和指导毕勃科普夫内心的善恶争斗。这所谓的死神之声和天使形象,不过是毕勃科普夫内心世界的外化,是他多面化心理的一个具体呈现。

三、片段化的叙述

对理性的质疑,不仅造就了表现主义于叙事情调上的似幻非真的特性,同时在小说结构上也形成了一种意欲打破整齐划一和浑然一体的片段叙事风格,或曰蒙太奇现象。"叙事的中心目标将对传统有机结构的地

---

① 盖伊:《现代主义》,第 147 页。
② 更详尽的讨论参见 Lisa Marie Anderson, *German Expressionist Drama and the Messianism of a Generation*, 2011.
③ 盖伊:《现代主义》,第 146、147 页。

位提出质疑：首先借缓和由传统的线性组织产生的戏剧性紧张，其次靠放松在有机作品中向情节的每个方面提供的不容质疑的氛围的因果关系观念"①，表现主义者对整体，以及个体隶属于整体的观念提出了挑战。在他们看来，既然世界本身是混乱无序的，那么我们就没有必要去掩饰这种混乱。碎片本身就拥有价值和被解释的权利，它们是开放的空间，为此，打破各种事物和现象之间的因果链和必然律，反而是返璞归真，它有可能使我们更加靠近历史的真实。由是，德布林宣称："如果一部小说不能像蚯蚓那样被切成十段，以便每一段都能独立地运动，那么，它则不是一部好小说。"②他进一步解释说："史诗作品中的人物和事件通过其自身引起我们的同情，它们以自己的理由掌控我们。一部优秀的史诗作品中，独特的人物和事件都作为独立的生命存在。而小说作品（"Schriftstellereiroman"）则以巨大的悬念冲击我们，然而几天之后你就什么也记不起来了，整件事就是一个骗局。"③

以德布林本人的小说《柏林亚历山大广场》为例，在故事的叙事线索上，他很显然地启用了片段叙述的手法，而且通过连缀这些碎片化的段落，整个小说形成了一种鲜明的、快速的蒙太奇叙事节奏，为小说增色不少。在小说里，德布林以追踪式的方法来和主人公移步换景。也正是借着这一步一景一情的方法，德布林能够将各种信息都汇编穿插到小说之中，从而形成了一个洋洋大观的都市蒙太奇。这些内容包括了国会报告、商业广告、电视节目、股票信息、饭店菜单，甚至天气预报、年度生育和死亡报告等。这些包罗万象的内容，一面充实了小说的叙事，带来了作品的可读性和可信性，并顺应地发展出一种社会批判和关怀；另一面则带来了一种视觉节奏，它在引起当时读者共感的同时，也引起他们的不快，使他们意识到自己是如何被现代的物质世界所层层包裹，以致无法突破的。但是，正如法斯宾德所指出的，这种节奏本身也是一种现代性的后果和表现，所以可以说，德布林的小说是在以现代反现代，以现代来暴露现代，它是自反性的。法斯宾德说："比德布林是不是受到过《尤利西斯》的影响这个问题更叫人兴奋的是，我发现《柏林亚历山大广场》中的文字乃是受

---

① 墨菲：《先锋派散论》，第 14 页。
② 同上。
③ Richard Murphy, *Theorizing the Avant-Garde Modernism, Expressionism, and the Problem of Postmodernity*, Cambridge: Cambridge University Press, 1999, p. 22.

到了经过他的书房前的高速火车的节奏的强烈影响。这一类大半构成了噪音的东西,其特殊的节奏、反复无常的疯癫错乱,都烙印在他小说的字里行间里。而大城市的生活意识,对于城市生活本质的特殊洞察,无疑也提供了他在这部有史以来为数不多的大城市小说中,运用剪接技巧的来源。大城市的生活,即意味着对于声音、景象和动态事件不断变换的注意力。"①

小说片段独立性的体现,除了上述缀段式的蒙太奇手法之外,还典型地表现在小说出版形态之上。卡夫卡的小说是一个重要例证。作品《司炉工》的一个小标题正是"一个断片",而小说《审判》《城堡》和《美国》等也一直都是以残篇或未完成的形式存在,直到他死后才被结集出版,并被冠以"孤独三部曲"的美誉。从这个例子中,我们可以看出,片段式的书写或者那些未尽之作,一方面既可以看成是文学危机的一种表现,因为现实观的动摇,文学艺术已经无法再像从前那样自信完满地将自己贯通起来;另一方面,这也可以看成是文学对现实危机的一种表现,它零散化地存在,同卡夫卡所感受到的孤独、脆弱,同德布林所观察到的混乱、无序,始终都有一种同步性和共生性。当然,无论我们是从正面还是反面来理解这种片段式的叙事,有一点是明确相通的,那就是对文学形象的定义和看法,已经从过去那种强制统一的观念中解放出来,并对文学现代派有着根本意义。

要想更清楚地解释片段叙事的出现,除了要讨论文学与时代的关联,与物质文化的关系之外,另一个重要的向度是我们在本章一开始就提出的总体诗学的问题,即现代小说艺术的发展,同诗歌、散文、戏剧等文类的影响有着紧密联系,在它们之间形成了一种越界关系。换句话说,传统的文类区隔和准则,到了现代艺术这里,已经不再是壁垒分明了。我们关于什么是"小说"、什么是"戏剧"的定义都有了"去疆界化"(deterritorialization)和"再疆界化"(reterritorialization)的走势。散文同化诗歌,另一方面,诗歌也同化散文。小说吸收了诗歌的东西,诗歌的叙述框架也在小说的范围之内。正如同卡夫卡和他的研究者都已意识到的,这一跨界的文学特征,在他的许多小故事中都有迹可循。他们一致认为卡夫卡的叙述

---

① 转引自邱华栋:《静夜高颂:对66位伟大作家的心灵访问(欧洲卷)》,第七章《山海一样的文学巨人:不断为后世作家提供灵感与营养的亚历山大·德布林》,南京:江苏人民出版社,2010。

文本有着"诗歌性"。为此,有研究者特别主张,应该对卡夫卡的作品与"散文诗歌"的亲和进行分析。

应该说,表现主义小说观的确立,不仅建基于它对小说既有的形式规则的打破之上,而且也是在各种艺术性组合的襄助之下完成的。为此,在表现主义那里,传统叙述方式的瓦解和新的叙事方法的出现,从根本上是由比较的视野和跨类的观念所推动、引导的,这与表现主义积极探寻普遍本质的追求是一致的,同时,也对现代艺术的发展有着重要的启示和推进。

第五节　表现主义的电影诗学

19世纪末,更确切地说是1895年,随着现代化进程的推进,现代资本主义世界的生活越发扁平化和单一化,大批涌入城市并深感漂泊无依的"雇员们"需要"消遣文化"来丰富他们的业余生活,作为技术媒介以及崭新艺术载体的电影的诞生既极好地填补了高雅文化和低俗文化的中间地带,又一定程度上赋予了较低阶层的公民一种颠覆社会等级的感受。电影一跃成为现象级的娱乐方式,甚至超越了戏剧。其风头无两的发展态势和生发出全新艺术形态的无穷潜力映入了同时代很多表现主义者的眼帘,阿尔弗雷德·德布林便在时文《小人物的剧场》里写道:

> 南西北的各个城市都遍布着它们(电影院);不论是在烟雾弥漫的陋室、破败不堪的小店里,还是在宽敞阔气的剧院中,都放映着电影。这项摄影技术精密的细节令人得以享受精妙绝伦的视觉假象……它潜力巨大,就现有的发展而言已几乎可被视为一门独立的艺术。[①]

[①] Alfred Döblin, "Das Theater der kleinen Leute"(《小人物的剧场》), In Jörg Schweinitz (Hg.), *Prolog vor dem Film: Nachdenken über ein neues Medium 1909—1914*(《电影的序幕:1909—1914对新兴媒介的思考》), Leipzig: Reclam Verlag, 1992, S. 154.

一、电影作为表现主义艺术创作的新媒介

如果说德布林更多肯定的是电影的艺术潜力,那么《行动》杂志的主编弗兰茨·普法姆菲尔特(Franz Pfemfert)便认定了电影作为教化工具的可能性以及作为新兴媒介与现代城市文明节奏的契合:"电影为广大的人民群体提供娱乐,是他们的老师。电影的确能恰如其分地表征我们这个时代。"①《行动》杂志的另一位重要成员费尔迪南德·哈德科普夫(Ferdinand Hardekopf)则从另一个角度出发,视电影为视觉叙事的载体:

> 很多人痛斥电影充满了浅薄又嗜血的内容;认为电影和草率的新闻业一样令民众变得肤浅,并促使他们犯罪。我并不这么认为。因为电影本意并不旨在表现日常或犯罪,而是呈示一切展现艺术魅力的事物——尽管现在只局限于电影这一种艺术。我们知道,有两类电影主体:写实的和经过艺术加工的。……后者是艺术。它呈现经历、命运、幸运和不幸、荒诞、速写、小说。一种视觉层面的叙事。②

和普法姆菲尔特一样,哈德科普夫也认识到电影作为新兴媒介的时代性,他敏锐地捕捉到电影"迅速发展"的特质,他认为在现代背景下,电影演员没有足够的时间去发展歌德笔下人物的"绝对"本质,电影中人物的"命运在三分钟之内就应当从平衡状态滑向悲剧"③。

那么表现主义与电影媒介之间强大的亲和力源于何方呢?德国知识界和艺术界拯救精神和灵魂的诉求直接引发了一股陀思妥耶夫斯基热,其代表作《卡拉马佐夫兄弟》和《罪与罚》相继在德国被拍摄为电影,《卡里加利博士的密室》导演罗伯特·维内(Robert Wiene)还亲自参与了执导由《罪与罚》改编的电影《拉斯科尔尼科夫》(*Raskolnikow*)。在德国文化界整体内向性趋势的大背景下,也就不难理解为何表现主义一跃而起成

---

① Franz Pfemfert,"Kino als Erzieher"(《作为教育者的电影》),In *Prolog vor dem Film: Nachdenken über ein neues Medium 1909—1914*,S. 167.

② Ferdinand Hardekopf,"Der Kinematograph"(《电影放映机》),In *Prolog vor dem Film: Nachdenken über ein neues Medium 1909—1914*,S. 155—156.

③ Ferdinand Hardekopf,"Der Kinematograph",In *Prolog vor dem Film: Nachdenken über ein neues Medium 1909—1914*,S. 157.

为最理想同时也最适合那个时代的创作方法。① 虽然第一次世界大战前表现主义便已经活跃在文学界及戏剧界,但德国战败后知识界想要逃离现实的低迷氛围无疑直接促成了表现主义成为当时德国最重要的文化现象,"因为表现主义呼吁艺术家们去创造独属于己的真实"②。表现主义理论家卡尔·豪普特曼(Carl Hauptmann)进一步认为表现主义电影提供了绝无仅有的机会向世界呈示灵魂深处所遭受的重创。③ 也许这也是除了电影的娱乐目的外,能解释魏玛时期的表现主义电影为何都热衷于呈现恐怖、鬼怪、超现实经验和氛围的另一原因,观众被推挤到熟悉的真实世界的边缘,体察熟稔的日常生活的陌生以及悚然惊觉后的恐惧。

德国魏玛共和国时期的表现主义电影以其融合文学文本、绘画、建筑和舞蹈等传统艺术媒介的媒介间性,一跃成为炙手可热的艺术现象,甚至在部分学者眼中已近乎等同于魏玛电影的"黄金年代",但这一看法实际上是存在问题的。我们今天惯于运用的表现主义电影概念实际上是一个随着时间推移逐渐被填充和夯实的概念,狭义的魏玛电影黄金期在20世纪30年代方才降临,但表现主义电影最享有世界声誉的一批,如《布拉格的大学生》(Der Student von Prag)、《卡里加利博士的密室》(Das Cabinet des Dr. Caligari)、《泥人哥连》(Der Golem)、《泥人哥连出世记》(Der Golem, wie er in die Welt kam)、《奥拉克之手》(Orlacs Hände)和《诺斯费拉图:恐怖交响曲》(Nosferatu, eine Symphonie des Grauens)等,在20世纪20年代前后便已逐渐问世,因此是否能够大而化之地将表现主义电影与魏玛电影画等号,是一个值得商榷的问题。不过,让我们暂且搁置魏玛电影和表现主义电影两大概念的边界问题,至少有一点学界已达成共识,诚如波兰艺术评论家杰尔兹·陀普里茨(Jerzy Toeplitz)所言:

> Ufa④电影公司的历史电影为德国电影打开了国外市场,但并未使德国电影成为电影艺术。德国表现主义电影实现了这一目标,尤

---

① Jerzy Toeplitz, *Geschichte des Films 1895—1928*(《1895—1928 电影史》), München: Rogner & Bernhard, 1975, S. 219.
② Ibid.
③ Ibid., S. 220.
④ Universum Film AG.

其是表现主义电影的开篇之作《卡里加利博士的密室》①。

而表现主义电影作为艺术电影的独特风格来源于三大要素：第一，强调表现主义绘画与建筑式的布景的主体地位，并发展出相应的以"表现张力"为核心的表演方式加以配合；第二，放弃自然主义式如实呈现外部世界的做法，转而在摄影棚内充分投入各类人造光源，利用光与影构筑具有象征意义和叙事效果的"明暗关系"；第三，内化表现主义时代盛行的"总体艺术作品"创作观，突破传统艺术各立门户的状态，最终在艺术发展历史上第一次真正较为完整地实现了绘画、文学、音乐、建筑、舞蹈、戏剧等各类艺术的综合。

二、构成性的建筑元素与精神性的"表现张力"

1920年罗伯特·维内导演的《卡里加利博士的密室》公映，被认为是德国表现主义电影的开端，其主创人员几乎全都来自表现主义运动圈。编剧汉斯·雅诺维茨深受保罗·威格纳所执导电影《布拉格的大学生》和《泥人哥连》的幻想故事风格影响。最初，编剧汉斯·雅诺维茨和卡尔·梅耶希望布拉格的表现主义者阿尔弗雷德·库宾（Alfred Kubin）负责电影场景的设计，雅诺维茨曾不无欣喜地写道："卡里加利博士的故事脱胎于布拉格充满诗意的氛围……库宾的画作捕捉到了这份浪漫并极富创意地将其描画下来……"②但库宾最终拒绝了这次邀约，电影转而由三位建筑师赫尔曼·瓦尔姆（Hermann Warm）、瓦尔特·罗里希（Walter Röhrig）和瓦尔特·莱曼（Walter Reimann）包揽了所有的场景设计、美工道具和服饰制作工作，他们贯彻了表现主义反对自然主义模仿现实并主张外化精神的立场，彻底放弃呈现生活世界，倡导"活的图画"，从而用绘画代替了构筑景观，直接将充斥尖锐几何形状、僵直线条、比例失调的画布用于布置摄影棚。本就是表现主义风暴圈（Sturm kreis）成员的莱曼提出，设计的关键之处在于从精神层面找到表现主义风格的舞台设计与拍摄素材间的契合点。③ 瓦尔姆则直言电影布景设计的原则是："电影必须成为版画（Graphik）！电影是被赋予生机的运动中的画作！"而在此之前，

---

① Jerzy Toeplitz, *Geschichte des Films 1895—1928*, S. 215.
② Ibid., S. 216.
③ Ibid.

除了卡洛·卢多维科·布拉加利亚(Carlo Ludovico Bragaglia)执导的意大利电影《反常的魔法》(*Perverser Zauber*)明显受到了未来主义风格影响,其余电影的布景都是自然主义的写实风格。

电影《卡里加利博士的密室》多采用平面布景,有意识地剥脱事物的三维立体感,反映了表现主义者一再强调的反对自然主义式的真实之原则,其影史上的分量在于"电影历史上,首次由舞台布景师和画家确立了一部电影作品的艺术气质",它代表了"电影布景历史上的一个转折点。这个从前大多只充当剧情背景的元素成了一部电影最为关键的元素,剧情甚至也可以退居二线。……电影的布景,而非演员的表演,就能让观众体会到绝望、悲剧和走投无路的感受。线条和平面交替闪现的节奏则决定了电影的基调。原本没有生命的布景不仅活了起来,而且直接决定了主人公的行动,影响着人物的性格,最终决定了他们的命运"①。例如《卡里加利博士的密室》里小城的窄巷赋予了电影相应的逼仄氛围,梦游者的面具则从一开始便刻画出了人物精神的剪影。

《卡里加利博士的密室》之后,放弃外景拍摄,并专注于棚内摄制成为表现主义电影的一大特征。伊尔加·埃伦堡(Ilja Ehrenburg)将电影制片厂称为"梦工厂",摄影棚封闭的氛围会催生出一种全新的、被隔离的、**最终非现实的真实生活**。这便是表现主义者寻求的精神层面的真实,无需和现实生活有任何纠葛。电影《蜡像馆》(*Wachsfigurenkabinett*)的布景师恩斯特·施特恩(Ernst Stern)教授更是直白地表示:"自然是艺术家的绊脚石。"②1922年年轻的批评家热内·克莱尔(René Clair)在巴黎周报《戏剧》(*Le Théâtre*)上评论道:"电影里的表现主义是存在于大脑里的东西。"③因此,电影中的一切,包括演员的外貌都要在摄影棚内重新打造,只有这样才能贯彻电影纯粹的表现主义风格以及传达与风格相统一的艺术理念。

不仅如此,表现主义诗人保罗·科恩菲尔德(Paul Kornfeld)甚至对演员的表演方式也提出了针对性的要求,例如,演员必须敢于放开手脚去诵读源于日常生活的朴素语句。演员绝不能将自己的表演方式建立在现实生活之上。饰演病人或醉汉无需观察医院里病人或下等酒吧里醉汉的

---

① Jerzy Toeplitz, *Geschichte des Films 1895—1928*, S. 217.
② Ibid., S. 221.
③ René Clair, *Réflexion faite*(《反思》), Paris: Gallimard, 1951, S. 37f.

第七章 文类诗学——表现主义的文体论

行为。肆意表演的姿态所具有的韵律感天然散发着情感，与完全自然主义的准确表演相比别具意义。而耻于表演的演员是对戏剧的背叛。不论是表现主义电影演员还是戏剧演员都应用激情和张扬的姿态表演①。如果说科恩菲尔德从偏理论层面论述了演员在表现主义电影里所应具备的基本表演素质，批评家赫尔伯特·伊尔凌（Herbert Iherling）则从实践角度论证了何谓"表现的张力是电影的一切"，他提出表现主义式的表演重点不在于追求完整性，而是一方面寻求传达"激情"（Pathos），另一方面着力于呈现"现代文学作品及绘画的节奏"，二者高度浓缩的形式便是表现主义表演艺术的核心。他进一步以《卡里加利博士的密室》的主演维尔纳·克劳斯（Werner Krauß）在默片《冈寺的观音》（*Die Kwannon von Okadera*）中的表演为例：

> 他的身体和他的脸颊、额头、下巴和眼睛都迸发着表现的张力。神经高速运转。瞳孔背后燃烧着炽热的火焰。一切都如同被魔力驱使，挥之不散的是秘密和强烈的情感。狂热的身体再次幻化为精神。表现的强力再度沉溺于不确定性之中。激情之火摇曳升空。……当克劳斯放任自己顺从身体内涌动且变动不居的魔力时，他做到了表演艺术最重要的一点，并同时履行了电影最高的法则。他既未"言说"，亦未表演"哑剧"。他持续地将精神的产物转化为极致的身体的表现力。这份强度是话语，同时也是姿态。②

因此，表现主义电影的一大美学特征在于构成性的建筑元素与精神性的"表现力"之间的亲和力，建筑甚至在表现主义电影中成为一个独立的单元，往往是编剧必须专门考虑的因素，而表现主义电影更为别致之处在于表演方式与建筑元素，即与布景相比，建筑元素是首位的。演员需要让自己的表演方式和各类风格化的陈设相适应。表演和建筑由此在表现主义电影里形成了有机的统一体。

---

① Paul Kornfeld, "Worte an den Schauspieler"（《致演员》），In Carl Stang u. Julius Kühn (Hg.), *Die Flöte: Dramaturgische Blätter des Herzoglich Sächs. Hoftheaters Coburg-Gotha, Monatsschrift der Gesellschaft für Literatur und Musik in Coburg*, 1, 1918/19, S. 44f.

② Herbert Ihering, *Von Reinhardt bis Brecht: Vier Jahrzehnte Theater und Film*, Band I: *1909—1923*（《从莱因哈特到布莱希特：四十年戏剧与电影》，第一卷：《1900—1923年》），Berlin: Aufbau Verlag, 1961, S. 387.

三、影像叙事的核心手段：构筑动态的明暗关系

表现主义电影对光影和明暗关系独特的高反差处理是其影像叙事的核心表达手段，也是表现主义电影美学的重要特征之一。与同期俄法电影重视运用蒙太奇和剪辑技术不同，表现主义电影更擅长于利用多层次的照明和移动的摄像机创造不同的视角，并将相应的画面和片段结合。早在1926年鲁道夫·库尔茨(Rudolf Kurtz)便对这种重视光影关系的拍摄手法进行了精辟的论述：

> 现代电影拍摄制片技术几乎已经可以彻底放弃将太阳作为光源。作为光源的太阳难以调控，或者说根本无法调控，而人造光源所产生的影像效果却能够受到人为地全面干预。……不同光源的差异之处恰恰在于摄影时它们构筑光影效果的能力。……如果将光源置于图像空间的下方，那么灰色的重点和浓重的阴影会出现在画面的特定区域，这便是曝光值(Lichtwert)，它立体化部分画面，让其余部分成为背景，它炸裂线条，截断平面。人造光源光线的走向明确化拍摄对象的轮廓，视觉上画面空间里的次要部分则被忽略，隐没在背景中。汞灯(Quecksilberdampflampen)的漫射光令物体在视觉效果上柔和且不会形成阴影，而大型聚光灯所投射的完整光锥则会切割出物体尖锐的轮廓，造成刺目的视觉效果……[①]。

也许会有观点认为，表现主义电影时代本就是黑白默片的时代，所谓的"明暗关系"只是彩色世界的林林总总在胶片上不同程度的曝光。我们当然不能否认当时电影拍摄制作技术的局限性，但我们更不能否认的是，表现主义电影并非漫无目的或粗糙地构筑光影关系，而是有的放矢地利用人造光源和曝光、显影技术来制造并传达有别于其他风格电影且异于生活世界的氛围和理念，例如《诺斯费拉图》的画面便明显叠加了粗颗粒的负片效果，明暗与被摄物的真实色彩截然相反，既利用画中画的效果凸显了故事的奇幻色彩，又营造出紧张惊悚的氛围。正如德国本雅明研究专家布尔克哈特·林德讷教授(Burkhardt Lindner)所分析的，如果没有人造光源所构筑的"明暗效果"(Hell-Dunkel-Effekte)，"自然的眼睛"会

[①] Ruldolf Kurtz, *Expressionismus und Film*, Zürich: Chronos Verlag, 2006, S. 60f.

第七章 文类诗学——表现主义的文体论

对现实背后的真实视若无睹,而光线和阴影所起的作用毫不亚于演员的表演,"原本从属于电影的布景因为有了照明技术在表现主义电影中获得了特殊的效果。背景向前迫近成为前景;场景本身也参演剧情"①。梅耶就曾直言他的电影《除夕》(*Sylvester*)是一场"光线游戏"(Lichtspiel),利用'光影和明暗'反映主人公的内心世界,使不可见的精神世界可视化"②。导演 F. W. 茂瑙(F. W. Murnau)正是这方面的大师,他尤其长于利用光线透露主人公的心理状态,他往往有意识地将光源屏蔽在取景框外,只让光线照进画面,营造似明似暗、难以名状的气氛,或者干脆强化光源的存在,例如《浮士德》中让魔鬼墨菲斯托挥舞提灯,影射倏忽的存在和命运。灯光和阴影的多义性是很多表现主义电影的共性,借用明暗关系来"强调眼神交流和躯体运动的抽象性及其超越个体的类型化功能"③。

此外,棚内拍摄除了是上文表现主义高度图像化布景的前提,同时也是设置特殊明暗关系的重要前提。唯有电影的棚内制作方能满足上文鲁道夫·库尔茨所提出的彻底放弃自然光源为拍摄光源的要求,另一方面,棚内全面投入聚光灯等人造光源设备才能使表现主义布光的美学操作成为可能。法国哲学家吉尔·德勒兹(Gill Deleuze)在他的电影研究著作《运动的影像》(*Das Bewegungs-Bild*)里同样谈到了德语区表现主义电影所具有的"精神层面的强度"(spirituell-intensiv)④,明暗的强烈反差使电影空间"去几何化"(Entgeometrisierung),造成这种特殊效果的原因则在于表现主义电影摄影运用光线的特异之处:

> 光明凸显出运动的巨大强度。……光与影不再构成交替的运动关系,转为在各类摄影棚中被全面地探讨;如果不是由于黑暗的反衬令光明可视化——那么光明本是一片虚空——至少从视觉角度来说它本是无迹可寻的。⑤

---

① Burkhardt Lindner, "Leuchtende Gebärden-dunkle Gewalt. Der deutsche Stummfilm-expressionismus als epochales (politisches) Kunst-Ereignis", In *Expressionismus in den Künsten*, S. 308.

② Jerzy Toeplitz, *Geschichte des Films 1895—1928*, S. 230.

③ Thomas Elsaesser, *Das Weimarer Kino: aufgeklärt und doppelbödig*(《魏玛电影:启蒙与暧昧》), Berlin: Verlag Vorwerk 8, 1999, S. 182.

④ Gilles Deleuze, *Das Bewegungs-Bild. Kino 1*(《运动中的图像:电影1》), übers. v. Ulrich Christians u. Ulrike Bokelmann, Frankfurt a. M: Suhrkamp, 1989, S. 16.

⑤ Ibid., S. 74f, 77ff.

由此，表现主义电影对光影的编排从一定程度上消解了具象之物和抽象之物的边界。正如著名德国电影理论家洛特·瑷斯纳（Lotte Eisner）所强调的，表现主义电影建构明暗关系的实践实质上打破了有机原则，不再追求视觉层面可感知之物的连续性，而是致力于表现"令人毛骨悚然的激情（unheimliche Pathos），并且它也是呈现无机之物或原则的不可或缺之物"①。

四、20世纪初完成度最高的总体艺术作品

20世纪20年代表现主义运动日趋成熟的总体艺术作品观和新兴媒介电影互为表里。一方面作为创作观的总体艺术作品助力"表现主义电影"一跃成为全新的艺术概念②，而另一方面表现主义电影则成为总体艺术作品观在20世纪最完整的表达。如果表现主义电影不曾分享其他艺术门类的资源，那么它也难以发展出如此强烈的风格，并最终成为一门独立的艺术，这是学界早已达成的共识。电影本身便蕴藏着联觉的最好契机，它能够整合戏剧、文学、绘画、舞蹈、建筑等众多领域的资源，最终创造出充满幻想的主观世界。"一战"后表现主义总体艺术作品最广为人知的硕果便是如《泥人哥连》三部曲（1915—1920）、《卡里加利博士的密室》（1920）、《奥拉克之手》（1920）、《诺斯费拉图》（1922）、《马布斯博士的遗嘱》（1922）以及根据科柯施卡和凯泽剧本改编的《谋杀者，妇女的希望》（1920）和《从清晨到午夜》（1920）等具有鲜明表现主义变形、怪诞、高度抽象等特质的一批电影，罗伯特·维内导演的《奥拉克之手》更是被当时的媒体誉为"最好的奥地利电影"。曾经在戏剧界孜孜以求总体艺术作品的表现主义剧作家、建筑师、雕塑家、画家、音乐家等在第一次世界大战后纷纷投身"动态的造型艺术"革命，期望创造一个崭新的立体世界。

德国现当代德语文学研究者托马斯·安茨教授回归历史语境，追溯了电影随着表现主义运动的发展其地位的螺旋式上升，下列论述简要但明确地点出了电影之于表现主义的根本意义之一在于承载表现主义总体

---

① Lotte Eisner, *Die Dämonische Leinwand*（《闹鬼的银幕》）, Frankfurt a. M.: Fischer, 1990, S. 18.

② Günter Giesenfeld, "Vorwort"（《前言》）, In Günter Giesenfeld (Hg.), *Augen-Blick. Marburger Hefte zur Medienwissenschaft. Heft 8: Der Stummfilm als Gesamtkunstwerk*（《作为总体艺术作品的默片》）, Sept. 1990, S. 5.

第七章　文类诗学——表现主义的文体论

艺术作品观：

> 彼时的新文学呼吁缩减语言，提升非语言尤其是视觉交流的价值，而电影是如此符合这些要求，以至于一些评论家认为它是表现主义天然的媒介。电影与其他艺术跨媒介的关系也暗合表现主义总体艺术作品的设想。正如约阿希姆·佩希（Joachim Paech）在一篇探讨媒体间性现象的论文中所说，电影已经"成为各类专门艺术的综合体（Synästhesis）。歌舞杂耍剧院以及年度集市里受欢迎的戏剧是电影的雏形，文学给予了电影从最初到现在的所有叙事结构和虚构素材，绘画是电影结构及动态图像的前身和蓝本，音乐则一直伴随着电影"。[1]

包豪斯大师拉兹洛·莫霍利—纳吉所期许的文学作品与各类艺术媒介的彼此渗透和影响在表现主义文学的十年早已发生。早在1916年表现主义剧场导演马克思·莱茵哈特（Max Reinhardt）旗下最负盛名的演员以及《布拉格的大学生》和《泥人哥连》的导演保罗·威格纳便已经分享了同时代如康定斯基、施莱默尔、库尔特·施维特斯、品图斯和德布林等现代主义者的媒介融合意识。纳吉充分意识到电影制作技术即将为艺术世界带来巨大的变革："电影的真正作者必定是摄影机。……电影技术赋予了新媒介作为艺术形式的必要合法性，也决定了'内容的选择'"。[2]以电影和文学文本的交互关系为例，德布林把他推崇的现代小说风格命名为"电影风格"（Kinostil），而在他创立新名词之前就已建议剧作家运用类似电影的风格创作："请您从电影里学习简练、紧凑与戏剧的张力"[3]。霍迪斯则以观看电影的经验为主题创作了《电影放映机》，他用典型表现主义并列诗歌的形式呈现了一次观影体验，诗中电影调动起人的感官和思维，第一节中处于不同时空的事物被看似粗鲁地并置在同一空间，充分体现了电影跨越时间和空间的影像叙事能力以及现代人生活的碎片化：

---

[1] Thomas Anz,"Die Seele zum Vibrieren bringen! Konzepte des Gesamtkunstwerks in der Zeit des Expressionismus"（《让心灵颤抖！表现主义时代的总体艺术作品观》），In *Gesamtkunstwerk Expressionismus*：*Kunst*，*Film*，*Literatur*，*Theater*，*Tanz und Architektur 1905—1925*，S. 54.

[2] Dietrich Scheunemann,*Expressionist Film*：*New Perspectives*（《表现主义电影：新视角》），Rochester：Camden Hause，2003，p. 12.

[3] Ralf Beil u. Claudia Dillmann（Hg.），*Gesamtkunstwerk Expressionismus*：*Kunst*，*Film*，*Literatur*，*Theater*，*Tanz und Architektur 1905—1925*，S. 56.

> 大厅暗下来。我们眼前快速闪过
> 恒河女神、棕榈树、寺庙和梵天,
> 一出无声喧哗的家庭剧
> 有花花公子和假面舞会①

茂瑙在接受《电影信使报》(*Film Kurier*)的采访时曾谈到,他尤为钟爱同时代的两类电影:"纯粹的奇幻片和静谧的**小剧场电影**(Kammerspielfilm)。"②这两类电影特质的结合恰是魏玛时期几乎所有表现主义电影的基本特性,尤其是从小剧场戏剧发展而来的小剧场电影深受表现主义剧场导演莱茵哈特的影响。几乎同期所有的电影演员都曾求学于莱茵哈特创办的戏剧学校。很多知名的导演,如恩斯特·刘别谦(Ernst Lubitsch)和保罗·莱尼(Paul Leni)也都曾和莱茵哈特共事。可以说是莱茵哈特首先从戏剧实践层面突破了自然主义式的表演,将风格化元素引入了戏剧。而以拍摄内容和形式为分界岭,表现主义电影有两大倾向:幻想型和现实型。前者奠定了表现主义电影的声誉和市场,构建出封闭的艺术世界,电影中所有对当下问题的影射都可以被视作艺术家逃避现实问题的回响,到传奇和幻想的黑暗中寻觅个人问题的解答。但表现主义电影绝不仅限于复活 E. T. A. 霍夫曼(E. T. A. Hoffmann)的幻想魔法世界,它也在银幕上创造出崭新的都市神话世界。第二类表现主义电影便致力于展现现实世界,借鉴德国小剧场戏剧(Kammerspiel)的风格,因此也被称作**小剧场电影**(Kammerspielfilm),其特质"去戏剧化"重点在于"叙事而非展现冲突"③。这一批小剧场电影看似自然主义倾向,实则内核仍然裹挟着表现主义的世界观,展现不起眼的小人物的生活,表现人的孤立和生存的原子化。卡尔·梅耶后期编剧的电影《破灭,除夕》(*Scherben*, *Sylvester*)和《最后的男人》(*Der letzte Mann*)便是此类电影的代表,和表现主义戏剧一样,电影里的人物没有具体的名字,而是身份的符号,如父亲、母亲、女儿等。

桥社画家卡尔·施密特—罗特鲁夫(Karl Schmidt-Rottluff)曾敏锐地指出表现主义绘画和戏剧及戏剧性有天然的联系,他曾说:"表现主义

---

① Thomas Anz, *Literatur des Expressionismus*, S. 108.
② Dietrich Scheunemann, *Expressionist Film: New Perspectives*, p. 12.
③ Max Krell, (Hg.), *Das deutsche Theater der Gegenwart*(《德语当代戏剧》), München und Leipzig: Rosl & Cie., 1923, S. 34.

便是指绘画结构中的戏剧艺术。"①实际上前文所谈到的注重明暗对比的拍摄方式直接源于戏剧舞台,德国表现主义电影与戏剧有着无比紧密的关系,而这种紧密关系的前提恰恰在于表现主义戏剧本就是先于电影的表现主义运动总体艺术作品创作观的投射物。1917年到1920年间,莱茵哈特几乎把所有重要的表现主义戏剧都搬上了舞台,佐尔格的《乞丐》(Der Bettler)是改编的开端,莱茵哈特导演的主要关注点在于光影效果,舞台处于黑暗之中,灯光只照向个别人物,这在当时的戏剧界是一个创举。类似的光影处理手法也在随后出现在了很多表现主义电影中,例如弗里茨·朗的《三生记》。

除莱茵哈特外,说起表现主义电影便不能不提及戏剧和电影导演卡尔·海因茨·马丁(Karl Heinz Martin)和F. W. 茂瑙。前者于1919年和鲁道夫·莱昂哈德(Rudolf Leonhard)共同创建了先锋剧院"戏台"(Die Tribüne),首演便是恩斯特·托勒尔(Ernst Toller)的《转变》(Die Wandlung),并被当时的德国评论界认定为"德国舞台上最与众不同和让人回味无穷的表现主义风格导演作品"②。1920年卡尔·海因茨·马丁以编剧和导演双重身份执导了凯泽的《从清晨到午夜》,电影本身具有非常典型的表现主义情景剧(Stationenstück)特征,其布景较之《卡里加利博士的密室》更加倾向于图像化,近似于速写,电影的另一位编剧鲁道夫·库尔茨对此描绘道:"布景全由线状图案组成,平面线条辅以明暗关系造成了视觉上的动态效果。摄影师霍夫曼从画家的角度构图:目之所及是一片或深或浅或明或暗的灰色"③。最终的效果是演员成为布景的造型元素之一,与布景融为一体。茂瑙执导的世界上首部吸血鬼题材电影《诺斯费拉图:恐怖交响曲》于1922年上映,其表现主义风格的内景与自然主义风格的外景冲撞出强烈的冲突感,地平线上漆黑的远山、阴森的丛林、空中锯齿状的层云不再单纯是自然的风景,而是"盘旋着的超自然的庞大阴影"④。尽管茂瑙本人对《诺斯费拉图》风格的定义在表现主义

---

① Max Krell,(Hg.),*Das deutsche Theater der Gegenwart*(《德语当代戏剧》),München und Leipzig: Rosl & Cie.,1923,S. 218.

② Jerzy Toeplitz. *Geschichte des Films 1895—1928*,S. 224.

③ Ibid.

④ Lotte H. Eisner,*The Haunted Screen: Expressionism in the German Cinema and the Influence of Max Reinhardt*(《着魔的银幕:德语电影里的表现主义与马克思·莱因哈特的影响》),Berkeley: University of California Press,1973,p. 99.

和哥特风之间摇摆不定,但电影的每一场布景无疑都充斥着强烈的表现主义色彩,这一特质源于柏林表现主义建筑师汉斯·珀尔齐希(Hans Poelzig),他承担了电影的主要布景工作,珀尔齐希强调外景不应只是被动地充当衬托物或装饰物,而应主动出场并与周遭的事物沟通①。

魏玛时期的表现主义电影直接推动了随后以瓦尔特·鲁特曼(Walther Ruttmann)和汉斯·里希特(Hans Richter)等导演为核心的绝对电影运动(Absolute Film)。正如评论家瓦尔特·休伯特所指出的,德国先锋电影的发展打开了鲁特曼和里希特的眼睛,让他们认识到了一个事实,即"不单通过动画图像能制作抽象且非叙事性的电影,借助真实的摄影技术与剪辑纪录片的连续镜头也同样可行"②。受到表现主义绘画抽象化影响的表现主义电影启发了一批实验电影,如《柏林:大城市交响曲》《节奏 21 号》《节奏 23 号》《节奏 25 号》等,素材本身的"物性"(Materialität)也逐渐取得了更大的分量。

另外,除了上述元素,我们不能忽略音乐对表现主义电影的贡献。如果一定要列出表现主义电影作为总体艺术作品较之表现主义戏剧的不足之处,那么首当其冲一定是默片无声的缺憾。尽管受限于当时电影媒介的技术条件,20 世纪初的电影制作者还是给出了行之有效的解决方法,表现主义电影在电影院上映时往往规模大者有完整的管弦乐团、规模小者则有一位钢琴师进行同步伴奏,音乐家常常根据电影画面或剧情即兴而为。2017 年上海电影博物馆和奥地利总领事馆合作,举办了名为"灵魂打印机:欧洲表现主义大师展"的展映活动,涉及多部奥地利电影资料馆修复的表现主义电影经典之作,其中开幕电影《奥拉克之手》放映时邀请了奥地利默片钢琴伴奏的代表人物格哈德·格鲁伯(Gerhard Gruber)进行现场即兴伴奏,几乎完美复原了 20 世纪初表现主义电影放映时的场景。表现主义音乐的代表人物阿诺尔德·勋伯格(Arnold Schönberg)曾极为详细地谈到他希望以自己的四幕舞台剧《幸运之手》(*Die Glückliche Hand*)为蓝本,以电影为媒介创作一部表现主义的舞台总体艺术作品,但

---

① Claudia Dillmann,"Die Wirkung der Architektur ist eine magische. Hans Poelzig und der Film"(《建筑的神奇效果:汉斯·波尔策希与电影》),In Hans Poelzig: *Bauten für den Film. Exhibition catalogue* (Kine-matograph 12),Frankfurt am Main:Deutsches Filmmuseum,1997, S. 33.

② Walter Schobert,*The German Avant-Garde Film of the* 1920s(《20 世纪 20 年代的德语先锋电影》),Munich:Goethe-Institute,1989,S. 14.

第七章 文类诗学——表现主义的文体论

这一设想直到第一次世界大战结束后才得以实现。他在谈及拍摄《幸运之手》的要求时说:"我最重要的愿望是……呈现电影所追求的真实的反面。我要:最大程度的非现实!整部电影不应显得像一场梦,而是如同一段和弦。如同音乐。……一位画家(备选人员科柯施卡、康定斯基或罗勒尔)勾画主场景。……如果场景配不上音乐的节奏,那也要录制下来,随后胶片应根据我的文本由画家上色。但我认为对于那些需要凭借颜色获得浓重效果的电影片段来说,单纯的着色还不够。除了色块还必须用灯光加以配合。"① 勋伯格对《幸运之手》交织言语、音乐、图画、颜色和灯光等元素的拍摄要求足以代表表现主义者一以贯之地对"表现而非再现"的执着以及对综合的追求。

表现主义为电影艺术增添了崭新的创造性元素,大大提升了造型结构的地位,展示了电影同时利用布景、灯光和摄影机移动拍摄的可能性;与此同时电影画面成为建立在诸多艺术领域元素之上的综合体,演员的表演也需要和布景的建筑因素相协调适应,因此我们能够说表现主义电影具有跨越艺术门类的标志性和重要性。法国电影理论家莱昂·摩西纳克(Léon Moussinac)在他早期的论著中便已指出,德国电影模范性地向后人呈现了极具表现力的视觉效果。② 与此同时,表现主义还赋予了电影以曾经为文学文本所独有的情感效果,因此表现主义电影也完全可以作为时下新兴情感研究的重要样本。因此在这个层面上我们可以说表现主义电影是表现主义运动圈内各艺术跨界合作的成果,从技术成熟度和融合完整度的角度而言,它甚至远远超越了表现主义戏剧,成为20世纪初完成度最高的总体艺术作品成果。

---

① Ralf Beil,"'Ein anderes "Kunstwerk" gibt es für mich nicht' Utopie und Praxis des Gesamtkunstwerks Expressionismus", In *Gesamtkunstwerk Expressionismus:Kunst,Film,Literatur,Theater,Tanz und Architektur 1905—1925*,S. 28.

② Léon Moussinac,*Naissance du cinema*(《电影的诞生》),Paris:J. Povolozky et Cie Editeurs,1925,S. 128.

结语

　　无可否认,作为艺术思潮和文学流派的表现主义,它的产生有其独特的历史背景和时代语境,应对的也是特定空间的社会现实和文化问题,就这一点而言,表现主义是"有限的",同其他艺术运动一样,它只是漫长的文学史或艺术史中的一个短暂篇章。20世纪初,表现主义本身的革命意志以及它在当时的历史语境下所扮演的革命性角色深刻影响了人文学科和各个艺术门类的发展,鲁道夫·莱昂哈德在1947年谈到自己表现主义时期的创作时,坦言道:"谁要是今天还用表现主义风格写作,那他就是彻头彻尾的傻瓜;但谁要是当时不这么做,那么便是那个时代不曾在他身上烙下透彻而深刻的印记。"[①]这番话充分彰显了表现主义运动在那个时代的影响力和历史地位,但也承认了它的历史局限性。然而,令这些表现主义作家没有想到的是,他们所倡导的艺术观念和他们所践行的艺术原则与技法却并没有随着这个运动的式微而消亡,相反,它们却不断在新的历史语境下焕发出强大的生命力和辐射力。弗内斯说:"如果没有表现主义的存在,三种取代了它的主要倾向——达达主义,新现实主义(Neue Sachlichkeit)和超现实主义简直是不可能出现的。"[②]这个发言,一方面当然是在说作为文艺运动的表现主义如何对其后的艺术思潮产生影响,并发生扩散,另一方面更是表明作为艺术观念的表现主义如何在不同的思

[①] Maximilian Scheer (Hg.), *Rudolf Leonhard erzählt*, Berlin: Aufbau-Verlag, 1955, S. 13.

[②] 弗内斯:《表现主义》,第112页。

潮之中显影、体现的问题。就此而言，表现主义之所以能够成为一种诗学，不是因为它形成了关于一段特定历史的艺术思考，而是因为它能够提炼、抽象出为不同时代所参照和需要的精神要素和艺术理念，从而为打破西方艺术以模仿现实为要旨的诗学陈规，突破传统美学的桎梏开辟了道路，为20世纪各种反传统的先锋艺术实验提供了理论基础和实践范本。时至今日，表现主义并没有随着时光流逝而寿终正寝，或进入历史的博物馆，它所开创的审美风格和艺术范式仍然是当代艺术或隐或显、不可抽离的背景。

首先，它推动人类重新认识自身，发现自我，正视自己的生存困境。以电影为例，1927年弗里茨·朗的《大都会》(*Metropolis*)对大都市生活的畅想和批判仍然能在当今的科幻题材创作中觅得踪迹，不论是所谓的赛博朋克还是对人之异化为机器的恐惧都能回溯到《大都会》，并发现其难以被磨灭被超越的跨时代性。这是因为它所关怀和探讨的议题直到眼下仍然具有一种普遍性，它仍在催生和促动现在的文学写作和艺术思考。这些议题包括了人的本质、归宿、身份、价值的探讨，也牵连工业化和全球化甚至宇宙化进程中所形成的新的人际关系、国家关系，以及这种新型关系对人所产生的巨大影响。卡梅隆的史诗巨制《阿凡达》或许可以看做是这些议题最集中的表现之一。机械、文明、战争、生命、灵魂、爱情被如此繁复地交织在一起，而其中最大的意象"阿凡达"作为人类思维和观念的寄体，或多或少让我们联想到表现主义者所谓的"主观投射"和"观念外化"。在更高的层面上，它也是一种类型，一个具有良知、正义的新人和英雄。

表现主义作品所表现出来的对人和事物本质的强烈诉求，以及浓烈的社会参与意识，都使得它可以常读常新，也能够持续地激发起后来者的响应和借鉴。在这个层面上，表现主义是"无限的"。或者更准确地说，作为艺术观念和诗学思考的表现主义直到今天还具有强大的生命力。

其次，表现主义诗学建构了全新的审美范式与话语风格，促使我们用新的眼光去观察现实，用新的话语去描绘世界。诗人贝恩在《表现主义十年抒情诗选》的再版序言中曾经用形象的语言描绘过这一场艺术形式的革命性变革。他写道：

> 现在完了，起义开始了。一场气势磅礴的，蕴含着亢奋、憎恨、新的对人类的渴念的，打烂语言以砸碎世界的起义。现在出现了另一

种人物形象和另一种创作家,他们不同于作为感情深沉的诗人推荐给德国读者的那些田园梦想家和吟风弄月者。——他们将其生命注入煤气蒸馏器,而为了使其发光,他们斜握着那蒸馏器。他们进行冷凝、过滤、实验,以便用这个富有表现力的方法提高他们自己,提高他们的精神,提高他们在那十年中被解体的、充满痛苦的、被扰乱了的存在,使其达到那种形式的境界。在这种境界里,艺术家,唯独艺术家越过沉沦的都市,沦丧的帝国,赋予他的时代和他的人民以人类的不朽的精神。[①]

表现主义艺术语言所呈现的反审美、反话语的特征,看似旗帜鲜明的反叛,其实并不是一味地推翻、打倒一切现存的艺术规范,而是用一套自成体系的艺术手段,例如变形、怪诞、抽象、蒙太奇等营造出一种出人意表、令人震惊的艺术效果。大量现代艺术中的恶搞、无厘头,其实也与此近似。凌乱的外表之下,依然具备一套非常严密的思考逻辑。把混乱变成象征和寓言,才是表现主义者所说的反叛的实质,而不是一般意义上的杂乱无章。表现主义的目标在于揭示安之若素、习以为常的静态生活和历史背后有它流动的、不为人知的一面。而且正是这隐蔽的一面,能重新激起我们对生活本身的关注,而不仅仅是去生活。表现主义者用陌生化的手段、寓言的思维,将这种被遮蔽的现实揭示出来,打破了惯常认识中那种要让艺术来满足人的审美体验的定式。也因此,它的冲击力要远远胜过一般的写实艺术、唯美的艺术,从而获得一种更为持久的活力,以及它所承诺的那种令人警醒的能量。

同样的信念也塑造着 20 世纪 50 年代之后的先锋派作家们,其中荒诞剧作者的信念是:只有依靠一种新的反戏剧才能把我们从目前合乎传统的态度和道德上的麻木不仁的状态中唤醒。尤内斯库说:要使我们摆脱日常生活、习惯以及思想懒惰——这种思想懒惰使我们对现实中千奇百怪的现象视而不见——我们就必须受到像当头一棒那样的痛击。他主张"现实本身、观众的意识、观众所习惯的思维工具即语言均必须打倒、打乱、里外翻个个,从而使观众突然直视一种新的现实观念"。这被批评家们解读为"实际上是在宣扬一种远更激进、远更带根本性的间离效果"[②]。秉承着相似观念的黑色幽默作家则将这种反戏剧化的形式游戏运用到先

---

① 贝恩:《〈表现主义十年抒情诗选〉序》,载《现代主义文学研究》上册,第 459 页。
② 马丁·艾斯林:《荒诞派戏剧》,刘国彬译,北京:中国戏剧出版社,1992,第 129 页。

锋小说的实验中,他们以漫画式的夸张、变形加反讽的手法塑造了一批反英雄的主人公,以寓言的方式传达出批判性的主题。诸如此类,在 20 世纪中后期出现的一些后现代文本,如博尔赫斯、卡尔维诺、托马斯·品钦、冯内古特等作家的小说,也都充斥着扭曲的形象、碎片化的叙事和寓言情境,更遑论美术领域相继出现的"抽象表现主义""新表现主义"等以表现主义命名的新运动、新成果了。所有这些反传统的艺术语言无不传达出表现主义文学风格的强大辐射力和表现主义诗学思考的艺术涵盖力。

最后,表现主义诗学为文学风格和艺术方法的划分确立了一个新的界标,为我们解读和阐发文学作品提供了新的向度。

近代以来,我们阐发和评论文学艺术作品往往离不开现实主义、浪漫主义这样的艺术标尺,然而,20 世纪以来的各种新兴思潮和流派的创作,使这些古典时代的标尺完全失去了阐释力。特别是在后学兴盛的今天,各种艺术派别琳琅满目,且都极具解构的冲动,更是导致包括表现主义在内的各种历史思潮成了明日黄花,或者需要被反叛的对象。表现主义诗学的确立正可以为读者理解这些作品提供新的风格坐标,使我们解读现代主义以来的实验作品有了更丰富的理论工具。不仅如此,它也为我们解读传统的文艺作品提供了更多的可能性。表现主义批评家们一向强调表现主义风格的普适意义,认为自原始艺术产生以来,从古希腊、中世纪到巴洛克,每个时代都有表现主义的创作。他们从历史上非现实主义的作品中去寻觅表现主义的踪迹,他们不仅为斯威夫特、拉伯雷等非主流作家贴上表现主义的标签,还在歌德、席勒、荷尔德林、惠特曼、兰波、尼采等作家的作品中挖掘出表现主义的精神与技巧,乃至"纯粹表现主义的成分"。至于现代主义作家诸如乔伊斯、普鲁斯特、庞德、艾略特、里尔克、阿波利奈尔、马雅可夫斯基,乃至超现实主义者和年轻的美国作家就更被他们视为"在世界范围内存在着的这样的一个意识明确的共同体"[①],他们的作品就更成为表现主义者阐发其理论的范本了。

总而言之,表现主义这个艺术风格新坐标的建立,使我们能够改变批评界长期以来简单粗暴地将一切非写实的作品一概冠之以浪漫主义的谬误,建立起多元的艺术评价标准,从而为我们更充分地去辨析和理解古往今来文艺创作的丰富性与复杂性,重新认识历史上的那些风格独特的作家作品,提供又一种有效的工具。同时也为我们探寻 20 世纪以来各种先

---

① 品图斯:《四十年后》,《人类的曙光》,第 6 页。

锋派艺术实验的理论基础和内在逻辑,找到这些流派和作品之间复杂的美学渊源和沿革关系提供富有启示性的线索。

诚然,我们对表现主义诗学的梳理和提炼还只是初步的、探索性的。毕竟表现主义思潮涉猎的流派纷呈、理念错杂,作家、艺术家们的思想观念、创作原则、艺术语言也各具风采、个性分明,并没有达成完全一致的纲领和准则,也没有形成统一的风格。再者表现主义批评家和艺术家们对于艺术的思考和感悟大多是有感而发,只言片语,点到即止,并没有建构起严整的理论体系。他们对于艺术技巧的运用也往往是在实践中探索,并非都有系统的总结和完整的表述,有时我们只能通过他们作品的呈现来加以归纳,这就难免有不周密之处。更兼表现主义文艺所具有的跨界特征——绘画、诗歌、戏剧、小说、电影,乃至音乐、舞蹈,异彩纷呈,各有其不同的表现手段和艺术感受方式,即便有共同的美学立场和相似的艺术追求,在实现的路径和形式上还是会各行其是。例如充满激情的呐喊剧和只能用无声的动作和镜头语言来表现的电影之间就很难达成共识。在这样千差万别的艺术样态中提取一些共同的法则和规律,并得到批评界的认可和创作者的响应,应当还有漫长的路要走。

最后,笔者想用品图斯的一段话为本书作结。他写道:

> 事实在于:表现主义还存在着,并且不只是作为一个被深入研究和探讨的文学流派,或者是由于其创作了大量广为认可的经典诗篇,它的存在更体现在,它已经超越历史,它的发展已经超过了人们的想象。即便表达那个时代诉求的控告、呐喊,喇叭的喧嚣和军号的轰鸣都已渐渐平息,并且对今天的青年人已经不起作用——然而,恰恰是那些曾经被激烈批判和嘲笑的因素:碎裂的语言、扭曲或残缺、毫无逻辑和因果关系的联想梦幻般杂乱无章的排列,这些在当时表达战斗精神的工具,正逐渐成为真实的形式,成为没有被人意识到或者理所当然的遗产,成为后代的共有财富。①

---

① 品图斯:《四十年后》,《人类的曙光》,第10页。

参考文献

一、外文论著

Anderson, Lisa Marie, *German Expressionist Drama and the Messianism of a Generation*, New York: Rodopi, 2011.

Anz, Thomas, *Literatur des Expressionismus*, Stuttgart: Metzler, 2002.

Anz, Thomas u. Michael Stark (Hg.), *Expressionismus: Manifeste und Dokumente zur deutschen Literatur 1910—1920*, Stuttgart: Metzler, 1982.

Arslan, Ahmet, *Das Exil vor dem Exil. Leben und Wirken deutscher Schriftsteller in der Schweiz während des Ersten Weltkrieges*, Marburg: Tectum Verlag, 2004.

Bassie, Ashley, *Expressionism*, New York: Parkstone Press International, 2012.

Bahr, Hermann, *Expressionismus*, München: Delphin Verlag, 1920.

Barron, Stephanie, *German expressionism 1915—1925: the second generation*, Los Ageles: Los Angeles County Museum of Art, 1988.

Barron, Stephanieand & Wolf-Dieter Dube, *German expressionism: art and society*, London: Thames & Hudson, 1997.

Becker, Sabina (Hg.), *Döblin Handbuch: Leben-Werk-Wirkung*. Stuttgart: Metzler, 2016.

Beil, Ralf u. Claudia Dillmann, *Gesamtkunstwerk Expressionismus: Kunst, Film, Literatur, Theater, Tanz und Architektur 1905—1925*, Frankfurt a. M.: Hatje Cantz, 2011.

Benson, Renate, *German expressionist drama: Ernst Toller and Georg Kaiser*, Grove Press, 1984.

Behr, Shulamith, David Fanning & Douglas Jarman, *Expressionism reassessed*, Manchester: Manchester University Press, 1993.

Best, F. Otto, *Expressionismus und Dadaismus*, Stuttgart: Philipp Reclam, 1974.

Bergner, Klaus-Dieter, *Natur und Technik in der Literatur des frühen Expressionismus*, Frankfurt a/M.: Peter Lang, 1998.

Berg, van den Hubert u. Walter Fähnders (Hg.): *Metzler Lexikon Avantgarde*, Stuttgart: Metzler, 2009.

Bradbury, M. & J. McFarlane, *Modernism*, London: Penguin Books, 1985.

Brecht, Bertolt, *Gesammelte Werke*, Berlin: Suhrkamp, 1967.

Burdorf, Dieter/ Christoph Fasbender u. Burkhard Moennighoff (Hg.), *Metzler Lexikon Literatur*, Stuttgart/Weimar: Metzler, 2007.

Bürger, Peter, *Theorie der Avantgarde*, Berlin: Suhrkamp, 1974.

Caws, Ann Mary (Ed.), *Manifesto: a century of isms*, Lincoln: University of Nebraska Press, 2001.

Choi, Jin Young, *Die Expressionismus Debatte und die Studien: eine Untersuchung zu Brechts Sonettdichtung*, Frankfurt a/M: Lang, 1998.

Clair, René, *Réflexion faite*, Paris: Gallimard, 1951.

Collingwood, George Robin, *Speculum Mentis or the Map of Knowledge*, London: Oxford at the Clarendon Press, 1924.

Collingwood, George Robin, *The Principles of Art*, Oxford: Oxford University Press, 1938.

Deleuze, Gilles, *Das Bewegungs-Bild. Kino 1*, übers. v. Ulrich Christians und Ulrike Bokelmann, Frankfurt a/M.: Suhrkamp, 1989.

Deleuze, Gilles, *Expressionism in Philosophy*, New Yark: Zone Books, 1990.

Dierick, P. Augustinus, *German expressionist prose: theory and practice*, Toronto: University of Toronto Press, 1987.

Dijkstra, Bram, *American expressionism: art and social change 1920—1950*, Harry N. Abrams, 2003.

Donahue, H. Neil, *Forms of disruption: abstraction in modern German prose*, Ann Arbor: University of Michigan Press, 1993.

Donahue, H. Neil (Ed.), *A Companion to the Literature of German Expressionism*, Rochester: Camden house, 2005.

Donkel, Lee Douglas, *The theory of difference: readings in contemporary continental thought*, Albany: SUNY Press, 2001.

Eisner, H Lotte, *The Haunted Screen: Expressionism in the German Cinema and the Influence of Max Reinhardt*, Trans. Roger Greaves, London: Thames and Hudson, 1969.

Eisner, Lotte, *Die Dämonische Leinwand*, Frankfurt a. /M. : Fischer, 1990.

Elger, Dietmar, *Expressionismus. Eine deutsche Kunstrevolution*, Köln: Taschen, 1998.

Elger, Dietmar, *Expressionism: A Revolution in German Art*, Köln: Taschen, 2007.

Elsaesser, Thomas, *Das Weimarer Kino-aufgeklärt und doppelbödig*, Berlin: Verlag Vorwerk 8, 1999.

Ester, Hans, *Zur Wirkung Nietzsches: Der Deutsche Expressionismus: Menno Ter Braak, Martin Heidegger, Ernst Junger, Thomas Mann, Oswald Spengler*, Würzburg: Königshausen & Neumann, 2001.

Fahnders, Walter, *Avantgarde und Moderne: 1890—1933*, Stuttgart: Metzler, 1998.

Fleischman, Bernard Wolfgang, *Encyclopedia of World Literature in the 20th Century*, New York: Frederick Ungar Publishing CO. , 1976.

Friedmann, Hermann u. Otto Mann (Hg), *Expressionismus: Gestalten Einer Literarischen Bewegung*, Heidelberg: Rothe, 1956.

Frevert, Ute (Hg.), *Das Neue Jahrhundert. Europäische Zeitdiagnosen und Zukunftsentwürfe um* 1900. Göttingen: Vandenhoeck & Ruprecht, 2000.

Gerhardus, Maly and Dietfrie Gerhardus, *Expressionism: from artistic commitment to the beginning of a new era*, Oxford: Phaidon, 1979.

Gordon, E. Donald, *Expressionist Art and Idea*, Nenhaven and London: Yale University Press, 1987.

Howie, Gillian, *Deleuze and Spinoza: aura of expressionism*, London: Palgrave MacMillan, 2002.

Hiß, Guido, *Synthetische Visionen. Theater als Gesamtkunstwerk von 1800 bis 2000*, Mümchen: epodium, 2005.

Huebner, Friedrich Markus, *Europas neue Kunst und Dichtung*, Berlin: E. Rowohlt, 1920.

Ihering, Herbert, *Von Reinhardt bis Brecht. Vier Jahrzehnte Theater und Film*, Band I, *1909—1923*, Berlin: Aufbau-Verlag, 1961.

Jahn, Johannes u. Stefanie Lieb, *Wörterbuch der Kunst*, Stuttgart: Alfred Kröner, 2008.

Jasper, David, *The sacred desert: religion, literature, art and culture*, Hoboken: Wiley, 2004.

Jian, Ming, *Expressionistische Nachdichtungen chinesischer Lyrik*, Frankfurt/M.: Peter Lang, 1990.

Jones, Edmond Robert, *The Dramatic Imagination: Reflections and Speculations on the Art of the Theatre*, New York and London: Routledge, 2004.

Jörg Schweinitz (Hg.), *Prolog vor dem Film. Nachdenken über ein neues Medium 1909—1914*. Leipzig: Reclam-Verlag, 1992.

Kaisers, Georg, *Von Morgen bis Mitternachts*, Potsdam: G. Kiepenhauer, 1920.

Kaisers, Georg, *Gas. Schauspiel in fünf Akten*, Potsdam: Gustav Kiepenheuer Verlag, 1922.

Kallir, Jane, *Austria's expressionism*, New York: Galerie St. Etienne/Rizzoli, 1981.

Kandinsky, Wassily, *Über das Geistige in der Kunst*, Bern: Benteil, 1952.

Karl Jaspers, *Strindberg und van Gogh: Versuch einer vergleichenden pathographischen Analyse*, München: Piper. 2013.

Kayser, Wolfgang, *The Grotesque in Art and Literature*, Bloomington: Indiana University Press.

Kemper, Hans-Georg, *Vom Expressionismus zum Dadaismus*, Kronberg Taunus: Scriptor, 1974.

Kleinschmidt, Christoph, *Intermaterialität. Zum Verhältnis von Schrift, Bild, Film und Bühne im Expressionismus*, Bielefeld: transcript Verlag, 2012.

Krause, Frank, *Der Literarische Expressionismus*, Paderborn: Fink, 2008.

Krell, Max(Hg.), *Das deutsche Theater der Gegenwart*, München und Leipzig: Rosl & Cie, 1923.

Knevels, Wilhelm, *Expressionismus und Religion*, Tübingen: Mohr, 1927.

Knapp, P. Gerhard, *Die Literatur des deutschen Expressionismus*, München: C. H. Beck, 1979.

Kreuels, Albert, *Prophétie und Vision in der lyrik des deutschen Expressionismus*, Freiburg/Schweiz: Kanisiusdr, 1955.

Kuhns, F. David, *German Expressionist Theatre: The Actor and The Stage*, Cambridge: Cambridge University Press, 1997.

Lasko, Peter, *The expressionist roots of modernism*, Manchester: Manchester University Press, 2003.

Leonard, Carl, *Strindberg's dramatic expressionism*, Ann Arbor: University of Michigan, 1930.

Lloyd, Jill, *German expressionism: primitivism and modernity*, New haven and London: Yale University Press, 1991.

Loschek, Ingrid, *Mode im 20. Jahrhundert: Eine Kulturgeschichte unserer Zeit*, München: Bruckmann, 1995.

Lucie-Smith, Edward, *Art today: from abstract expressionism to superrealism*, Oxford: Oxford University Press, 1983.

MacGregor, John, *The Discovery of the Art of the Insane*, Oxford: Princeton University Press, 1989.

Martini, Fritz, *Was war Expressionismus*, Urach: Port, 1948.

Metzger, Rainer & Christian Brandstatter, *Berlin the Twenties*, New

York: Abrams, 2007.

Mittelmann, Hanni (Hg.), *Albert Ehrenstein Werke*, München: Klaus Boer Verlag, 1989-2004.

Mönch, Walter, *WEIMAR. Gesellschaft-Politik-Kultur in der Ersten Deutschen Republik*, Frankfurt/M. : Peter Lang, 1988.

Moussinac, Léon, *La naissance du cinéma*, Paris: J. Povolozky et Cie Editeurs, 1925.

Murphy, Richard, *Theorizing the avant-garde: modernism expressionism and the problem of postmodernity*, Cambridge: Cambridge Univ. Press, 1999.

Nelson, S. Raymond, *Hemingway, expressionist artist*, Ames: Iowa State University Pr. , 1979.

Newton, P. Robert, *Form in The Menschheitsdämmerung: A Study of Prosodie Elements and Style in German Expressionist Poetry*, Hague: Mouton & Co. N. V. , 1971.

Osborne, Harold, *The Oxford Companion to Art*, Oxford: Oxford Univ. Pr. , 1983.

Osterhammel, Jürgen, *Die Verwandlung der Welt: Eine Geschichte des 19. Jahrhunderts*, München: C. H. Beck, 2011.

Osterhammel, Jürgen, *Die Entzauberung Asiens: Europa und die asiatischen Reiche im 18. Jahrhundert*, München: C. H. Beck, 2013.

Osterhammel, Jürgen, Conrad, Sebastian, *1750—1870 Wege zur modernen Welt*. München: C. H. Beck, 2016.

Pan, David, *Primitive renaissance: rethinking German expressionism*, Lincoln: University of Nebraska Press, 2001.

Pehnt, Wolfgang, *Die Architektur des Expressionismus*, Stuttgart: Gerd Hatje, 1973.

Priester, Mary (ed.), *Inner Visions: German Prints from the Age of Expressionism*, Portland: Portland Art Museum, 1991.

Pinthus, Kurt (Hg.), *Die Menschheitsdämmerung*, Leipzig: Rowohlt, 1972.

Pinthus, Kurt (Hg.), *Menschheitsdämmerung. Symphonie Jüngster Dichtung*, Hamburg: Ernst Rowohlt Verlag, 2019.

Raabe, Paul (Hg.), *Expressionismus. Der Kampf um eine literarische Bewegung*, Zürich: Arche Verlag, 1987.

Raabe, Paul, *The era of German expressionism*, New York: Overlook Press, 1974.

Raabe, Paul (Hg.), *Die Autoren und Bücher des literarischen Expressionismus* (zweite, verbesserte und um Ergänzungen und Nachträge 1985—1900 erweiterte Auflage), Stuttgart: Metzler, 1992.

Rasch, Wolfdietrich (Hg.), *Bildende Kunst und Literatur*, Vittorio Klostermann, 1970.

Richard, Lionel. *The Concise Encyclopedia of Expressionism*, New Jersey: Chartwell Books, INC., 1978.

Saxer, Marion u. Julia Cloot (Hg.), *Expressionismus in den Künsten*, Hildesheim: Georg Olms, 2012.

Scheunemann, Dietrich, *Expressionist Film: New Perspectives*, Rochester: Camden Hause, 2003.

Schreyer, Lothar, *Die neue Kunst*, Berlin: Verlag Der Sturm, 1919.

Schobert, Walter, *The German Avant-Garde Film of the 1920s*, Munich: Goethe-Institute, 1989.

Sheppard, Richard (ed.), *Expressionism in Focus*, Dundee: Lochee Publications Ltd, 1987.

Sokel, Walter Herbert, *The writer in extremis: expressionism in twentieth-century German literature*, Stanford: Stanford University Press, 1959.

Sprengel, Peter, *Geschichte der deutschsprachigen Literatur 1900—1918. Von der Jahrhundertwende bis zum Ende des Ersten Weltkriegs*, München: C. H. Beck, 2004.

Steffen, Hans, *Der deutsche Expressionismus. Formen und Gestalten*, Göttingen: Vandenhoeck & Ruprecht, 1970.

Thurin, Ingvar Erik, *Whitman between impressionism and expressionism: language of the body, language of the soul*, Lewisbure: Bucknell University Press, 1995.

Toeplitz, Jerzy, *Geschichte des Films 1895—1928*, München: Rogner & Bernhard, 1975.

Toller,Ernst,*Man and the Masses*,tr. Louis Untermryer,Garden City: Doublesay,1924.

Toller,Ernst,*Prosa ,Briefe ,Dramen ,Gedichte* ,Hamburg: Reinbek b. , 1961.

Turner,Shoaf Jane,*From expressionism to post modernism: styles and movements in 20th-century Western art*, New York: St. Martin's Press,2000.

Ulrich Weisstein (ed.), *Expressionism as An International Literary Phenomenon*,Amsterdam: John Benjamins Publishing Co. ,1973.

Vietta,Silvio u. Hans-Georg Kemper,*Expressionismus* , München: Wilhelm Fink Verlag,1975.

Vietta,Silvio,*Ästhetik der Moderne*,München: Fink,2001.

Walker, A. Julia,*Expressionism and modernism in the American theatre: bodies ,voices ,words* ,Cambridge: Cambridge University Press, 2005.

Wang,Pearl Ai-Chu,*Truth and reality in Western serious drama*,Thesis (Ph. D.)-Brigham Young University,1991.

Weisstein,Ulrich,*Expressionism as an International Literary*,Paris Didier and Budapest: Akademiaikiado,1973.

Werenskiold,Marit, *The concept of expressionism: origin and metamorphoses*,New York: Columbia University Press,1984.

Werkner,Patrick,*Austrian expressionism: the formative years*, Palo Alto,Calif. : Society for the Promotion of Science and Scholarship, 1993.

Winkler,Heinrich August u. Alexander Cammann (Hg.),*Weimar. Ein Lesebuch zur deutschen Geschichte 1918—1933*, München: C. H. Beck,1997.

Winkler, Kurt, *Museum und Avantgarde: Ludwig Justis Zeitschrift "Museum der Gegenwart" und die Musealisierung des Expressionismus* ,Opladen: Leske+Budrich,2002.

Wolfgang, Rothe (Hg.), *Expressionismus als Literatur*, Bern & München: Francke,1969.

二、汉语译著

[美]阿诺德·欣奇利夫:《荒诞说——从存在主义到荒诞派》,刘国彬译,北京:中国戏剧出版社,1992。

[奥]阿诺德·勋伯格:《勋伯格:风格与创意》,茅于润译,上海:上海音乐出版社,2011。

[英]埃德加·卡里特:《走向表现主义的美学》,苏晓离等译,上海:光明日报出版社,1990。

[美]埃德蒙·威尔逊:《阿克瑟尔的城堡——1870至1930年的想象文学》,南京:江苏教育出版社,2006。

[德]彼得·比格尔:《先锋派理论》,高建平译,北京:商务印书馆,2002。

[美]彼得·盖伊:《现代主义——从波德莱尔到贝克特》,骆守怡等译,南京:译林出版社,2017。

[德]彼得·斯丛狄:《现代戏剧理论》,王建译,北京:北京大学出版社,2006。

[德]贝托尔特·布莱希特:《布莱希特戏剧选》(上、下),高士彦编,北京:人民文学出版社,1980。

[德]贝托尔特·布莱希特:《布莱希特论戏剧》,丁扬忠、张黎等译,北京:中国戏剧出版社,1990。

[加]查尔斯·泰勒:《自我的根源:现代认同的形成》,韩震等译,南京:译林出版社,2001。

[日]厨川白村:《苦闷的象征》,鲁迅译,北京:商务印书馆,1925。

[美]菲利普·汤姆森:《论怪诞》,孙乃修译,北京:昆仑出版社,1992。

[美]弗莱德里克·R·卡尔:《现代与现代主义》,陈永国、傅景川译,北京:中国人民大学出版社,2004。

[英]弗兰西斯·弗兰契娜、查尔斯·哈里森编:《现代艺术和现代主义》张坚等译,上海:上海人民美术出版社,1988。

[美]弗雷德里克·杰姆逊:《后现代主义与文化理论》,唐小兵译,西安:陕西师范大学出版社,1987。

[美]弗雷德里克·詹姆逊:《布莱希特与方法》,陈永国译,西安:中国社会科学出版社,1998.

[美]弗雷德里克·詹明信:《晚期资本主义的文化逻辑》,张旭东选编,北

京：生活·读书·新知三联书店，2003。

［德］戈特弗里德·贝恩：《贝恩诗选》，贺骥译，重庆：重庆大学出版社，2012。

［奥］格奥尔格·特拉克尔：《特拉克尔全集》，林克译，重庆：重庆大学出版社，2014。

［德］汉娜·阿伦特编：《启迪：本雅明文选》，张旭东等译，北京：生活·读书·新知三联书店，2008。

［美］H·H·阿纳森：《西方现代艺术史》，邹德侬等译，天津：天津人民美术出版社，1994。

［英］哈罗德·奥斯本：《20世纪艺术中的抽象和技巧》，阎嘉、黄欢译，成都：四川美术出版社，1988。

［奥］赫尔曼·巴尔《表现主义》，徐菲译，北京：生活·读书·新知三联书店，1989。

［英］郝伯特·里德：《现代绘画简史》，刘萍君译，上海：上海人民美术出版社，1979。

［德］黑格尔：《美学》，朱光潜译，北京：商务印书馆，1979。

黄晋凯等主编：《象征主义·意象派》，北京：中国人民大学出版社，1989。

［英］J.L.斯泰恩：《现代戏剧的理论与实践一、二、三》，周诚、郭健、象禺等译，北京：中国戏剧出版社，1986—1989。

［奥］卡夫卡：《卡夫卡全集》，叶廷芳等译，中央编译出版社，2015。

［意］克罗齐：《美学原理 美学纲要》，朱光潜译，北京：外国文学出版社，1983。

［意］克罗齐：《美学或艺术和语言哲学》，黄文捷译，北京：中国社会科学出版社，1984。

［意］贝尼季托·克罗齐：《作为表现的科学和一般语言学的美学的历史》，王天清译，北京：中国社会科学出版社，1984。

［德］库尔特·品图斯编：《人类的曙光》，姜爱红译，北京：人民文学出版社，2012。

［英］拉曼·塞尔登编：《文学批评理论——从柏拉图到现在》，刘象愚等译，北京：北京大学出版社，2000。

［德］拉斯克·许勒：《拉斯克·许勒诗选》，谢芳译，重庆：重庆大学出版社，2012。

［加］雷内特·本森：《德国表现主义戏剧：托勒尔与凯泽》，汪义群译，北

京：中国戏剧出版社,2006。

[美]雷纳·威莱克:《克罗齐、瓦勒里、卢卡契、英伽登:西方四大批评家》,林骧华译,上海:复旦大学出版社,1983。

[美]雷纳·韦勒克、沃伦:《文学理论》,刘象愚译,北京:生活·读书·新知三联书店,1984。

[英]理查德·墨菲:《先锋派散论:现代主义、表现主义和后现代性问题》,朱进东译,南京:南京大学出版社,2007。

刘小枫主编:《德语诗学文选上、下》,上海:华东师范大学出版社,2006。

刘小枫主编:《德语美学文选上、下》,上海:华东师范大学出版社,2006。

柳鸣九主编:《未来主义、超现实主义、魔幻现实主义》,北京:中国社会科学出版社,1987。

[德]吕迪格尔·萨弗兰斯基:《荣耀与丑闻——反思德国浪漫主义》,卫茂平译,上海:上海人民出版社,2014。

[美]鲁道夫·阿恩海姆:《艺术与视知觉》,滕守尧译,北京:中国社会科学出版社,1984。

[英]罗宾·乔治·科林伍德:《艺术原理》,王至元、陈华中译,北京:中国社会科学出版社,1985。

[英]罗宾·乔治·科林伍德:《艺术哲学新论》,卢晓华译,北京:工人出版社,1988。

[美]罗伯特·戈德沃特:《现代艺术中的原始主义》,殷泓译,南京:江苏美术出版社,1993。

[美]M.A.R.哈比布:《文学批评史——从柏拉图到现在》,阎嘉译,南京:南京大学出版社,2017。

[美]M·H·艾布拉姆斯:《镜与灯——浪漫主义文论及批评传统》,北京:北京大学出版社,1989。

[英]马·布雷德伯里、詹·麦克法兰编:《现代主义》,胡家峦等译,上海:上海外语教育出版社,1992。

[美]马丁·艾斯林:《荒诞派戏剧》,刘国彬译,北京:中国戏剧出版社,1992。

[美]迈克尔·莱杰:《重构抽象表现主义——20世纪40年代的主体性与绘画》,毛秋月译,南京:江苏凤凰美术出版社,2014。

[德]曼弗雷德·韦克维尔特:《为布莱希特辩护》,焦仲平译,北京:中国戏剧出版社,2017。

[捷克]米兰·昆德拉：《小说的艺术》，董强译，上海：上海译文出版社，2004。

[法]莫里斯·布朗肖：《从卡夫卡到卡夫卡》，潘怡帆译，南京：南京大学出版社，2014。

[英]墨瑞丽恩·霍尔姆、圣布里奇克·麦肯齐、蕾切尔·巴尔内斯：《表现主义艺术家与抽象表现主义艺术家》，吴静译，天津：天津教育出版社，2008。

[美]内森·卡伯特·黑尔：《艺术与自然中的抽象》，沈揆一、胡知凡译，上海：上海人民美术出版社，1988。

王世家、止庵编：《鲁迅著译编年全集》，北京：人民出版社，2009。

[苏]维·什克洛夫斯基：《散文理论》，刘宗次译，南昌：百花洲文艺出版社，1997。

[瑞典]斯特林堡：《斯特林堡戏剧选》，高子英、石琴娥译，北京：人民文学出版社，1981。

[苏]苏联科学院编：《德国近代文学史》，福建师范大学外语系译，北京：人民文学出版社，1994。

[美]苏珊·朗格：《艺术问题》，滕守尧、朱疆源译，北京：中国社会科学出版社，1983。

童道明编选：《梅耶荷德论集》，童道明等译，上海：华东师范大学出版社，1994。

[德]瓦尔特·本雅明：《本雅明文选》，陈永国、马海良编，北京：中国社会科学出版社，1999。

[德]瓦尔特·本雅明：《德国悲剧的起源》，陈永国译，北京：文化艺术出版社，2001。

[德]瓦尔特·本雅明：《发达资本主义时代的抒情诗人》，王才勇译，南京：江苏人民出版社，2005。

[德]瓦尔特·比梅尔：《当代艺术的哲学分析》，孙周兴、李媛译，北京：商务印书馆，1999。

[英]瓦尔特·赫斯编著：《欧洲现代画派画论选》，宗白华译，北京：人民美术出版社，1980。

[俄]瓦西里·康定斯基：《论艺术里的精神》，吕澎译，四川美术出版社，1986。

[俄]瓦西里·康定斯基：《康定斯基论点、线、面》，罗世平等译，中国人民

大学出版社,2003。

[俄]瓦西里·康定斯基:《康定斯基回忆录》,杨振宇译,杭州:浙江文艺出版社,2005。

汪义群编:《西方现代戏剧流派作品选》1—3卷,北京:中国戏剧出版社,1992。

[意]翁贝托·艾科:《丑的历史》,彭淮栋译,北京:中央编译出版社,2015。

[德]沃尔夫-迪特尔·杜贝:《表现主义艺术家》,张言梦译,北京:生活·读书·新知三联书店,2005。

[德]沃林格尔:《抽象与移情》,王才勇译,沈阳:辽宁人民出版社,1987。

[德]沃林格尔:《哥特形式论》,张坚、周刚译,杭州:中国美术学院出版社,2004。

伍蠡甫主编:《现代西方文论选》,上海:上海译文出版社,1983。

伍蠡甫、胡经之主编:《西方文艺理论名著选编》,北京:北京大学出版社,1987。

[美]尤金·奥尼尔:《奥尼尔剧作选》,欧阳基译,北京:人民文学出版社,2007。

袁可嘉等选编:《外国现代派作品选》,上海:上海文艺出版社,1980。

袁可嘉编:《现代主义文学研究》,北京:中国社会科学出版社,1989。

张秉真、黄晋凯主编:《未来主义·超现实主义》,北京:中国人民大学出版社,1994。

张黎编选:《表现主义论争》,上海:华东师范大学出版社,1992。

中国社会科学院外国文学研究所编:《外国现代戏剧家论创作》,北京:中国社会科学出版社,1982。

三、汉语论著

班丽霞:《碰撞与交融——勋伯格表现主义音乐与视觉艺术之关系研究》,北京:中央音乐学院出版社,2008。

崔庆忠编著:《表现主义》,北京:人民美术出版社,2000。

曹卫东等:《德意志的乡愁——20世纪德国保守主义思想史》,上海:上海人民出版社,2015。

曹卫东主编:《审美政治化——德国表现主义问题》,上海:上海人民出版社,2015。
方维规:《20世纪德国文学思想论稿》,北京:北京大学出版社,2014。
高中甫、宁瑛:《20世纪德国文学史》,青岛:青岛出版社,2014。
龚翰熊:《20世纪西方文学思潮》,石家庄:河北人民出版社,1999。
胡志明:《卡夫卡现象学》,北京:文化艺术出版社,2007。
黄晖:《西方现代主义诗学在中国》,北京:中国社会科学出版社,2008。
胡寿荣:《理智与直觉——中国古代人物画意象表现与德国表现主义绘画比较研究》,杭州:中国美术学院出版社,2011。
廖可兑主编:《尤金·奥尼尔戏剧研究论文集》,北京:外语教学与研究出版社,1997。
廖可兑:《西欧戏剧史》,北京:中国戏剧出版社,2007。
刘大杰:《表现主义的文学》,上海:北新书局,1928。
刘大杰:《德国文学概论》,上海:北新书局,1928。
刘东:《西方的丑学:感性的多元取向》,北京:北京大学出版社,2007。
刘玥:《智慧者的语言:表现主义》,天津:天津科学技术出版社,2011。
吕周聚:《中国现代主义诗学》,北京:人民文学出版社,2001。
马驰:《卢卡奇美学思想论纲》,东北师范大学出版社,1998。
陶东风:《梦幻与现实——未来主义与表现主义》,海口:海南出版社,1993。
王瑞芸:《新表现主义》,北京:人民美术出版社,2003。
王宗琥:《叛逆的激情——20世纪前30年俄罗斯小说中的表现主义倾向》,北京:外语教学与研究出版社,2011。
叶廷芳:《卡夫卡及其他——叶廷芳德语文学散论》,上海:同济大学出版社,2009。
徐平:《艺术:认识的曙光——克罗齐〈美学原理〉导引》,南京:江苏教育出版社,1990。
徐行言、程金城:《表现主义与20世纪中国文学》,合肥:安徽教育出版社,2000。
叶廷芳:《现代艺术的探险者》,广州:花城出版社,1989。
叶廷芳:《卡夫卡,现代文学之父》,海口:海南出版社,1993。
叶廷芳:《现代审美意识的觉醒》,北京:华夏出版社、合肥:安徽文艺出版社,1995。
余匡复:《布莱希特论》,上海:上海外语教育出版社,2002。

余虹:《艺术与归家——尼采·海德格尔·福柯》,北京:中国人民大学出版社,2005。
袁可嘉:《欧美现代派文学概论》,桂林:广西师范大学出版社,2003。
张坚:《另类叙事——西方现代艺术史学中的表现主义》,北京:北京大学出版社,2018。
张黎:《布莱希特研究》,北京:中国社会科学出版社,1984。
张敏:《克罗齐美学论稿》,北京:中国社会科学出版社,2002。
张首映:《西方二十世纪文论史》,北京:北京大学出版社,1999。
赵乐甡、车成安、王林主编:《西方现代派文学与艺术》,长春:时代文艺出版社,1986。
朱立元主编:《当代西方文艺理论》,上海:华东师范大学出版社,2005。
朱立元主编:《西方美学范畴史》,太原:山西教育出版社,2006。

后记

本书是首度对表现主义诗学进行的系统整理和全面阐发。我们最初的研究得到了国家社科基金 2006 年度项目"表现主义诗学研究"(06BWW006)的资助。该项目 2013 年即已结项，并被鉴定为优秀。但我们并未就此止步，近年来再赴德国、奥地利充实文献资料，进而对文稿进行反复修改打磨，乃至部分重写，现在终于决定提交出版了。俗话说十年磨一剑，我们这柄剑磨了整整 15 年，是否锋利而有战斗力，能否经得起学理的推敲，尚待方家鉴别，读者认可。

本书是集体研究的结晶。全书撰写分工如下：绪论，第一、二、三章由徐行言撰稿，第四章由张宪军、徐行言撰稿，第五章由周东升撰稿，第六章及第七章第二、三、四节由余夏云撰稿，第七章第一节、第五节由陈多智撰稿，全书最后由徐行言统稿并改定。除直接撰稿人之外，本书还凝结了多位同仁和同学的智慧与心血，其中著名翻译家林克教授指导了部分德语文献的翻译，西南交大中文系的邓建华老师也参与翻译了部分德语文献，我的博士生陈多智、刘志超、夏柯和马双兵都参与了本书所涉参考文献的翻译，我谨在此代表项目组向他们表示衷心的感谢！他们的翻译成果我们之后亦将结集出版。另由刘卫东同学撰稿的原稿第八章"表现主义诗学与中国传统文论表现说"，因研究尚不成熟，内容和观点有待进一步提炼，此次不得不割爱了，谨在此表示诚挚的歉意，也感谢他所付出的辛勤劳动！本书的出版还得到了西南交通大学学科建设专项基金和研究生导师团队建设项目的支持，谨在此一并致以谢忱！

我们深知，无论是对表现主义运动的历史面貌和理论基础的考量，还

后记

是对表现主义诗学的理念、框架、理论与实践的影响力及其现实价值的探索,本书的研究都只能算是刚刚起步。但我们坚信,只要坚持不懈地努力,中国的表现主义研究将不断向前推进。我们也期待有更多有志于此的同仁与我们携手前行!

徐行言记于兰枫园

2022 年 3 月 31 日